丝路星辉

阿拉伯文学研究会成立三十周年纪念论文集

蔡伟良　宗笑飞　编著

上海译文出版社

目录

阿拉伯现当代文学研究

前　言

蔡伟良

2011 年我从前任会长北京大学仲跻昆教授那儿接任阿拉伯文学研究会会长时，曾经做过这样的承诺，在任会长期间组织出版一本属于研究会这一大家庭的论文集，几经努力，今天论文集终于与大家见面了。

如今出版学术性专著（包括论文集）不仅需要资助，而且还得有出版社的鼎力支持，在此，我谨代表阿拉伯文学研究会全体会员，也代表中国所有阿拉伯文学爱好者，向为出版这部论文集出资的上海外国语大学表示由衷的感谢，向热心于优秀外国文学传播的上海译文出版社表示深深的谢意。

这是阿拉伯文学研究会成立三十年来组织编辑、出版的第一部论文集，特请前任会长仲跻昆教授为其作序，这不仅是为了使这"第一部"的问世有一种仪式感，更为重要的是，仲老师可以为后辈压压阵。在此我谨以现任会长的名义，也代表几位副会长向仲老师表示由衷的感谢。

对中国的阿语人来说，1983 年绝对是一个无比关键的年份，那年 10 月 18 日至 23 日，来自中国各高校和中国社会科学院、外文局、新华社以及其他科研机构的阿拉伯语教授和专家聚首北京香山，召开了中国首次全国阿拉伯文学研讨会暨阿拉伯文学研究会筹备会。那年我正好三十岁，是那一年代标准的"文青"，我和范绍民老师一起代表上海外国语大学参加了那次盛会。从第一次全国层面的阿拉伯文学研讨会的召开至今已过去了三十五年。此后，经过近四年的筹备，阿拉伯文学研究会终于在1987年8月25日正式宣布成立。不经意之间，阿拉伯文学研究会也已过了而立之年。中国的阿拉伯文学研究乘着中国改革开放不断推进的东风，也可谓成绩斐然。仅从形式上讲，三十多年来我们阿拉伯文学研究会的活动几乎没有中断过，尤其是进入新世纪以来，一年一次的研讨会已经成为被大家默认的制度，而且，它也是广大阿拉伯文学爱好者十分期待的交流、切磋的机会。形式固然重要，然而更应该提及的是，正是阿拉伯文学研究会的存在，才使中国的阿拉伯文学研究一步一个脚印地不断前行，从刚刚起步时的注重古代文学，尤其是诗歌的研究，到对以诺贝尔文学奖得主纳吉布·马哈福兹为代表的阿拉伯小说的全方位研究；从以纪伯伦为代表的阿拉伯叙美派文学研究到对当今阿拉伯获奖小说的跟踪研究；从对阿拉伯文学史的翻译，到上世纪九十年代中阿拉伯文学史的撰写，乃至本世纪初阿拉伯文学通史的问世，无论在对阿拉伯作家、作品研究方面，还是在阿拉伯文学研究的基础性工作方面，在这三十年间我们都取得了可喜的成绩和巨大的发展。

由于受篇幅的限制，我们的这一纪念论文集只收集了三十余篇论文，它只能说是中国阿拉伯文学研究的一个极小的缩影。我们非常欣慰地看到，在此缩影的背后，是一支对阿拉伯文学充满热情的青年学者队伍正在迅速地健康成长。阿拉伯文学从古到今绵延一千五百多年，犹如一座宝藏，我们对它的研究虽然在过去的几十年间取得了一些成绩，但显然还是很不够的。真心希望今后的阿拉伯文学研究能继续朝着正确的方向，继续向纵深发展，不仅要在经典研究方面有更深入的推进，而且更要关注当代阿拉伯文学的现状，乃至对一些主要国家和区域的文学现象、流派、思潮形成跟踪式研究，并不断推出高水平、高质量的研究成果。

过去的已经成为历史，对过去的总结是为了更好地再起步，过去我们曾经很辉煌，将来我们一定会更加灿烂。

2018 年 12 月 18 日

序　言

仲跻昆

你面前的这本论文集，好似一个小型展览，展示的是我们中国外国文学学会阿拉伯文学研究会成立至今的部分成果。如同任何展览一样，展品只能是成果的一小部分。论文作者们也颇具代表性，像我们这支虽仍显稚嫩、却不断成长且日臻成熟的队伍的组成一样，是老中青三代结合：既有老骥伏枥、退而不休的老将，也有风华正茂、如日中天的中年干将，更有雄姿英发、朝阳似火的青年，以及初生牛犊不怕虎的小将；既有专业人员，也有业余爱好者；既有高等院校的师生，也有工作在社会不同岗位上的同行；既有通过阿拉伯原文进行研究的，也有通过译文或借助其他文字进行研究的。论文论及的内容也是丰富多彩的：既有关于阿拉伯古代、古典文学的，也有关于阿拉伯现当代文学、经典作家作品的，还有关于比较文学、文学翻译的；论及的阿拉伯文学的体裁有诗歌、小说、散文、戏剧、民间文学、翻译等，有论述作家的，亦有专论作品、文学技艺的。五花八门，琳琅满目。我谨恳切地希望你不吝抽点时间品读一二，我想总是不无裨益的。

我们阿拉伯文学研究会虽正式诞生于 1987 年 8 月，但孕育却是在 1983

年 10 月。当时在北京香山举行了以《阿拉伯文学的今昔》为题的第一届阿拉伯文学研讨会，并开始筹备成立阿拉伯文学研究会。应当提及的是那次会议收到了冰心先生的来信，使与会者深受鼓舞。信中说："我希望懂得阿拉伯文的学者，多多翻译一些阿拉伯的文学名著，因为我感到我们东方人更能欣赏东方人的作品。"

无论是从研究会的孕育日算起，还是从它的正式诞生日算起，至今总有三十多年了。按照我们习惯的算法，三十年算是一代人。我国的阿拉伯语教学是从 1946 年开始从清真寺的经堂进入高等学校讲堂的，但真正开始培养合格的阿语人才的教学，还得从 1949 年新中国成立后算起，那么从那时到上世纪八十年代开始的改革开放，或者到我们研究会的孕育、诞生，也是三十多年，也是一代，也就是我们的上一代。那么，我们这一代与上一代的区别在哪里？进展在哪里？我们这一代的成就在哪里？贡献在哪里？

无疑，没有上一代，就没有我们这一代。上一代是新中国阿语界的先驱，是我们的老师，师恩不能忘。上一代的代表学者是马坚（1906—1978）、刘麟瑞（1917—1995）、纳忠（1910—2008）等。如前所述，他们最大的功绩是将阿拉伯语正式引入正规的高校课堂教学，并为国家培养了一批可以用阿拉伯语做工具的译介、研究、教学、外事人才。但在当时设有阿拉伯语专业的七八所高等院校中，基本上只有语言教学，基本上没有阿拉伯文学的课程。

回顾历史，由于种种原因，在我国，长期以来，因受"欧洲中心论"的影响，对东方文学的研究、介绍远不及对西方文学的研究、介绍。正如六十多年前季羡林先生所说："在整个科学领域中，东方学是一门极为薄弱的学科。我们在这方面的研究工作同人民的需要有极大距离，和新中国的蒸蒸日上的国际地位比起来极不相称。"[1] 而在东方文学中，对阿拉伯文学的研究、介绍也远不及对日本、印度文学的研究、介绍。郑振铎（西谛，1898—1958）先生多据英国学者约翰·德林克沃特（John Drinkwater，1882—1937）的《文学纲要》编译而成的《文学大纲》（商务印书馆，1927 年），全书上下两册，共约二千二百页，对阿拉伯文学的介绍只占二十五页，但已算是当时我国对阿拉伯文学最全面、系统的介绍了。那时，绝大多数的中国读者对阿拉伯文学的了解，仅限于部分学者在二十世纪初始从英文译本转译过来的《一千零一夜》（《天方夜谭》）的片断故事。中国著名的文学家茅盾先生于 1923 年从英文译的纪伯伦的几篇散文诗，冰心先生于 1932 年译的纪伯伦的《先知》（原著为英文），是我国对阿拉伯现代文学最早的译介。

二十世纪五十年代末、六十年代初，阿拉伯各国人民的反帝国主义、反殖民主义的民族解放运动风起云涌。为了配合当时中东政治形势发展的需要，在我国出现了介绍阿拉伯文学的第一次高潮，翻译出版了一些阿拉伯文学作品。但这些译作多半是从俄文转译的，直接从阿拉伯文译成中文的则是凤毛麟角。1966 年至 1976 年的"文化大革命"历时十年，阿拉伯文学的翻译与研究自然处于停滞状态。

是二十世纪八十年代初开始的改革开放带来了阿拉伯文学的译介与研究在中国的新兴。这一历史性的使命自然而然地落在了我们这一代人的肩上，这叫"责无旁贷、义不容辞"。实际上可以说，我们阿拉伯文学研究会是应运而生。

阿拉伯文学研究会自成立以来，举行了一系列不同规模的年会、学术

1　北大东语系《翻译习作》1956 年 3 月创刊号。

研讨会、报告会、诗歌朗诵会、纪念活动等，其中有些活动是与一些阿拉伯国家驻华使馆、相关院校及中阿友协等单位联合举办的。我们坚持每年至少召开一次年会或研讨会。研究会还常利用阿拉伯国家作家代表团或著名作家、诗人访华的机会，组织与他们见面与座谈，并听取了一些阿拉伯国家驻华大使、参赞、专家对阿拉伯文学现状的介绍。

我们可以不无骄傲地说，我们研究会这支年轻的队伍为打破"欧洲中心论"做了很大的努力，并已取得不菲的成绩。

我们做的大量工作首先是对阿拉伯文学的译介。据初步统计，迄今翻译成中文的阿拉伯文学作品已约有二百多种，其中绝大部分是"改革开放"后翻译出版的。在一切冠有"世界文学""外国文学"，特别是"东方文学""亚非文学"的文学史、类书、辞典中，有关阿拉伯文学的介绍已不再是空白或点缀，而是占有相当大的比重，成为相关典籍不可分割的有机组成部分。在一些有关外国文学、东方文学、比较文学、文学翻译等的学术会议上，已经经常可以听到我们阿拉伯文学研究者的声音；在一些有关文学研究的学术刊物上，亦可经常见到有关阿拉伯文学的译作与研究的文章。几十部有关阿拉伯古今文学专题研究，特别是有关阿拉伯文学史的译著与专著的出版，表明我国对阿拉伯文学的研究正在向纵深发展。

当然，不能不提的是，改革开放前，即我们上一代，全国仅有七八所高校有阿拉伯语专业，且如前所述，差不多只有语言教学，如今，我国已相继有四五十所高校开设了阿拉伯语专业，并普遍设有阿拉伯文学课程。其中有些学校还被批为阿拉伯文学的硕士点、博士点，我们已相继培养出几十位阿拉伯文学的硕士、博士。

不仅如此，我们的阿拉伯文学研究者们还多次应邀参加阿拉伯国家举行的有关阿拉伯文学、文化、翻译的研讨会、诗歌节等，使我们的影响、我们的身影、我们的声音得以传到国外去。

回顾阿拉伯文学在新中国近七十年的历程，总结我们中国外国文学学会阿拉伯文学研究会三十余年来的工作，检阅我们这一代所取得的成果，我们感到，我们虽然已做了不少工作，取得了一定的成绩，但还是应当清醒地看到，我们对"阿拉伯文学"这一宝藏仍旧才开始采掘，在这块沃土上依然只是才开始耕耘。目前，我们翻译的数量和质量都还远不够理想。我们对阿拉伯文学的研究也需要进一步加强其深度与广度。我们若与其他一些大语种（如英、俄、法、德等）在译介、研究文学方面相比较，还有相当大的差距。

"不忘初心，牢记使命，高举旗帜，团结奋进，再铸辉煌。"这一标语口号不仅适用于我们党，我们国家，同样也适用于我们阿拉伯文学研究会。我们——中国阿拉伯文学的教学、译介、研究者们——肩负着重大的历史使命：我们必须尽力让有十三亿人口的中国读者能更好、更全面地了解源远流长、灿烂辉煌、丰富多彩的阿拉伯古今文学。中世纪的阿拉伯帝国曾横跨亚非欧三大洲，今天的阿拉伯世界有二十多个国家。阿拉伯文学史上有千百个著名的诗人、作家，写下了成千上万部优秀的、不朽的文学作品。要将这样博大精深的阿拉伯文学系统地、完整地介绍到中国来，绝非一件易事。但是事在人为。我们并不害怕困难。我深信，经过我们的努力，在已经取得的成就的基础上，中国的阿拉伯文学教学、译介、研究这块园地必将更加繁花似锦、春色满园。

毫无疑问，我们有一个美好的今天，还将会有一个更加美好的明天！

2018 年 11 月 5 日　于北京马甸寓

古典文学研究

阿拉伯古典诗歌中的珍品

陆孝修　王　复

摘要：阿拉伯文学起始于诗歌的突起，表现在公元六至七世纪抒情长诗"格西特"的突然和完全的成熟。有成就的诗人从歌谣、情诗相继创造出至今犹享有盛名的大批诗歌，其中的七首"悬诗"就是这批长诗中的代表作。本文将从以下五个方面对这七首又被誉为"金诗"的经典名诗作一介绍：一、从歌谣到抒情古诗"格西特"再到"悬诗"；二、什么是"穆阿莱葛特"？为什么译作"悬诗"？它们是如何收集的？三、七位"悬诗"作者及其诗歌的艺术性；四、"悬诗"的成就和影响；五、各国对"悬诗"的出版和研究。

作者简介：陆孝修，中国电影集团公司译审；王复，外文出版社译审

人们对阿拉伯世界的最初认识，大抵来自童年时代读过的《一千零一夜》中迷人的故事。年岁渐长，好奇的触角往往进一步在阿拉伯的书籍中或土地上探索；饶有兴味地寻找那惯于夜出私访的国王——哈伦·拉希的足迹；倾听咖啡馆里关于沙漠骑士安塔拉的说唱……这千百年来丰富的文化遗产，这交织着细腻情怀的东方奇闻轶事，莫不令人感觉阿拉伯世界有

如谜一般的神秘莫测。

阿拉伯文学是源远流长的阿拉伯文化遗产中极为重要的一部分。但一般来说，除了脍炙人口的《一千零一夜》和《古兰经》外，阿拉伯文学在人们印象中留下的轮廓是十分模糊的，对阿拉伯文学起源的了解则更少了。

和其他大多数文学一样，阿拉伯文学也是以诗歌的突起开始的。不同的是，阿拉伯诗歌一出现就具有了高度的成熟性[1]。

阿拉伯文学的突然性表现在公元六至七世纪这百年间抒情古诗出现了一个大发展时期。在这个时期里，典型的闪族人民在自己的诗歌（格西特）里把本民族的艺术天性发挥得淋漓尽致。阿拉伯文学的成熟性表现在这百年间，阿拉伯诗歌——伊斯兰教以前时期主要的文学表现手段，已完成了其韵律的标准化；格西特长诗作为其中最完备的诗体，经过这一时期的发展已完全成熟；有成就的诗人相继在阿拉伯半岛北部创作出至今犹享有盛名的一大批诗歌。而作为其典范的"悬诗"就是这批长诗中的代表作。尽管在七世纪中叶，由于伊斯兰教的兴起，伊斯兰教以前时期的诗歌曾被认为是"邪恶的化身"，并在以后的百年间一度呈现衰微的迹象。但经过这百年的发展，诗歌已深深种植在了阿拉伯人民的生活中，潜移默化地塑造着他们的思想，影响着他们的性格。阿拉伯文学史上第一个诗歌的黄金时代开始了。

一、从歌谣到抒情古诗"格西特"再到"悬诗"

从久远的时代起，阿拉伯半岛中部和北部荒瘠的平原上就居住着贝都

---

[1] 参见汉密尔顿·基布：《阿拉伯文学简史》，陆孝修、姚俊德译，人民文学出版社，1980 年，第 12 页。

因牧民。气候条件、社会矛盾和部族内部的斗争迫使牧民不断迁徙或离开半岛，这就是伊斯兰教以前时期诗歌的历史性土壤。最古老的有名诗人的作品可上溯到五世纪末。从这时起到七世纪中叶，半岛北部涌现了一种有丰富形象、有独创力、鲜明生动的诗歌。这就是伊斯兰教以前时期的阿拉伯抒情古诗——格西特长诗。

长期流传的口头文学是格西特长诗的基础。那时，诗歌不是少数知识分子的奢侈品，而是政治或文学表达的唯一媒介。各部族都有自己的诗人。他们既是本族的明断者、和平保卫者，又是战争中的斗士。牧民找新牧场时，找他们商议；搭营帐时听凭诗人吩咐；找到水源时，是诗人带他们引吭高歌；战斗中的双方又往往是诗人抨击、嘲讽或夸耀的对象，总之诗歌就是阿拉伯人民的武器。

除上述的泉水歌、战争歌、偶像赞美歌外，早期还有若干使用广泛、较为独特的诗体。如：自夸诗（夸耀自身勇猛、族人业绩、高贵出身和慷慨品德）；讽刺诗（对敌讽刺，讥笑其无能）；哀歌（以夸张、对比手法歌颂死者的高贵品质，以抒发内心哀思）；颂诗（描写君王、族长、勇士的道德功勋）和一种有韵无律的"塞及阿"韵文。在短短的一百多年时间里，伊斯兰教以前时期的诗人就是以这些发展了的歌谣和短诗为基础，组合成高度完美、语言精纯洗练的格西特长诗。

从时间上说，高质量的长诗和短歌、韵文间肯定有一段距离，但至今未能在半岛上发现任何碑文或古代的纸草纸可作依据，故无法推测其相隔时间长短。根据九世纪前后布赫吐里和艾布·泰玛姆汇编的《坚贞诗集》、九世纪语言学家伊本·古太白的传记词典《诗歌与诗人》、十世纪诗人艾布·法拉吉的《诗歌集成》以及六世纪三十年代"白苏斯"战争中第一首问世的格西特长诗，目前，可以认为六世纪初叶是阿拉伯诗歌第一个黄金时代的黎明。此后直至今日，格西特长诗仍然是阿拉伯诗人沿用的主要诗体之一。

要了解"悬诗"，必先明白什么是格西特长诗。因为悬诗就是格西特长诗中的精粹。阿拉伯辞典学家把"格西特"解释为"有艺术效果（或意图）的诗歌"。也就是说格西特是古代诗人将若干种短歌进行有目的组合，让它们在新创的诗歌中按固定次序依次出现。如对格西特长诗的"定型者"乌姆鲁勒·盖斯的悬诗进行分析，可以看到一首格西特约五十至一百诗行，包括如下几个主题（部分）：1.引子（开篇）。例如描写沙漠营地和情人故址。荒芜的景色使诗人对景怀旧，思恋起逝去的欢乐和昔日聚居的亲人；2.以"纳西勃"（情诗）作为全篇序幕。这个主题旨在唤起听众心声，为全诗的展开铺平道路。在这部分里，诗人或为与情人离别而忧郁，为强烈的感情和希冀而痛苦；或描写情人的梳妆打扮、美貌和娇姿。但要注意的是：这类情诗只是长诗中的一个艺术因素，绝非感情上的真正表白；3.当确信已引起听众注意，诗人的笔锋便转向他旅途中的"沙漠之友"骆驼，精心赞美它的迅捷、耐力和雄姿，同时也导出对大自然、暴风雨、山洪的描写；4.最后是格西特的真正主题，即讽刺敌人无能的讽刺诗；自夸力量雄伟、夸耀族人光荣、歌颂头人神勇的自夸诗或颂诗。

每首格西特当然不一定都必须严格规定有上述四个部分，诗人可以增加某些诗体。如和格言相仿的道德上的警句或箴言性诗体（祖海尔的悬诗）或饮酒歌（伊本·库勒苏姆悬诗的引子部分）或其他天启式文体的短歌等。

二、什么是"穆阿莱葛特"？为什么译作"悬诗"？它们是如何收集的？

伊斯兰教以前时期的格西特或歌谣是通过多种方法保存下来的，其中以职业化的诗歌传诵人（拉维）贡献最大。这些传诵人经过毕生的努力，一口气可以背诵数十首，甚至数百首长诗。有一本介绍七首诗的书就是八世纪伍麦叶王朝的一个传诵人兼诗歌收集家哈马德收集的。据说，"穆阿莱葛特"这个词也是他首先使用的。这个词首先出现在九世纪后半叶一本收有四十九首古诗的《阿拉伯诗集》中。四十九首诗被平均分成七组，每组都有一个奇特的标题，"穆阿莱葛特"就是第一组的标题。

"穆阿莱葛特"虽在九世纪广为流传，但它的题意却已失传。国内外普遍把它译作"悬诗"，主要取自十世纪伊本·阿卜杜·拉比的解释。拉比在他的诗集《单珠集》中写道："六至七世纪，一些名诗人在阿拉伯半岛欧卡兹集市一年一度的赛诗会上朗诵他们的作品。入选的佳作用金水抄写在埃及细麻布上，挂在天房神殿内。"阿拔斯王朝（750—1258）的伊本·拉希格（约995—1064）和著名学者伊本·赫里敦（约1333—1378）等都采用这个解释。他们把"穆阿莱葛特"解释为"挂着的东西"。

另外还有一些意见，如拉比的同时代文学家奈哈斯认为：伊斯兰教以前时期，半岛上的君王每当听到一首好诗时，总说："记下来（阿利葛哈）。"他在这里把动词"阿利葛"解为"记录"，认为"穆阿莱葛特"也由此派生。

近代英德法等国的东方学者，如莱伊尔、尼可尔森、诺尔但克、阿诺德、琼斯等同意第一种意见，但同时提出另一个假设："穆阿莱葛特"是从名词"欧勒葛"派生的。"欧勒葛"意为"最珍贵的东西"或"享有较高评价的东西"。

其他还有从《古兰经》中引意的解释，但都不如前三种贴切合理。

总之，自十世纪拉比注释了这个名词后，"穆阿莱葛特"在阿拉伯已家喻户晓，"悬挂的"这一词意也为多数人接受。我们今天将这些诗译作"悬诗"，即源于此。但随着阿拉伯文学研究的发展，也有阿拉伯学者趋于否定"悬挂"，而接受"珍贵之物"的解释。

三、七位悬诗作者及其诗歌的艺术性

一百二十五位阿拉伯古典诗人的现存作品中，根据其对诗歌的价值，只有不到四分之一享有盛誉。这四分之一的诗人中又只有十二位被认为是佼佼者。他们绝大部分是悬诗的作者。

公认的悬诗共七篇（后期有些学者增补至十篇）。其作者是：**乌姆鲁勒·盖斯、塔勒法、海力泽、库勒苏姆、祖海尔、安塔拉和赖比德（增补的三人为拿比厄、艾厄夏和霍推吉）**。

下面，我们按作品的先后，分别对这七位悬诗作者及其作品的艺术性作一简介。

（一）乌姆鲁勒·盖斯（约500—540）

迄今为止，阿拉伯人都把乌姆鲁勒·盖斯看作伊斯兰教以前时期最伟大的诗人。盖斯是也门贵族后裔，父亲为艾塞德族国王。诗人的童年在奢侈的生活中度过。幼年的盖斯就已显露他的诗才，游戏时每每出口成章。成年后更吟诵了大量爱情诗歌。其父竭力阻止他吟诗，最后发觉无能为力时，便把儿子逐出家门。盖斯在沙漠中漫游，与一帮流浪者终日狩猎、游吟。一天，他得知父亲被杀，便立志报仇。初战失败，转而游说迦萨尼国王出兵。

在迦萨尼国王的推荐下，盖斯又千里迢迢到东罗马帝国首都去搬兵，取得了拜占庭国王贾斯廷的信任，但在带兵返回途中不幸去世。

十世纪《诗歌集成》的作者艾布·法拉吉及悬诗的收集者哈马德首推盖斯为格西特抒情长诗及其一切特点的创造者，认为悬诗是他最杰出的作品。中世纪的阿拉伯人都认为这是一篇无法比拟的杰作，甚至是艺术的标尺。当他们要评价某件诗作的优劣时，往往说："这比'停下吧，让我们哭泣'[1]还要美。"在阿拉伯国土上，几乎人人都能随口吟出这一诗句。

全诗包含三个独立部分。第一部分照例是开篇，诗人目睹荒芜的遗址，回忆他在那里经历的爱情和别离。第二部分专门叙述他的恋爱史：和情人欧纳依泽在塘边的会面。第三部分，诗人描写沙漠中的生活、夜景、狩猎、马匹、雷雨等。爱情和自然是盖斯悬诗的两大主题，通过这两点，展开了形形色色的人和物、苦难和希冀、激情和淡泊。总之，诗歌唤出了阿拉伯沙漠绚丽灿烂的诗情画意。

除爱情这个主题外，阿拉伯人认为这首诗也是写景抒情诗的杰作，对自然环境的描写准确、简洁而洗练，但又不是对大自然了无生气的翻版。

诗中偶尔也能听到诗人对命运的诉说，能感觉不义给诗人带来的灵魂上的痛苦。一度，他的幻想破灭了，他默念着死亡的到来：

以如此迅速的步伐，

我们正走向无法避免的死亡。

1　盖斯悬诗的第一诗行。

够了，我徘徊在这世界上，

如今，愿平安返家，再不逐利飘荡。

但大量的笔触是欢快的。形象化的描述既不是象征主义的，也不是讽喻的、拟人化的联想：

我穿越了多少条荒谷。

处处都像驴肚皮似的光秃。

狼嚎声声，像一个输光的赌徒在痛哭。

我对饿狼说：

"我俩手头拮据，命乖福薄，

偶有所得，也都尽情挥霍。

即便耕种我们的土地，

也永远跟着受饥挨饿。"

诗中的明喻和隐喻更俯拾皆是：情人的泪珠像"刺心的利剑"；动人的双颊像"清波中的鸟卵"；垂腰的发辫像"累累的枣椰"。最有趣的是说污泥中挣扎的雄狮恰似"一颗根须毕露的葱头"。

在艺术形象的创造上，盖斯利用阿拉伯词汇铿锵有力的乐效以及反复使用辅音和拟声法构词，获得了特殊效果。当诗人描写马匹时，特别运用诗句尾韵的某些辅音的组合，使人感到马蹄声似乎在耳际回响：

它彪壮、刚劲、矫健，

嘶声犹如巨釜在叹息。

它窜跳、驰骋、腾越，

力乏的群马只能望尘喘息。

它将少年骑手掀翻在地，

老将的战袍也被抛下鞍脊。

在盖斯的诗歌中，我们第一次发现了如此多的整个古典时期普遍使用的诗体和格式。

（二）塔勒法（约543—569）

这位诗人短促的一生中大部分时间过着离乡背井的流浪生活。他出身于巴林群岛附近的白克尔游牧部族，幼年生活顺利，父亲死后，从叔为生，之后投身希拉国王帐下。但他生性耿直，又写了一些针对这个统治者的讽刺诗，最终被遣送回巴林处以死刑，死时年仅二十六岁。

塔勒法留传的诗篇极少，最负盛名的就是他的悬诗。他备受压迫，被强夺继承权是创作这篇长诗的原动力。诗人在这里谴责贵族及他兄弟的不义，夸耀自己的品德。

长诗按格西特形式，先描写荒凉的宿营地和情人，继而赞美骆驼及自矜。哲理部分有格言。在这里，诗人为短暂的生命以及瞬息荣华的宇宙万物进行辩解：

我看到，为私财而战栗的贪婪者，

他们和污秽的废物有何差异，

二者的坟墓又是何等地划一。

我看到：死神挑选了最高贵者，

他把悭吝人的财物剥夺殆尽。

收尾部分（也是精华部分），诗人反驳他兄弟的诋毁，在"情人"面前努力为自己剖白，强调自己的勇敢和美德——"为部族而战万死不辞"，申斥不义和贪婪，表达了"时光将会证实他是正确的"。

在这个痛苦的诗人的诗歌中，也体现了一定程度的伊壁鸠鲁（享乐主义）的成分：

你责备我参战，要我放弃欢乐，

难道能使我变成永生？

如你无力在我身上驱走死神，

就放我先行——散尽千金，倾囊以求。

塔勒法表达感情的严谨文体，是他诗歌中最有价值的部分。

他运用比喻也是很成功的。他的比喻往往恰如其分、具体，同时又生动而有诗意：

我爱骆驼的眼珠像一对高悬的明镜，

她坚定的眼缘像磐石上凿成的饮槽。

她低俯着身躯，飞快地奔跑，

留在身侧隐约可见的缰绳，

恰似平滑石板上溪水在急淌。

每个文学时代的阿拉伯学者都对塔勒法的作品给予高度评价，把他看作杰出的诗人，认为他诗中的情调和哲理的深度远胜其同行。和盖斯相仿，塔勒法的作品也对整个阿拉伯的古典诗歌产生了很大影响。

（三）（四）海力泽（475—578）和伊本·库勒苏姆（572—610）

伊斯兰教以前时期诗歌的贝都因倾向也体现在这两个悬诗作者的作品中。他们俩的名字与敌对的白克尔族和塔格里布族的战争紧密相连。

白族和塔族为世仇，双方都求助希拉国王杏德为仲裁人。国王要求双方当面朗诵长诗，以诗歌的优劣定战争胜负。伊本·库勒苏姆为塔族代表。他夸耀塔族，但伤了希拉王的自尊；海力泽却驳斥对手，夸耀仲裁人的智慧，最后赢得了胜利。

海力泽的悬诗尽管不如伊本·库勒苏姆，但也被列为阿拉伯修辞学最古老的典范之一，"赋"在这首诗里占有相当的比重。诗人在叙述本族英雄业绩中搜罗辩论的依据，事迹都在幻想和经过修饰的"历史事件"基础上形成。而诗人也沉醉于他理想化了的族人的高贵品德和行为之中：

峡谷的事件证实了：

也门头人犹如巍巍白石，

他率领的武士把盖斯逼降。

多少贵妇人生育的青年，

只会擎着闪亮的刀和枪，

但我们却给敌人以重创。

伊本·库勒苏姆是塔族的骄傲。他在战斗中既是诗人，又是斗士，骁勇异常。他在悬诗中描写了斗争的曲折，歌颂了本族人民，粗鲁地嘲弄了希拉的君王们。从文学角度看，伊本·库勒苏姆的悬诗是他留传的诗作中最大众化和最成熟的作品，使人联想起英雄史诗的本色，但他不写个人英雄，而着重于颂扬部族的勇敢和顽强。

（五）祖海尔（530—627）

祖海尔是半岛北方厄脱番族人。阿拉伯人把这位诗人写下的诗歌视为古代杰出的作品之一。

祖海尔是典型的贝都因诗人，主要写颂诗，诗歌有强烈的部族感。他热爱和平，希望本族坚强、振兴。他毕生致力于调停各族的纷争，故又有和平缔造者之美名。他的悬诗就是献给两个可贵的族人——哈里斯和哈里姆的。据说，这两个族人为调停部族间长期的战争，不惜耗尽家财，偿付三千头骆驼给仇人作赎金。

从创作实践看，祖海尔能做到在思想、言行中贯彻一种朴素的、近乎本能的理性教益。他以对新生活抱有信心，以建立和平和美德的信念写诗立说，故被人称为理性诗人。但他的理性决不妨碍他在艺术上运用比兴手法，运用形象思维进行创作。他被公认为伊斯兰教以前时期最杰出的描写诗人之一。在运用艺术形式的手法上甚至比盖斯更胜一筹。诗人不仅追求写出事物的表象，形象也要更具体化，有血有肉，更易为贝都因人所接受。他总是不断用摄影机般的精确度表现生活中目睹的一切，包括时间和地点。贝都因人迁移的情景描写可以精确到风景、气候、植物界、动物界等细节。在这种精度下，后人完全可以看出阿拉伯人历史和思想的变化。诗人也精于使用隐喻。有趣的是他在一首诗中描写泪流如注时竟用"蛙龟争相出水渠，跃上树桩防溺毙"。他把泪水比作渠水，水量之大连蛙、龟都怕淹死，这在比喻中怕是绝无仅有的了。

但祖海尔诗歌的最大特点是大量地、恰如其分地运用格言和警句。后人多以这些格言作为行动的规范，并借此了解贝都因社会政治。

有的评论家把诗人划分为两大类：一类是自然主义派，一类是技巧派。从创作技巧看，祖海尔属于后者。诗人以严谨的韵律，反复推敲后入诗的词句，使他成为技巧派的大师。后人为此往往将技巧派称为"祖海尔派"。

阿拉伯现代评论家邵基·戴伊夫在《论诗歌艺术及其流派》一书中援引历代评论家对祖海尔的评价："……作诗时明智安详，不为欢乐所滋扰，不因激情而玩忽。古诗至祖海尔这里最终定型，即：有开篇，有题材，有收尾。人们不复感到诗行中有沟堑迷津，不会再看见盖斯和塔勒法诗中大段强入的题材和情景。"

（六）安塔拉（525—615）

这些诗人中最为突出的要算安塔拉了。这个人物的特性隐没在传说的云雾里，激励着中世纪的阿拉伯诗人为他创作了一首又一首的史诗。

安塔拉是一个阿比西尼亚女奴的儿子，本是奴隶。一次外族入侵时，安塔拉表现出了非凡的神勇，终于获得了自由民的称号，并擢升为将领。

然而，他还是遭到族人的嘲讽，特别是他心目中的情人——堂妹阿卜莱也对他抱以异样的目光。这使他终生郁郁寡欢。

安塔拉以他的一首悬诗作为对本族武士嘲笑他出身的一个反击。全诗申斥族人对他的不公，歌颂自己的英勇，描写堂妹的妩媚，但无论安塔拉对她如何忠心耿耿，这位千古英雄最终只能憾然而终。

安塔拉悬诗的开篇是传统的主题：看到了阿卜莱过去的宿营地，引出描写她的美貌和对她倾诉衷情：

啊，别离……当她那皎洁的贝齿

和一点绛唇俘获了你的心。

亲吻的滋味胜似甜润的蜂蜜。

温馨的鼻息，犹如商贾轻启麝香匣，

告示着玉人悄然来临。

又如一片芳草地，骤雨初洒新绿，

萋萋牧草不见半点践踏的足迹。

芳草地上雨点宛如片片银币溅龙潭，

潺潺细流漫浸着黄昏的美丽。

万物静谧，唯有蜜蜂在嬉戏。

轻颤的嗡鸣，恰似迷醉的酒徒

在杯筋边惫懒地哼唧……

诗中大量的篇幅都是历数自己的功绩和赞美自己贝都因人的性格：

我忽而腾起高大的神骏，

焕发出灵魂中的坚韧。

我忽而劈开枪丛剑网，

将高举强弩的敌人杀尽。

英武的骑士会告诉你：

我出生入死，身经百战。

我品德高尚，浩气经略。

我不抢平民，不贪钱财。

安塔拉的诗歌是纯表现性的。他通过词汇的选择安排和声调的混合，获得了惊人的效果。如描写情人，遣词温柔、优美；描写骆驼，选用快跑的摹拟声；描写战场，用刀剑的丁当声。

阿拉伯古今文学都把安塔拉描绘成一个常胜武将，屡建赫赫军功；又赞他是被压迫者的卫士，一个高尚的、人道主义的人物。

（七）赖比德（523—661）

赖比德被认为是伊斯兰教以前时期最后一位贝都因诗人。尽管他活了一百三十多岁，目睹穆罕默德出生、布道和逝世，但作为一个诗人，他的作品依然归入伊斯兰教以前时期。对这个高龄老人的一生有许多传奇的说法。他在 630 年入宗伊斯兰教以后，再也没有创作诗歌。

赖比德的最佳作品是悬诗。虽然开篇也是情诗，但绝大部分是纯粹田园生活的写照。据说，这首悬诗一经发表（朗诵），就博得了评论家的赞赏，立即被挂在天房的大帐上。

四、悬诗的成就和影响

下面通过七首悬诗，对悬诗的成就、艺术特色和影响作一分析。

（一）悬诗的思想成就

悬诗的时代是阿拉伯诗歌史上第一次大丰收的时代，悬诗就是这个时代的代表作，它充分反映了阿拉伯原始公社制度没落崩溃时的社会经济和人民生活。就诗中提及的人物来看，有酋长、国君、人臣、宫廷贵族、没落王公、武士、游牧人以及形形色色的妇女，涉及范围很广。人民用自己的诗歌表达了是非和爱憎，这和后期宫廷派诗歌一味歌颂君王的倾向有根本不同。这里所指的人民包括诗人。在伊斯兰教以前时期的阿拉伯半岛的社会里，诗人本身就是人民中重要的一分子。那时，各部族都有自己的诗人，他们既是人民又是部族中的仲裁者；既是"知识分子"又是牧民。他们可以自由地说出自己的感想，吟唱未经书写的诗句。沙漠生活创造了诗歌，孕育了格西特和悬诗，诗歌又反过来赋予阿拉伯人道德观。这种道德观虽然建立在部族共同的血缘关系上，并坚持只有血缘关系才是神圣不可侵犯的，但它最终变成了种种氏族间一条不可见的纽带，是民族间感情上共通的东西。

伊斯兰教以前时期的诗歌，反映了偶像崇拜社会中被阿拉伯人视为高尚的美德和高贵的品质。阿拉伯人对自己的血统纯洁、口齿伶俐、慷慨好义、诗歌优美、宝剑锋利、马种优良、宗谱的高贵和悠久，莫不感到无限的骄傲。这些都是诗歌歌颂的绝妙题材。诗人歌颂勇武、力量、大丈夫气概；他们赞扬守信、践约；他们崇尚忠义，这不是对上级的忠心，而是对同族、同辈的忠诚，任何家庭或部族有陌生人借住就意味着要对他给予保护；他们讲诚信：要求族人在艰难时始终无条件地站在部族一边；他们爱报血仇，血债一定要用血来还。被害者可以报仇，也可以接受对方偿付的赎金。《诗歌集成》中最有名的例子便是盖斯·本·哈梯姆为祖辈报仇的美谈。

悬诗生动地反映了这一时代人民的爱情、婚姻生活和妇女的地位。悬诗中的情诗部分尽管成了一种诗歌体裁，却也歌唱了爱情的欢乐、离别的痛苦和对美好生活的憧憬与追求。这个时代是阿拉伯历史中人民爱情最自由的时代。男女双方的勇敢、忠贞、乐观、热爱自由等品质，在爱情的欢乐和痛苦的波澜激荡中闪耀着动人的光辉。这里十分值得一提的是早期的格西特和后来的悬诗中反映出来的伊斯兰教以前时期妇女的社会地位和影响。贝都因妇女不论在伊斯兰教以前时期还是伊斯兰教初期都享有若干自由，那是城市妇女所无法想象的。她们的社会地位较高，影响较大，有选择丈夫的自由（见安塔拉悬诗）。婚后如受虐待，可以自由回归本族。她们不是丈夫的奴隶和动产，她们唤出了诗人的灵感，激励武士的征战。欧洲中世纪的骑士游侠风气可以上溯到多神教时期的阿拉伯半岛。所谓在马背上寻找险象、营救蒙难的妇女等都是伊斯兰教以前时期阿拉伯人的特征。唯一的不足是悬诗中常以酣畅的笔墨对女性的体态、美貌作充分的描写，但极少在道德上赞美她们。

以上三点，大致可以反映出伊斯兰教以前时期阿拉伯社会的本质，虽然反映的深度不足，也不太平衡，但基本上给我们勾画了时代的轮廓和面貌。我们可以说：悬诗及早期的格西特是早期阿拉伯社会生活的百科全书。这些诗歌由于其反映现实的深度、广度和真实程度而有着极为重要的地位。从文学上说，悬诗及其同期的格西特是阿拉伯现实主义和浪漫主义诗歌的基石。千百年来，阿拉伯各个时期的诗歌正是在这一基础上滋长繁荣的。

（二）悬诗的艺术成就

悬诗时代是阿拉伯诗歌史上第一次黄金时代。在这以前，诗歌不仅缺乏成熟的诗体，也缺乏完整的语言。这里再谈谈悬诗的诗歌形式和语言上的艺术特点。

1. 诗歌形式

悬诗除集古代独立诗体（如情诗、讽刺诗、自夸诗、颂诗等）于一身外，更有了长足的发展，多少获得了一种完善的形式和文体。例如：从古代部族作战时威胁性的呐喊，或带符咒意味的讽刺诗到格西特长诗中发展出了独立的风格，变得自然而优美。贝都因诗人利用它回击敌人的进攻，以燃起听众心中对敌人的怒火。另一种来源于恸哭的哀歌，到这时发展成为对亡故族人或亲友间表达哀思的诗体，它主要歌颂死者的德行和高贵的品质。上述二者都和自夸诗一样，把自己和部落融为一体，理想化的英雄就是全部族的勇猛精神。这样，部族的利益被人格化了，人物也投进了人们的概念中，我们完全可以认为，悬诗时代的格西特，特别在哀歌和自夸部分中，一定程度上展现了英雄叙事诗的萌芽。但由于部族的分散性，彼此间缺乏普遍的利益，缺乏促成民间史诗的民族意识，也缺乏创造性的神话（叙事诗的基本结构之一），类似《伊利亚特》的史诗在这个时期没有获得发展机会。到了七世纪中叶，阿拉伯半岛在宗教背景下统一之后，更再不可能诞生史诗了。

2. 人物造型

伊斯兰教以前时期的贝都因诗人大都与部族人亲密无间。诗人在人物造型构思中，在生活和美学的评价中，无法逾越部族的界限。诗人和部族的结合以及和族人精神上的一致性，决定了他在生活中的观点和意识。悬诗中某些例子（如安塔拉的自夸、盖斯的多情等），使我们可以从中判断诗人的个性、感情上的感受、人生的阅历以及其他主观因素。但多数情况下，诗人看到宿营地后的怀旧和哀伤情绪，没有必要和他个人的怀乡或不幸混为一谈。前者的悲伤纯粹是一种因袭的创作方法，是不可或缺的。

3. 风格

从悬诗的风格来看，贝都因诗人从未使用过奔放的幻想、思想上的独创性或意义深远的概括来使听众留下深刻印象。诗人在逐渐展开传统的格式时，单纯追求表达上的精确、描述上的真实、语言上的简洁洗练，以期超过前辈或对手。所以，那个时期诗歌的特点是简洁生动，诗人往往摈弃了听众不能理解的东西，力求风格上的简洁精悍。他们常用省略法，强烈的凝缩、集中刻画生活是伊斯兰教以前时期诗歌的特色之一。诗人们善于用几行诗表现一系列的画面，反映迅速变化的贝都因生活的各个面貌。

4. 比兴

不能不指出，悬诗中"比""兴"的修辞技巧已达到相当的高度，它们在七首诗中俯拾皆是。这种通过日常生活素材的对比发展而来的生动描写，赋予了阿拉伯古代诗歌无比妩媚的特点。盖斯在悬诗中描写的夜"正挺起胸脯，舒展着肥臀上怠懒的腰肉"，"星星像深蓝色天鹅绒上的金钿"。不在沙漠中生活的人是无法体会到沙漠中的夜空是如此清澈、明净、深邃的。

5. 韵律

悬诗中的用韵形式十分值得注意。韵律在阿拉伯诗歌的第一个黄金时代已获得充分的发展，全部韵律沿用至今。阿拉伯的诗韵都是以"拉吉兹"为基础的。这种短长格诗韵在数量上类似希腊语或拉丁语，就是说，二者都是根据不等音节的交替，一定数量的长短音节组成一个音步，两个或三个音步组成半行诗，中间有停顿的两句半行诗组成一句诗行（白依脱）。根据长短音节的交替，阿拉伯诗歌中出现十六个韵律。阿拉伯语言学家认为这些韵律的出现是游牧人按骆驼行进的节奏演变而成的。通常使用的韵律是宽韵、长韵、简韵、完韵、跑韵、轻韵、近韵、满韵。长韵和宽韵略显冗长，但较为感人，深为诗人所爱。古典阿拉伯诗歌的尾韵是独韵，这是规律。由于这个原因，诗歌往往以尾韵命名。如：沙恩法拉的《良姆诗》（即《沙漠之歌》）之所以叫这个名字，是因为每句诗行之末都是以阿拉伯字母"良姆"为尾韵。

（三）悬诗对后代诗歌发展的影响

谈到悬诗对后代诗歌的影响，不能不先谈伊斯兰教以前时期抒情诗的两种主要倾向：一种按常规叫贝都因派诗歌，其诗人多半出身部族中的贵族，像姆海勒希勒和乌姆鲁勒·盖斯这类和部族头领有着亲属关系并参与夺权斗争的也并不少见。但无论是贵族出身抑或是权贵亲属，他们都和牧民关系亲密。公元六世纪的七名悬诗作者以及五世纪的沙恩法拉和泰昂拔塔·夏拉都是最负盛名的贝都因派诗人。

另一种诗歌出现在部族内部关系日益削弱、封建主义抬头的时期，我们把这一派叫做宫廷派诗歌。这时，原来的贝都因诗作中粗犷、自然、清馨的特色逐渐消失，诗歌变得矫揉造作。及至八世纪以后，伊拉克、埃及和叙利亚的多数格西特作品已蜕变为一种墨守旧风、摹拟仿古的诗体了。

宫廷派诗人由于部族权势衰微,他们的活动便转向半岛的小封建主或邻国宫廷,企图找到立足点和支持者。随着伊斯兰教的传播、哈里发宫廷的建立以及哈里发进一步封建化,宫廷诗歌日益昌盛,成为后来阿拉伯文学的主要诗体。

悬诗闪耀着现实主义的光辉。它的精神、文体和韵律对后来的诗歌影响极大。这种影响是多方面的。其中主要的是现实主义的精神,其次是技巧、形式和语言。

最先继承悬诗风格的是七世纪末期伍麦叶王朝的三个艺术造诣可与大师们相提并论的诗人。其中,艾赫塔勒是库勒苏姆和拿比厄的真正继承人。他描述部族的长诗和赞颂伍麦叶王朝的颂诗重现了伊斯兰教以前时期诗歌的精神。其他两位是法拉兹达格和吉里尔。他们的对口诗歌比赛(纳高伊特)深得库法和巴士拉城镇部族人们的喜爱。诗歌发展至此,格西特虽然仍是诗歌艺术的试金石,但诗歌中伍麦叶的情趣同伊斯兰教以前时期质朴淳厚的风格已越来越不相适应了。

阿拔斯王朝被誉为诗歌的第二个黄金时代。这一时期的颂诗和讽刺诗,体裁多样、文字流畅简洁,但可以看出人为技巧已经兴起。王朝最卓越的诗人是艾布·努瓦斯。他颂词机智的酒诗、不留余地的讽刺诗、粗线条的情诗以及精于用词的贝都因的行猎诗,又一次复活了格西特的风格。但自然派的贝都因诗歌至此已告结束,努瓦斯成为阿拉伯传统中最后一个自然派行吟诗人。

最后要说的是二十世纪初继巴鲁迪之后被称为"复兴派"的埃及三诗人:邵基、哈菲兹和穆特朗。他们是最后一批为维护古典阿拉伯诗歌简洁、庄严、雄伟的古诗形式而做出过贡献的诗人。复兴派诗歌反对绮丽，力求恢复古风，即：以集体的名义讲话，把自己完全融化在社会中，成为社会的一面明镜。但他们又不是无原则的复古主义者，创作的诗歌也不是前人的翻版。复兴派写出了人民对政治、社会、宗教等方面的改革要求。其中邵基更是投身民族主义的革命运动，他流放回来后，更写下了许多主张移风易俗、解放妇女的诗篇。

五、各国对悬诗的出版和研究

1780 年 10 月 4 日，英国律师、诗人、语言学家威廉·琼斯给他朋友爱德蒙·卡德莱特的信上有这么一段话："为匆忙选举我们业务上的一名负责人，我不得不将两件小作品的翻译工作推迟到下一个假期，而原来我是想利用这个假期弄完的。其一为……；其二为《穆罕默德以前时期阿拉伯人的习俗》。这篇论文写了六世纪初的七首诗歌，它们被用金水写成，挂在麦加天房墙上。一俟译作印就，即当呈上，请予指正。诗文字字珠玑，举世皆知。"这是迄今所知最早将七首悬诗译成外国语言的尝试。该英译本于 1783 年初问世，除七首译诗外，还有对希姆雅尔和古莱什方言的介绍、作家生平简介，以及引导读者理解悬诗优美特性的介绍性文字。

1820 年，阿拉伯语版的单首悬诗的注释本在巴黎出版。

1823 年，在英国东方学家马修·卢姆斯登的建议下，印度学者毛拉维·萨非波里在加尔各答出版附有注释的七首悬诗的英语全译本。

1850 年，德国东方学家阿诺德在莱比锡出版了名为《七首悬诗——阿拉伯古典名著》的德译本，并附有祖宰尼注释的德语译文。

1894 年，英国东方学家莱叶士爵士在加尔各答出版了被认为是划时代的十首悬诗全译本。

1903 年，英国东方学家布隆夫妇出版了名为《偶像崇拜时期阿拉伯半岛的七首金诗》的英译本，被认为是较好的译本。

英德印各国还分别出版过几种规模较小的译本供教学参考。如：1870 年，阿尔瓦特在伦敦出版的名为《阿拉伯古典诗人》一书中收了四首悬诗；1877 年前后，约翰逊在孟买为印度学生译了一本直译的悬诗集。

上述这些主要译本都从各方面介绍了阿拉伯古典时代作品的历史价值和伟大意义，为深入研究阿拉伯古典文学起了很大的促进作用。它们有的（如琼斯的译本）对作者生平做了详细的考证；有的（如布隆夫妇的译本）对伊斯兰教以前时期的诗歌发表了专论；有的（如阿诺德的译本）附了八世纪阿拉伯语言学家祖宰尼的注释；阿·吉·阿尔布雷更是详细罗列了各国学者译文之所长，撰文进行分析比较，并将作者生平结合阿拉伯古代历史写成故事性的文学传记。该译本还收集了现代阿拉伯古典文学研究中对悬诗及古代诗歌价值持怀疑态度的个别意见，又广引穆·法·瓦及迪等六位阿拉伯作家和英法德等欧洲国家东方学家的观点，以驳斥上述的"怀疑论"。百余年来的研究和讨论把对悬诗的研究扩大到了世界范围。

我国对悬诗的介绍最早出现在 1934 年《文学季刊》第一卷第四期马宗融对安塔拉悬诗的节译。1996 年，杨孝柏主编的《阿拉伯古代诗文选》中有对悬诗的句译欣赏。仲跻昆译的《阿拉伯古代诗选》和论著《阿拉伯文学通史》中有对悬诗七位诗人及其诗歌的介绍。

1986 年，王复、陆孝修合作完成了七首悬诗的汉译全译本，但由于出版社的原因，当年未能得以付梓，全书直至 2015 年才由五洲传播出版社出版。

中世纪阿拉伯一位语言学家说过："诗歌就是阿拉伯人的记录册，它保存了过去的共同记忆，赋予当前转瞬即逝的现实以连续性的意义。"伟大的艺术家必然会在现实生活中发现新事物，在艺术上用前所未有的思想、感情和方法表现这种新事物。悬诗新颖独到之处就在于无论是其思想还是艺术，都具有历史发展的特点，喷吐着伊斯兰教以前时期的气息。

【本文原为《中阿典籍互译系列——悬诗》（五洲传播出版社，2015 年）一书的前言，有改动。】

寻访艾布·努瓦斯及其他

——读仲跻昆教授编译的《阿拉伯古代诗选》

曹彭龄　卢章谊

摘要：伊斯兰阿拔斯王朝哈伦·拉希德时期的宫廷诗人艾布·努瓦斯和我国盛唐时期诗人李白，正如古丝路两端交相辉映的明星。上世纪九十年代，笔者在伊拉克任职时，有关哈伦·拉希德和艾布·努瓦斯的旧闻逸事依旧在民间广泛流传。当听说巴格达有一尊艾布·努瓦斯高擎酒杯吟诵《劝酒歌》的塑像后，笔者曾寻遍底格里斯河边的艾布·努瓦斯大街未果。后经友人指点，在河东一小广场上觅到。在拜读仲跻昆教授编译的《阿拉伯古代诗选》中的艾布·努瓦斯的诗作时，笔者又忆及曾经寻访艾布·努瓦斯塑像的经历。本文依据仲教授译著，将艾布·努瓦斯与同样有"酒仙"之誉的李白的诗歌和人生际遇作一分析与比较……

作者简介：曹彭龄，解放军外事工作干部，曾任驻伊拉克使馆武官；卢章谊，新华社译审，曾任驻伊拉克二等秘书

阿拉伯民族对世界文化的突出贡献，除了世称"天下奇书"的《一千零一夜》（《天方夜谭》）之外，恐怕就该数那浩如烟海的被视为阿拉伯民

族史籍的诗歌了。

自古以来，阿拉伯民族生息繁衍在地跨亚欧非三大洲交界的广袤地域，承袭了两河流域的苏美尔、巴比伦、亚述文明，尼罗河流域的古埃及文明，地中海的希腊、古罗马文明。至伊斯兰帝国阿拔斯王朝时期，阿拉伯文明更通过陆路和海上"丝绸之路"与波斯、印度及中国文明相互交融、借鉴，蓬勃发展，如日中天……上世纪六十年代，笔者初到西亚工作，曾随友人去沙漠夜猎，在篝火旁，听他们谈及祖上游牧生活的情景：当夕阳坠落，星光笼罩大地，贝都因人们拢好骆驼、羊群，围坐在已成断垣残壁的废墟旁，面对一蓬篝火，满天繁星，一边撕吃着刚烘好的大饼，喝着驼奶，一边听祖辈讲述远古先贤的传说，其中穿插着许多诗体韵文，一代代口口相授，延绵不息……笔者不由忆及在北大求学时，曾听马金鹏老师介绍，早在伊斯兰帝国建立前的贾希利叶（蒙昧）时期（475—622），生活在阿拉伯半岛上的各游牧民族在传统的欧卡兹集市上，照例要举行赛诗会，那隆重场面远胜于赛马、赛驼。各部落著名诗人在族人簇拥下逐一登台朗诵，最后从中遴选出公认的佳作，用金水抄录在亚麻布上，高悬于克尔白神庙前，供人们吟诵、欣赏，称为"悬诗"，被誉为"王冠上的珍珠"……或许正是这独特的地域条件与自然环境——长河落日、大漠孤烟，逐水草而居的游牧生活，和那些令人血脉偾张的先贤们跃马征战的传奇故事，培养了他们崇尚独立、自由、正义，坚韧豪爽又放荡不羁的性格；也培育、训练了他们海阔天空的想象，机智、敏锐的思辨，和妙语如珠、出口成章的语言运用能力……

当时我们多么想见识见识那"王冠上的珍珠"呀！可马老师却不无遗

憾地说：“译‘悬诗’需要丰厚的学识，至今尚无人尝试。”他随口背诵了一句阿文诗，解释说：“这意思是：要想摘取星星，就得插翅上天，不能徒托空言。”他勉励大家努力学习：“希望你们之中将来能有人把‘悬诗’译成中文。”那时，政治运动一个接一个，搞翻译常被看作“成名成家”，走“白专道路”。所以，大家也未往心里去。毕业后，大部分学友的工作又与文学无涉，甚至随着时间推移，距文学越来越远。

那时以及其后的若干年里，除纳训先生译的《一千零一夜》和为支援巴勒斯坦等阿拉伯国家独立、解放斗争出版的数本译著外，几乎没有真正意义上的阿拉伯文学作品被译成中文，遑论古典诗歌。记得我们的启蒙老师邬裕池有次私下谈及这一现状，也不禁感叹连连。可惜，他英年早逝，未及赶上改革开放以施展才华……改革开放带来了可喜变化。随着阿拉伯文学研究会的成立，纪伯伦、马哈福兹、塔哈·侯赛因等著名阿拉伯作家的作品、文集不断被译成中文，尽管译作质量良莠不齐，但毕竟开创了阿拉伯文学研究、出版的繁荣局面。

然而，对阿拉伯古典诗歌却依旧少有人问津。究其原因，大约是“译事难，译诗尤难，犹如戴着枷锁跳舞”吧。可喜的是，有一位学友却义不容辞，勇于担纲，他就是后来曾接任阿拉伯文学研究会会长的仲跻昆教授。他说：“作为阿拉伯语言、文学的教师和翻译、研究者，时时觉得未能尽职尽责而惴惴不安。”而“向人呼吁不如从自己做起”，他下定决心：“吾往矣！”他像负重的骆驼，硬给自己“戴上枷锁”，去摘取那辉映在“天方”夜空里的星辰……

这部《阿拉伯古代诗选》就是他自改革开放以来，在教学、科研以及繁忙的社会活动之余，在研究、译介阿拉伯古典诗歌方面取得的可贵成果。它囊括了自贾希利叶时期至近古衰微时期（1258—1798）一百三十余位诗人的四百余首诗，其中包括乌姆鲁勒·盖斯、祖海尔、安塔拉等人被誉为"王冠上的珍珠"的"悬诗"。无怪乎翻开它就像走进长满奇花异卉的花园。我们已经不止一次踏进这花园，而这次我们只为寻访其中的一位诗人——艾布·努瓦斯……

自公元758年阿拔斯王朝第二任哈里发曼苏尔定都巴格达后，阿拉伯的军事扩张基本结束，随着政治、经济的发展，科学、文化和百姓生活也呈现出一派繁荣景象。至哈伦·拉希德（786—809）及其后的马蒙（813—833）任哈里发时代，更是如日中天，正如我国被视作自秦汉以来政治经济快速发展的"鼎盛时期"——唐朝开元时期。那时的西安与巴格达，恰如"丝绸之路"上交相辉映的两盏明灯。而提到"盛唐"，不能不提及李白，提到阿拔斯王朝，自然要提到毁誉参半、却独领一代风骚的艾布·努瓦斯……

我们是从《一千零一夜》里描述哈里发哈伦·拉希德微服私访的故事中知道艾布·努瓦斯的。上世纪八九十年代，笔者在巴格达工作时，在艾布·努瓦斯大街上看到根据《一千零一夜》故事雕塑的山鲁亚尔和山鲁佐德的栩栩如生的雕像时，艾布·努瓦斯随同哈伦·拉希德在底格里斯河的游船和两岸酒肆、风月场中演绎的那些风流韵事，便又浮现脑海。后来又听到许多有关艾布·努瓦斯的传说，并在友人指点下在一片高档住宅区的小广场上找到了他的雕像。那是雕塑家伊斯梅尔·土尔克在1963年创作的——艾布·努瓦斯身着长袍，头缠布巾，坐在基座上，右手扶膝，左手擎着酒杯，仿佛在说："来呀朋友，酒最能消忧解愁！"那神情，让我们联想到国画家蒋兆和他差不多同期根据杜甫诗意"敏捷诗千首，飘零酒一杯"创作的李白像。不过那时，我们只知艾布·努瓦斯与李白同是站在时代顶峰的诗人，却从未读过前者的诗。所以打开这部《诗选》时，就像当年寻访他的雕像一样，急切切地想读读他的诗……

与出生中亚碎叶（今吉尔吉斯和哈萨克斯坦一带），素以"布衣"自诩的李白相似，艾布·努瓦斯（762—813）生于波斯胡齐斯坦农村，幼年丧父，家境贫寒，成年后去巴格达，由于才华出众，得到宫廷权贵，特别是哈伦·拉希德的赏识，一度成为其"新宠"。然而，伴君如伴虎，"布衣"出身的他，不惯宫廷的繁文缛节，又恃才傲物，不屑于效仿穆·本·瓦立德等宫廷诗人，后者一味承袭古风，不惜用形式铺张、词藻华美的诗歌向哈里发及显贵们献媚求宠。艾布·努瓦斯即便是受命赋诗，也不甘于逢场作戏，而是承袭了自"悬诗"起便形成的以怀念荒漠中已成废墟的先贤或情人旧居起兴的刻板模式。他在《遵命照办就是》一诗中直陈："还是得在诗中写上那些废墟遗址／尽管比起咏酒，那些玩意儿不值一提／是权贵让我去描述废墟／我对他的命令无法抗拒／信士的长官，纵然你强我所难／我也只有遵命照办就是……"他刚直不阿，诗如其人。也正由于艾布·努瓦斯来自民间，其诗多受民风、民谣影响，直白，明快，甚至以日常俚语入诗。这倒为盛行有着冗长铺垫，华美绮丽，却又呆滞和陈式化的颂诗的阿拉伯诗界引来一股清风："我随心所欲，不受羁绊，岂管人们蜚语流言。／我觉得最大乐趣是夜晚，裸体舞女伴着管弦。／一旦下榻于济·图鲁赫，歌女放喉，曲由我点。/ 享乐吧！青春不会永存，举杯畅饮，从夜晚到白天！"
(《随心所欲……》)；以及"她没有罪过，只是 / 爱情好似枪尖，/ 总在这颗
心中刺戳，/ 于是——心被伤遍"(《她没有罪过》) 等，无不朴拙，平实，
直抒胸臆，深受人们喜爱，却也受到某些惯于因循守旧的宫廷诗人的妒恨
与诟病……

　　每当看到某些酒馆中高悬的"太白遗风"的匾额，笔者总会想到杜甫
的那首《饮中八仙歌》："李白斗酒诗百篇，/ 长安市上酒家眠。/ 天子呼来
不上船，/ 自称臣是酒中仙。"艾布·努瓦斯的诗作也几乎首首都飘着酒香：
"勿为莱拉哭，勿为杏德悲，/ 手中酒红如玫瑰，且为玫瑰干一杯！/ 一杯
美酒喉中倾，两眼双颊红霞飞。/ 酒如红宝石，杯似珍珠美，/ 面前窈窕一
淑女，尽握掌心内，/ 手自倾酒眼倾酒，能不令人醉复醉。/ 同座一醉我两醉，
谁人能解此中味？"(《我两醉》)"莱拉""杏德"均系阿拉伯女人名，此处
指美女。诗人自斟自嘲的放浪神态活灵活现，又让人想到李白的《月下独
酌》："花间一壶酒，/ 独酌无相亲。/ 举杯邀明月，/ 对影成三人……/ 暂伴月
将影，/ 行乐须及春……"而艾布·努瓦斯的"美酒似能随心愿，/ 愿它是
啥就似啥；/ 岁月似水洗其身，/ 世上唯留其精华；/ 望去恰如一束光，/ 只
能眼看不能拿"(《咏酒》)；"管弦声伴美酒香，/ 手舞足蹈心欲狂。/ 声色
似海任我游，/ 道统外衣弃一旁。/ 随意戏谑何为羞，狂欢豪饮敢放浪"(《管
弦声伴美酒香》)；"是酒就说明白，让我豪饮开怀！/ 别让我偷偷地喝，如
果能公开。/ 人生就是酒醉一场又一场，/ 唯有长醉岁月才逍遥自在。/ 在
清醒时我总是失意潦倒，/ 醉如烂泥才走运发财。/ 大胆指名说出我之所
爱，/ 欢乐幸福怎好遮遮盖盖！/ 寻欢作乐难免放荡不羁，/ 循规蹈矩岂能

欢快？ / 哪个酒徒不似新月当空，/ 周围美女如群星大放光彩"（《人生就是酒醉一场又一场》）也让我们联想到李白的诗句："人生得意须尽欢，/ 莫使金樽空对月"；"……三杯通大道，/ 一斗合自然。/ 但得酒中趣，/ 勿为醒者传"；"古来圣贤皆寂寞，/ 惟有饮者留其名"……

　　早在伊斯兰教产生之前，西亚各游牧民族已掌握酿酒技术，尽管伊斯兰教义禁酒，但也并不妨碍诗人借酒托物兴怀，如哈伦·拉希德的胞妹，女诗人欧莱娅·宾特·麦赫迪就曾写过《知心者唯酒》："我孑然一身，知心者唯酒，/ 我们卿卿我我，谈个不够；/ 我与它结为密友，是因为 / 无人愿陪我一醉方休！"这表明阿拔斯王朝在社会生活、民族文化与宗教信仰等方面，还是比较宽松的。但它毕竟是以伊斯兰教为国教的政教合一的国家，许多犹太、基督、火袄等异教徒，为猎取声名、地位，纷纷改信伊斯兰教。而艾布·努瓦斯不仅屡屡触犯教规，还公然嘲讽阿拉伯人和社会地位崇高的宗教人士："……当年洪水一片，把大地淹没，/ 这酒正是诺亚方舟所载的货色。/ 几度沧海桑田，几度悲欢离合，/ 直至一个波斯王将它收藏，舍不得喝。/ 他把它深深地埋在地里，/ 此后又是几多春秋度过！/ 那里，凯勒卜人从未到过，/ 也没有什么阿布斯、祖卜彦部落……/ 那里没有阿拉伯人用以充饥的沙漠苦果。/ 有的只是石榴花红似火，/ 还有桃金娘、玫瑰和百合……"；"研究宗教的人啊！/ 什么这个见解，那个见解，/ 在我看来，你所说的一切，/ 唯有死与坟墓千真万确"；"……我们如果不急于进天堂，在世上又怎能把美酒忘掉！/ 说教的人！让我喝，别管我！我至死同酒都是莫逆之交。/ 一旦我死了，把我埋在葡萄树下，让葡萄的汁液把我骨头浸泡！"。他反对禁酒："我要为酒大声地哭泣，/ 因为经书竟把它列为禁忌。/纵然禁忌，我也要开怀畅饮，/因为我向来不肯循规蹈矩"；甚至公然把伊斯兰教徒视为神圣功课的诵经与被列为"犯禁"的饮酒并提来嘲弄、戏谑："酒囊摆一边，/经书共一起；/美酒饮三杯，/经文读几句。/读经是善举，/饮酒是劣迹。/真主若宽恕，/好坏两相抵。"对于责难，他大声反驳："啊，责骂我的人没完没了，/玩乐是我的事，不要你唠叨！"；"我碍着人们什么了？何必对我大肆诽谤！/人们有他们的宗教，我有我的信仰"；"若有地方能让我喝个痛快，/斋月里，我不会等到开斋。/酒这东西喝起来可真奇怪，纵然担罪名，也请豪饮开怀！/啊，对美酒佳酿说三道四的人，你进天堂，进地狱，且让我来！"……显然，这已经完全突破了伊斯兰教规的底线。他纵有天纵之才，哈里发的宽容也是有限度的。再加上哈里发身边那些察言观色者的谗言，艾布·努瓦斯失宠、下狱便无足为奇了。

据说，艾布·努瓦斯获释后曾远赴埃及，依旧穷困潦倒，后又返回巴格达，投奔新任哈里发艾敏门下，但艾敏遇刺后，他失去依傍，不得不有所收敛。其诗也多变为劝世、苦行、乞求真主宽恕等内容，早年狂放而敢怒敢骂、灵动明快的诗风已荡然无存……而李白面对谗毁与流放，虽然也曾满怀积郁、愤懑："弃我去者，昨日之日不可留！/乱我心者，今日之日多烦忧！"；"人生在世不称意，/明朝散发弄扁舟"……但他的诗依旧是"器度弘大，声闻于天"的时代强音，例如："抚剑夜吟啸，/雄心日千里"；"长风破浪会有时，/直挂云帆济沧海"。其饮酒，也"非嗜其醅乐"，而是"取其昏以自富"；"愁来饮酒二千石，/寒灰重暖生阳春"。虽际遇多舛，他也始终以"布衣"身份与"田舍翁"息息相通:"相携及田家","美酒聊共挥",从不唐突颓废。这一点艾布·努瓦斯怕还是难以企及的。

但对于艾布·努瓦斯,百姓们心中自有另一杆秤。他们除喜爱他风格直白豪放又朗朗上口的诗歌外,更爱他敢于蔑视宗法、权势,追求自由、公正的个性。千百年来,人们不仅把他作为阿拉伯民族伟大诗人来缅怀、景仰;而且像我国民间流传的李白命位高权重的奸宦高力士为其脱靴的传说一样,艾布·努瓦斯的奇闻逸事也被演绎成一个个勇于蔑视宗法权势、嘲弄奸佞的智者故事,在阿拉伯世界代代传颂……

艾布·努瓦斯的诗作不过是曾辉映在"天方"夜空的繁星中的一颗,和花园中那奇花异卉中的一朵,却足以令我们像饮下一杯醇厚、浓烈的美酒,兴味盎然,感奋不已。正由于跻昆教授勇于担纲、不畏艰难的敬业精神,和他一贯坚持的"既要对得起作者,也要对得起读者"的负责态度,加上他凭着深厚的中国文学和古典诗歌功底,翻译时像古代苦吟诗人那样,不放过每一处难点、疑点,反复斟酌、推敲,既考虑原诗内容、形式、韵律和语言运用技巧,又兼顾中国读者的语言习惯,力求做到"意美、音美、形美",亦即严复老先生提出的"信、达、雅",方取得了这可贵的成果。自然,选本中也未必每首诗都译得尽善尽美,个别句子也有为押韵而影响通顺的地方,如"酒通过他们的个个关节/好似痊愈在病中行走",似需再作斟酌为好。然而瑕不掩瑜,毕竟他是第一个敢向"天方"星海摘取星星的人。

(本文原载于《世界文化》2013年第4期。)

《一百零一夜》与中国

郅溥浩

摘要:《一百零一夜》是阿拉伯马格里布地区一部古老的民间故事集,流传已有数百年之久。它包含有神话、爱情、冒险、寓言等故事,以及传说、趣闻等。它的主要内容包括歌颂美好纯真的爱情、褒扬善与美、摈斥丑与恶、表现探奇冒险精神……《一百零一夜》的某些故事来源于波斯、印度,与《一千零一夜》也有某种联系,但它的主要故事产生于马格里布地区当时的现实环境中,尤其是其中的骑士故事、游记等。它没有编著者的名字,也没有确切的成书年代。专家认为,它比《一千零一夜》成书可能还要早。朴实的现实主义和神奇的浪漫主义相结合,大故事套小故事,诗文并茂,语言大众化,这些都是它的艺术特色。其中的某些故事还与中国有着某种联系,如《樟脑岛的故事》等。

作者简介:郅溥浩,中国社会科学院外国文学研究所研究员

《一百零一夜》是阿拉伯马格里布地区的一部古老故事集。2001年,大众文艺出版社出版了《一百零一夜》中译本(郅溥浩译),全书近二十万字。《一百零一夜》像《一千零一夜》一样,也是一部民间故事集,含有神话

故事、爱情故事、冒险故事、寓言故事、教谕故事、历史故事、现实故事，以及各种传说、趣闻等。其中一些故事采用了大故事套小故事的形式。据考证，有些故事来源于印度，但其主要成分是在现实土壤上产生的阿拉伯故事，特别是其中的骑士故事、爱情故事、冒险故事和游记等。关于成书年代，有的研究者认为，它比《一千零一夜》产生的时间还早。二十世纪初，法国人哥德福尔·迪姆贝尼发现了它的手抄本，并于1911年首次印行出版。据研究者考证，该书共有三个手抄本：一个藏于巴黎国家图书馆，两个藏于突尼斯国家图书馆。各个版本篇幅长短不一，其中故事也不完全相同。研究者以突尼斯馆藏的一个为蓝本，以巴黎馆藏的为参照进行研究，并在此基础上重新出版了阿拉伯文本的《一百零一夜》。

《一百零一夜》全书含大故事二十四个，小故事约三十个。全书的引子与《一千零一夜》有些类似，它讲到古代印度有一位名叫达里姆的国王，对自己的形象十分欣赏。国王听说呼罗珊城一个青年长得很美，便派人去邀请他前来，以便和自己比个高下。青年在动身前，发现妻子与一奴隶私通，愤而将两人杀死。青年来到印度王宫后，心情忧郁，面色不佳。一日，他发现王后与黑奴私通，顿时省悟，觉得自己的灾难与国王相比算不得什么，从此精神振奋，能吃能喝，很快恢复如初。国王见状，十分惊讶。经不住国王再三询问，青年告诉了他实情。国王在亲眼证实王后背叛后，愤而将王后、黑奴等一干人处死。以后，他每晚娶一女子，翌晨即将其杀死，以泄心中对女人的愤恨。日子一天天过去，国中女子被杀得所剩无几。宰相女儿山鲁佐德自愿到王宫，以每夜给国王讲故事的方法，挽救自己和众姐妹的生命，一共讲了一百零一夜。

从总体上看,《一百零一夜》虽不像《一千零一夜》那样篇幅宏大,场景广阔,但其故事在主旨和内容上却是相通的。它的朴素的现实主义和神奇的浪漫主义相结合的艺术手法,大故事套小故事的框架结构,诗文并茂、语言大众化的特点,以及某些细节的精彩描绘,都与《一千零一夜》有异曲同工之妙。

概括地说,它主要表现了如下主要内容:一、歌颂美好纯真的爱情。这方面的故事在《一百零一夜》中占有很大比重。主人公们为了追求纯真的爱,历尽艰辛,备受折磨,始终矢志不渝,直到幸福结合。爱情的主人公有王子、公主、商人和普通百姓。通过这些爱情故事,反映了人们对美好幸福生活的向往和追求。如《纳吉姆王子和娜依拉公主》中,王子和公主相爱成亲,新婚之夜,公主被妖魔掳走。王子为寻回公主,历尽千难万险,终于找到妖魔的洞穴,并用计将妖魔杀死,与公主团聚。

二、褒扬善与美,摈斥恶与丑。人们对美好生活或纯真爱情的追求中,常会遇到现实社会中强大的恶势力的阻挠,主人公们必须克服横亘在他们面前的重重阻力。但无论是现实的较量,还是借助神力的较量,最终善与美必然战胜恶与丑。如《国王和蛇的故事》描写大王子和二王子去为父亲求药,二王子经过艰辛寻得药物,大王子贪图享受,不去寻药,他见二王子寻药归来,不仅偷窃了二王子身上的药,还将他置于死地。后二王子被人救活,回到宫中,大王子被处以死刑。大王子代表恶,二王子代表善,善最终战胜了恶。《商人儿子和异乡人的故事》中,商人儿子穆罕默德来到一个地方,遭黑店老板暗算,被抛入地下室。他通过顽强斗争,运用智谋,终于揭露了这个卖人肉老板的罪恶,使他遭到了应有的惩处。值得注意的是，许多故事中都有妖魔攫取女郎的情节，如《扎菲尔王子的故事》《阿卜杜·马立克的故事》《国王和羚羊的故事》等。这些妖魔是社会上恶势力的象征，是恶的化身。

三、表现人的探奇冒险精神。不少故事描写主人公单刀匹马在沙漠旷野中游历，在游历中遇到种种奇观异境、惊险场面。《青年商人的故事》中，青年商人外出游历，始则遇到女妖，继而进到一个仙境般的山洞，后来与一个神奇国度的公主成亲。《国王和蛇的故事》中，国王为寻找失去的骆驼，独身一人前往大山，遇到一条大蛇，与蛇发生了一段恩怨故事。该故事中的二王子为父亲寻药时，来到一座古堡，与半睡半醒的女郎产生爱情，并得到了神药。不少故事还描写了骑士与骑士之间、骑士与恶魔之间的战斗。《大臣儿子阿卜杜拉和老人》则是一个海上冒险故事。阿卜杜拉和一个老人在海上遇到七尊向他们进攻的雕像，打败雕像后，进入岛上一个古老的宫殿，躲过向他们射来的箭矢，终于取得宝藏。《樟脑岛的故事》更加引人入胜，其中表现了各种奇奇怪怪的事情：海域住着吃人的妖怪，他们将死人头骨挂在家中，顶礼膜拜，求签问卜；硕大无朋的巨鸟将人攫起抛向天空；海中浮出一群群美人鱼和怪兽。主人公们跨过一道道险阻，最后获得了樟脑岛上的宝藏。这些故事，特别是沙漠骑游的故事，产生在阿拉伯马格里布这一具体环境中的可能性较大。《商人儿子和异乡人》中则出现了飞车、飞缸等情节。有些故事表现了主人公用化学物质提炼黄金的企图。探奇冒险、求索未知世界的精神实质，是人类希望开拓未来、掌握未来的一种精神。无论是陆上、海中的探奇冒险，还是众多神奇生物的出现，均表现了人类企图战胜社会中的邪恶势力、征服自然的努力。在此过程中，不仅产生出丰富的想象力，而且表现出勇敢无畏、百折不挠的精神，因而这类故事具有经久不衰的魅力。

其他一些故事则表现了不同方面的内容，如表现了不同民族、不同宗教间的宽容和睦，赞美了主人公的美德；表现了统治者体察民情、办案公允，也反映了当时社会的黑暗；有的则将君王平民化，表现了市民阶层的趣味。还有一些故事表现了一定的哲理，有的故事表现了对统治者的嘲讽，有的故事则表现出对妇女的歧视。

《一百零一夜》的流传和成书过程，均发生在阿拉伯马格里布地区，因此其故事中具有浓重的伊斯兰色彩，也就不足为奇。

我们发现，在《一百零一夜》中有几则故事与《一千零一夜》中的故事大致相同（准确些说是部分相同)，如开篇故事《王子和七位大臣的故事》及《乌木马的故事》。《驼背老人和哈伦·拉希德哈里发》与《一千零一夜》中《睡着的人和醒着的人》立意相同，但内容却完全不同。其他如小故事《磨夫和他老婆的故事》在《一千零一夜》中也有。《一千零一夜》中的《王子和七位大臣的故事》由约二十个小故事组成，《一百零一夜》中有十一二个小故事与之相同，且《一百零一夜》中的版本更加简短。《驼背老人和哈伦·拉希德哈里发》中，驼背老人几次被哈里发麻醉后弄到宫中被他和群臣、宫女戏耍，主要在男女关系上对其调侃，反映了市民趣味，但也剥去了君王身上的神圣光环，如驼背老人所说："三天来我都遭到一群疯子戏弄。"《乌木马的故事》与《一千零一夜》中的同名故事在一些细节上也有所不同，《一百零一夜》中的似乎更精彩。我们之所以作出比较，是想对《一百零一夜》和《一千零一夜》的成书过程提供一点补充材料和分析。《一百零一夜》

与《一千零一夜》中相同的故事并不多，说明它们最早并非源自同一个蓝本，很可能是同时或先后取自当时流传在阿拉伯地区的故事。开篇故事可能取自当时流传在阿拉伯地区的波斯故事集《赫扎尔·艾福萨那》（《一千零一夜》的最早来源）中山鲁佐德讲故事的引子，专家们认为它更接近于印度本源。来源于印度的《王子和七位大臣的故事》很早就流传到阿拉伯地区，《一千零一夜》也是在其成书过程中才将这一开篇故事收集进来的。《一百零一夜》应该也是这种情况。一般来说，同一故事，篇幅短的比篇幅长的产生时间要早，加上《一百零一夜》缺乏《一千零一夜》中那种反映中世纪商业社会中丰富复杂的爱情、家庭生活的长篇故事，而且表现英雄骑士的故事较多，由此似乎可以说，《一百零一夜》产生的时间比《一千零一夜》（指其定型成书的时间）还要早的推断是有一定道理的。

还要指出的是，《一百零一夜》给我们提供了研究古代东方文化、文学交流的可贵资料，大大扩展了比较文学的视野。上述《一百零一夜》和《一千零一夜》中某些故事的同异与比较，即是很好的研究课题。《商人儿子和异乡人》中有这样一个情节：异乡人取出一个瓶子，从里面出来一个女郎。他和女郎吃过食物后，便倒在一旁睡觉。这时女郎也取出一个瓶子，从里面出来一个年轻男子，她和男子交媾后，把男子放回瓶中，睡在异乡人身旁。异乡人醒来后，将女郎放回瓶中，收好瓶子，继续走自己的路。这是一个典型的印度佛经故事，载于《旧杂譬喻经》中，后来传入中国，在晋人荀氏的《道人幻术》和梁人吴均《续齐谐记》的《阳羡书生》中均有记载，虽然内容略有不同。在《一百零一夜》中发现这则故事，确实使我们感到惊讶又兴奋。《一千零一夜》开篇故事讲国王两兄弟因王后不忠，杀死王后，逃出王宫。来到海边一棵树下，见海中出来一个妖怪，顶着一个箱子。他俩赶紧爬上树。妖怪上岸后将箱中女郎放出，自己倒头回树上睡觉，女郎见树上的国王兄弟俩，便招呼二人下来交媾……这近似上面那个取自佛经的故事，但与《商人儿子和异乡人》中整个借取佛经的情节有所不同。

为了以后对故事情节进行多元的比较，这里将中国的《道人幻术》和《阳羡书生》简要介绍一下。《道人幻术》：有一外国道人，尝行，见一人担担，上有小笼子，可受升余。道人对担人说他因旅途劳累，请担人让他在笼中歇息。担人怪之。担人让道人上去后，笼不更大，其人亦不更小，担之亦不觉重于先。行数十里。道人取出美味佳肴，亦不下担，请担人共用。有顷，从口中吐出一女郎，娇姿艳美，共进美馔。食毕，道人睡去。此时，女郎亦从口中吐出一少年男子，二人共食。之后，道人欲动，妇人即将男子纳入口中。道人醒，将妇人纳入口中，继续行路……《阳羡书生》：阳羡地区某担人，途遇一书生称途中劳累，求入鹅笼担中。故事前段与《道人幻术》雷同。但书生将女子吐出，女子又吐出一男子后，故事并未结束。男子又吐出一女子。书生欲醒，男子、女子依次将吐出之人纳入口中。书生将女子纳入口中与担人告别上路。两个故事中还有一些细节，后一个故事从前者演化而来。荀氏生卒年不详，吴均生于469年，卒于520年，晋与梁前后应该相隔二三百年，鲁迅先生在《中国小说史略》中认为这是佛经故事中国化的过程。《商人儿子和异乡人》的整个故事充满"空"和"虚无"的观念，明显受到佛教影响，异乡人口吐瓶子放出女郎的情节与佛经故事吻合，但它又不是一篇纯粹的印度故事，而是与阿拉伯社会生活结合在一起的，也算是这个故事的阿拉伯化吧！其中，商人儿子穆罕默德和异乡人一起把他不忠的公主妻子、引诱她的某王子、他们的孩子，还有异乡人吐出的女郎、女郎吐出的男子统统杀死，商人儿子又回到原来的故乡，异乡人继续云游四方。故事"色""空"观念浓重，令人叹为观止！"瓶中人"的故事是怎样流传到阿拉伯，又是怎样与阿拉伯故事产生联系的？是佛经直接影响阿拉伯，还是通过别的什么途径？这不是非常值得我们深入探讨吗？

回到《一百零一夜》。诚然，我们今天来看《一百零一夜》的故事，有的不免简浅、粗犷，但正因为此，才体现出它民间文学质朴清纯的特质，何况它的许多故事还是十分精彩的，其中以动物为主人公的寓言故事更是引人入胜。

《一百零一夜》与中国肯定有关系。其中的《樟脑岛的故事》中写道：一天，波斯国王艾努·舍尔旺正与大臣公卿们议事，忽然一位年纪很大的骑士跑进宫来。他向国王讲述来历："我常在世界各地周游，无论荒漠还是城市，到处都有我的足迹。我到过印度、信德、也门、中国……我是小巨人子耶稣萨尔达·本·阿玛尔，我今年已有三百岁。海上的岛屿没有一个我没去过，陆地上的城市没有一个我没到过。我从锡兰跨海到印度，又从印度乘船到也门，不久前来到一座高楼林立的大城市，这是罗马人、大主教们和一些巨人们建造的……"在这里原文的注释是："一说是从印度到也门；一说是到了也门；一说是到了中国，这座城市名叫布尔盖。"也许是不同的版本和不同的编辑者在这里采用了不同的说法，但从故事看，这位老人所描述的经历显然是发生在中国。

对《一百零一夜》，一些古代典籍曾有所记载。我们先来看看典籍中的记载。在法国学者费琅编译和校注的《阿拉伯波斯突厥人东方文献辑注》（出版于1913至1914年）中，对《一百零一夜》有如下记载：“第六十九页第八夜国王问他自何方来，其国籍为何处？'我来自信德、印度和中国大地。鄙名叫小萨达·本·亚马力，现年已有三百岁……我曾不停地从一个岛到达另一个岛，这样一来，我就到达了中国。我首先到达了一个叫做巴尔卡的城市里，这是中国的第一座城市。当地居民发现我们的时候，便带着大木棒和长矛迎了上来，而且还听到城内一阵惊天动地的喧闹声。当我们接近该城的时候，其宏大的规模使人眼花缭乱。有人把我们带到了国王宫殿，叫做哈姆丹……'”故事接着叙述他来到王宫的情形，这里对中国的王宫做了非常细致的描写，“王宫富丽堂皇，光彩夺目，难以描述。我和我的伙伴走进一扇大门，来到宫殿圆厅，圆厅四周是高大的柱子。宫殿中央，溪流纵横交错，两旁树木成林，结满了各种果实，草地上鲜花盛开，如石竹花、郁金香、番石榴等。不远处有一座大理石圆拱顶建筑，四周有黄金镶嵌的阳台，每个阳台上都有一个用纯金刻就的符咒，符咒下面是一个环，一旦有苍蝇、昆虫附着在上面，符咒便会发出令观者终生难忘的语音。拱顶上面是一只金孔雀，它的两眼用红宝石嵌就，双脚由祖母绿制成，翅膀则饰以各种珠宝玉器。当我们走到御阶前时，看见国王坐在龙床上，面上容光焕发，双目炯炯有神。他左右各站着二十个宫女，每个宫女手中都拿着丝绸扇子。他头戴一顶饰有各种珠宝玉石的金冠，面前还站着像羚羊般可爱的彩女……”这种描写比起《一千零一夜》中的描写也不差，而且也符合中国宫廷的实际。

故事中的一段对话，更能表明事情是发生在中国："'我听说国王清正廉明，爱民如子，十分向往，所以在回国途中就顺道到这儿来了。'礼仪官又对我说：'国王问你是否知道世界上诸王的情况？'我回答说：'是的，陛下！世界上最辽阔的国家是伊拉克，它在世界的中央，世上诸王都环绕在它四周。'礼仪官说：'我们在书上也读到过。在它之后是我们的国家。我们还知道有一位叫狮王之王的国王，他是土耳其国王，土耳其人是人中的狮子，骁勇无比；之后是大象之王，就是印度的国王；之后是哈巴什国王，号称智慧之王。至于我们的国王，即罗马国王，被称作众人之王，因为世界上没有哪个国家的人比罗马人更健壮更俊美，以上都是国王中的佼佼者，其他的国王都不如他们。'我对礼仪官说：'你说得对。'"

上面这段描写，按故事所说，是骑士老人与罗马国王和礼仪官的对话。如果我们读了下面这段文字，就会判定，骑士老人是在与中国国王和礼仪官对话。中世纪阿拉伯著名学者麦斯欧迪的《黄金草原》中曾有以下描述：

"这位古莱氏人……声称他属于阿拉伯人的先知家庭……此人是一名智叟，据他述说，中国国王召见他一次之后，询问他有关阿拉伯人和阿拉伯人摧毁波斯王国的手段……国王接着又说：'你们如何划分世界上的所有君主呢？'古莱氏人回答说：'我一无所知。'国王在此时又对翻译说：'告诉他，我们计算了五次。所有人中最为富裕的占有者是统治伊拉克的人，因为他占据世界的中央，其他列强围绕于其周围，所以我称之为王中王。继这一帝国之后就是我国，我们把它看成是人类的王国，因为任何一国都没有像它那样治理得井井有条，也不像它那样被有规则地治理，没有任何一个地区的居民像我们的臣民那样听话，这就是我们为什么是人类的王国。

继我们之后便是猛兽的国王，这就是我们的近邻突厥人的国王，他是人类中的猛兽的国王。继他之后是大象的国王，这就是印度的国王，我们承认他是智慧的国王，因为智慧发源于该国。最后一个是罗马人的国王，我们也把他看成是人类的国王，因为任何一个国家都没有体型那么优美和面庞那样美丽的居民。以上就是主要国王，其余者都低于他们。'"

这段对话，与《樟脑岛的故事》中的那段对话基本相似，而且后者是对前者的一种抄袭或沿用，只是做了一些改动。《樟脑岛的故事》把本应是中国的地方改成了罗马。我们从《阿拉伯波斯突厥人东方文献辑注》中知道，《樟脑岛的故事》原本描述的是中国。麦斯欧迪的《黄金草原》记述了古莱氏人与中国国王（皇帝）的对话后，在阿拉伯国家流传甚广，成为了文学创作的材料。《樟脑岛的故事》就是一篇据此材料创作的作品，当然加上了不少神奇的情节。故事的后半部分是国王资助骑士老人到樟脑岛取得财宝的情节。

顺便说一句，关于《黄金草原》的记述，张星烺先生认为，其中也有不符合实际的地方，那就是中国国王（皇帝）不可能自己承认比伊拉克国王低一等，而屈居第二。这明显是阿拉伯人为抬高自己的国家而把顺序改动了。

还要提一下的是，《樟脑岛的故事》中所提到的对头盖骨的顶礼膜拜，对大鹏鸟、美人鱼的描述，更应该是来源于东方的信仰和传说。故事中对大鹏鸟的描述："赛阿达老人带领人们在海上航行了十天，来到一个有淡水的岛屿。他们下船饮水。这时忽听天上一声巨大的响动，众人抬头观望，只见一只硕大无朋的巨鸟正俯冲下来，瞬间攫取他们中的一人飞上天空。众人一阵骚动，冲老人嚷嚷道：'你是要带我们来送死呀！'老人说：'已死的那位寿命已到。一切无能为力，只能靠伟大的安拉了！'"这比伊本·白图泰访问中国的游记中对大鹏鸟的描写夸张了不少，但也有不少相似之处。

故事中关于美人鱼的描写："突然从海中浮出一群美人鱼。她们如初升的月儿般美丽动人，长长的秀发披于腰际。众人见到她们，都朝她们走去，她们也不回避，反而跟他们在一起亲切地嬉戏。每个人都跟一个美人鱼玩耍。东方发白，天刚蒙蒙亮，她们就互相吆喝着返回海面，沉入海底。没人能抓到她们……"

关于美人鱼的传说，中国文学中也有描述。《太平广记》中《洽闻记》之《海人鱼》写道："海人鱼，东海有之。大者长五六尺，状如人，眉目口鼻手爪头皆如美丽女子，无不具足。皮肉白如玉，无鳞有细毛，五色轻软，长一二寸。发如马尾，长五六尺。阴形与丈夫女子无异。临海鳏寡多取得，养之于池沼。交合之际，与人无异，亦不伤人。"

前已述及《樟脑岛的故事》与中国的关系，大鹏鸟的传说、美人鱼的传说也都与中国的类似，考虑到这篇故事存在于阿拉伯马格里布民间故事集《一百零一夜》中，这种与中国的可能联系，就更加令人寻味了。产生于遥远时空的《一百零一夜》与中国有着千丝万缕的联系，这是中国和阿拉伯国家文化、文学交流史中一缕抹不去的亮色。

（本文原载于《东方学刊·2015》，河南大学出版社 2015 年 12 月出版。）

《一千零一夜》中的东方形象与
对他者的想象

林丰民

摘要：在《一千零一夜》中，同属于东方的印度、中国和波斯的形象有很大的差异，中国人和印度人在这部作品中基本上呈现出正面的、美好的形象，而波斯人则常常被描述为负面的形象。造成这种差异的主要原因就在于阿拉伯人对印度、中国和波斯的集体想象的不同，而对各东方民族的集体想象的不同又是跟阿拉伯人同这些民族的交往密切相关，与军事的征服、政治的交往、商业的往来和宗教的排他性等因素都有关系。

作者简介：林丰民，北京大学外国语学院阿拉伯语系主任教授

作为阿拉伯民间文学的代表作，《一千零一夜》所蕴涵的学术研究价值是不言而喻的。尽管国内外学者已经从各个侧面对《一千零一夜》进行了既有广度又有深度的研究，但它仍然有许多东西待我们去进行进一步的开掘与探究，尤其是随着新的理论出现，对经典作品的解读也就有了新的视角，新的方法，新的途径。比较文学形象学的出现，就为我们研究《一千零一夜》这样一部具有多种文化成分的作品提供了重新解读的视角。

尽管有人研究过《一千零一夜》中的人物形象，但这种对人物形象的研究是从故事的情节出发，为发掘作品的主题而进行的分析，与比较文学意义上的形象研究是截然不同的[1]。因为"比较文学意义上的形象学，并不对所有称之为'形象'的东西普遍感兴趣，它所研究的是一国文学中对'异国'形象的塑造或描述（representation）"[2]。本文将在这一理论基础上探讨《一千零一夜》对作为"他者"的中国、印度和波斯形象的描述，借此分析阿拉伯人对异国/他者文化的接受或排斥，论述他们对他者的"集体想象"。

一

　　《一千零一夜》开篇就出现了东方的异国形象："传说古时候在印度、中国的群岛上，有一个萨珊国。国王手下兵多将广、奴婢成群。他有两个儿子，都是英勇的骑士。大儿子比小儿子更加骁勇善战。他继承了王位，治国公正无私，深得民心，称山鲁亚尔王。弟弟叫沙赫宰曼，是波斯萨马儿罕的国王。兄弟二人在各自的王国里治国严明、公正，可谓清如水、明如镜。百姓们也都安居乐业，幸福无比。就这样，不知不觉过了二十

1　即便在普通意义上的形象研究方面，国内已有的研究成果也不是很多，仅有纪焕祯发表过一篇《山鲁佐德的现代文学形象》与形象有关。但这篇文章也不是对《一千零一夜》人物形象的具体分析，而是总结了《一千零一夜》人物在现代文学中的重新演绎。郅溥浩的专著《神话与现实——〈一千零一夜〉论》中有一章论述《一千零一夜》的民间故事母题在一定程度上与人物形象相关。

2　孟华:《比较文学形象学论文翻译、研究札记》，见孟华主编:《比较文学形象学》，北京大学出版社，2001年，第2页。

年……"[1] 这个以东方形象开篇的故事虽然是要引出王后淫乱和国王开始滥杀无辜妇女的故事，但值得注意的是文本中对于印度、中国和波斯形象是持一种景仰、赞赏的态度，然而随着情节的推进，对东方形象的叙述却产生了分野，对中国和印度形象的描绘大体上仍然保持着这样的善意基调，而对波斯形象的叙述却变成了负面的。

对印度形象的刻画虽然不多，但是基本上都是美好的印象。在《脚夫和三个女郎的故事》中，第二个流浪汉讲述的故事把印度的统治者称作"伟大的印度国王"，而且这个国王也是求知好学的，在听说了出身波斯王室的"我"的博学多才以后，便派遣使者携带重礼来拜见"我父王"，邀请"我"去印度讲学。在这个故事中出现的女郎则是"一位灿若明珠般美丽的姑娘，让谁见了都会忘却一切烦恼和不快"，她是"印度边疆乌木岛国王的女儿"，本来已经许配给堂兄，却在洞房花烛夜被妖魔杰尔杰里斯·伊本·伊卜里斯劫夺走，霸占了二十五年，其遭遇令人同情。在《渔夫的故事》中套讲了一个小故事，题为《诡计多端的大臣的故事》，这个故事也与印度形象有关。故事叙述大臣企图假借妖精之手加害于王子，而这妖精在最开始的时候是变成了一个受难哭泣的女郎，以印度公主的身份出现在王子的面前，故而没有引起王子的疑心和戒惧（第55页）。

中国的形象也基本上是正面的。《阿拉丁和神灯》的故事就是以中国中部大城市一个裁缝的儿子作为主角来讲述故事的，"生动反映了古代阿

---

1 《天方夜谭》，漓江出版社，1998年，第1页。本文所引用自《一千零一夜》的内容均出自此译本，另注页码，同时参考纳训翻译的六卷本。原文参考埃及开罗现代阿拉伯研究中心（Al-markaz Al-'arabi Al-ḥadīth）整理印行的文本。

拉伯人民所向往的神秘美好的中国的印象"[1]。而《卡玛尔·宰曼和白都伦公主》中白都伦的身份就是中国的公主，她的形象和她国家的形象都是令人神往的：

> ……今晚我从中国的一个岛屿飞来。那里的岛屿和四周的大海全是一个名叫乌尤尔的国王的国土，他还是七座官殿的主人。这个国王有一个女儿，世间没有谁比她长得更漂亮。她天生丽质、窈窕婀娜，真是一位绝代佳人。对她的美丽，我这张笨嘴是无法形容的。她的父亲是一位声名赫赫的国王，统率着庞大的军队，控制着辽阔的国土。他日夜征战，骁勇无比，威名远播，天下无敌。他对女儿宠爱极了，不惜为她横征暴敛，掠夺别国的财物为她修建了七座官殿。每座官殿都由不同材料建成。第一座官殿是水晶的，第二座是大理石的，第三座是纯铁的，第四座是宝石的，第五座是白银的，第六座是黄金的，第七座是珠玉的。官殿内装饰豪华，摆设着金银器皿，以及一切为帝王享用的物品。国王让他的女儿在每个官殿内居住一年，然后再转移到另一个官殿居住。国王的女儿名叫白都伦。白都伦公主的美丽天下闻名，各国的国王都派人前来提亲。乌尤尔国王就婚姻之事与女儿商量……（第279—280页）

"白都伦"这个名字本身也寄寓着一种美好的情怀，在阿拉伯语中"白都伦"意为圆月，是一种美好的意象，不仅是因为圆月的形状本身令人赏

1　刘守华：《比较故事学论考》，黑龙江人民出版社，2003年，第245页。

心悦目，更因为圆月的清辉给沙漠里的阿拉伯人带来夜晚的光亮和清爽，令人心旷神怡，因此，在命名和起外号的时候，阿拉伯人往往也把有着美丽的圆形脸庞的人称为"白都伦"。

但与中国形象和印度形象不同，波斯形象在《一千零一夜》的叙述中则十有八九是负面的、反面的。波斯人出现在作品中常常是丑陋的、可笑的，甚至是凶恶的，而最为普遍的则是一些可以被称作套话的词汇——"拜火教徒""伪信者"和"卡菲尔"（异教徒）等——常常被用来指称波斯人。有学者指出，"套话是形象的一个最小单位，它浓缩了一定时间内一个民族对异国的'总的看法'，因此，对套话的研究往往能以小见大，引发出很有意义的结论来，它对整个社会集体想象的研究都具有参考价值"[1]。被《一千零一夜》所广泛使用的"拜火教徒"和"异教徒"等套话的确浓缩了阿拉伯人在征服波斯以后在宗教层面上对于波斯民族的集体想象。我们看到阿拉伯人在这里是以伊斯兰教来衡量一个人、一个民族的"信仰正确性"。在当时，乃至今日，阿拉伯人都把信奉伊斯兰教的人看作是最优秀的，而把信奉其他一神教的人视为仅次于穆斯林的上等人，而对多神崇拜的人和拜物教徒则贬为愚昧之人，至于无神论者在他们眼里简直是无可救药，丧失了死后进天堂的机会。波斯人在阿拉伯人到来之前大多信奉祆教（拜火教／锁罗亚斯德教），崇拜火和日月星辰，是伊斯兰教所反对的。在《脚夫和三个女郎的故事》中，第一个女郎讲述了自己在一座空城的经历，尽管是空城，但仍然可以看出那里曾经有过的繁华，

1　孟华：《比较文学形象学论文翻译、研究札记》，见孟华主编：《比较文学形象学》，北京大学出版社，2001年，第12页。

但是却由于信仰不好，被苍天降下怨怒，把所有的人和牲畜都变成了黑石头，只有暗中信仰了伊斯兰教的公主得以幸免。他们之所以遭遇如此大祸，就是因为他们信仰祆教，国王、王后"和城邦里所有的人都是祆教徒，不崇拜威力无比的安拉，却崇拜火。他们发誓的时候也是指着火、光、影和旋转的天体发誓"。他们不仅不听来自上天的警告，而且变本加厉，终致灭绝（第185—186页）。对波斯人的类似描述在《一千零一夜》出现过很多次。

即便和宗教没有关系，波斯人出现在《一千零一夜》中也大都是不好的形象。在《乌木马的故事》中，波斯方士不仅形容丑陋，而且还被认为是一个善于撒谎的大骗子，以至于当王子来到关押方士的监狱时还被狱卒们嘲笑了一番。在《脚夫和三个女郎的故事》中，三个波斯流浪汉形象则显得很可笑，他们都被剃光了胡子，都瞎了一只眼。在古代阿拉伯人甚至现在的一些穆斯林看来，男人如果没有胡子那就不像男人，非男人的形象加上独眼龙的怪状，就显得更滑稽。第一个波斯流浪汉讲述自己因为丢失王子的身份而变成如此模样的故事，提到自己的堂兄弟变成漆黑的焦炭和一个同样像漆黑的焦炭一般的女郎躺在一起，原来这两个男女是由于乱伦才遭到如此下场，女郎其实就是流浪汉的堂妹，堂哥和堂妹互相爱恋，并且不顾父亲的阻拦，"鬼迷心窍，走火入魔"，躲进一个地下大厅，触犯了人伦大忌，结果遭到天谴，被天火焚烧而成焦炭（第126页）。第二个波斯流浪汉的故事中，魔鬼变成了波斯人的模样，对美丽的姑娘极尽折磨之能事，也差点把流浪汉本人杀死。

我们在这里看到，同样是东方民族，但是印度、中国和波斯的形象却有着巨大的差异，甚至可以说是反差。这种形象的差异从形象学的角度来看，体现了一种文化事实。法国学者巴柔指出："形象因为是他者的形象，故而是一种文化事实；此外，我们说的也是文化的集体形象。它应该被当作一个客体、一个人类学实践来研究。它在象征世界中占有一席之地，且具有功能，我们在这里把这一象征世界称之为'集体想象物'。"[1]由于阿拉伯人对于印度、中国和波斯的集体想象不同，所以，在《一千零一夜》中所出现的作为他者的印度、中国和波斯的形象自然也就存在差异。

而他者的形象作为一种"集体想象物"，受到"自我"/"注视者"一方的基本立场的支配。巴柔很详细地把注视异族文化的基本态度做了概括。第一种认为异族文化现实具有绝对的优越性，从而让异族文化凌驾于本民族文化/本土文化之上。"这种优越性全部或部分地影响到异国文化。其结果是本土文化、注视者文化被这个作家或集团视作低劣的。对应于异国文化的正面增值，就是对本土文化的贬低。"[2]但在《一千零一夜》成书的年代，恰逢阿拉伯帝国强盛的时代，阿拉伯人不太可能用这样的眼光去注视他者文化，即便在伊斯兰教建立以后的早期扩张过程中，阿拉伯人曾惊异于被征服地区相对发达的文明生活和先进文化，但由于总体上屡战屡胜的征服者心态，多多少少削弱了他们对被征服地区文明的景仰与向往，恐怕更谈不上巴柔所说的狂热。

第二种态度可以称之为憎恶，恰恰走向了第一种态度的反面，将异族

---

1 达尼埃尔-亨利·巴柔：《从文化形象到集体想象物》，孟华译，见《比较文学形象学》，第124页。

2 孟华：《比较文学形象学论文翻译、研究札记》，见孟华主编：《比较文学形象学》，北京大学出版社，2001年，第141页。

文化视为低下的，从而对其产生不屑之情，这种态度导致一种正面的增值，产生一种对本土文化的"幻象"。《一千零一夜》中波斯人的形象就是在这种憎恶态度的基础上产生的。在作为文化核心的宗教方面，阿拉伯人把波斯的拜火教等信仰统统视为愚昧的、低劣的。这种态度促使他们在描述波斯人形象的时候将其丑化、矮化甚至妖魔化。

第三种态度是友善的、交互的。异族文化进入到注视者的视野之中，被看作是正面的，与本国文化并驾齐驱、各有优点，可以相互交流、相互学习、相互借鉴。《一千零一夜》中对印度、中国基本上就是这种友善的态度[1]。

二

我们已经了解了阿拉伯人对于东方其他国家形象描述的差异源于他们对这些国家／民族的态度不同，即对于各民族的想象不同。那么，究竟是什么原因造成了这些不同的态度呢？

《一千零一夜》中对印度形象的善意态度与阿拉伯早期征服印度的历史有关。在阿拉伯人征服了波斯以后，征服印度就有了一块极为便捷的跳

1　巴柔认为还有第四种态度，"也是最后一种态度：交流、对话的现象消失了，以让位于一个新的正在统一起来的整体。在试图重建已失去的联盟或制定新体系的运动中这一现象尤为明显，如泛拉丁主义、泛日耳曼主义、泛斯拉夫主义；同样也表现在各式各样的世界主义、国际主义中。人们把大量交流作为原则提出来，但仅限于在一个有序的内部。十八十九世纪，许多法国文人信奉的世界主义都是有前提的，即在这个分为等级的世界里有一个中心，而此中心就是巴黎……"（见孟华主编：《比较文学形象学》，北京大学出版社，2001年，第143页）但是笔者认为基本的态度就是前面的三种。

板。公元 636 年至 637 年阿拉伯人就曾有远征印度的第一次军事行动，在印度西海岸进行了掠夺性的军事冒险，但由于哈里发欧麦尔对于海军没有足够的信心，下令禁止这支海军进行远距离的冒险，使得这支远征军刚到达孟买附近的撒那地区便戛然而止。相隔了很长一段时间，到了公元八世纪初，由于印度信德辖下的海港城市第巴尔（Depal）的海盗抢劫了装载锡兰统治者赠送给哈里发的礼物的八艘船只，惹恼了阿拉伯人，很快就由伊拉克总督哈杰只（Al-ḥajjaj ben Yusuf Ath-thaqafi）以哈里发的名义派了一支军队前往第巴尔讨伐。但此次的讨伐行动遭到大败，军队的统帅也被印度军队杀死。这实在令常胜的阿拉伯军队大失面子。公元 712 年，一支有计划、有预谋、有组织的阿拉伯远征军在大将穆罕默德·本·卡西姆（Muhammad Bin Qasim）[1] 的率领下，气势凶猛地扑向第巴尔，大胜印度军队，缴获了大量的战利品，对该城进行了惩罚性的攻占，据说凡是拒绝加入伊斯兰教的十七岁以上的男子一概处死[2]。而后，穆罕默德·本·卡西姆继续向北推进，途中接受了海德拉巴（Hyderabad）以南地区居民的投降，但是很快遭到信德的婆罗门国王达赫尔的顽强抵抗，两军进行了一场空前激烈的决战，终以印度军队的败战结束，于是，阿拉伯人占领了国王的堡垒拉瓦尔，屠杀了约六千人，此后便势如破竹，相继占领了布拉曼纳巴德（Brahmanabad）、安洛尔（Aror，又译阿洛尔）和谟尔坦（Multan）等堡垒。尽管如此，阿拉伯人对信德的统治到九世纪末时已经式微，信德"在事实上已经脱离了

1　《印度通史》的中文译者从英文翻译过来的译名为穆罕默德·本因·昆西姆。

2　辛哈、班纳吉：《印度通史》，张若达、冯金辛、王伟译，商务印书馆，1964 年，第 178 页。

哈里发的管辖"[1]。

印度史家认为，阿拉伯人早期对印度的征服是从毁灭寺庙和迫害异教徒开始的，"可是征服者不久就认识到，印度教太强大了，不是暴力所能消灭的"，于是阿拉伯人转而采取灵活的政策，对印度人尽量宽大处理。伊拉克总督哈杰只在阐述这种政策时说道："既然他们已经投降并同意向哈里发纳税，就不能再对他们有什么更多的要求了。他们已经被置于我们的保护之下，无论如何，我们不能夺取他们的生命和财产。我们允许他们崇拜他们的神。不禁止任何人信仰他自己的宗教。"[2]

可以说，阿拉伯人对印度的征服是有限的。即便是阿拉伯人对信德的征服，也只是"印度历史和伊斯兰教历史中的一个插曲，一次徒劳无功的胜利"[3]。他们亦曾试图以信德作为征服印度的基地，派遣军队去攻打其他各地的印度王公们，但均无功而返。这种有限的征服使阿拉伯人认识到印度的强大，同时又对印度文化有了直接的接触。阿拉伯人试图让被征服的印度人接受伊斯兰教和伊斯兰文化，但是当时也只有一部分信德的居民改变了信仰，这个国家的语言、艺术、传统和习俗仍然延续如旧，阿拉伯人反而在这里建立起一个接受印度文化影响的窗口。"印度的音乐、绘画、医学和哲学在伊斯兰敏于感受的青年一代中，给了不少教益。"[4]中世纪印度和伊斯兰世界的交往使阿拉伯人对印度有了深层的了解。"自十二世纪以来，

---

1 辛哈、班纳吉：《印度通史》，张若达、冯金辛、王伟译，商务印书馆，1964年，第180页。

2 同上。

3 同上。

4 同上书，第181页。

许多著名的诗人、学者、苏非派信徒和神学家都移居印度，在中世纪，整个伊斯兰世界十分出名的印度穆斯林学者也绝非少数，因此印度的许多观念对印度之外的同时代思想具有重大影响。"[1] 由此，我们不难理解为何《一千零一夜》中对于印度形象的描述多是正面的，因为印度被阿拉伯人看作是一个有智慧的民族。

苏非派与印度瑜伽的亲近，可能也是阿拉伯人对印度产生好感的一个重要因素。十三至十五世纪一直统治着印度民间宗教生活和伦理生活的瑜伽哲学早在十一世纪就已与伊斯兰世界的苏非教徒有所交流，有所接触。苏非派信众在接触了瑜伽之后，发现瑜伽派对于"终极实在"的理解与苏非诗人们所表达的"神的同一性"思想颇为接近。一部题为《甘露壶》的诃陀瑜伽派论著曾对苏非派知识界产生了巨大影响，"该书曾数次被译成阿拉伯文和波斯文，瑜伽派把他们的冥想之功教给苏非派信徒，并传授有关药草和化学的知识"[2]。据说苏非派布道用书中还特别说明，瑜伽派在巴巴·法里德的修道处和各城镇的契斯提修道处中都是受欢迎的贵宾[3]。这种良好的宗教文化的交往，使得阿拉伯人对印度在认识上保持着一种好感。双方这种宗教文化交往的时间也正好是《一千零一夜》扩充、发展的时期，必然会影响创作者对印度形象的塑造。

还有一个原因大概也是站得住脚的，即《一千零一夜》的源头来自印

---

1 S.A.A.里兹维：《印度与中世纪的伊斯兰教世界》，见 A.L.巴沙姆主编：《印度文化史》，闵光沛等译，商务印书馆，1999 年，第 684 页。

2 同上书，第 426 页。

3 同上。

度。尽管大多数学者已经取得共识，认为《一千零一夜》主要译自波斯巴列维文的《赫扎尔·艾福萨那》（意为"一千个故事"），但也有学者认为它的来源不仅限于此，而要追溯到印度去。翻译《一千零一夜》的著名译者纳训先生指出，"《一千零一夜》的原型是一本波斯故事集，叫做《赫扎尔·艾福萨那》，这本故事集可能最初来自印度，由梵文译成波斯文，再由波斯文译成阿拉伯文。"[1]研究《一千零一夜》的专家郅溥浩先生亦认同这种说法，他在自己的专著中通过对《一千零一夜》中印度故事的早期痕迹进行分析，推断"《赫扎尔·艾福萨那》最早可能是一部印度故事集，后来加入了波斯的成分"[2]。英国的东方学家也做过类似的推测，对阿拉伯文学颇有研究的基布认为"山鲁佐德和敦亚佐德的基本故事可以上溯到印度"[3]。如果这种推测成立的话，那么我们不难理解，印度人自己编的故事自然会倾向于展示自身美好的一面。而阿拉伯人后来对印度所产生的好感促使他们在讲述《一千零一夜》的过程中保留了原来故事中对印度自身美好形象的展示。

而对中国友善的想象的一个最重要的原因也是征服未果所带来的对中国的认识。阿拉伯人对中国也不是没有过野心，但是阿拉伯人在征服伊朗以后向东推进的远征困难很大，于是止于与中国交界的地方。这种结果使阿拉伯人认识到中国是强大的。此外，陆上丝绸之路和海上丝绸之路使阿

1　《一千零一夜》译者前言，人民文学出版社，1957年。

2　郅溥浩：《神话与现实——〈一千零一夜〉论》，社会科学出版社，1997年，第15页。

3　汉密尔顿·阿·基布：《阿拉伯文学简史》，陆孝修、姚俊德译，人民文学出版社，1976年，第158页。

拉伯人了解到中国物产的丰富，经济的发达，久而久之，阿拉伯人对中国就形成了不错的集体想象。

对中国的美好想象还得益于先知穆罕默德的圣训，曰："学问即使远在中国，亦当求之。"这句圣训虽然是先知穆罕默德要求伊斯兰教信徒必须富于求知精神，但我们也可以解读出其中所蕴涵的信息，即中国是一个有学问的国度。显然，阿拉伯人在很久远的年代就已经对中国产生了良好的印象，这种印象通过先知穆罕默德得到了强化，影响了后来的阿拉伯人对中国的认识。从《一千零一夜》中我们可以看到这种影响的痕迹。在《赛义夫·穆鲁克和白迪娅·杰玛尔的故事》中，赛义夫·穆鲁克王子从父亲赠送的礼物包裹上看到绣着一个美丽女子的像，他当即迷上了这个姑娘，然而这个姑娘居住在天国巴比伦城举世无双的伊拉姆·本·阿德花园。赛义夫·穆鲁克王子非此女不娶，老国王只好多方设法，召集群臣商议，但是谁也不知道如何能够找到这位美丽的女子，只有一个大臣向国王献策："伟大的陛下，要知道这个地方在哪里，不妨去中国，那是一个很大的国家，也许有人会知道。"[1]这话简直就是对先知圣训的一个极佳注释，是对先知圣训的实践。

追溯阿拉伯人对中国和印度美好印象的原因，除了上述所说的征服未果的因素以外，还有两个方面值得注意，一是从古代政治和外交的原则出发，一般都会采取远交近攻的策略，相对于波斯来说，中国和印度当然要远得多，自然也就是要"交"的对象，而"交"的基础和前提条件是友好

1　郅溥浩主编：《一千零一夜》，漓江出版社，1998 年，第 729 页。

的态度，所以，从一开始阿拉伯人就已经预设了友好的中国，或许还有友好的印度。二是从美学的原则出发，一般认为"距离产生美感"，"美，最广义的审美价值，没有距离就不可能成立"[1]。远隔万水千山的中国和印度由于距离而产生了一种朦胧的美。而波斯人不幸就在阿拉伯人的近侧，一看就一目了然，有什么缺点也因此而被放大。

当然，阿拉伯人对波斯印象不好最重要的原因恐怕还是军事征服。"阿拉伯人入侵伊朗及其在伊朗的统治，是伊朗历史上影响深远的重大事件。"[2] 公元637年，阿拉伯大军攻陷波斯人的首都泰西封，萨珊王朝的末代国王向东逃逸，于公元651年在木鹿附近被杀，宣告了萨珊王朝的灭亡。从此以后，波斯丧失了作为一个独立大国的地位，沦为阿拉伯帝国的一个行省。阿拉伯人在波斯以征服者和占领者的姿态出现，高高在上，不可一世。据记载，一个骑马的波斯人如果迎头碰上一个步行的阿拉伯人，他必须立刻下马，把坐骑让给阿拉伯人。波斯人在当时的社会地位之低下由此可知。试想在这样的情况下，阿拉伯人对被征服的波斯人能有一个好的印象吗？

伴随着军事征服的是宗教和思想意识的征服。很多波斯人被迫放弃原来的宗教信仰，而改奉伊斯兰教，否则，要么被杀，要么缴纳人头税，除此以外，别无选择。在这种政策的诱导和胁迫下，波斯人逐渐改变了自己的信仰。"在思想意识方面，伊朗人的宗教信仰发生了深刻的变化，越来

1　北京大学哲学系美学教研室编：《西方美学家论美和美感》，商务印书馆，1980年，第278页，转引自杨辛、甘霖著：《美学原理新编》，北京大学出版社，1996年，第348页。

2　张鸿年：《波斯文学史》，北京大学出版社，1993年，第16页。

越多的人由信奉锁罗亚斯德教转而信仰伊斯兰教。一个民族宗教信仰的改变乃是这一民族人民心灵深处的变化。这一变化一方面必然经过曲折困难的过程，另一方面也必然给以后世代的社会、经济、政治及文化带来深远影响。"[1] 这种转变使得波斯民族整体上越发受到阿拉伯人的蔑视。阿拉伯人首先认为波斯以锁罗亚斯德教为主的宗教信仰是与伊斯兰教背道而驰的，他们对火的崇拜而不是对真主的崇拜是难以容忍的，因此，要想方设法迫使波斯人改信伊斯兰教。而当波斯人因为各种原因放弃了自己原先的宗教信仰以后，又从人格上被阿拉伯人瞧不起。

阿拔斯王朝建立初期，有很多波斯人在阿拔斯政府担任各种职务，有的甚至位高权重，严重威胁到哈里发的地位，如伯尔麦克家族几乎成了哈里发的"太上皇"，但终于还是被哈里发哈伦·拉希德借机收拾了[2]。波斯人从此在政治上彻底丧失了地位。在文化上，在阿拔斯王朝时期曾一度兴起"舒欧比"思潮，极力抬高波斯的文化地位，颂扬波斯的文化成就，同时大力贬低阿拉伯的智慧和阿拉伯文化，但是这时的阿拉伯人具有强大的同化能力，从被征服的各个民族那里学习了很多东西，使得阿拔斯王朝文化成为一种以伊斯兰文化为核心，包含了各个民族文化的国际性文化，从而压制了波斯人的文化优越感。而这个时期也正是《一千零一夜》在阿拉伯开始流行起来的时候，我们看到《一千零一夜》中很多有关巴格达城市和哈里发哈伦·拉希德的故事就是在这个时代的背景下产生的。

1　张鸿年：《波斯文学史》，北京大学出版社，1993年，第17页。

2　Philip K. Hitti: *History of The Arabs*. MacMillan and Co. Ltd., London/St. Martin's Press, New York, 1970, Tenth Edition, pp.294—296.

由此，我们不难理解为何阿拉伯人对于波斯这个"他者"民族的集体想象主要是负面的而少有正面的。

　　总的看来，《一千零一夜》中所塑造的东方形象是他者的形象。他者中国、他者印度和他者波斯的形象之间存在着巨大的差异。这种差异是由于阿拉伯人对作为异族的中国、印度和波斯的不同想象，和不同的文化态度。他们长期对各个东方国家的了解以及与它们的交往决定了他们对中国和印度的善意与友情，也决定了他们对波斯居高临下的姿态。

　　（本文原载于《外国文学研究》2004 年第 3 期。）

无独有偶，妙趣天成

——《一千零一夜》与中国章回体小说之比较

葛铁鹰

摘要：《一千零一夜》是享誉世界的阿拉伯文学名著，其叙事风格与我国章回体小说十分相似。本文从文体总结构、章回体小说"欲知后事如何，且听下回分解"之套路、诗歌穿插运用方式、通俗化和口语化的语言风格、成书过程等五个方面，将其与中国章回体小说进行了比较，对二者之间的异同做了较为深入的分析与研究。

作者简介：葛铁鹰，对外经济贸易大学教授

被高尔基赞誉为"世界民间文学史上一座最壮丽的纪念碑"的阿拉伯古典文学名著《一千零一夜》，与在中国乃至世界文学史上都占有重要地位的中国古典章回体小说（后期单独由文人创作的除外），都是由说书衍生而来，这一点已成定论。虽然有关两者的文章论著如汗牛充栋，但将两者在体裁结构和叙事方式上进行比较的研究却似凤毛麟角，甚至可以说是一个空白。这也许可以归结于两个原因，首先是中国绝大多数研究者不可能阅读《一千零一夜》的阿拉伯语原文；其次，前人所编译的《一千零一夜》

对原作进行了"体制改革"，将原作以"夜"的顺序编排改为以故事的顺序编排，把之所以称为一千零一夜的"夜"削删殆尽。这就使得我国研究曲艺文学和章回体小说的学者在将目光转向国外寻找比较对象时，每每发出这样的感慨：

"同属文学作品，也同属小说，现代小说尤其是外国小说，一般则没有这类套语（指"欲知后事如何，且听下回分解"），这到底是由于什么？""至于外国小说没有中国式章回体小说'且听下回分解'式的体式，当然在文学观念有别的原因之外，恐怕与其民间'说书'不像中国那样发达且影响大有关。"（《"说唱"义证》，吴文科著，中国文学出版社，1994 年，第153、155 页）

1996 年 9 月，河北少年儿童出版社出版了《一千零一夜》的全译本，共八卷，两百余万字。这是中国第一次翻译出版保持原作结构体式的《一千零一夜》的单一完整版本。它使我们认识到，在世界各国的文学作品中，《一千零一夜》是可以同章回体小说进行比较的。

一

《现代汉语词典》对"章回体"做了这样的定义："长篇小说的一种体裁，全书分成若干回，每回有标题，概括全回的故事内容。"那么在这一点上，被人们称为民间故事集的《一千零一夜》能否与"长篇"的章回体小说进行比较呢？

我们知道，《一千零一夜》从头至尾是有统一的主人公的，即波斯萨珊王朝的一个国王山鲁亚尔和宰相之女山鲁佐德。虽然书中自缘起后的绝大多数故事都与主人公无关，但全部故事都出自女主人公之口，且主人公的名字在书中出现至少两千多次——每一夜的始尾和一些夜的中间都将读者带回到主人公那里。以宰相之女讲故事的形式，将两百六十多个故事串为一体，不仅是《一千零一夜》的神来之笔，也无疑使其具有了长篇小说的某些元素。

《一千零一夜》的开篇虽然没有章回体小说的所谓"定场诗"，但是有一小段告诫人们"前事不忘，后事之师"的话，两者的作用应该说是一样的。缘起之后，便开始以"夜"排序，第一夜，第二夜……直至第一千零一夜。"夜"表面上指讲故事的时间是夜里，实质上是全书的分段，因为《一千零一夜》的原始版本自始至终除"分夜"外再无段落（本文全部以公认最权威的"布拉克本"为例）。"夜"与"回"用字不同，效用相同，就像《源氏物语》里用"帖"一样。然而《一千零一夜》不是每夜都有标题即"回目"，只有与其类同的七十二个大故事的标题，大部分夹在两夜之间，小部分放在某一夜开头，其中所套的小故事不再单列标题。从这一点看，《一千零一夜》的汇编者比起章回体小说的编创者，似乎要稍逊一等，因为回目不仅能对全书起到画龙点睛的作用，而且也能增强悬念效果。

《一千零一夜》中每个故事所占"夜"数悬殊甚大，虽说《三国演义》中赤壁大战也打了七八"回"，而《红楼梦》中贾宝玉只初试了三百多字的云雨情，但这比起《一千零一夜》不啻于小巫见大巫。其中最长的《国王努尔曼的故事》竟占了一百一十夜，约三十万字（中文字数，下同），而第三百六十一至三百六十五的五夜中却讲了三个半故事。

《一千零一夜》对每夜的切割极不均匀，让人感到有点随心所欲。前面每夜篇幅较长，后面相对较短，全书前八分之一只有五十余夜，如第五夜有近七千字，第八百四十八夜却只有一百五十字。这与每回字数差不多的章回体小说相比，显得过于粗糙。但据学者考证，公元十世纪中叶前不久，伊拉克文学家哲赫舍雅里曾动手编撰有一千个故事的书，除了从以前的神话和寓言中选材外，他还邀集众多民间说书艺人，从他们那里选取好的故事。每个故事写成一回，一回称一夜，每夜写成五十页稿子，各自独立，互不关联。只可惜天不假年，他编写到四百八十夜便去世了。他的故事集被认为是《一千零一夜》的前身。今天我们见到的《一千零一夜》虽然每夜长短不一，但毕竟是完整的一千零一夜。它使我们想到，中国过去说书人常常用以自炫的那句话：说收拾寻常有百万套，谈话头动辄数千回。而今人们所能见到的文学作品中，不管是话本还是章回体小说，真正上了千回的，世界上恐怕也只有《一千零一夜》这一部。

二

章回体小说最撩人之处，应该是"欲知后事如何，且听下回分解"这一每回结尾时的套语。而《一千零一夜》中的每夜都是以"山鲁佐德看看天将破晓，便收住了话头"作为结尾，这与章回体小说每回的结尾可谓异曲同工。比如第二十七夜讲到"中国皇帝说：'故事我听得多了，这算什么，我还是要把你们全杀掉'"时，"山鲁佐德看看天将破晓，便收住了话头"，这与"毕竟看林冲性命如何，且听下回分解"卖的关子不是一样吗？又如第四十六夜讲到"他若是知道了此事,会立即进见国王,并对他说:……"时,"山鲁佐德看看天将破晓,便收住了话头",这与"未知其言若何,下文便晓"吊的胃口不也是一样吗?

《一千零一夜》以宰相之女给国王讲故事,讲不精彩便要被杀这个总悬念,引出一个个分悬念,令国王欲罢不能,直到最后听完一千零一夜被感化为止。《一千零一夜》中每夜都以"洪福齐天的国王啊,您听我讲"开头,然后重复上一夜最后的一两句话,这与章回体小说尤其是拟话本小说的"上回说到"或"上回书交代的是"不谋而合。值得一提的是,《一千零一夜》每夜始末的这两句套语在前十夜,其前后尚有诸如国王上朝、妹妹插话等情节描写,但从第十夜后,基本上便成为一种简洁的定式,实可谓货真价实的千篇一律。

章回体小说的另一特色,是所谓"花开两朵,各表一枝",比如"书中却再按下邓九公这边,单表那十三妹"或"不说孔融起兵,且说玄德……"。这与《一千零一夜》中的一个固定句式——"甲这里发生的事是这样的,至于乙那边则是……"如出一辙。譬如第六夜中:这是老渔夫这里发生的事,至于女奴那边则是……又如第四十七夜中:宰相这里是这样的,至于努尔丁则……此句式在《一千零一夜》中使用率非常之高,很多中文翻译者在处理它时,除了运用章回体小说中的"按下不表"或"话分两头"之外,几乎找不到更恰如其分的表达方式。当我们知道现在未经改写的阿拉伯语原文版本的《一千零一夜》,通篇除括号外再无任何标点,而括号只用于两处:一是括住第几夜,二是括住这个句式中的"至于"时,便不难体会其汇编者对这种典型的平行式蒙太奇手法是何等重视。

此外，《一千零一夜》中还极频繁地使用"碰巧"一词，这与章回体小说中常见的"无巧不成书"恐非偶然相似，而应看作是无论何方说书人都少不了的惯语。

三

鲁迅说过："因为唐时很重诗，能诗者就是清品，而说话人想仰攀他们，所以话本中每多诗词。"（《中国历史小说的变迁》，《鲁迅全集》第九卷，人民文学出版社，1987年，第320页）话本是如此，章回体小说是如此，《一千零一夜》也是如此。中古时期的阿拉伯诗歌有着极其灿烂辉煌的成就，从某种程度上说，甚至能与唐诗相提并论。只是由于种种原因，目前它的汉译较少，且诗一经翻译便元气大伤，中国读者难于见其真貌，更难于与汉诗进行比对研究。阿拉伯人对于诗歌的崇尚绝不在中国人之下，他们往往以诗歌衡量一个人的才智。

《一千零一夜》同章回体小说一样，对于诗歌的运用既要保持古诗的风貌——齐言和押韵，又要做到"文不甚深，言不甚俗"。换言之，既要使一般人能够看懂听懂，又要使那些下里巴人感觉自己能够欣赏阳春白雪。《一千零一夜》中诗歌所占比例较之章回体小说有过之无不及，仅前五十夜便有诗九十九首（段）。与章回体小说相同的是：《一千零一夜》中的诗，有长有短，少则一两句，多则几十句；时有时无，有时几十夜不见一首，有时一夜便达几十首；还有的时候，大段对话干脆就用诗来完成，比如第二十一夜，一个宰相临终嘱咐儿子五件事便是用五首诗表达的。也同章回体小说一样：《一千零一夜》中的诗大多数是说书人或汇编者创作的，少数引用前人之作，偶尔提及诗人的名字。例如第九夜提到阿拔斯王朝最著名的诗人之一艾布·努瓦斯；对于写人、绘景和状物之类"赋赞"，有时直接出诗，有时则先来一两句工整的文字然后再出诗，例如第二十四夜中描述名城大马士革时，便先道"只见这里树木参天，绿荫如盖，河流舛互，形成水网"，然后再"正如诗人所说：……"尽管《一千零一夜》的诗歌多以"诗人说得好""正如诗人所说""他吟出这样的诗句""仿佛诗人形容的正是他"等句式引出，但中文翻译者往往使用"有诗为证""诗曰""又诗曰""正是"和"有诗赞曰"等章回体小说中常见的表达方法，这倒不是他们刻意模仿，而是文中同样的口吻和语境使然。

《一千零一夜》与章回体小说在诗歌的运用上，也存在不同之处，即其诗歌的重复率很高，有些诗甚至重复五次以上。这在章回体小说中基本上是没有的。

《一千零一夜》中的大量诗歌，与其说是给了某些失意文人施展其不遇之才的机会，倒不如说是给了他们以及他们所代表的社会阶层一个借古讽今、发泄不满的机会。因此，一方面《一千零一夜》的诗歌中不乏"如果秘密中的秘密是我秘密中你的秘密，那么心路中的心路通你心路中我的心路"这类在章回体小说中并不鲜见的文字游戏，而另一方面，也是更为重要的一方面，是诗歌中所表达的对统治者和社会黑暗的愤懑与控诉。如第五夜中以所谓神医之口吟出的：

诤臣身败奸佞狂，
药石换来望铁窗。

余生当绝披沥事，

若死千夫指忠良。

最后半句说像我这样的忠良若被冤杀，那今后世上的忠良都要成为人们指骂的对象，其对昏庸帝王的忿忿之情溢于言表，读来劲道十足。再如第三夜中以渔夫之口吟出的一段诗，分明是文人书生在对当时社会现状发泄不满：

这便是你的生路，

解不开，系不住。

能书会写又何用，

难当衣，难作谷。

《一千零一夜》中的有些诗，我们随便翻开一本章回体小说，都不难发现与之类似乃至一模一样。像第四十四夜中的这句十分形象的咏酒诗，就让人想到李白的"玉壶美酒清若空"，有道是：

看酒酒在杯无影，

看杯杯在酒无踪。

诗歌是《一千零一夜》的重要组成部分，虽多而杂，但确有不少佳作。限于篇幅，这里无法一一列举。它所蕴涵的深刻哲理、生动比喻和浪漫意象，都不比章回体小说里的诗词逊色，有些方面甚至更胜一筹。尤其是一些情诗，真切凄婉，感人至深，至今仍被阿拉伯歌词作家和歌唱家大段大段地引用和传唱。

除了诗歌，《一千零一夜》同章回体小说还有一共同之处，即大量运用韵语，少则几句，多则几十句，主要用于对人、景色和战争场面的描画。比如第四十八夜中描写哈里发御花园一段，近六百字，一韵到底，华丽而不造作。很明显，这是说书人——确切地说是汇编者——有意模仿在阿拉伯文学史上占有重要和特殊地位的"玛卡梅"——骈散错杂的一种叙事文体。我国著名回族翻译家纳训虽然没有将这段文字译成韵文，但同样因译文精彩而被收入《文学描写辞典·小说部分》（中国青年出版社，1982年，第225—226页）。倘若他像河北少儿版《一千零一夜》中那样以韵语将其译出，那么这段文字与该辞典中仅一页之隔、出自冯梦龙的那段也是对花园的描写便更加相像了。由于阿拉伯人在语言运用上历来视押韵为优美的形式，因此《一千零一夜》中的韵语数量极大，有可能超过任何一部章回体小说，据笔者粗略统计，约占总篇幅的百分之五到百分之十。对于一部两百余万字的长篇巨制说来，其数量相当惊人。

此外，《一千零一夜》中还穿插有大量格言、成语和民谚，所以中译本里出现章回体小说中司空见惯的"常言道""有道是""正所谓"和"俗话说"等，便不足为奇了。

四

《一千零一夜》的语言风格，整体上与章回体小说是一致的，即通俗化、口语化，但其汇编者与经典章回体小说的创作者，在文学修养和语言技巧上，却相差得不可以道里计。比如人物对白，《一千零一夜》给读者千人一腔之感，与"能使读者由说话看出人来的"《红楼梦》或《水浒传》实在不可同日而语。前者中对人物悲痛状的描写，翻来覆去只一句话"一时晕倒，声绝在地"，显得单调乏味。另外，《一千零一夜》中逻辑不通、前后两说之处亦不胜枚举，集中反映在人名、地名、时间和数字上，给人留下粗糙的印象。章回体小说中前后矛盾的地方也有，只是不像《一千零一夜》中那么多，比如《水浒传》第三回里说鲁达是"却不识字"的文盲，到了第一百一十九回又说他文绉绉地"写了一篇颂子"。

《一千零一夜》既是由说书衍生而来，必然像说书人那样又要趋雅又要媚俗，以迎合大众的口味，乃至一部分人的低俗口味。所以，正如话本或章回体小说讲到美人多是"眉似柳叶""纤腰袅娜"地说上几句，《一千零一夜》说到艳女也多是"脸似满月""丰乳肥臀"地讲上一通。《一千零一夜》中还夹杂着一些性描写，确切地说是低级的性描写。比如第九夜中脚夫与巴格达姑娘"裸泳"时相互调侃，仅男女生殖器的各种"诨名"便用了一千五百多字的笔墨。又如第三百七十六和三百七十七两夜写一性欲亢奋的病态女子养了只猴子"解决问题"，后被巫婆治好的故事，其语言表述过于直露，读来令人作呕。尽管有学者称，翻译《一千零一夜》的全本不将性描写部分译出是不得要领，但考虑到这部阿拉伯古代文学名著与一些有名的章回体小说一样，其读者中未成年者占相当大比例，翻译者和出版方一般都会对这些内容进行删改，不愿为少数人的学术研究而去担毒害青少年的恶名。1985年，埃及宗教界就因有出版社新印行《一千零一夜》

的足本而强烈要求有关方面查禁该书，引起了一场不大不小的风波。当然，假如在《一千零一夜》中加些省略标志或干脆写明"此处删去多少字"，那它与某些章回体小说就更加相似了。

《一千零一夜》除了在结构体式、语言风格等方面与章回体小说相近之外，还有两点相同之处。其一是长期以来都遭到本民族文学史家的白眼。章回体小说如今可说翻了身，但《一千零一夜》仍处在"墙内开花墙外香"的境地。以比较权威的《阿拉伯文学史》（郅溥浩译，人民文学出版社，1990 年）为例，全书七百页，而《一千零一夜》由于被认为"艺术价值比较低"，相关评述仅占一页，其地位之卑微由此可见一斑。其二是都或明或暗地宣传渗透某种宗教意识，如果说《三国演义》崇儒、《水浒传》尚道的话，那么《一千零一夜》所带有的伊斯兰教色彩是显而易见的。

五

《一千零一夜》与章回体小说如此相似，无外乎两种可能：一是相互隔绝中自然天成，如同各国古往今来的商人不用切磋都晓得"低进高出"的经营之道；二是在相互交流中相辅相成，如同古代中国和埃及共同推进人类造纸术的发展。

阿拔斯王朝时期，阿拉伯民间说唱艺术已相当发达，职业说书人不仅在街头巷尾弹唱说书，有些还被召入宫中为国王说唱。阿拉伯人自古沿用至今的一条表达"同行是冤家"的成语，便是"说书人不喜欢说书人"。据学者考证，《一千零一夜》的起源最早可追溯到公元六世纪，经过近千年的流传，于十六世纪由文人编订成书，最后成型。中国早在先秦时代就已出现"瞽盲",考古也出土过"东汉说书俑",而有确凿文字记载的"说书"可上溯至隋唐。中国第一部章回体小说同时也是第一部长篇小说《三国演义》,成书于元末明初,其最早讲史话本见于十三世纪末。

中华民族和阿拉伯民族间的交往源远流长,在如此长的时间里,如此多的人员通过当年车水马龙、帆樯林立的陆海两条丝绸之路,进行如此频繁的交往,他们之间的文化渗透是毋庸置疑的。虽然我们至今尚未见到两大民族在说唱艺术或章回体小说方面有过交流的文字记载,但这种可能性是不能排除的。正如我国学者吴玉贵在《唐代的外来文明》之"译者的话"中所说:

"外来物品的物质形体可能很快就会消失,但是它在人们头脑中留下的印象,对于人们思想观念的影响,却会通过诗歌、小说、绘画以及各种各样的仪式等媒体的作用而长久地留存下来,从而影响接受这些物品的民族当时的或后世的社会生活和文化,并最终成为这些民族本土化的一个有机的组成部分。"(《唐代的外来文明》,谢弗著,吴玉贵译,中国社会科学出版社,1995年,第6页)

那么,完全可以称为"章回体"的《一千零一夜》的汇编者与中国章回体小说的著作者,他们之间有没有相互影响,到底谁影响了谁,谁是原创者谁是借鉴者,这是颇值得人们进一步深入探究的。

今天,《一千零一夜》和中国古典章回体小说都已成为人类文化的珍贵遗产,给予后人无穷的艺术享受,让我们在"且听下回分解"中度过无数个一千零一夜。同时，这部阿拉伯古典文学名著，也再一次验证了鲁迅在《论第三种人》一文中的振聋发聩之语："我相信，从唱本说书里是可以产生托尔斯泰、弗罗培尔的。"如果说从说书的土壤中成长起来的《三国演义》《水浒传》和《西游记》，让世界见到了比托尔斯泰更早的"托尔斯泰"——罗贯中、施耐庵和吴承恩的话，那么将《一千零一夜》栽培在人类大地的"托尔斯泰"，无疑是阿拉伯人等拥有悠久历史和灿烂文化之民族的智慧超绝的人民。

（本文原载于《国外文学》1997年第1期。）

阿拉伯文学与西欧骑士文学的渊源

仲跻昆

摘要：本文通过分析中世纪时期西欧的社会和文学背景，指出当时的西欧社会并不具备产生骑士文学的土壤。而在八至十五世纪，由于阿拉伯人曾统治伊比利亚半岛，其文学作品如《安塔拉传奇》《鹁鸽的项圈》等在叙述方式和描写内容等方面，无疑对骑士文学产生了方方面面的影响。本文便从这一角度出发，阐释了西欧骑士文学与阿拉伯文学之间的种种渊源。

作者简介：仲跻昆，北京大学教授、博导

阿拉伯文豪塔哈·侯赛因博士（1889—1973）曾说过："如果我们说，欧美西方尽管现在优越，但他们的一切优越、一切科学都要归功于中世纪阿拉伯人传到欧洲去的那些丰富、持久的文化根柢，那我们绝不是在过甚其词，也不是在吹牛胡说。"[1] 美国学者希提在其《阿拉伯通史》一书中也说："在八世纪中叶到十三世纪初这一时期，说阿拉伯语的人民，是全世界文

---

[1] 转引自[埃]萨米赫·凯里姆：《塔哈·侯赛因语录》，开罗：知识出版社，第7页。

化和文明的火炬主要的举起者。……有了他们的努力，西欧的文艺复兴才有可能。"[1]

尽管由于"欧洲中心论"的思想作祟，人们大多对西方文化、文学受古代阿拉伯文化、文学影响一事，不是一无所知，就是所知甚少，但这种影响的存在却是一个不容否认、不可忽视的事实。中古时期阿拉伯文学对西欧骑士文学兴起的影响，即是一例。

西欧的骑士文学繁荣于十二至十三世纪，以法国为最盛。最早的骑士来自中小地主和富裕农民。他们替大封建主打仗，住在堡垒里，剥削农奴。"后来骑士土地成为世袭，于是形成了固定的骑士阶层。十一世纪九十年代开始的十字军东侵提高了骑士的社会地位，使他们接触到东方生活和文化。骑士精神逐渐形成了。爱情在他们生活中占主要地位，表现为对贵妇人的爱慕和崇拜，并为她们服务。他们常常为了爱情去冒险。在他们看来，能取得贵妇人的欢心，能在历险中取得胜利，便是骑士的最高荣誉。由于他们处在封建统治阶级的底层，他们中间有些人也有锄强扶弱的一面……从东方回来的骑士把东方文化带到了当时还处于野蛮状态的西欧国家。"[2] "在骑士社会全盛时期产生了一种新的优雅的文学，这种文学把贵族的精神气质和对爱情的崇拜结合在一起"[3]，这就是"骑士文学"。在这一过程中，我们应当特别注意两点：以爱情为主导的骑士精神的形成；骑士文学是十字军东侵后，骑士把东方文化带回西欧的结果。我们正是试从这方面说明中

1　[美]希提：《阿拉伯通史》下册，马坚译，商务印书馆，1979年，第664页。

2　杨周翰等：《欧洲文学史》上卷，人民文学出版社，1982年，第98、151、152页。

3　[美]杰拉德·古列斯比：《欧洲小说的演化》，胡家峦等译，三联书店，1987年，第7页。

古时期阿拉伯文学对西欧骑士文学形成与发展的影响。

尽管古希腊的一些有关爱情的故事、传说中不乏纯情的特点，但其中的妇女远没享有像上述骑士文学中那种可令爱者为之肝脑涂地的地位。所谓柏拉图在其"理想国"中有关爱情价值的观念也尽属哲学范畴，而并未体现在当时的文学作品中。"有些学者认为，古代雅典城妇女的政治和法律权利并不比奴隶来得多。在漫长的一生中，她们都被笼罩在身旁男人的绝对权威之下……"[1]

在古罗马文学中，奥维德（前43—18）这位大诗人曾写过《爱的艺术》，但描写的都是引诱与私通之术，以至于对当时奥古斯都推行的道德改革起了破坏作用，导致了奥维德后来被流放。尽管他后来又写了《爱的医疗》，以平息一些人对前书的指责，但总的来讲，两书描写的女性都显得轻佻、放荡，他也未在书中提到妇女的地位问题。"如同在希腊一样，早期的罗马共和国同后期的罗马帝国基本上是男人统治的社会。人们把妇女看成是家庭中男性家长的财产，所以她们的法定权利十分有限。"[2]那么，促成骑士文学产生的中世纪西欧的社会现实又是怎样的呢？学者们告诉我们："中世纪是妇女的牢狱。她们的地位远不如希腊时代的女性，更不用说罗马社会了。男性是优越的，它是占统治地位的性别，女人不过是丈夫的附属品，是他们的财产。"[3]

1　[美]蕾伊·唐娜希尔：《人类性爱史话》，李意马译，中国文联出版公司，1988年，第45页。

2　[美]L.H.詹达，K.E.哈梅尔：《人类性文化史》，张铭译，中国妇女出版社，1988年，第33页。

3　同上书，第39页。

由此可见，西欧中世纪反映骑士精神的骑士文学很难从希腊、罗马文学中去寻找渊源，也很难说是当时社会现实的反映。相反，最早把柏拉图式的爱情和为情人不惜牺牲一切的骑士精神贯彻于现实生活的正是中古时期的阿拉伯人。这一点见诸中古时期的阿拉伯诗歌、传奇故事和有关的论著中。

这种英雄拜倒在美人的石榴裙下，并可为之上刀山、下火海，冲锋陷阵、万死不辞的骑士精神最早也是最具代表性的表现者，恐怕应是那位黑奴出身的"悬诗"诗人之一、阿拉伯骑士之父——安塔拉。学过阿拉伯语言文学的人几乎没有谁不知道这位被认为是阿拉伯古代文武双全的最完美的英雄骑士和诗人的。他在悬诗中矜夸自己如何建功立业，横刀越马，所向无敌，同时，也表达了自己对堂妹阿卜莱真挚的热恋与一片痴情：

浴血枪林刀丛中，

时时念你唤芳名；

几欲亲吻闪光剑，

似你启齿露笑容……

关于这位骑士的民间故事《安塔拉传奇》更是在阿拉伯世界广为流传，家喻户晓。事实上，安塔拉的故事远在伊斯兰教创立前的贾希利叶（蒙昧）时期就开始在民间流传，在传述过程中又被人们添枝加叶，不断地丰富、扩充。在伊斯兰初期开疆拓域的征战中，这些故事在为离乡远征的战士们鼓舞斗志、消减乡思方面起了很大的作用；在阿拔斯王朝时期，这些故事成了上自王公贵族下至市井平民饭后茶余、暑夜纳凉时的谈资和民间艺人说唱的"拿手好戏";在十字军东侵和在异族统治下的阿拉伯人更是不断地重温这些古代英雄传奇,借以振奋精神、提升士气。学者们一般认为,《安塔拉传奇》早在公元十世纪就在埃及由一个名叫尤素福·本·易司马义的人整理成书,在其中安塔拉被描绘成一个神奇颖异、力大无穷、有勇有谋的超人。《安塔拉传奇》将历史上的诗人、骑士、英雄安塔拉对其堂妹阿卜莱坚贞不渝的爱情浓墨重彩地加以渲染,以英雄与美人、战争与爱情为经纬,编织出一篇篇美丽动人的故事。在这些故事中,安塔拉为了获得堂妹阿卜莱纯真的爱情,战胜了叔父马利克的种种刁难。他履险如夷,叱咤风云,纵横驰骋,万夫莫当,南征北战,威震天下。

值得注意的是,当时阿拉伯的英雄传奇故事远不止这部《安塔拉传奇》,类似的还有《赛弗·本·齐耶赞传奇》《希拉勒族人传奇》等。此外,在《一千零一夜》中,有关骑士及其情人的故事也是一个重要内容。

除这类英雄传奇外,阿拉伯在伍麦叶王朝(661—750)时期还广为流传一批贞情诗人与恋人的爱情故事及诗歌。当时一些青年男女真诚相爱,但由于传统习俗和礼教,他们遭到家长和社会反对,不能结合,酿成悲剧;不少人为此失去神智,甚至殉情。他们通过诗歌歌咏自己纯真的柏拉图式的爱情、苦恋、相思,感情真挚,凄婉感人。如著名的贞情诗人哲米勒(?—701)在为其恋人布赛娜写的诗中有这样的句子:

如果布赛娜派人来要我的右手,

尽管右手对于我来说珍贵无比,

我也会给她，使她称心如意，

然后说："还有什么要求，你再提！"

而以"马季农·莱伊拉"（Majnūn Laylā，意为"莱伊拉的情痴"）著
称的贞情诗人盖斯·本·穆劳瓦哈（？—约688）与其恋人莱伊拉由苦恋
到因痴情而死的悲剧则被后世衍化成传奇故事，广为流传。波斯诗人内扎
米（1141—1209）、贾米（1414—1492）和突厥语诗人纳沃伊（1441—1501）、
富祖里（1495—1556）等都曾以此题材写有长篇叙事诗，足见其流传之广，
影响之大。

这类贞情诗人的爱情轶事及有关的诗歌显然也传到了位于欧洲的安
达卢西亚（今西班牙、葡萄牙）。如安达卢西亚著名女诗人哈芙莎（？—
1190）就曾在一首情诗中写道：

是我看望你，还是你来把我探询？

你所喜爱的事，我也总是倾心。

我的嘴是甘美、清澈的泉源，

我的额发是一片浓密的绿荫。

一旦梦中同你邂逅相遇，

我曾希望你会干渴，受烈日蒸熏。

哲米勒，快答应布赛娜吧！

何必推三阻四，显得那么骄矜！

诗中，女诗人把自己与情人比成布赛娜与哲米勒。可见在十二世纪，哲米勒与布赛娜的轶事与情诗在安达卢西亚已是妇孺皆知了。

此外，还有最先出现于七世纪末，活跃于阿拔斯王朝后期的苏非派诗人。他们继承了伍麦叶朝贞情诗的传统，并与劝世诗相融合，用象征的手法描述自己在出世苦修以求与真主神交过程中那种苦恋、相思、失眠、憔悴的状况。黑格尔在其《美学》一书中，谈到"骑士风"时，曾写道："在东方，特别是阿拉伯人，他们像一个点，起初摆在他面前的只有干燥的沙漠和天空，他以强旺的生命力跨进世俗生活的光辉和原始的广阔面积里，却永远保持住他的内心的自由。在东方开阔道路的首先是伊斯兰教，它废除对有限事物的偶像崇拜和关心，使心灵具有主体的自由，完全为这种自由所占领住，所以世俗生活并不形成另外一个领域，而是和一般的无限世界打成一片，在这里心和精神（感情和理智）并没有使神具有客观形象，却在生动活泼的生活里和神达到和解，就像一个乞丐，在幻想中夸大自己周围事物的价值，欣赏，爱着，心满意足，过着幸福的生活。"[1]这段话也许可以用作这种苏非诗的注解。

阿拉伯人不仅有英雄传奇、贞情诗、苏非诗，而且还有关于这类爱情的理论著作。其中最著名的是伊斯法哈尼·扎希里（868—909）的《花》和安达卢西亚著名学者、作家伊本·哈兹姆（994—1064）的《鹁鸽的项圈》。《花》是伊斯法哈尼·扎希里在青年时代编著的，他将贞情诗人的言行、诗歌、轶闻编纂在一起，并加上自己的诗歌和评论，共五十章。他在书中按照《圣

1　[德]黑格尔：《美学》第2卷，商务印书馆，1986年，第320页。

训》所示："谁爱又把爱藏在心中，纯真地殉情，那他就是烈士"，并依据柏拉图式的爱情理论来诠释纯真爱情的性质、规律、影响及其表达方式。至于伊本·哈兹姆，据考证，其祖辈是由基督教改信伊斯兰教的西班牙人，哈兹姆在青年时代爱上了一位名叫努阿姆的使女，不到二十岁便娶她为妻。努阿姆不幸早逝，作家极为悲伤，曾七个月未换衣服。他受柏拉图理论影响，在《鹁鸽的项圈》一书中，通过本人和当代人的生活实例对爱情的心理和社会因素进行分析、探讨，颂扬了坚贞不渝的精神恋爱。全书分三十章，其中十章阐述爱情的原则，十二章谈爱情的表现特征及其优劣，六章谈影响爱情的灾难，如遗弃、分离……最后两章则是论述贞节之美与苟合之丑。书中引用了大量诗歌、事例来阐明自己的观点。

　　一般认为，在欧洲，直至十一世纪，妇女无论是在社会生活中还是在文学作品中，都没有受到关注。将情场与战场一体化的骑士精神是在这以后产生的。开山祖师当推法国的安德烈·勒·夏普兰（Andre la Chapelain），他约在 1185 年间发表了用拉丁文写的三卷本的论著《纯真爱情的艺术》。作者在这部书中收有关于典雅爱情的全部说法，实际上包含了有关爱情崇拜的全部因素。作者在书中对爱情提出了当时欧洲文学中从未有过的崭新看法，把妇女地位提到在欧洲从未有过的高度：骑士对情人要像当时奴仆对封建主那样服从，要肯为爱情牺牲一切，为爱情敢于赴汤蹈火，对情人示弱是高尚的美德而不是屈辱，认为纯真、羞赧、忠贞不渝、牺牲是高尚爱情的要素。这一论著奠定了骑士文学的理论基础。但这种对爱情的新看法远远超越了当时西欧的现实状况及传统习俗。理论来自实践，西方当时既然没有这种现状，那么可以断言，这种对爱情的新见解是源自西方与东方的接触，是向阿拉伯人学习的结果，其途径是通过十字军东侵和安达卢西亚这一联通阿拉伯、东方与西方的桥梁，须知，伊本·哈兹姆的《鸽鸽的项圈》比安德烈·勒·夏普兰的《纯真爱情的艺术》要早一世纪还多！

安德烈·勒·夏普兰曾在法国香槟的女伯爵玛丽的宫中任经师,他的《纯真爱情的艺术》就是应玛丽要求写成的。这位玛丽虽出生在法国，但长期生活在英国国王亨利二世的宫廷，被英国人称为"玛丽·德·法兰西"（Marie de France，约 1140—1200），即"法国的玛丽"。她的祖父是普瓦捷的郡主、阿基坦和斯科涅公爵，即著名的威廉九世（1070—1127）；她的曾祖父威廉八世，1064 年曾追随教皇亚历山大二世，从安达卢西亚掳走几百个女婢与歌女，威廉九世年轻时就在他父亲的宫殿里与这些女婢和歌女厮混，从她们那里学会了阿拉伯歌曲艺术，他还参加过十字军东侵，因而对安达卢西亚和东部阿拉伯文化有广泛的了解，是第一个用普罗旺斯语写作的游吟诗人。而玛丽·德·法兰西本身也是一位知名的诗人。她首创了中世纪八音节押韵对句的叙事小诗——"籁歌"，亦称"布列塔尼籁歌"。

这种籁歌往往是叙述一个恋爱故事,明显地带有骑士故事色彩。如《朗瓦尔》描述了一位骑士和一位姑娘之间的爱情故事；《金银花》描写的是法国传说中特里斯丹与绮瑟的爱情故事。诗中叙述特里斯丹被国王马克赶出宫廷，藏身于森林中，得知恋人绮瑟要出宫散步，便将刻有自己名字的胡桃枝掷于她必经之路。被迫嫁给国王马克的绮瑟得知后，遣开随从，逃进森林，与特里斯丹相会。诗中还描述特里斯丹死后,坟上生出一株金银花，其根在土中蔓延到绮瑟的坟中，紧紧缠绕了后者，歌颂了生死与共、忠贞不渝的纯真爱情。

玛丽还曾将当时著名的法国叙事诗人克雷蒂安·德·特罗亚（1135—约1191）置于自己门下。正是这位被但丁誉为使法兰西成为主要的叙事诗之王国的诗人，从1164年起在玛丽·德·法兰西位于香槟的宫廷中，根据安德烈·勒·夏普兰的《纯真爱情的艺术》一书所述的原则，为玛丽写下了一系列表现这种纯真爱情的骑士传奇。在此之前，他曾随英国王后埃莱奥诺遍游法国西部和布列塔尼以及英国。此行为他提供了有关布列塔尼民间传说的题材。他约于1160年写过一部叙事诗《特里斯丹和绮瑟》，但已失传。他以五部叙事长诗著称于世：《艾莱克与艾尼克》（1162）、《克里赛》（1164）、《朗斯罗或小车骑士》（约1168）、《依凡或狮骑士》（约1170）和《伯斯华，或圣杯的故事》（约1182—1190）。这些故事都受布列塔尼籁歌体影响，用八音节押韵写成，其中有一个贯穿全诗但不是中心的人物，即传说中的大不列颠国王亚瑟王。诗中着力塑造的是依凡和朗斯罗两位体现骑士精神的典型形象。如《朗斯罗或小车骑士》是写亚瑟王的骑士朗斯罗和王后耶尼爱佛的恋爱。为了寻找耶尼爱佛，朗斯罗不惜牺牲骑士荣誉，不骑马而甘坐小车当众受辱，随后为救恋人又冒生命危险在魔鬼河上爬过一道像剑一样锋利的桥。在与巨人米拉甘搏斗的比武场上，不论耶尼爱佛命令他退让或还击，他都唯命是从。而在《依凡或狮骑士》中，依凡这位带狮子的骑士，为博得贵妇人的爱情，更是出生入死，历尽艰险。这一切都集中体现了骑士精神和骑士的爱情观点。安德烈·勒·夏普兰在《纯真爱情的艺术》中宣扬的所谓纯真、典雅的爱情和骑士的道德精神被渲染得淋漓尽致。

　　综上所述，不难看出，安德烈·勒·夏普兰的《纯真爱情的艺术》一书是这种骑士文学的理论基础，这种理论又受了比它早一二百年的阿拉伯学者伊斯法哈尼·扎希里的《花》与伊本·哈兹姆的《鹁鸽的项圈》的影响。而阿拉伯人的这两本有关纯真爱情的理论著作，又是在总结阿拉伯古代种种有关纯真爱情的骑士、诗人的轶闻故事的基础上，并受希腊的柏拉图与罗马的柏罗丁（又译普罗提诺，205—270）的哲学思想的影响写成的。

此外，我们还可以看到，开这类骑士传奇文学创作先河的玛丽·德·法兰西和克雷蒂安·德·特罗亚的确与十字军东侵及安达卢西亚文学有关。如前所述，玛丽的祖父威廉九世就参加过十字军东侵，熟谙阿拉伯歌曲艺术，并且是第一个普罗旺斯游吟诗人。玛丽与克雷蒂安有关骑士的传奇诗又与布列塔尼籁歌有着渊源关系。我们知道，布列塔尼是由法国西北部的半岛构成，布列塔尼人兼有冒险和守旧精神，许多人长于航海，充当海军。在宗教战争期间，有许多西班牙部队曾驻布列塔尼。这就为我们认为布列塔尼地区受安达卢西亚文学（特别是民间口头文学）的影响找到了根据。

这种骑士传奇随玛丽与克雷蒂安的行迹而流传，且由于传奇是围绕不列颠亚瑟王的故事，故传入英国是很自然的。又有德国诗人哈特曼·冯·奥埃（1165—1215），此人即是骑士，并参加过十字军东侵，他曾将克雷蒂安有关骑士的传奇移植写成德文的《艾莱克》（约1185）和《依凡》（约1202）；沃尔夫拉姆·冯·埃申巴赫、戈特里德·冯·斯特拉斯堡等也都是以法文作品为蓝本，写出了不列颠系统的亚瑟王的骑士传奇。

这些传奇肯定了骑士爱情，把爱情描写成不可抗拒的力量，就这一点说，是和基督教把爱情看成是邪恶的观点相抵触的。因此，可以把它看作是反教会、反封建、主张一切以"人"为本的人文主义思想的先声，是文艺复兴的前奏。

顺便提一下，也许有人认为阿拉伯社会封建、保守，妇女社会地位低下，怎么会享有骑士文学中那么崇高的地位呢？其实，读一下一位美国学者的这段话，也许有助于我们解开这一疑窦："到了十世纪，富有的、中等阶级和城市的妇女在家庭和社会中所占地位已经有了显著变化。面纱、幽居和两性隔离已被中东的穆斯林及许多非穆斯林所采用。这些做法的起源和原因不明，但从一些比较之下最能说明问题的迹象来看，似乎主要是受到拜占庭文明的影响。"这样一来，"像阿以涉、赫祖兰和左拜德等人所享受过的妇女的自由和公共生活都消失了，直到二十世纪才重新出现在穆斯林世界。"[1]

　　最后，既然说到西欧的骑士文学，也应谈谈西班牙的骑士小说。西班牙最早的骑士小说《西法尔骑士》约出现于1321年，但骑士小说的发展在西班牙形成高潮则是在十五世纪末、十六世纪初。当时最为流行的骑士小说有《阿马迪·德·高拉》(1508)、《埃斯普兰迪安的英雄业绩》(1510)和《帕尔梅林·德·奥利瓦》(1511)等。这类小说反映了封建骑士阶层的生活理想，即为捍卫爱情、荣誉或维护宗教而显示出的冒险游侠精神。作为小说主人公的游侠骑士，往往被写成见义勇为、锄强扶弱、除暴安良、英勇善战、举世无双之人。而一切南征北战、出生入死、建功立业的动力均来源于爱情；故事情节亦不外乎如此：为取得贵妇人的欢心，骑士历尽千难万险，赢得荣誉，胜利归来，登上王座，与恋人成亲……以大团圆为结尾。这就不难

1　[美]西·内·费尔希：《中东史》上卷，商务印书馆，1979年，第168—169页。阿以涉是穆斯林先知穆罕默德的妻子，赫祖兰是阿拔斯王朝哈里发麦海迪的妻子，哈伦·拉希德的母亲，左拜德是哈伦·拉希德的妻子，艾敏的母亲。

使我们联想起早在这之前产生，并肯定会在这一地区流传的《安塔拉传奇》《希拉勒族人传奇》，以及《一千零一夜》中的许多骑士传奇故事。如果我们不懂原文，又无译本，无法了解当年西班牙骑士小说究竟是什么模样的话，不妨再读读塞万提斯那举世闻名的《堂吉诃德》。这部小说就是模拟骑士小说，用反讽的手法揭露了骑士小说的荒唐和危害。哈哈镜照出的样子虽然有些变形，显得可笑，但它毕竟是面镜子，照出来的人还是有鼻子有眼，能让人看出被照对象大体是怎么一个模样。美国学者希提在谈到这部书时曾写道："从西班牙文学丰富的幻想中可以看出阿拉伯文学的楷模作用。塞万提斯所著的《堂吉诃德》一书里的才华，就是最好的例证。作者一度被俘虏至阿尔及利亚，曾经诙谐地说过，这部书是以阿拉伯语著作为蓝本的。"[1] 而杨周翰等先生编写的《欧洲文学史》在评论这本书时则写道："《堂吉诃德》标志着欧洲长篇小说一个新的发展阶段。""《堂吉诃德》是文艺复兴时期欧洲最重要的长篇小说之一，它对于欧洲近代长篇小说的发展具有重大的影响。"[2] 把这两段引言放在一起，可以说，我们又为阿拉伯文学对欧洲文艺复兴的重要影响找到了一个例证。

也许有人会问：西班牙的文学应是最早受阿拉伯文学影响的，但为什么以法国为中心的骑士文学繁荣、兴盛于十二、十三世纪，而西班牙的骑

1　[美]希提：《阿拉伯通史》下卷，马坚译，商务印书馆，1979年，第667页。《堂吉诃德》第九章里曾说，作者在托莱多市场买到一捆阿拉伯语的旧字纸，请人译出来是：《堂吉诃德·台·拉曼却》，阿拉伯历史家熙德·哈默德·本·因基里撰。

2　杨周翰、吴达元、赵萝蕤主编：《欧洲文学史》上卷，人民出版社，1982年，第151—152页。

士小说在十四世纪初才出现，在十五世纪末、十六世纪初才达到鼎盛呢？这个问题，略加考虑，便不难回答。西班牙就是阿拉伯古代的安达卢西亚，十三世纪末，西班牙收复失地运动才大体完成，直至1492年，西班牙攻陷了格拉纳达，阿拉伯人才完全结束了对这一地区长达八个世纪的统治。无疑，骑士文学在西班牙的出现要比西欧其他地区早，远不止是在十四、十五世纪，不过，那时它并不属于西班牙文学的范畴，而应属于阿拉伯文学的范畴了。

【本文原载于《天方探幽》（仲跻昆著），北京大学出版社，2017年11月出版。】

安达卢西亚时期多元文化背景下的阿拉伯文学特征

张志忠

摘要：公元八世纪初至十二世纪，阿拉伯人占领西班牙，建立了后伍麦叶王朝，又称"安达卢西亚王朝"。随着阿拉伯穆斯林由东西迁，阿拉伯东方的许多文化现象也被带到安达卢西亚，并对这里的社会生活、文学、艺术、学术思想都产生了深远的影响。安达卢西亚各民族、宗教和文化相互融合，形成了安达卢西亚文化，创造出独特的安达卢西亚文学。这种文学由于受到当地自然景观与风土人情的影响，表现出了明显的地域性特色，彩锦诗和俚谣就是其中代表。

作者简介：张志忠，西北民族大学外国语学院副教授

一、安达卢西亚时期

公元711年，时值阿拉伯帝国伍麦叶王朝哈里发瓦里德·本·阿卜杜·马立克·本·麦尔旺时期，北非与马格里布地区的总督穆萨·本·努

赛尔（640—716）派塔立克·本·齐亚德（？—720）大将率七千将士先行侵入伊比利亚半岛。公元712年6月，穆萨亲率一万多名阿拉伯将士攻克西哥特王国的首府托莱多城，征服了大半个伊比利亚半岛。穆萨几乎将整个西班牙纳入伍麦叶王朝的版图，从此开始了西班牙历史上的阿拉伯统治。

"安达卢西亚"是阿拉伯穆斯林对他们在公元八世纪征服的西班牙地区的总称。伍麦叶王室后裔，被誉为"古莱氏之鹰"的阿卜杜·拉赫曼[1]于公元755年来到安达卢西亚，建立了后伍麦叶王朝（756—1031），其在位时间长达三十四年。自此，安达卢西亚正式脱离了伊斯兰帝国中央政府的管辖，成为一个独立的王朝，于公元929年改称科尔多瓦哈里发王国。公元1031年，后伍麦叶王朝完全解体，分裂为许多小王国。公元1492年，西班牙人攻陷格拉纳达，阿拉伯人从此结束了对这一地区的统治。阿拉伯人在安达卢西亚将阿拉伯伊斯兰文明传到了欧洲和新世界，在东西文明交往方面扮演了桥梁的角色，对于东西方文明的沟通与交流，特别是欧洲文明的复兴起了积极的促进作用。

二、安达卢西亚时期的环境

（一）自然环境

安达卢西亚气候温和，土地肥沃，物产丰富，山清水秀，绿树成荫，景色迷人。这片美妙地区的天空无比宁静，一派田园景色，如天堂般美丽宁静。安达卢西亚的自然条件，激发了诗人的情感，诗人们抒发对这片热

1　阿卜杜·拉赫曼·穆阿维叶（731—788），又称阿卜杜·拉赫曼一世。阿卜杜·拉赫曼是伍麦叶王朝第十任哈里发希沙姆（724—743）的孙子。

土的留恋，讴歌神奇的自然和引人入胜的景观。对于阿拉伯人而言，这里是人间天堂，穆格里曾援引艾布·乌拜达的话："西班牙集一切优点于一处：叙利亚的新鲜空气，也门的温和气候，波斯的丰厚税收，印度的药物和香水，哈达拉毛[1]的海岸和港口，中国的金属和宝石，希腊贤哲的智慧。"[2]就是在这片领土上，穆斯林的财富、英勇与机智曾经给西班牙带来耀眼的光彩。

（二）社会环境

阿拉伯人统治下的安达卢西亚是一个多元社会，统治者试图使这片土地上的不同种族、不同宗教、不同地域的人们构成一个和谐统一的整体。安达卢西亚人的社会生活受到了全面影响，历任哈里发重视歌唱和音乐，东西方的学者相互往来留学。

1. 社会阶层

阿拉伯人随从穆萨·本·努赛尔的远征踏足安达卢西亚，此后他们陆续从阿拉伯半岛移居此地，阿拉伯人是安达卢西亚统治阶层的核心，他们在伊比利亚半岛建起了数个政权和国家。柏柏尔人在他们的大将领塔立克·本·齐亚德的带领下来到安达卢西亚，他们组成了穆斯林社会的中坚。原伊比利亚半岛居民一部分改信伊斯兰教，被称为"穆拉迪人"，他们的后代被称为"穆瓦莱顿人"。穆瓦莱顿人的数目不断增多，成为安达卢西亚居民中的主体。"斯拉夫人"一词在当时的西班牙语中泛指所有买来的外国奴隶。斯拉夫人在安达卢西亚社会也形成了一个特殊的政治阶层，他

1　哈达拉毛是阿拉伯文明的发祥地之一，也是也门东部一个重要地区。

们在宫廷中担任禁卫军，掌有军政大权。此外，安达卢西亚还生活着未改信伊斯兰教的基督教徒和犹太教徒。他们从伊斯兰教受益不少，在语言和文化方面向穆斯林学习，在思想、传统、习俗方面深受阿拉伯伊斯兰文化影响，但他们保持自己的服饰，并保持原来的基督教信仰，他们被称为"穆斯阿拉伯人"（Mozarabes），意为"与阿拉伯人共同生活的基督教徒"。当时的情景是清真寺和基督教堂相互攀高，清真寺的唤礼声和教堂的钟铃声交响于耳，穆斯林和基督教徒亲如手足。

2. 兼容并蓄的文化方针

阿卜杜·拉赫曼一世是一位精明强干的政治家。他坚持不懈地致力于伊斯兰文化运动，试图消灭阿拉伯人、柏柏尔人、西哥特人等之间的区别，把他们集合成一个统一的民族。他在文化上采取兼容并蓄的方针，力图在西班牙土地上开启具有西班牙色彩的伊斯兰文化（即安达卢西亚文化）的先河，从而使西班牙文化摆脱了基督教会的束缚和禁锢，呈现出新的复兴和繁荣局面。由他开辟的西班牙文化复兴运动在以后的数百年内绽放出了色彩斑斓的花朵，结出累累的文化学术硕果。学者阿美里科·卡斯特罗特别提醒这一文化现象，他指出："作为王国出现甫始，西班牙就不仅具有西方文化的基础，而且兼备闪族文化之基因。在整个中世纪，虽然世俗王朝的'光复战争'绵延不绝，基督教徒，也即罗马西哥特人，与穆斯林和犹太人却宽容共存。这种复杂性及其漫长的历史进程无可避免地造成了半岛东西方文化元素的'交叉侵染'，或曰'混杂'。只有牢记这一事实，方可准确阐述西班牙文化的独特性，并有效理解其文学所显示的丰富多彩和与众不同——特别是西班牙的中世纪及文艺复兴运动时期的文学。"

3. 提倡教育，奖掖文化

阿卜杜·拉赫曼三世[1]及其继任者哈克姆二世（961—976年在位）时期，是后伍麦叶王朝的极盛时代。穆斯林世界中许多学者、科学家和文人在他们的庇护下享有盛名。由于哈里发对文化教育的重视，当时安达卢西亚学术、文化昌盛，出现了许多文化中心，各个中心都设有大学。哈克姆二世是一位博学者，他在首都创办了二十七所免费学校，七十座图书馆，藏书达四十万册。首都科尔多瓦的麦尔旺图书馆中仅图书目录就达四十四册。他还雇用了大批抄写、校对和装订者，给他们以优厚的薪酬。他的皇宫就像巴格达哈里发麦蒙的皇宫，是当时的学术中心，也是文人学者们聚会和研究的场所。他还在皇宫特辟原稿珍藏馆，亲自参加各种学术讨论会，招聘各方学人到科尔多瓦，给予优厚的待遇。此外，他从东西方重金聘请专家教授，创办了科尔多瓦大学。杜齐在他的《西班牙伊斯兰史》中写道："几乎整个伊斯兰世界的西班牙人都在读书和写作，而同时，基督教欧洲的上层阶级却不是这样，只有宗教界人士除外。"

三、安达卢西亚时期的语言

正如法国著名历史学家赛迪俄在其《阿拉伯史》一书中所说："阿拉伯人和欧洲人在文化、经济、政治上的混合交流，使得阿拉伯文化越过西

1　阿卜杜·拉赫曼三世（890—961），全名阿卜杜·拉赫曼·本·穆罕默德·纳绥尔，安达卢西亚第八任艾米尔（912—929年在位），后成为该朝第一任哈里发（929—961年在位），史称阿卜杜·拉赫曼三世。

班牙，深入到基督教人的世界，甚至很多西班牙人，特别是在阿拉伯人统治下的西班牙人，都加入了阿拉伯籍，学习阿拉伯语，和阿拉伯人一起，对阿拉伯伊斯兰文化作出贡献。"

（一）官方语言

阿拉伯语在安达卢西亚被规定为官方通用语。阿拉伯语在这一地区得到了广泛而彻底的传播。阿拉伯人带着他们的语言来到了安达卢西亚，这里的人喜欢这种语言并开始学习这一语言，无论是在阿拉伯人还是非阿拉伯人中，学习和使用阿拉伯语都成为了一种时尚。人们用纯正的阿拉伯语著述立说，吟诗行文。阿拉伯语是受到保护的官方语言。在这种学习阿拉伯语、阿拉伯文化盛行的社会氛围中，来自阿拉伯东方的阿拉伯文学也随之得到迅速传播。

阿拉伯语在安达卢西亚的各个阶层得到了广泛传播，当权者为传播阿拉伯语付出诸多努力，除了日常交际外，还让人们用阿拉伯语演讲。这里所传播的并不仅是标准阿拉伯语，还有当地人的方言土语，这些曾经是各阶层人的市井语言。科尔多瓦基督教徒在日常生活中也将阿拉伯语作为交流语言，甚至在他们的宗教活动中也使用阿拉伯语，如《圣经》有阿拉伯语译本，阿拉伯语还用于书写教会的决议。受阿拉伯语的影响，拉丁口语发展成当时的西班牙罗曼斯语（Romance）。由于阿拉伯移民与西班牙当地人通婚，其结果是新的一代既说爸爸的阿拉伯语也讲妈妈的罗曼斯语。"他们用阿拉伯语举行圣餐，阅读《圣经》，做祈祷。在他们看来，阿拉伯语只是一种文化标志，并无宗教意义。《古兰经》和阿语诗文成了基督教研习的主要对象和创作来源。"阿拉伯语影响之广由此可见一斑。另外，在衣食住行、文学、思维方式等方面，莫扎勒布[1]普遍受到了阿拉伯东方伊斯兰文化的影响。

尤其是年轻的基督教徒们，仪表堂堂，口齿伶俐，服饰得体，讲一口流利的阿拉伯语，用他们自己的语言来赞美阿拉伯文化，他们只懂阿拉伯语及其文学，却忘记了自己的语言，有千分之一的人都不能用母语通畅地写书信。至于用阿拉伯语书写，多数人都驾轻就熟。他们用阿拉伯语赋的诗甚至在艺术方面超过了阿拉伯人自己的诗歌。就这样，阿拉伯语成了官方语言，伊斯兰教成了官方宗教。

这里的犹太人懂三种语言和文化：阿拉伯语、希伯来语和罗马语，甚至拉丁语。这就是他们能在把书籍翻译成罗马语或拉丁语时发挥重要作用的原因。

（二）两种语言并行使用

安达卢西亚人的方言十分独特，阿拉伯语、柏柏尔语和西班牙语相互混杂，甚至还有拉丁语。他们轻而易举地逾越了语言障碍，尽管他们说的是罗马式的阿拉伯语，诗人们也用这种方言作诗。

人们仍然致力于文学，哲学与诗歌也有其流派与门徒，所讲语言据说是最雅致的阿拉伯语。

在安达卢西亚，人们同时仍然使用民间拉丁语，在各地形成了不同的方言，统称为"穆斯阿拉伯语"。当时存在着两种语言同时并用的状况：在有文化教养的上流社会中，以讲阿拉伯语为主，因为这是科学和文学的

1　莫扎勒布：阿拉伯语音译，又译穆斯阿拉伯人，原意为阿拉伯化的人。

语言，也是官方语言；而阿拉伯方言则仅仅用于家庭内部的交流；但在民间阶层，穆斯阿拉伯语则占主流，这两种语言既同时存在，又相互影响。代表阿拉伯文化的阿拉伯语成分大量渗入穆斯阿拉伯语；同时阿拉伯语作家，尤其是民间诗人也从穆斯阿拉伯语中汲取养料。当时还盛行用阿拉伯语字母来拼写拉丁词语，称为"阿尔哈米亚文"（aljamia），并且产生了一种在韵律和语言上融合两种语言特点的新诗体"宰杰勒"（zejal / زج）。

安达卢西亚文学在语言的运用上，一改过去喜好冷僻词汇的习俗，诗歌的语言风格简单明了，而矫揉造作的现象较少。

四、文学特色

安达卢西亚文学在阿拉伯文学影响下，除了继承阿拉伯东方的文学精华之外，也吸收了西方文化的成分，因此，安达卢西亚文学具有不同于阿拉伯文学的鲜明特色。

（一）作品内容丰富多样

安达卢西亚文学经历了三个发展阶段：效仿阿拉伯东方的传统时期；效仿与创制并存的过渡时期；吐故纳新的革新时期。在语言的完善方面，可以说安达卢西亚诗歌与阿拉伯东部巴格达的诗歌是同胞弟兄。

1. 文学体裁特点

在传统时期，散文作品内容丰富多样，涉及语言、文学、宗教、历史、哲学、科学、政治、军事等领域，文风高雅流畅，注重结构编排，语言斑驳，节奏感强。

这一时期，安达卢西亚诗人在所有诗歌体裁上都模仿东部诗人，如苦行、凭吊、调情等。他们沿用阿拉伯古体诗的套路进行创作,诗歌体裁多为颂扬、讽刺、哀悼、爱情、咏酒等传统内容,其意义、场景、题材、风格和意境都显得墨守成规。

持续约三个世纪的后伍麦叶王朝是安达卢西亚文坛的传统时期,这个时期的文学特色是乡愁文学。早期离乡背井的诗人们对家乡念念不忘,朝思暮想,内志、沙尔姆、也门、伊拉克等地都是他们的梦萦之地。阿卜杜·拉赫曼就感到自己客居安达卢西亚,是异乡客,一天他看见椰枣树时,有感而发,咏道:

你长在异乡的土地上,
像我远离自己的故乡。

公元十一世纪初到十二世纪末是安达卢西亚文学由传统到革新的过渡阶段。在新环境下成长起来的第二代诗人,像先辈一样对阿拉伯的东方文化顶礼膜拜。他们的诗歌大多以传统爱情序开篇,描写废墟之景。到了列国时期,原来的王朝分为若干个酋长国,各酋长之间在学术上和建筑艺术上都有着强烈的地域观念。革新时期的诗歌彻底解放了思想,找到了适合的艺术风格,开放新风的彩诗在形式和内容上都臻于完善。

但是,正如文学批评家所指出的,在整个历史过程中,安达卢西亚文学和诗歌迎合了当地人民的感情,但对理性关注不够。尤其是安达卢西亚文学中缺乏史诗,尽管穆斯林时期的西班牙历史上不乏伟大的英雄人物,譬如塔立克、穆萨、阿卜杜·拉赫曼、阿卜杜·拉赫曼一世、阿卜杜·拉赫曼三世、曼苏尔等。史诗的缺乏充分说明，安达卢西亚文学在传承时就不是一个综合体，事实上仅仅只是面向上层阶级的文学。

在安达卢西亚，作家和诗人的区分并不明显，很多诗人都擅长写散文，很多作家也很会赋诗。在这一时期，散文的写作范围进一步扩大，地位也进一步凸显，除了宗教、文学、哲学、历史、地理等传统内容外，游记文学等新颖的形式也令人耳目一新。

2. 文学主题特点

安达卢西亚人在诗歌主体方面效仿阿拉伯东方诗人，但在某些方面还是表现出了与众不同的特点，如在描写乡愁、怨诉、求助及科学和艺术等方面。安达卢西亚诗歌在描写、哀悼、哲理、说情、乞怜等题材上独具匠心，别有风采。

安达卢西亚地区的地貌结构和阿拉伯东方截然不同，这里气候温湿，有山有水，绿树成荫，花卉芬芳，安达卢西亚人在描写自然景色方面超过了阿拉伯东部，这是安达卢西亚优美的自然环境使然。而安达卢西亚人在哲理和苦行这两个描写方面则比东部逊色许多。

写景诗是对大自然的景色进行描写的诗歌。公元十一世纪后，这里的写景诗达到了最繁荣的时期。无论是哪种题材的诗歌，其中都有对自然景色的描写。诗人长于描写，描写宇宙、自然、生活、休闲、宫殿、公园，安达卢西亚人无所不写，描写目睹的一切，描写云层、雨水、花朵、树木、动物、山川。他们的描写不但数量多，而且内容优美。由于安达卢西亚自然环境迷人，这里被人们称为"天堂"。

安达卢西亚诗人对自然的描摹是全方位的，既有图像，又有声音和味道，他们会记录鲜花的芬芳、春风的温煦、小鸟的欢鸣、微风的低吟、树叶的沙沙声、莺歌的婉转。通过这声、色、味俱全的立体画面，我们充分感受到诗人们的欢愉、安逸，以及他们对生活的热爱，对亲人切切的爱意和情谊。不过这种写景诗因囿于对自然景色的描述，虽然绚丽多彩，但缺乏深邃的意境。

3. 女性作家

安达卢西亚的妇女在社会生活的各个领域都发挥了一定的作用，她们和男人一起参加科学艺术活动，尤其在文学领域，她们在安达卢西亚的阿拉伯生活史上谱写了多彩的一页。当时诗风极盛，甚至出现了"男女老幼、贵族平民皆吟诗"的喜人景象。正如旅行家格兹威尼所言，在田间赶牛耕地的农民可以出口成章，随意即兴赋诗。当时的安达卢西亚与其他文明地区一样，女孩也接受教育，学习文学艺术，尤其是音乐和诗歌，而且这完全是为了开发智力，而非出于谋生所需。尤其在列国时期，女诗人层出不穷，女文学家的出现是安达卢西亚文学繁荣的一个原因。据载，当时共有二十五位女诗人。这里只介绍几位著名女诗人。

婉拉黛（？—1091）是安达卢西亚最著名的女诗人，她是后伍麦叶王朝哈里发穆罕默德三世穆斯泰克菲的女儿。婉拉黛公主才貌双全，秀外慧中，艳丽迷人，她将自己在科尔多瓦的住所作为一个文学沙龙，全国的文人骚客都慕名而来，谈诗论文，以能参与为荣。婉拉黛不仅擅长书写情诗，而且也是写讽刺诗的高手。她被誉为"安达卢西亚的萨福"，萨福是古希腊著名女诗人。

哈芙莎（？—1090）生于格拉纳达，大约生于公元 1135 年，是才貌双全的名门闺秀。她不仅是女诗人的先驱，在政治方面也发挥了重要作用。她自小在家乡接受启蒙教育，才思敏捷，能够出口成章，曾担任格拉纳达王室女眷的教师。她与诗人、大臣艾布·加法尔（1130—1163）相爱，互赠诗唱和。

另外，还有乌姆·凯莱姆，她是阿尔梅利亚小王国的公主。乌姆·凯莱姆是一位感情细腻、擅长抒情的情诗诗人。据说她以擅写彩锦诗著称。哈姆黛·宾特·齐亚德生活于十一世纪，成长于格拉纳达附近一个叫瓦迪-阿什的美丽谷地，家学渊源，被人称作"西部的韩莎"或"安达卢西亚女诗人"。哈姆黛不仅讴歌自然的美丽，也同安达卢西亚很多女诗人一样喜欢书写情诗。至于乌姆·韩娜，则是十二世纪科尔多瓦最著名的女诗人。

4. 翻译文学

安达卢西亚是沟通东西方文化，特别是将阿拉伯—伊斯兰文化传入欧洲的十分重要的桥梁。阿方索十世于1269年在塞维利亚创办了用阿拉伯文和拉丁文授课和研究的研究院，将《古兰经》《圣经》《塔木德》等宗教经典，以及有关天文学、地理学、历史、文学及文化和体育运动等的阿拉伯文著作，翻译成西班牙文。

西班牙人也曾在托莱多设立一所翻译局，从事阿拉伯典籍的翻译。从公元十二世纪开始，托莱多城成为欧洲人学习阿拉伯—伊斯兰文化的源泉。西方人翻译阿拉伯文典籍的事业，从公元十二世纪至十五世纪延续不断，经久不衰。

（二）鲜明的地域特色

诗人们用淳美的笔触深情歌颂他们生活的这片肥沃、美丽的土地，为安达卢西亚文学注入了鲜明的地域特色。他们创造出与现实生活息息相关的文学。阿拉伯语诗歌从桎梏中解放出来，发展出了几种新颖的韵律形式。

1. 彩锦诗

这是安达卢西亚人首创的一种全新的诗歌形式。伊本·赫里敦说："安达卢西亚人的诗歌创作丰富起来，各种诗歌艺术形式得到发展，造诣越来越高，后来的诗人创造出一种诗歌形式，他们称之为彩锦诗。"

西班牙的诗人们因受了他们生活的异域环境的深刻影响，从早期就摆脱了传统的束缚。因此西班牙也就成了彩锦诗的故乡。安达卢西亚的诗人创造了彩锦诗和俚谣。彩锦诗是一种格律富于变化的多韵体诗，人们将它比喻为妇女身上缀有珍珠和宝石的彩色绶带，故而得名。

彩锦诗之所以产生于安达卢西亚，可能与这里人们性格开朗、能歌善舞有关。一韵到底的格律诗节奏显得呆板、单调，词句有时也过于深奥难懂，不易歌唱，彩锦诗便应运而生。彩锦诗实际上也是一种歌词，最早出现于公元十世纪初，公元十一世纪得到了文学界的认可。彩锦诗在安达卢西亚民众中传播，涌现出了一大批彩锦诗人，因其简易平实，用词儒雅、长短对称，有些庶民百姓也参与创作。彩锦诗还保存了安达卢西亚的语言，是当时的语言结晶。

此外，彩锦诗遵循着一定的音乐节奏和旋律，并不是按照过去的诗律，而是为了音乐的需要自创词汇，或者改变原有的单词结构。创作者把诗、歌、舞三者相结合，将诗歌带回到创作的本源。

2. 俚谣

安达卢西亚的诗歌具有如下特点：俚谣几乎与彩锦诗同时产生，盛行于十二世纪。它与彩锦诗的区别在于：彩锦诗除了"尾"和个别词句有时用方言土语外，基本上使用正规阿拉伯语，而俚谣的用词基本上都是方言土语，行文也不遵循语法规则，而按约定俗成的口语表达方式。俚谣实质上是一种通俗易懂的民歌。

总之，安达卢西亚的诗歌有其特点，主要表现为：

① 安达卢西亚美丽的自然风光使诗人在描写自然上独领风骚，这在阿拉伯东部地区是难以见到的。

② 相对独特的想象力和修辞技巧。对此他们十分热衷，甚至超过了阿拉伯本土诗人。

③ 在新的环境的启迪下创作出了独特的彩锦诗和民谣。

3. 村歌体

阿拉伯诗歌，特别是抒情的诗歌，引起了本地基督教徒的赞美，成为同化他们的有力的因素之一。民歌体和双韵体这两种诗歌体裁，发展成为卡斯提尔地方通俗的诗歌体裁，叫做村歌体。这种诗歌体被广泛地应用于基督教的赞美诗，其中包括圣诞颂歌。

（三）文学的影响力

彩锦诗刚刚问世就迅速传到阿拉伯东方各地，它很快传遍安达卢西亚、沙姆和埃及。伊本·阿拉比[1]是首位为宗教彩锦诗的传播铺平道路者。彩锦诗在阿拔斯王朝以惊人的速度传播，苏非派用此表达神爱和传教。彩锦诗对欧洲诗歌的韵律也产生了影响。正如纳吉布·穆罕默德·杰罕拜替在他

1　伊本·阿拉比（1165—1240），伊斯兰苏非派著名教义学家和哲学家。

的《阿拉伯文学史》中所说："西方人在文艺复兴期间及之后的诗歌韵律有两个来源：一个是古希腊，另一个是阿拉伯。阿拉伯诗歌对欧洲产生了全面的影响，其传播渠道是意大利和法国，在意大利是通过西西里岛，在法国则是通过安达卢西亚，并从意大利传遍整个欧洲。"法国文学的诗律产生并不早，其主题也是效仿了古代故事的主题，其中一部分采自流传于西班牙和其他地区的阿拉伯文学。至于在意大利，麦阿里[1] 的《宽恕书》对但丁的《神曲》产生了明显的影响。学者们普遍认为，十一世纪晚期至十三世纪晚期活跃在西班牙、法国南部及意大利北方的普罗旺斯游吟诗人是受安达卢西亚彩锦诗、俚谣的影响，因而与阿拉伯诗歌有渊源关系。彩锦诗还对犹太文学产生了一定的影响。在这方面，阿拉伯诗歌无论在诗篇领域还是在彩锦诗领域都对希伯来诗歌产生了不同程度的影响。伊本·图菲利（1100—1185）撰写的著名哲学故事《哈义·伊本·叶格赞》有拉丁语、俄语和荷兰语等各种文学译本，广为流传，它内含的哲学思想对欧洲哲学产生了一定的影响。这部哲理小说于 1674 年由库克·G.凯瑟译为英文，被认为是笛福《鲁滨逊漂流记》的雏形。

五、安达卢西亚的著名文学家

安达卢西亚的作家多半能诗会文，既是诗人，又是散文作家。

伊本·阿卜杜·拉比（860—940）以诗歌和散文著称，留下大量作品。他诗歌的主题是爱情、写景、赞颂、悼念、记事、苦行和哲理。据著名文

1　麦阿里（973—1058），即艾布·阿拉·麦阿里，阿拔斯王朝末期最著名的诗人和哲学家。

史学家雅古特·哈马维（1179—1229）传述，发现他的诗集共有二十卷。他在散文方面著有《罕世璎珞》，共二十五章。由于每两章之间风格接近，被分别冠以一种珠宝的名称，就如同组成了一串美丽的项链，故而得名。《罕世璎珞》这部著作被誉为阿拉伯的文学大全，它对阿拉伯伊斯兰文化在安达卢西亚的迅速传播起了一定的促进作用，也曾对某些东方作家的创作产生过很大影响。

伊本·舒海德（992—1034）的诗作不如散文丰富，在诗歌方面有一些颂诗、情诗和描写诗，保存在有关安达卢西亚文学史的著作中。伊本·舒海德的诗歌优雅轻快，富于想象。他的游乐诗风趣、细腻，较为吸引人。他的散文特点是内容新颖，这在阿拉伯散文中是罕见的。伊本·舒海德有时也用骈韵。

伊本·泽顿（1003—1071），伊本·泽顿著有一部诗集，一生留下许多诗歌，内容以爱情、颂扬、求恕居多，他是安达卢西亚爱情诗诗人的代表，也写过一些散文作品，他还有一部书信集，其中最著名的是一封求恕信。但其最杰出的成就还是诗歌，被评论家誉为"安达卢西亚最伟大的诗人"。

伊本·哈法贾（1058—1138），他生活在穆拉比特王朝[1]各派别小国国王统治时期。他的诗以描绘大自然的写景诗为主，被后人誉为"写景诗人"。他留有一部诗集，其中绝大部分诗是以描写大自然为主题的。他为诗歌赋予了修辞色彩，多用比喻、双关、对仗等。他还写有一些散文作品。

1　穆拉比特王朝（1061—1147），阿拉伯帝国的阿拔斯王朝分裂后的诸多小王朝之一。

除了上述著名作家外，还有伊本·海推布[1]、伊本·巴萨姆[2]，以及像伊本·朱拜尔这样的游记文学家，他的足迹遍及地中海岛屿和近东一些国家，并以日记的形式记录了沿途的所见所闻所感，为读者呈现了一幅十二世纪阿拉伯世界生动的民情风俗画卷。这就是流传至今的《伊本·朱拜尔游记》。

六、结语

阿卜杜·拉赫曼在安达卢西亚奇迹般地建立了后伍麦叶王朝，他在西方复兴了曾经在东方失去的伍麦叶王朝，在文化上推行兼容并蓄的方针，培育出了世界文化史上最绚丽多彩和独一无二的安达卢西亚文化，也催生了像彩锦诗这样具有地域特色的新颖诗体。在安达卢西亚文化的鼎盛时期，大批学者从阿拉伯东方涌入。这个时期的文学都是用阿拉伯语创作的，但诗人、作家、翻译家的民族成分却比较复杂。文化的繁荣结出了丰硕的成果，作为阿拉伯—伊斯兰文学中的一朵奇葩，安达卢西亚文学有着自身独特的气质和魅力。

（本文原载于《芒种》2017 年 11 月下半月，总第 541 期。）

1　伊本·海推布（1313—1374），即利萨努丁·海推布，安达卢西亚著名历史学家、文学家、政治活动家。

2　伊本·巴萨姆（1058—1147），安达卢西亚历史学家。

塞万提斯反讽探源

宗笑飞

摘要：自公元八世纪初，阿拉伯人占领伊比利亚半岛伊始，对包括北非部分领土、伊比利亚半岛在内的安达卢西亚地区实行了近八个世纪的统治。彼时阿拉伯文明渐入繁荣、成熟之境，其文学更是在伊比利亚半岛落地开花，衍生出多种文学创作形式，这些文学创作，加之后来阿拉伯对古希腊、罗马文明的再度翻译，无疑为日后中世纪的文艺复兴起到了铺桥引路之功用。《堂吉诃德》或可成为一例明证。反讽无疑是《堂吉诃德》赖以成功的重要元素。它不仅使小说充满了喜剧（或悲喜剧）效果，而且奠定了小说的基本（故事）架构。然而，塞万提斯何以形成这种风格却一直是个未解之谜。本文试图以马科斯·缪勒对《五卷书》的研究（《故事的流动》）为例，对《堂吉诃德》的反讽风格的一个可能源头略呈管见。

作者简介：宗笑飞，中国社会科学院外国文学研究所研究员

一

文学流传学派代表人物本菲的《五卷书》西渐研究虽然早已不是什么

新鲜话题，但一直没有引起塞学界的足够重视。迄今为止，笔者尚未看到有人将本菲及本菲之后的流传学思想运用到塞万提斯研究中来。这势必造成塞万提斯与东方文学这一重要关系研究的学理性缺失或断裂。

刘魁立先生在描述本菲思想时，图解如下：

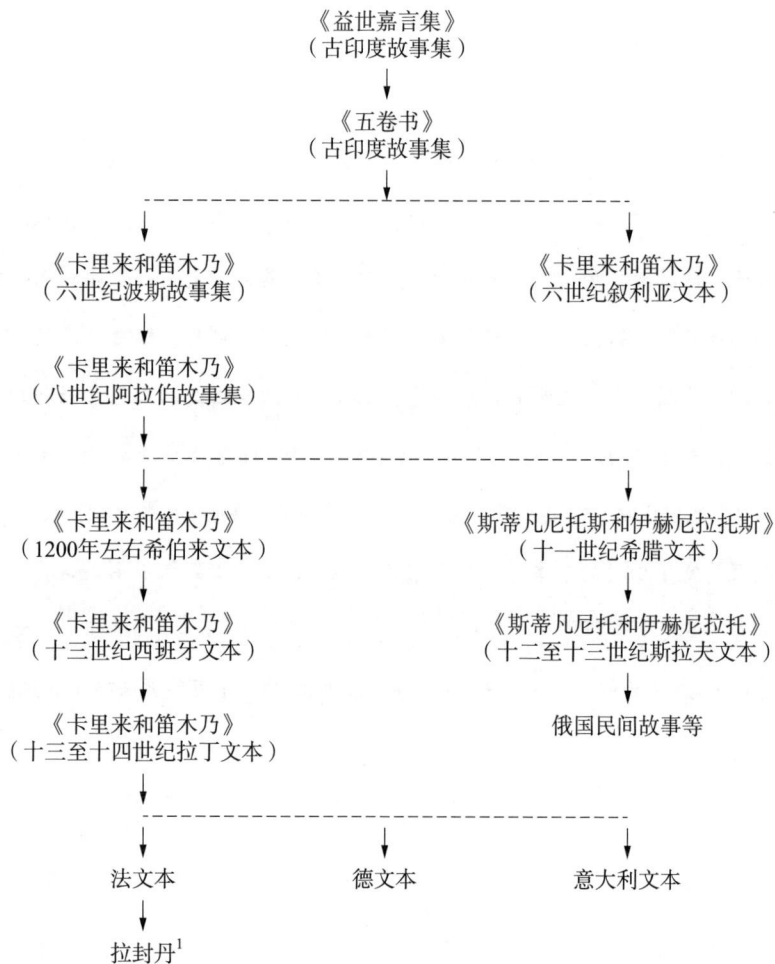

```
                    《益世嘉言集》
                    （古印度故事集）
                          ↓
                     《五卷书》
                    （古印度故事集）
                          ↓
        - - - - - - - - - - - - - - - - - - - - - - - - -
        ↓                                              ↓
  《卡里来和笛木乃》                              《卡里来和笛木乃》
  （六世纪波斯故事集）                            （六世纪叙利亚文本）
        ↓
  《卡里来和笛木乃》
  （八世纪阿拉伯故事集）
        ↓
        - - - - - - - - - - - - - - - - - - - - - - - - -
        ↓                                              ↓
  《卡里来和笛木乃》                          《斯蒂凡尼托斯和伊赫尼拉托斯》
  （1200年左右希伯来文本）                        （十一世纪希腊文本）
        ↓                                              ↓
  《卡里来和笛木乃》                          《斯蒂凡尼托和伊赫尼拉托》
  （十三世纪西班牙文本）                      （十二至十三世纪斯拉夫文本）
        ↓                                              ↓
  《卡里来和笛木乃》                              俄国民间故事等
  （十三至十四世纪拉丁文本）
        ↓
        - - - - - - - - - - - - - - - - - - - - - - - - -
        ↓                      ↓                        ↓
      法文本                  德文本                  意大利文本
        ↓
      拉封丹[1]
```

1　刘魁立：《欧洲民间文学研究中的流传学派》，载《民间文学论坛》，1983 年第 3 期。

马科斯·缪勒虽然是神话学派的标志性人物，但他并不排斥流传学派，尤其是对本菲有关《五卷书》西渐的观点表示了充分的包容与尊重。他甚至在《故事的流动》中支持并且补充了本菲的观点，并拿《五卷书》中的一个故事为例，以验证它从一个民族到另一个民族的流传过程往往既是因袭，也是改造，从而使同一故事具备了不同的色彩。在他看来，这个故事是这样演变的：

（一）

印度。有个婆罗门，他把乞讨来的一罐粥挂在木楔子上，下面置了张床。他躺在床上望着粥罐幻想起来：要是遇到荒年，这一罐粥可就值钱了，它至少能卖一百钱；用这一百钱能买两只羊，羊再生羊，就变成了一群羊；再用羊换水牛，用水牛换马，用马生马，卖掉之后能换多少金子啊！于是，有钱人家的闺女嫁给了他，还替他生了个儿子；儿子要他抱，他怕烦就躲到马棚里看书去了。但儿子找来了，他只好招呼太太来管教。太太没听见，他就站起来打儿子，结果一不小心打翻了粥罐。

（二）

阿拉伯。故事中的婆罗门变成了修士。修士攒了一罐子油和蜜，幻想着卖掉它们换来第一个第纳尔，用它去买十只母山羊，母山羊再生小羊，这样过不了几年，他就有几百只羊了。然后，再用羊买牛，换地，继而盖豪宅，娶个如花似玉的美妻，生个儿子，儿子不听话，他就用拐杖打。想到这里，修士扬起拐杖，结果不小心打破了罐子。油和蜜洒了他一脸[1]。

1　又译《凯里来与迪木奈》（如天津古籍出版社2004年版）或《卡里来和笛木乃》，本文引自后者，林兴华译，人民文学出版社，1978年。

（三）

希腊。有位国王问他的谋士：如果一个人想入非非，结果又会如何？谋士回答说：从前有对夫妇，有一次丈夫对妻子说，我想让你生个儿子，有了儿子，我们就更加幸福了。我们来想一想，看给他起个什么名字。妻子回说，你想得倒美，简直就像那个满脸奶油蜂蜜却一口都没吃到的人。听说从前有个乞丐，床顶上挂着一罐奶油蜂蜜。一天，他幻想高价卖了那罐奶油蜂蜜，以便用换来的钱买几头羊。羊生羊，五年之后就会有一大群羊。再用羊换牛。这样，用不了几年，他就可以发财致富啦。于是他想到，他要建一栋房子，四面镶金嵌银，还要买好多奴隶，并且结婚生子。孩子将由他亲自教育，不勤俭的该打的打，该罚的罚。结果随手操起一根棍子来，不慎打碎了蜜罐，奶油蜂蜜洒了他一脸。

（四）

德国。有一对夫妇，他们懒惰成性。为了不必每天外出放羊，他们拿仅有的两只山羊换了一箱蜜蜂。蜜蜂非常勤劳，替他们酿了很多蜜。他们把蜂蜜装在一只陶罐里，搁到柜顶上。为了防备小偷和老鼠，他们在床边放了一根木棍，以便躺在床上就可以驱赶小偷和老鼠。夫妇俩不到晌午是不起床的。有一天，丈夫躺在床上对妻子说，听说女人都贪吃，尤其爱吃甜食。我怕你偷吃蜂蜜，不如我们把它卖了换只鹅回来吧。鹅能下蛋，而且可以随便放养。妻子说，还是等我们有了孩子再说吧，叫孩子去放鹅……丈夫反诘说，你想得美，现在的孩子哪有这么听话。妻子于是说，他不听话我就用这棍子做家法。她挥舞着木棍，一不小心打碎了蜜罐。

（五）

法国（拉封丹寓言）。有个村妇叫贝莱特，她头顶一罐牛奶到集市上去卖，一路上想入非非，要用牛奶换来的钱置家业，家业日益扩大，使她过上了富裕生活。她高兴得手舞足蹈，结果头顶的奶罐掉下来，摔了个粉碎[1]。

缪勒忽略了一个至关重要的环节：西班牙。由于其与阿拉伯文化的特殊关系，西班牙的拉丁文本应该是在希腊文本之前出现的。西班牙文本出现了国王和谋士，并将水牛变成了黄牛和奶牛。而且故事的功能发生了改变，变成了妻子对丈夫的规劝[2]。很显然，希腊文本依从的是西班牙文本。

这是一个类似于《南柯一梦》或《崂山道士》的寓言故事，其中的讽刺意味和戏谑精神不言自明。它从印度经阿拉伯人和希伯来人传至西班牙，从而在西方衍生出了诸如此类的变体。奇怪的是迄今为止从未有人将它同《堂吉诃德》联系在一起。

二

虽然学术界尚未形成共识，但西班牙和阿拉伯学者却一直认为伊比利亚是文艺复兴运动的一个重要源头。首先，后者是东西方文化交融的重要节点。早在古罗马帝国时期，伊比利亚便是犹太人的主要聚居地之

1　参见刘魁立：《欧洲民间文学研究中的流传学派》，《民间文学论坛》，1983年第3期。

2　《卡里来和笛木乃》（*Calila y Dimna*），马德里：阿良萨出版社，2008年，第8章。

一；公元八世纪之后，西班牙又因为阿拉伯人的入侵而成为东西方文化交融的桥梁。其次，作为西方穆斯林国家，前西班牙王国科尔多瓦等地早在中世纪中叶就开始大量译介古希腊罗马经典，是谓穆斯林翻译运动。十一世纪以降，卡斯蒂利亚王国又在智者阿方索等基督教新主的领导下重开翻译学校，并结集穆斯林和犹太学者参与古希腊罗马文献和东方经典的翻译工作，是谓新翻译运动。在此过程中，我国的四大发明相继由阿拉伯人和犹太人传入欧洲。西班牙则近水楼台先得月，并逐渐在光复战争获得主动权。

阿方索十世时期，雕版印刷术在卡斯蒂亚风行一时；之后（约十四世纪末）又引入了木活字印刷，从而加速了文艺复兴的律动。然而，由于种种原因，东方译者的劳作大都被岁月的烟尘埋没了。许多作品等到近现代才真正进入人们的视阈。也许正因为如此，阿方索十世时期长期未被多数文史学家视作文艺复兴运动的开端。

从拉丁俗语文学的角度看，西班牙文学更是充满了东方文学基因。从现有资料看，最早的伊比利亚的阿拉伯文学作品可能生成于公元八世纪前后。随着著名诗人、学者伊本·阿卜杜·拉比的西行，伊比利亚很快衍生出了影响深远的彩锦诗。这些作品一方面用盎然的诗意描绘了安达卢西亚，使得东方的穆斯林心向往之；另一方面又通过对安达卢西亚传神的描绘传播了富有地方色彩和充满谐趣的新阿拉伯诗韵。这一诗体在十二世纪初叶达到高峰，并反过来影响了北非的阿拉伯文学。与此同时，伊本·古太白的《故事源泉》和伊本·阿卜杜·拉比的《罕世璎珞》于九世纪先后进入伊比利亚半岛。其中《故事源泉》记录了不少逗笑故事，如《向穆罕默德献蜜》《戏盲人》《鱼吃爸爸》等都是脍炙人口、充满谐趣的说笑。而《罕世璎珞》则在讲述奇闻轶事的过程中穿插了不少笑话。据说这也是奉了真主的旨意，先知穆罕默德就曾告诫他的追随者要尽量保持幽默，让自己及周围的人感到快乐。也许正因为如此，在阿拔斯王朝时期，讲笑话逐渐演变为一大职业，不少人以此为生。笑话集锦、幽默故事、诙谐段子比比皆是。这显然很不同于西方传统。总体上说，幽默不是西方传统。荷马、维吉尔、但丁的作品中几乎找不到幽默的影子。古希腊时期，就连喜剧也颇受道统的轻视，在亚里士多德看来，悲剧表现崇高和美；而喜剧则表现丑陋，几乎是下里巴人的把戏。

然而，阿拉伯人在西班牙创作的文学作品及其影响一直未被纳入西班牙文学史，也没有得到应有的重视。但它们对西班牙文学的影响却有目共睹，无处不在。

此外，公元八至十世纪，入侵南欧的摩尔人在伍麦叶王子们的感召下致力于把包括阿拉伯文学在内的东方经典翻译成拉丁语和卡斯蒂利亚语，其中就有《卡里来和笛木乃》与《一千零一夜》。

考虑到塞万提斯的涉猎之广泛，他不可能没有接触到这些作品。塞万提斯在《〈训诫小说集〉序言》中写道："我还明白，自己是第一个用西班牙语写小说的人。现在印出来的许多西班牙语小说都是从外语翻译过来的，而这些作品却是我自己创作的，既非模仿，也非剽窃……"言下之意，流浪汉小说不是小说，而更早的《卢卡诺尔伯爵》却是对别人的"模仿"。《卢卡诺尔伯爵》显然受到了《卡里来和笛木乃》的影响。无论是它的形式（伯爵和谋士的问答）还是内容（大多为寓言故事）都明显雷同于《卡里来和笛木乃》，许多地方甚至如出一辙（其诙谐的风格和诸如《三个撒谎的织布匠》《强悍的妇人》——前者在安徒生笔下演化成了《皇帝的新装》，后者则为莎士比亚的《驯悍记》提供素材和灵感——等故事明显带有《卡里来和笛木乃》的气息）。因此，塞万提斯的话不是无的放矢，而是有针对性的。

塞万提斯就曾在《堂吉诃德》第一部第九章中突然改变叙事者，用第一人称戏言道："有一天，我正在托莱多¹的阿尔纳集市上走着，看见一个男孩挨近一个丝绸商人，向他兜售一堆手稿和旧抄本。我这人有读书的嗜好，连大街上的破纸片都不会放过。正是出于这种癖好，我顺手从男孩手里接过一个手抄本，一看竟是阿拉伯文。我虽然知道它是阿拉伯文，但不懂它写的是什么，便四处张望，想就近找个懂西班牙语的摩尔人帮我解读一下。找这样的人其实并不太难，即使是更古老、更典雅的语言也有人能译。反正我很快就找到了一个，向他表明了意思，并把手抄本交给到了他的手里。他从中间翻开，浏览了一下就笑出声来。我问他笑什么呢，他说是在笑一段旁批。我让他翻给我听听，他边笑边说：我不是说了吗？这书页上旁批说：'故事里屡屡提到的这位杜尔西内娅·德尔·索博托，据说能腌一手好猪肉，整个拉曼恰地区的女人都不及她。'听到杜尔西内娅·德尔·索博托的名字，我顿时惊呆了。我立即想到，那抄本里写的正是堂吉诃德的故事。这么一琢磨，我便忙不迭催他从头译起。他按我的要求顺口把阿拉伯语译成了西班牙语，结果是这么说的：'堂吉诃德·德·拉曼恰的传记，

1　请注意，托莱多恰恰是中世纪阿拉伯、希伯来和西方文化的交汇地，其于十一世纪创办的翻译学院闻名遐迩。

由阿拉伯史学家熙德·哈梅特·贝南赫里创作。'一听到这个书名，就甫提我有多高兴了。但我却故意装出若无其事的样子，随后从丝绸商手里夺下了这笔买卖，花了半个雷亚尔收购了小男孩的所有手稿和抄本。那孩子终究不够精明，否则早该看出我迫不及待的样子了。他满可以讨讨价，至少要上六个雷亚尔。我急忙带着摩尔人离开了集市，跑进大教堂，求他把所有关于堂吉诃德的抄本都帮我译成卡斯蒂利亚语……"

这不是很有趣吗？它印证了丹埃尔·雨埃在《小说起源》中所说的"小说源自东方"的观点，同时也间接地印证了笔者对于《堂吉诃德》和《卡里来和笛木乃》关系的联想。

更为重要的是，《卡里来和笛木乃》的讽刺意味和戏谑精神同《堂吉诃德》具有近乎"通感"的灵犀。倘使没有《卡里来和笛木乃》在西班牙的移译和流传，那么塞万提斯的讽刺和戏谑倒是"人同此心，心同此理"的最佳佐证了，但问题是在他之前，西班牙明明已经引进了这些东方故事。因此，说《堂吉诃德》受到了《卡里来和笛木乃》的影响，当非无稽之谈。虽然目前还没有直接的证据说明两者的关系，但其中的讽刺意味和戏谑精神或可成为进一步探讨塞万提斯反讽的重要起点。何况在塞万提斯之前，没有哪一种西方作品具有如此强烈的反讽精神，而堂吉诃德与骑士小说的关系，恰恰建立在这种反讽之上。

无庸赘言，有关《堂吉诃德》反讽精神的研究浩如烟海，但它们始终没有在其源头上提出令人信服的观点。那么，塞万提斯何以采用诸如此类的反讽方法而非别的？《卡里来和笛木乃》等东方文学或可为这方面的研究提供有力的观点。

西班牙塞学家梅嫩德斯·伊·佩拉约曾经写道："在最近一个时期的某些奇谈怪论中，塞万提斯被顶礼膜拜。其中最可笑的是有人对他进行所谓的实证研究，或任意或机械，或直白或隐晦，挖空心思地从科学或哲学的高度将种种奇特的思想赋予给塞万提斯，从而将《堂吉诃德》变成了最纯粹、最丰富的百科全书。而事实上，塞万提斯的思想，如果称得上科学，也只是一般意义上的姑妄言之，充其量不会超越十六世纪西班牙文化的水平，甚至根本无法上升到（真正）科学的高度。塞万提斯已经名满全球，没有必要再为他涂金添彩。把他当作伟大的作家或伟大的诗人（这没啥差别)就足够了。再则，单纯的文学批评丝毫不会减损塞万提斯的光辉。相反，那些隐喻的、象征的、神秘的探究对他却可能是一种丑化。""那些所谓的研究错就错在一味地要将塞万提斯的伟大归功于其才学，而非艺术（也许在他们看来艺术是最不足道的）。他们拜塞万提斯为神学家、法学家、医学家、地理学家，谁知道还有什么家。他们确实拥有各种各样的才艺和技术，却无视美的存在。他们的阅读仿佛是强按牛头饮水，一生中或许从来没有真正欣赏过一部伟大而不朽的文学作品。他们对美视而不见，更无从感受审美的愉悦。他们迫于因阅读所享受的普遍而崇高的声誉，勉强为之，却一辈子都不会真正去欣赏。于是，那些不朽的杰作被纳入了他们的理智。即便他们不那么骄傲，即便他们也会用人类惯有的品行和道理去加以评判，却永远无法理解艺术作品赖以存在的惟一理由，那便是艺术作品的完美程度。于是，他们只好对此避而不谈。"[1] 梅嫩德斯·伊·佩拉约认为，除了欣

---

1 梅嫩德斯·伊·佩拉约:《美学思想史》第1卷，马德里: 高等科学研究委员会出版，1974 年，第 742—743 页。

赏，相对科学、公允的研究必须建立在历史还原，即真正的实证的基础上。正因为如此，他的做法与流传学派不谋而合。

本世纪初，梅嫩德斯·伊·佩拉约开始了旷日持久的塞万提斯探源工作（见《塞万提斯研究》之《塞万提斯的文学渊源》），找到了塞万提斯的主要文学由来，包括桑丘的可能原型。然而，梅嫩德斯·伊·佩拉约的钩沉索隐仅仅局限于西方文学和西方传统，而且堂吉诃德的原型也仍然只是阿马狄斯等骑士类人物。至于塞万提斯何以用这种反讽的手法"模仿"骑士小说，梅嫩德斯·伊·佩拉约同样也是讳莫如深。倒是惯于声东击西的博尔赫斯在《〈堂吉诃德〉的部分魔术》一文中写道："令人惊奇的是，第九章开头说《堂吉诃德》这部小说全然是从阿拉伯文翻译过来的，塞万提斯在托莱多的市场上买到手稿，并雇了个摩尔人将它翻译出来。他把摩尔人请到家里，住了一个半月，终于译完了手稿。这使我们想到了卡莱尔，他伪托《成衣匠的改制》是德国出版的迪奥金尼斯·丢弗斯德罗克博士同名作品的节译本。还有卡斯蒂利亚犹太教博士摩西·德·莱昂的《光明之书》也伪托是三世纪一位巴勒斯坦犹太教博士的作品。稀奇古怪的混淆游戏在第二部中达到了顶点。书中的主人公说他看过《堂吉诃德》第一部，于是《堂吉诃德》的主人公成了自己的读者……这不由得令人迁思《罗摩衍那》，即蚁蛭描写罗摩功绩及其同妖魔作战的史诗。史诗末篇写罗摩的两个儿子不知生父是谁，他们栖身森林，由一个苦行僧教会读书识字。奇怪的是，那位苦行僧即蚁蛭本人，而他教两个少年时所用的课本竟是《罗摩衍那》。一天，罗摩宰马设宴，蚁蛭带两位门徒前来，并让他们用琵琶伴奏演唱了《罗摩衍那》。罗摩听了自己的故事，认了自己的儿子，酬谢了诗人……《一千零一夜》中也有类似写法。这个神奇的故事集由一个中心故事衍生出许多小故事来，枝繁叶茂，令人眼花缭乱，但不是层层递进、主次分明，因而原本深刻的效果变成了波斯地毯似的浮光掠影……最令人困惑的是那个神奇的第六百零二夜的穿插。那夜，国王从王后嘴里听到了她自己的故事，他听到那个包括所有故事的故事之纲，还不可思议地听到了故事本身。读者是否已经清楚地觉察到这一穿插所蕴涵的无穷的可能性和奇异的危险性？故事将周而复始，即王后不断讲下去，国王将永远听下去，而《一千零一夜》的故事将难有完结……《一千零一夜》中的一千零一夜何以令我们感到不安？堂吉诃德成为《堂吉诃德》又何以令我们不安呢？我觉得我已经有了答案：如果虚构作品中的人物成了读者或观众，那么作为读者或观众的我们就有可能成为虚构的人物。卡莱尔在1833年写道，世界历史是一部无限推延的神书，是由所有人共同写下的，同时它也写了所有人……"[1]

　　一如《红楼梦》是《西厢记》《牡丹亭》《娇红记》等中国古典文学的推延，《堂吉诃德》何尝不可以是《卡里来和笛木乃》及《阿马狄斯》等东西方古典文学的推延？塞万提斯的回答应该是肯定的，他写道：堂吉诃德闲来无事，读骑士小说入了迷，终于走火入魔，要效法骑士去行侠仗义……做骑士梦的堂吉诃德不是很像那个故事中做尽发财梦的印度婆罗门或阿拉伯修士吗？如果像西方演绎的多数情况那样，再把农夫（或修士）的棍子变成长矛，让他在梦中肆意挥舞，不就更像堂吉诃德了吗？而塞万提斯不正

1　　博尔赫斯：《博尔赫斯全集》第2卷，布宜诺斯艾利斯：埃梅塞出版社，1960年，第46—48页。

是假托阿拉伯人，为我们推演"神书"，给我们这些老老小小的做梦人讲做梦故事的那个谋士或妻子吗？

（本文原载于《外国文学评论》2011 年第 3 期。）

阿拉伯古代诗歌之流浪诗人

——《阿拉伯的拉米亚》译析

张洪仪

摘要：《阿拉伯的拉米亚》是一首著名的古诗，出自贾希利叶时期阿拉伯半岛的流浪诗人尚法拉（？—525）。尽管对于此诗的真实性、真正的作者、创作时间等问题，古往今来的学者之间有很大的分歧，肯定者、否定者各执一词，莫衷一是。但是谁都不否认，这首诗确实生动地记述了那个时代阿拉伯半岛恶劣的自然环境、流浪人所处的悲惨生活境况，以及在那样的生活常态下诗人的焦躁与不安。同时，流浪人，更准确地说是沙漠流浪剑客诗人，以他们的诗生动地展示了那一时期，那一特殊诗人群体诗文的质朴之美。此文将完整地翻译这首著名的古诗，对古代阿拉伯社会流浪人阶层以及本诗的作者做比较详细的介绍，并对所译的诗文做阐释和赏析，使读者能更深入地了解那个时代的阿拉伯社会及文化，管窥阿拉伯古诗中流浪诗人作品的大致面貌。

作者简介：张洪仪，北京第二外国语学院教授

著名的《阿拉伯的拉米亚》作者叫尚法拉，被誉为"流浪诗歌之王"。

这首诗本没有名字，只是因为尾韵是阿拉伯字母"拉姆"才得此名。但是，此诗问世以来，得到太多的关注和青睐，不仅仅古人对其有专门的论述，几乎所有重要的阿拉伯学者，如口传家、语言学家、文史学家、文论家都对其详细加以注释。历朝历代均有人模仿其创作，模仿者不仅仅有阿拉伯人，还有波斯人和突厥人。近代以来，此诗受到西方学者追捧，被翻译为多种语言，被认为是古代阿拉伯文学人文传统和美学价值的最高典范。上世纪五十年代，社会主义思潮席卷阿拉伯大地，以埃及前总统纳赛尔为首的一批阿拉伯左翼领袖在所在国家倡导社会主义革命。一时间，这首诗又成了阿拉伯左派作家、诗人和文艺理论家关注的对象。以尚法拉为代表的古代流浪诗人成了敢于反抗压迫、揭露社会黑暗的勇敢斗士。正是在这样的大潮推动下，当代学者、前埃及文学院院长优素福·胡莱夫博士、著名诗人艾杜尼斯和著名埃及文论家贾比尔·阿苏弗尔博士（.د جابر عصفور）等都为之撰写了专著进行研究。

一、阿拉伯古代流浪阶层及流浪诗人

这里所说的流浪人是指阿拉伯语中"萨阿鲁克"（الصعلوك）一词，中国阿拉伯语界著名学者仲跻昆先生将其翻译为"侠寇"，并在《阿拉伯文学通史》第 134 至 144 页对著名的流浪诗人做了介绍。之前，也有我国阿拉伯学研究者对这一诗人群体或多或少地做过介绍。尽管不多，但初步揭示了阿拉伯古代社会这一阶级的存在状态。有的将"萨阿鲁克"翻译为"游侠"，有的翻为"流浪汉"，有的翻为"乞丐"等，对其中的诗人也相应翻译成"游侠诗人""游吟诗人""乞丐诗人"……根据《阿拉伯大辞典》（لسان العرب）

的注释，这一单词意为"一无所有的穷人"（فقير لا مال له）。但是我们发现，几乎所有的翻译者都对原义加以一定程度的粉饰和美化，而深究起来，也许这里包含着深切的同情乃至对于他们部分品格的肯定。

古代阿拉伯部落社会大体上可以分成三个主要等级：1.苏拉哈（صرحاء），部落核心阶层，即比较富有的部落首领家族和与首领为近亲的家族；2.麦瓦里（موالي），部落中间阶层，即与核心家族在血缘上沾亲带故的家族；3.阿比德（عبيد），部落底层，即掠自其他部落的阿拉伯战俘和来自阿比西尼亚（今埃塞俄比亚及东非）的黑人奴隶。而在部落社会之外，还有一个等级更为低下的人群，这就是流浪者。

流浪者一般又可以分为三类：第一类，由于犯了罪或者违反了部落规约被赶出部落的人；第二类，阿拉伯人与被俘获的女奴生下的混血后代，未被部落承认和接纳，因此被迫离开；第三类，部落战争中战败后无所归依的个人或者小部落，比如地处希贾志的胡扎勒部落和法赫姆部落。这些流浪者人数不多，居无定所，生活境遇十分凄惨。尽管近代以来很多学者对他们褒奖有加，认为他们是那一时期阿拉伯半岛的无产者，因而是反抗者、革命者。但客观上说，他们地处分散，难以集合成群，且各自政治诉求不同，没有明确的政治目标。他们处在社会极为边缘的地位，没有任何话语权，所以，难以推动社会的变革与发展。但是，这些流浪者当中的确有非常强悍的英雄，崇尚自由与尊严，洁身自好，杀富济贫，扶危济困，仗义疏财，在江湖上留下"侠客"的美名。流浪生涯的漂泊不定，使他们备尝人世的冷暖，失望和痛苦没有令他们消沉，反而激发了他们对自身和现实更为强烈的不满，和原本就有的深厚的人类之爱。特别是其中的诗人，更是这一群人中的佼佼者，留下的诗文生动地再现了他们人生的凄惨，悲戚之余也歌颂了英勇无畏、慷慨大义、乐善好施以及宽厚包容等美好人性。

这些流浪者位于阿拉伯贾希利叶社会的最底层，被部落赶出来，没有任何财产，没有生存手段，经常处于衣不遮体、食不果腹的状态。他们无依无靠，没有任何权利保障，也没有人为他们遭受的侵害伸张正义。在干旱荒芜的阿拉伯半岛戈壁荒滩里，这些人如何生存？他们唯一的生存方式只能是狩猎和劫掠，抢劫富有的部落、商人和朝觐者。在古代阿拉伯半岛从沙姆到也门的商道周围，以及麦加附近的撒拉山山谷和山脚下，到处潜藏着被称为"沙盗"的流浪人。

"挨饿"是这一群体共同的体验，诗人艾布·黑拉士（ابو خراش）道：

饥饿老友将我烦，绝不伸手丢颜面，

别人盘中有美味，我饮冷水润舌尖，

难得弄来饭一钵，你和孩子拉近前，

倘若人前遭羞辱，不如一死捍尊严。

他们常常拥有怪异的名字或绰号："腋下夹祸"、"闪电之子"、"海燕之父"、"烂毛"等。阿拉伯人和中国人一样喜欢吉祥的名字，如果父母给他们的子女取了不太吉利的名字，往往意味着他们对孩子的未来无法把握，对其未来的生活充满焦虑和恐慌。

他们共同的性格特点是勇敢，面对豺狼虎豹无所畏惧，打起仗来以一当十；坚韧，可以几天不吃不喝，甚至以黄土、树叶为食；残忍，扫荡部落和商队的时候就像一股旋风，一时间打得对手人仰马翻，哭号遍地。他们共同的外在特点是"机警"和"快捷"，眼快、手快、脚快。机警得像狼一样睁着一只眼睛睡觉，一遇风吹草动，动作比兔子还快。流浪诗人中有多个被誉为跑得最快的人，而当夸赞一个人跑得快的时候，会说"此人跑得比苏莱克[1]还快"，或者"此人跑得比尚法拉还快"。诗人塔阿巴塔·舍拉如此描写他跑得快：

> 大呼小叫"追上他！"雷电之子我就是，
>
> 似羚羊惊慌逃窜，似鸵鸟沙中展翅，
>
> 似骏马四蹄生风，似雄鹰俯冲攫食，
>
> 任追兵狂风骤雨，我径自泰然溜之。

他们善于夜行和骑射，沙漠里夜行是一般人无法办到的事情，古诗中提到，有人行走一夜终没有离开一个沙丘。特别是在冬春阴雨季节，没有月光，四围黑得伸手不见五指，夜间出行意味着有去无回。他们骑射的精准、马术的精湛也是一般部落骑士难以匹敌的，常常在飞马背上连连发出带着呼哨的箭，并且接连命中敌手。

有一个流浪诗人叫做欧尔沃，因为他的诗歌最早开始流传而被称为"流浪诗之父"。在一首诗中他解读了两类流浪者：

1　苏莱克：一流浪诗人名。

深夜一来临，偷尝残汤饭，

每日蹭吃喝，朋友他有钱，

饥渴挨一宿，天亮灰尘掸，

讨来饭一口，填饱就打鼾，

像个癫骆驼，骗取女人怜。

……

那个流浪人，脸上光灿灿，

战前一声吼，吓得敌胆颤，

退避几十里，出击似闪电，

掠得钱粮多，朋友当中散，

此等英雄种，无愧江湖汉。

前者懒惰、无能，只管自己，不管别人，偷吃别人的残羹剩饭，依靠别人生活，吃女人软饭，没有了，就凑合，吃饱了，就打鼾。后者勇敢地劫掠，阵前高声呐喊，快速出击，获得战利品之后慷慨地分给大家。寥寥几笔刻画出了两个截然不同的流浪汉脸谱。

他还概括了勇敢的流浪侠客的人生态度，道：

人若无事无担当，亲朋好友置一旁，

一死胜于苟且活，寄人篱下太荒唐。

世人皆问去哪里，流浪之人无所往，

故人远去亲情薄，高山峡谷作家乡。

涉险征战我先到，苦汤不留兄弟尝，

邻里受难我出手，毒药勿将朋友伤。

风儿吹过她家院，旧地无言故居凉。

诗人说：一个男人假如失去了部落和栖居之所，又终日无所事事，对朋友、亲人不承担责任和义务，那真是形同行尸走肉，与其活着，还不如一死了之。当人问起我意欲何往，我不知如何作答。我的部落已经抛弃了我，我只能将高山峡谷当作归宿。但是，我勇敢，不论什么艰险的战事，我都一马当先冲在前面；我仗义，绝对不能让我的兄弟受苦受难，让我的邻居遭受欺辱，这样的事情我是绝不会容忍的。部落里的诗人们不是常常歌颂故居、凭吊废墟吗？瞧吧，令我牵挂的女孩儿，她家的老宅早已凋敝，这废墟对我已经毫无意义。

二、《阿拉伯的拉米亚》

《阿拉伯的拉米亚》的作者尚法拉，全名沙比特·本·奥斯。"尚法拉"是其绰号，意为"厚嘴唇"，"暴脾气"。也门阿扎德部落人，阿比西尼亚女奴之子。父亲为阿拉伯人，早逝，有人说是被阿扎德部落人所杀。因而，他与母亲及兄弟被赶出阿扎德部落，流浪至阿扎德部落的小旁支部落——法赫姆部落，在萨拉曼家寄人篱下。初期，萨拉曼因没有儿子，对他还不错，后来，他家中的女儿对尚法拉产生了嫉妒之心。一次，法赫姆部落征他去打仗，他想当然地认为那女孩是自己的妹妹，便招呼女孩帮他洗洗头，说："妹妹，帮我洗洗头吧。"没想到那女孩狠狠地打了他一记耳光，说："谁是你妹妹"，然后扬长而去。尚法拉遭到如此羞辱，愤怒至极，为此，他仇恨萨拉曼家族，仇恨法赫姆部落，也仇恨他们曾经寄居的阿扎德部族，并且下定决心要杀掉一百个这个部族的人。后来，他的故事被神化，据说他杀了九十九个阿扎德人之后被他们所抓获，随即被打死。死后有一个人觉得不解恨，用脚狠狠地踢了他的脑袋一下，这时，一块头骨飞溅而出，将其杀死。最终尚法拉得偿所愿，真的杀死了一百个阿扎德人。

关于"拉米亚"的真实来历，有一些学者，比如伊历三世纪的巴格达学者艾布·阿里·高利[1] 在他的文论著作《阿玛利书》中说："先师艾卜拜克尔·本·杜莱德[2] 说，哈拉夫尼·艾赫迈尔[3] 是最通晓阿拉伯语言和诗歌、最了解阿拉伯历史典故之人，是他将首句为'亲人备马快离去，我的最爱不是你'的那首'拉米亚'安在尚法拉头上，其实那是他自己所作。"著名的《阿拉伯诗歌总汇》作者艾布·法拉格·伊斯法罕尼[4] 在他的书中谈到尚法拉，并收集了多首他的诗，却没有提及"拉米亚"。近代学者、《阿拉伯文学通史》作者邵基·戴伊夫博士坚定地认为，这首诗语言之华美，修辞之精湛是一个文化修养很低的流浪诗人难以企及的，很有可能是口传家

1　阿拉伯口传家，早期的阿拉伯诗歌口耳相传，直至阿拉伯倭玛亚朝（662—750）晚期至阿拔斯王朝前期，一批学者深入民间搜集、考证、整理，将古诗记录成册，这些人被称作第一代诗歌口传家，他们的弟子以及弟子的弟子组成了第二代、第三代口传家。由此，诗歌的传承与伊斯兰经典一样，必须有明确的传承链才被承认，否则就被视为杜撰。

2　艾卜拜克尔·本·杜莱德（أبو بكر بن دريد，852—953），阿拉伯诗歌第一代口传家之一。

3　哈拉夫尼·艾赫迈尔（خلف الأحمر，？—707），阿拉伯诗歌第一代口传家之一。

4　艾布·法拉格·伊斯法罕尼（أبو الفرج الأصبهاني，914—989），中世纪著名阿拉伯学者，《阿拉伯诗歌总汇》（又译《天方诗经》，共七卷）的作者。

哈拉夫尼·艾赫迈尔的创作。不论怎样，这首诗流传千古，被公认为阿拉伯古典诗歌的经典作品之一。

阿拉伯诗歌，特别是古代韵律诗，因其古老，对于今人，包括阿拉伯人在内，显得艰涩难懂，但是其词语繁复而华丽，韵律节奏感极强，规范严整而妙不可言，具有极高的经典价值，现在已经作为阿拉伯各国的非物质文化遗产得到保护。一般来说，阿拉伯古诗重意象而轻意境。一首长诗当中，诗人林林总总述说了身边的一切景致以及所产生的各种联想之后，才想到要表达思想和情感，然后三两句概而括之了事。往往一首诗是赞颂还是贬损，是矫情还是悔悟，在读过大半之后还未能了解。古诗的意象皆为伸手可及的身边景物，比如废墟、沙漠、植物、动物、驼队、花轿、女人等。由废墟可以引出青春的恋情，由骆驼的强健可以引出狩猎故事，由马匹的尊贵可以引出战争的场面，由女人的美貌可以引出爱情的冒险。但是，诗人恰恰忘记了他写诗的目的所在，以及他要表达的主旨思想和情感是什么。这与中国格律诗主题鲜明，注重意境，情中有景，景中有情，以景寄情，以情托景形成鲜明的反照。正因为此，我们的汉语要与阿拉伯诗歌巧妙对应并加以翻译是很难的。仲跻昆先生在2010年出版的中文版《阿拉伯文学通史》以散文诗的形式翻译了此诗片段，我这里希望用民歌似的韵律语言将其翻译，以便更接近原诗的风格。我所依据的版本是《阿玛利书》附录，全诗为双联诗，共六十八联：

1. 亲人备马快离去，我的最爱不是你。
2. 当空明月知我心，坐骑停当上路急。

3. 大地辽远避凶险，磨难当前应挺立。

4. 宽广大地任行走，来则来也去则去。

5. 亲朋好友非你辈，豺狼狮虎才亲昵，

6. 恪守机密不张扬，罪孽在身不离弃，

7. 个个凶猛又顽强，万兽群中我第一。

诗人道：我的亲人啊，赶快上路吧，否则你们将可能受到敌对部落的威胁。我则要离开你们，走自己的路，找我自己心仪的伙伴。月光高照，上路心切，我就要走了。一个有尊严的人只能走遍大地去躲避灾难；一个不愿屈服的人只能选择孤独的生活。我发誓，这大地广阔无边，让人随心所欲。我的朋友不是你们，而是凶狠的豺狼、带斑点的猛虎、颈上长着长毛的雄狮。他们为我保守秘密，绝不声张，他们宽恕我的罪孽，绝不将我抛弃。我在这些猛兽中间生活，当然成为他们当中的一员，成为他们的首领，因为我的勇猛超过它们所有。

8. 猎得财物人伸手，我自悠然一旁立，

9. 高尚美德我独享，先人后己成惯例。

10. 小人何须予厚爱，龌龊之流应远避，

11. 雄心利剑长弓劲，三友伴我似伉俪。

12. 飞箭出手如风哨，箭囊闪闪堪华丽，

13. 箭啸尖利刺破天，好似女人放声泣。

当狩猎、抢劫得手之后，所有的人都发疯似的争抢战利品，而我绝不着急，我是一个品德高尚的人，有了战利品，总是让别人先取，我最后才取。对于人群中的小人、卑鄙龌龊之人，不要对他们发善心，而要小心提防。我只有三个贴心好友形影不离，这就是雄心、利剑和强弓。当我跨上爱马、飞奔在原野、拿出弓箭发射之时，那箭呼啸而出，尖利的哨声直抵天空，就好像女人放声哭号，我身上背的箭囊镶嵌着宝石，精美而华丽。

14. 不作愚蠢牧驼人，母驼无奶幼驼急，

15. 胆小猥琐无是处，背靠女人混日夕，

16. 藏头好比一鸵鸟，慌乱惊飞似黄鹂。

17. 绝非孬种呆在家，油头粉面为一女，

18. 绝非瘦小羸弱汉，浑身无力难缚鸡，

19. 绝非愚笨路不识，黑夜出走把路迷。

20. 脚下飞石火花溅，坎坷长路飞将去。

一个愚蠢、懒惰的牧人，不知道到哪里去寻找肥沃的牧场来让自己家的骆驼吃饱，竟然饿得母驼肚子瘪瘪，都没有充足的奶水喂养自己的孩子，只见那幼驼围着母亲嗷嗷地叫。这样的牧人猥琐、胆小，无所事事，靠着女人养活自己，一遇到麻烦就像鸵鸟一样，把头埋到沙丘里，或者慌慌张张逃跑了事，就像黄鹂鸟受到了惊吓。我绝不做那样的人，每天梳妆打扮围着女人转，瘦小软弱，手无缚鸡之力，不敢出门，不敢夜行，生怕自己迷了路。我是那坚强勇敢的男人，走起路来脚下生风，步履如飞，石子飞溅，

眨眼之间就越过了大片戈壁。

21. 饥饿太长当过往，不思不想不唏嘘，

22. 一把黄土吞下肚，别叫他人看不起。

23. 如若不为留恶名，吃足喝足好惬意，

24. 莫问去路是何方，自由之心怎容欺。

25. 时紧时慢腹中叫，就像织娘纺线机。

26. 又似饿狼清早起，只为填那空肚皮。

饿肚子是家常便饭，不要提起，就当没有这回事儿，实在熬不住的时候，抓一把泥土充充饥。也许伸手要饭能混得有吃有喝，但是一个坚强的男人绝不能伸手去要，吃苦受累算得了什么，自由、自尊、自爱才是男人的本分。但是，肚子实在是太空了，不停地叫，就像纺线机咕咕噜噜地转动。没办法，只有早早起身去寻找吃的东西。

27. 迎风站立朝天吼，伙伴奔来带喘息。

28. 劫得猎物实在少，蜂拥而至抢得急，

29. 孤老病弱往前赶，摇摇摆摆难持立。

30. 如养蜂人挥木棍，每人蜜水滴一滴。

好不容易找到了一点点猎物，我站在风口之处大声呼唤伙伴们，让他们带着家眷来分这不多的食物。只见那老的老，小的小，晃晃悠悠，踉踉

跄跄朝我奔来。我就像那养蜂人，拿一根小木棍沾上一点蜂蜜，每人滴上几滴。

31. 饥渴之面显狰狞，恃强凌弱少顾忌，

32. 一把抢走不容说，鳏寡无奈把眼闭，

33. 荒野之外女人嚎，孤儿寡母留山里，

34. 抱怨之声响成片，高喝一声莫着急，

35. 驱走男女众狂徒，饥饿之人没骨气。

其中有身强力壮者因为太饿了，完全不顾及老幼，跑在最前面，伸手即抢，而那孤寡老人、妇女孩子还没有赶过来，即便来了，看这情景也只能无奈地闭上眼睛。就在这时，我大喝一声，赶走了抢夺食物的狂徒，把吃的东西留给了老人、妇女和孩子。

36. 残汤无以填肠肚，引来饥渴众沙鸡，

37. 人不留心我挽袖，惊慌沙鸡忙逃避，

38. 伸伸脖子咽汤水，我追它跑至窝里。

39. 叽叽喳喳高声叫，惊醒部落群商旅，

40. 四面八方来得快，就像骆驼遇小溪，

41. 驼队俯身欲解渴，水漂污物难吮吸。

42. 骆驼骨架堪魁梧，瘦得只剩骨贴皮。

43. 骨瘦如柴关节凸，如同骷髅空站立。

转眼之间,就剩下了少许汤汁。汤汁的气味引来了几只沙鸡,这太好了,诗人赶忙去抓鸡。鸡的叫声招来了来自各个部落的商队。那些人来得可真快,就好像是驼队找到了水源。驼队一旦找到了水源,迫不及待地低头饮水,顾不上漂浮在水面上的枯枝烂叶。骆驼的身躯虽然高大魁梧,但是冬天里没吃没喝,个个饿得皮包骨头,活像一副副骷髅。

44. 祸事降临尚法拉,如火如风逼得急。

45. 债主要分他的肉,碎尸万段才解气,

46. 睡觉只睁一只眼,有了灾殃好藏匿,

47. 灾祸连绵如疾病,刚刚痊愈又来袭,

48. 来来回回没完了,左边挡走右边替。

我——尚法拉遭遇了大麻烦,仇人正在追杀我,恨不能将我碎尸万段。我必须小心谨慎,连睡觉也只能闭上一只眼睛,一旦有情况,赶快躲起来,如此日子我已经经历了不是一次两次。

49. 我似沙漠一僵蛇,身着单衣足无履。

50. 坚强忍耐做甲胄,如狼似虎狩猎急。

51. 时无分文时富有,挥金如土是侠义。

52. 穷不寒酸风中抖,富不招摇窃自喜。

53. 大智何惧蠢才笑,弄舌避我三百里。

54. 冬夜深沉冷风紧,怀抱箭囊作寒衣。

55. 冷雨黑暗雷与电，饥饿寒冷加恐惧。

我就像沙漠里的一条蛇，身上无衣服，脚上无鞋子，坚韧就是我最好的护身。我善于狩猎，如虎狼一样凶猛。我仗义疏财，如果有了钱，吃光分光，如果没有钱，也不会摇尾乞怜。我聪明，有智慧，不怕被愚蠢的人取笑，也不怕人背地里搬弄是非。冬天的寒风嗖嗖地刮，我紧紧抱着箭囊，把它视作自己的衣服，那风、那雨、那雷电，真的令人毛骨悚然、浑身战栗。

56. 夜深杀妻又灭子，生本孑然无牵系。

57. "谷麦萨"旁席地坐，身边人马等消息。

58. 人说有狗夜间吠，我称饿狼将食觅。

59. 人称狗咬难入睡，原是鹰隼与沙鸡。

60. 疑是仙人夜半降，凡人绝无此闲隙。

61. 或是天狼星光闪，灿烂光华洒满地。

62. 面朝星光再回首，破布遮身现褴褛。

63. 阵风刮来拂长发，蓬蓬乱乱不打理。

64. 布满虱虫与泥垢，整整一年没梳洗。

那个黑沉沉的夜里，我无奈之下杀死了妻子和孩子，从此孑然一身，无牵无挂。我带着自己的人马，驻扎在"谷麦萨"山脚下，夜间听狼群嗥叫，听鹰隼盘旋，听沙鸡咕咕，那热闹劲儿就好像是神仙降世；抬头见天狼星放射光华，照得大地白昼一般。光芒之中低头看看自己，只见衣不遮体，头发又长又乱，浑身上下尽是泥垢。

65. 荒野茫茫无草木，迈开双脚量大地。

66. 跨过山梁一座座，歇息片刻又立起。

67. 前面群羊蹦蹦跳，灰色长毛似嫁衣。

68. 团团围在我周边，视我头羊昂首立。

身边是一片寸草不生的荒凉沙野，脚下是量不完、走不尽的戈壁。我跨过了一道又一道山梁，走过了一片又一片大地，累了的时候歇息片刻，然后起身继续走。一群野山羊在我身边蹦蹦跳跳，羊身上的毛灰白色，长长的，就好像是女孩子出嫁时候穿的嫁衣。我在山羊群里站立，所有的羊儿都以为我是头羊，围在我周围咩咩地叫。

三、《阿拉伯的拉米亚》评析

六十八联诗文看上去支离破碎，完全不符合中国人对于诗歌篇章结构的基本认识。没有谋篇布局，没有"起""承""转""合"，忽而言此，忽而及彼，其原语言艰涩难懂，表达极富跳跃性，诗人随兴所至，有感而发，想到哪儿便说到哪儿。然而，尽管如此，此诗仍然算是阿拉伯古诗中思想内容最为集中、最为突出的一首。诗的主题虽然不时地被沙鸡、山羊、骆驼等岔开，但是从始至终并没有离开他那深深的孤独感、那份舍我其谁的骄傲自豪之情和对自己无休止的赞美，没有离开他那勇敢顽强、仗义豪爽的侠客风骨。

在中国，谈到侠义精神，特别是文学中所体现的侠义精神，人们会自然而然地想到盛唐，想到李白。李白除了在诗歌中盛赞锄强扶弱、除暴安良的侠义精神，在现实生活中也敢于反抗权贵，唱出了"安能摧眉折腰事权贵，使我不得开心颜！"的豪迈之音。然而，贯穿中国历史的侠义文化，其内涵十分丰富，体系十分完备，不仅仅与个体的生活状态相关，更与国家、民族的至高利益相关，充满了对强暴的反叛、对英雄的崇拜、对国家民族的热爱，包含了为集体、民族宁可舍生取义的人生价值观。例如，李白那首《侠客行》道：

赵客缦胡缨，吴钩霜雪明。银鞍照白马，飒沓如流星。

十步杀一人，千里不留行。事了拂衣去，深藏身与名。

闲过信陵饮，脱剑膝前横。将炙啖朱亥，持觞劝侯嬴。

三杯吐然诺，五岳倒为轻。眼花耳热后，意气素霓生。

救赵挥金槌，邯郸先震惊。千秋二壮士，烜赫大梁城。

纵死侠骨香，不惭世上英。谁能书阁下，白首太玄经。

他所描写的侠客形象生机勃勃：他的装束、坐骑是胡缨、吴钩、银鞍和白马；他飞一般地奔袭、杀死恶人、扶危救困而不留姓名；他结交豪雄、支持明主、成就大业；他把酒言欢、谈笑风生、一诺千金；他几杯酒下肚，更加豪情万丈，回想春秋时代的英雄豪杰，他们死得其所，万古流芳，绝不是一般儒生可比。李诗中充满了典故、隐喻、对豪杰的钦佩和赞颂，字虽不多，却包含了太丰富的内容，这是尚法拉的《阿拉伯的拉米亚》所无法企及的。

然而，中国就是中国，阿拉伯就是阿拉伯，无论是诗，还是人，都有很大的区别。和拥有五千年历史的中国相比较，一千五百多年前的阿拉伯半岛不仅仅是自然的沙漠，也是文化的沙漠，流浪诗人尚法拉无法与才华横溢的"李翰林"相提并论，其侠义精神带着荒原文学所特有的原始和质朴。

《阿拉伯的拉米亚》全诗每隔几句就仿佛有一个新的"起"句，这个"起"句不是对环境的渲染，不是对自然景物的描述，不是对主题的铺垫，而是单刀直入，直白地袒露心声——第一句：亲人备马快离去，我的最爱不是你；第五句：亲朋好友非你辈，豺狼狮虎才亲昵；第二十四句：莫问去路是何方，自由之心怎容欺；第五十六句：夜深杀妻又灭子，生本孑然无牵系……这分布在全诗不同位置的诗句表达的是同一基调、同一情绪，即孤独感和对自由的向往。诗人我，在这世界上难以立身，没有亲人，没有朋友，无法养活妻子和孩子，宁愿把他们杀掉。如果说我还有同路之人，那他们不是人类，而是动物，是豺狼虎豹。我不愿投靠任何人，不愿意栖居别人屋檐之下任人侮辱，宁可选择只身流浪，哪怕前方的路不知在哪里。诗人试图把这深沉的孤独感和对自由的向往直接地传达给听者。

而接下来的"承"句并不是对"起"句的延展或者深化，也不是对"起"句的阐释与分析，而常常是对"起"句的重复和强调。诗人不厌其烦地使用修饰、比喻、比拟等简单的修辞手法来说同样的内容，无论对全诗歌来说，还是对于诗的局部来说都是如此。所以我们看到用不同方式表达同一思想内容的句子很多。这和那个时代的诗人所处的生存环境直接相关。他们没有充足的时间去思索，去雕琢，只是想直抒胸臆，把自己要说的话说出来，要表达的意思表达出来。当诗兴勃然之时，脱口而出，当诗兴渐渐淡去，就再一次去激发，使之绵延不绝。

既然没有"起""承"，也就谈不上"转""合"了。我们看到诗中有"转"，但不是由一种情感指使，由景到情、由物及人的转换，而是忽而调转方向，谩骂流浪人中的猥琐小人，忽而赞扬自己行侠仗义的高尚品德，忽而描画饥饿难耐的感受，忽而讲述劫掠，然后分餐的经历……更甚之处是说那些与主题毫不相关的商队、沙鸡、骆驼等。如此转换，更不符合中国诗歌审美的基本要求，即由对情感的深刻挖掘而产生的壮阔波澜和对主题的揭示，因而我们很难感受到这诗作在结构上的美妙之处。

当我们读到诗的最后，觉得诗人还要说些什么，可是却戛然而止。因为在阿拉伯古代诗歌的理念之中，既然没有"起""承""转""合"，那就无所谓"首尾相照"、"揭示主旨"等了。所以，诗人讲到哪里就算哪里，想怎样结束，就怎样结束，无拘无束，自由自在。

那么，这诗究竟美在哪里呢？其实，有些美妙之处只有懂得或者研究其语言的人才知道，比如词语的丰富性、表达的多样性、音乐的鲜明节奏和严谨律动……这些会使以阿拉伯语为母语的人感动得欢声雷动，感动得泪流满面。然而，这种美是难以翻译转达的。那为什么西方人也很喜欢这些诗歌，两百多年来争相翻译介绍呢？答案很清楚，除了诗文所描述的自然的残酷、生活的艰辛、人性的扭曲、诗人与人和自然争斗的惨烈之外，那就是因为古代阿拉伯诗人就仿佛是童年的人类，为人作诗无比真诚，发之于心出之于口，无条无框，无遮无拦。因而，这诗便美得简单，美得朴素，美得率真，美得敞亮，美得透明，无处不体现着原始人本所蕴含的真性情。

阿拉伯诗歌演变史中的
"特例"和"缺环"

周　放

摘要:阿拉伯诗歌的发展史似乎有一个不同于世界上其他民族的"特例":它在毫无任何"孕育期"痕迹的情况下就突然以相当成熟的"格律诗"形态呈现在世人面前。这颇有悖于世界诗歌发展的逻辑。按照常理,阿拉伯诗歌的演化过程中必定存在着我们至今尚未找到的"缺环"。如何理解这类"缺环"以及如何找到它们,正是问题的关键。

作者简介:周放,上海外国语大学东方语学院副教授

阿拉伯文学史上最早的作品是诗歌。这一点毫无特殊性可言,甚至在整个世界文学史上可以被视为通例。诚如龙榆生先生所言,"世界各民族,其文学发展之程序,盖未有早于诗歌者。"[1]不过,阿拉伯诗歌的发展也确有其特殊性。在整个世界诗歌史上,它至少创下了一个"特例"。它在毫无任何"孕育期"痕迹的情况下就突然以相当成熟的"格律诗"形态呈现在世人面前。这颇有悖于世界诗歌发展的逻辑。然而,这个"特例"并没有真正引起人们的好奇和追问,主要原因还不在于年代久远和资料奇缺,

而在于它往往被某类合理的历史解读消解了。

笔者不揣浅陋，重提此事并加以追问，希望能引起治文学史——尤其是治比较文学史——的专家们的重视。

一、阿拉伯诗歌以"格律诗"起步果真是不可思议吗？

关于最早的阿拉伯诗歌就是成熟的格律诗这一点，恐怕是客观的事实，不会有多大的争议，因为这已被全世界的东方学家（包括阿拉伯各国学者和西方学者在内）所公认，至多在事后解释上略有所不同而已。

将这一公认事实描述得最精彩的还是英国的东方学家汉密尔顿·阿·基布（Hamilton A. Gibb）。他写道："阿拉伯文学最显著的特征就是它的突如其来性。事先几乎没有一星半点要出现的迹象，就有一个崭新的文学艺术成熟地出现在人们眼前，其完美程度绝非后来同样的艺术典型所能企及。"他似乎嫌这样写还太抽象，接着又作了具体的补充说明："阿拉伯半岛在某个时期，除了用各种方言铭刻的祭文或商业记载外，从文学意义上说，似乎空空洞洞，无声无息。可是，转眼间成批的诗人如雨后春笋般活跃在整个北部阿拉伯半岛上，背诵复杂的颂诗——'格西特'（gasīda）"[2]。

以上引文至少有三处值得关注的地方。首先，最值得注意的是"格西特"这一阿语名词，它是指一种阿拉伯传统长诗的形式。虽然这种"长诗"的规模有限，一般在三五十行左右，最长的也仅上百行至数百行（至多相当于我国最早的长篇叙事诗《孔雀东南飞》的规模），而远不能与有万行

---

1 龙榆生：《中国韵文诗》，上海古籍出版社，2010年，第1页。
1 龙榆生：《中国韵文诗》，上海古籍出版社，2010年，第1页。
2 汉密尔顿·阿·基布：《阿拉伯文学简史》，人民文学出版社，1980年，第12页。

146

之长的荷马史诗相提并论；但是，正如阿拉伯裔美籍学者菲利浦·希提所指出的，它是"十分严格"的格律诗，"就精心结构和韵律的错综变化来说，甚至超过了荷马的《伊利亚特》和《奥德赛》"[1]。它的"格律"严格程度完全不亚于我国的格律诗，甚至可以说是非常相似。按照启功先生的说法，我国唐代以来的近体诗格律无非是强调"两化"，即整齐化和音乐化。前者是在字句形式上要求整齐排偶，后者是声调配搭上要求和谐合律[2]。此外，还有一个不言而喻的要求：我国诗歌历来讲究押韵，格律诗对押韵的要求就更加严格。即使按此标准，阿拉伯的格西特也堪称严格意义上的"格律诗"。由于中阿语言文字上的差别，当然不能机械类比。例如，格西特也有整齐化的要求，尤其强调音乐化，每首诗都必须遵循十六种格律中的一种，还需要一韵到底，严禁"出韵"等。在这方面，古希腊诗歌就不存在类似的严格要求了，它至少不要押韵，虽然不能说它毫无规律约束，但是相对于阿拉伯与我国的古代格律诗而言，它至多只能算作是半自由体的无韵诗。

在这里，既然已谈到古希腊诗歌，就不能不提及马克思对它的评价，而由马克思的评价又很自然地使我们联想到了许多东方学家对阿拉伯格律诗的评价，因为这两种评价有十分相似和相通之处。马克思曾高度赞赏荷马史诗表现出了人类童年时代的"童性的真实"，因此有恒久的魅力，并认为它是"一种规范和高不可及的范本"[3]。有意思的是人们对阿拉伯早期

1 　菲利浦·希提：《阿拉伯通史》（上册），新世界出版社，2008年，第81、82页。

2 　启功：《诗文声律论稿》，中华书局，1977年，第2—3页。

3 　马克思：《〈政治经济学批判〉导言》，《马克思恩格斯全集》第十二卷，人民出版社，1962年，第762页。

的格律诗也有类似语气的评论。例如，希提就认为，阿拉伯蒙昧时期的诗人"是后辈诗人望尘莫及的。伊斯兰教初期和后来的大诗人以及现代的小诗人，都曾经承认而且仍然承认，古代的作品是可望而不可即的典型"[1]。当然，两种高度评价的指向是不同的：荷马史诗的"高不可及"在于它的思想艺术魅力，而它的韵律形式不在此例；相反，阿拉伯格律诗之令人"可望而不可即"却在于它的格律形式之严，而它的思想内容也同样不在此例。

其次应当注意的是格西特出现的时代问题。基布所说的格西特在阿拉伯半岛出现的"某个时期"，应当是指阿拉伯历史上的贾希利叶时期。这个时期刚形成阿拉伯民族的共同语，也出现了早期的标准阿拉伯文字体系。所以，仅从字面上将它理解为"知识未开"或"蒙昧无知"的时代是不符合史实的，但当时阿拉伯人的整体文化水平不高也应当是事实。据说，直到公元七世纪伊斯兰教初兴时，阿拉伯人中能书写者仅十七人而已。更何况在这之前的一百五十年，说那时的阿拉伯世界是一个文盲世界也不应为过。然而，也正是在那个阿拉伯人知识初开的年代，产生了他们最早的诗歌，而且一出"口"（这里之所以不用"一出手"，是因为彼时的阿拉伯文学还处在"口头文学"时期）就是十分严格的格律诗。这在世界文学史上可以说是"史无前例"的了。因为无论是西方的《荷马史诗》还是我国的《诗经》都不是格律诗。从这个意义上来说，阿拉伯诗歌以"格律诗"起步堪称"特例"。这个特例不仅"特"在超乎寻常，而且还"特"在它

1　菲利浦·希提：《阿拉伯通史》（上册），新世界出版社，2008年，第81页。

出现前毫无征兆。

因此，最后应当注意的是格西特出现的"突如其来性"。简单地说，"格律诗"在阿拉伯世界是突然出现的。有一种诗史观已经深入人心，就是认为世界上任何民族的诗歌发展都服从由简到繁的进化规律，从民间的自由歌谣逐步演变为庙堂的文人格律诗。所以，在讨论像《荷马史诗》和《诗经》这样的人类最古老的诗歌起源问题时，"来自民间"说总是占据主流地位。但是，把这样的观点套用到阿拉伯的格律诗就显得相当勉强。作为其雏形的亦即比它更早的"民间诗歌"根本找不到。从现有证据上来看，阿拉伯流传至今最早的诗歌只能追溯至公元 475 年，而这一年也正是最早的阿拉伯格律诗出现的年份。

然而，说阿拉伯格律诗没有自己的雏形，或不存在自己的发育期，总是有点不可思议的味道。于是，学者们就想方设法提出各种"假说"来消解这个世界文学史上的"特例"。其中比较合理的有这样一种假说：猜想后代文人故意消除了早期诗歌的原生态痕迹。这种假说具有很强的说服力。确实，经过专家们研究证明，《荷马史诗》与《诗经》都早已不是原生态的"民歌"了。因此，阿拉伯早期诗歌也同样如此：它们起初只是口头文学，被传述人传下来，被记录成文字保存至今。其间又免不了经过文人的加工整理，凡是不合韵律的诗歌不是被淘汰，就是被修改成合律而存留下来。可是，这样一来，诗歌的整个发展线索被掐断了。这个假说虽然能合理地解释为何找不到阿拉伯格律诗雏形的原由，但是它的致命要害就是无法证实。它的前提是必须相信有这样的"雏形"存在；而这一点恰恰是需要证明的。再说，文人厌恶音律不协的诗歌也未必是实情。就拿我国的诗歌来说，先有比较自由的古体诗，然后才有严格的格律诗，但后代诗人始终没有完全抛弃非格律的古体诗，不是仍有龙榆生先生所说的"唐诗之复古运动"发生吗？其实阿拉伯诗歌的情况也差不多是如此：当时和"格西特"并存的，还有大批短诗、挽歌、即兴诗等。它们在格律上都不如"格西特"严格，不是也照样保留下来了吗？[1]

　　因此，还得回到老问题上来。我们不妨大胆再追问一句：难道阿拉伯诗歌以格律诗起步果真是那么不可思议吗？事实上，也未必。既然我们无法否认全世界各民族的文学都起步于诗歌这一事实，那么对于阿拉伯诗歌起步于格律诗这一点也不必大惊小怪。只是比较起来说，古代阿拉伯人是最擅长于用诗性文字说话的诗人罢了。"用诗性文字说话"可以说是早期人类的通性。古希腊诗人尽管不讲究押韵，但他们的无韵诗还是有音律方面的要求的，而且也相当严格。例如，《荷马史诗》就严格遵循"六音步诗律"。据学过希腊文的杨宪益先生说，这种诗体每行约有十二个轻重音，朗诵起来是很好听的。同样，《诗经》是韵文，但不讲究格律，可是据启功先生说，从《诗经》中也不难找到"入律"的诗句，甚至古代散文也讲究声调和谐，只是没有定格成律罢了。所以，鲁迅先生说《史记》是"无韵的离骚"，仅从形式上来说也是相当有道理的。由此可见，处于东西方之间的阿拉伯人似乎兼具双方的特色，他们的古代诗歌不仅押韵严格，而且也同样讲究音律，这种音律已成为定则。不过，这一切也不足为怪，他们也只是在古代人诗性思维方面表现得最突出罢了。

1　汉密尔顿·阿·基布：《阿拉伯文学简史》，人民文学出版社，1980年，第25页。

二、阿拉伯诗歌进化链上的"缺环"

据英国学者 H.A. 基布说，对于阿拉伯诗歌以"格律诗"起步这一点，后来的阿拉伯的语言学家和我们一样感到奇怪。阿拉伯早期评论家伊本·萨拉姆（ibn Sallam, 774—838）就说过："除了在某些场合某些人口诵的韵文外，早期的阿拉伯人没有什么诗歌可言"[1]。值得注意的是，伊本·萨拉姆生活的年代是阿拔斯王朝时期，距离产生阿拉伯长篇格律诗"格西特"的蒙昧时代仅两三百年时间。总之，相距年代还不是太远。所以，他所说的阿拉伯人在格律诗产生之前"没有什么诗歌可言"这一状况恐怕是实情，不存在所谓阿拉伯格律诗的"雏形"或前身有被丢失的可能性。如果确实有这样的早期诗歌形态存在，那么即使书面资料有可能湮灭，口耳相传的信息也决不会在如此短的时间内完全消失。当然，早期的阿拉伯学者也不会把阿拉伯诗歌起步于格律诗这一点视为世界文学史的"特例"，因为在伊本·萨拉姆时代的阿拉伯学者还不可能具备广阔的世界文学视角，无从比较，也就无所谓"特例"与"惯例"之分了，尽管当时阿拉伯的翻译运动已兴起，有接触到古希腊文学的机会，但那不是当时阿拉伯人关注的重点。

确实，所谓"特例"是相对于世界上其他民族的文学发展状况而言的。笔者囿于学力、视野有限，虽不敢说阿拉伯诗歌起步于格律诗在世界文学史上是唯一的"特例"，但窃以为说它是绝无仅有的"特例"也未尝不可。至少在欧洲和中国的文学史上是没有这样先例的。近现代的文学研究专家，包括阿拉伯人在内，或多或少都具备一定的世界文学视角。他们即使编写

1　汉密尔顿·阿·基布：《阿拉伯文学简史》，人民文学出版社，1980 年，第 12 页。

本民族的文学史，也是自觉或不自觉地以世界文学史为参照系的。因此，他们尽管有可能不是世界文学史的专家，但他们必定对世界文学史的"一般规律"或"惯例"是有所了解的。也许是出于某种"从众"心理，他们往往比较相信"一般规律"，习惯于以"惯例"为模式来重建文学史。这在各种阿拉伯文学史著作中表现得尤为明显，无论作者是西方人还是阿拉伯人，概莫能外。于是，在讨论到阿拉伯诗歌起源问题时，就会涉及到寻找"缺环"问题。说白了，寻找所谓"缺环"的目的就在于化"特例"为"惯例"，按"惯例"的模式来重建阿拉伯早期诗歌史。也许是由于某种机遇巧合，这种"重建历史"的方法也终于出现了，那就是进化论的思想方法。

自从达尔文在十九世纪提出生物进化论以来，进化论的思想方法已深入人心，不仅对自然科学产生了影响，而且对社会科学也产生了影响，其中对历史科学的影响尤其明显。尽管现在人们对达尔文的生物进化论已有所批评或修正，但这并没有影响到进化论思想方法的传播。按照进化论，任何历史似乎都是一个从简单进化到复杂，从不成熟形态进化到成熟形态的发展过程。于是从世界文学史的视角来看，绝大多数民族的"格律诗"都是有一个发展过程的。甚至可以这样说，世界文学史中至少有百分之九十九的实例都表明"格律诗"是一种诗歌的成熟形态，它几乎不可能成为诗歌发展的"起点"。所以，按照进化论，阿拉伯的格律诗似乎也不可能是阿拉伯诗歌发展的起点，它本身似乎应当有一个"发展过程"，只是这个发展过程尚未能形成完整的进化链，它还有一些"缺环"。至少沿用进化论的思路，可以直接推出格律诗的一个缺环：如果说格律诗是成熟的形态，那么它必定是从某种不太成熟的形态演变过来的。这种"不太成熟的形态"就是民歌式的自由诗，具体地说就是所谓的"拉吉兹"。那是一种格律松散（抑扬格）的双重韵诗体。阿拉伯人是这样定义的："拉吉兹是诗歌的头生子，有韵脚的散文是父亲，歌曲是母亲"[1]。这句话里实际上又包含着拉吉兹本身进化链上的两个"缺环"："有韵脚的散文"和"歌曲"，或说得具体些，就是"驼夫的歌曲"。这样似乎就找到了形成阿拉伯格律诗的三个"缺环"：有韵脚的散文→驼夫的歌曲→拉吉兹。换言之，阿拉伯格律诗是经历这样三个阶段形成的：第一是散文阶段，第二是歌曲阶段，第三是拉吉兹阶段。且不论这三个"缺环"或三个阶段是否客观存在过，单从理论上来分析，它们三者究竟有多大合理性呢？希提在介绍这方面内容时是有所保留的。他并没有完全肯定上述的"三段论"，只承认它有一定的合理性。用他的话来说，"这种解释是有几分道理的"[2]。

首先，把诗歌的起源追溯到散文这一说法是缺乏历史证据的。至少在我们目前所熟悉的世界文学史中还找不到这样的证据。历史事实是，世界上没有一个民族的文学是从散文开始的。这一点早已为意大利学者维柯（1668—1744）所确认，下文将会论及，此处不赘。当然，这种说法似乎还有一点合理性，那就是此"散文"并非纯粹的散文，而是"有韵脚的散文"亦即"韵文"。这似乎是一种介于诗歌与散文之间的过渡性文类，很像是诗歌的前身或雏形。不过，这里至少存在一个问题：韵文必定早于诗歌吗？就拿我国文学史上的"赋"来说，就是这类过渡文体，但它产生的年代肯定不会早于《诗经》。所以，没有人把赋视作诗之源，相反倒有"赋者，

1　菲利浦·希提：《阿拉伯通史》（上册），新世界出版社，2008年，第82页。
2　同上。

古诗之流也"的说法。不仅赋是诗之流，而且赋越到后来越向散文化方向发展，以至有"文赋"之称。

其次，视歌曲为诗歌之母确实有几分道理，而且在笔者看来这是上述"三段论"中最合理的部分。这里，所谓歌曲是有所指的，是指"驼夫的歌曲"，这非常贴近阿拉伯人的民间生活。据本地的阿拉伯传说，阿拉伯的驼夫，随时按照骆驼有节拍的步伐而歌唱，这种歌曲是阿拉伯诗歌的雏形，这有历史语言学上的根据，例如，在阿拉伯语中唱歌人（hādi）和驼夫（sā'iq），是两个同义词。希提所说的"这种解释是有几分道理的"，就是专门针对这一点而言的。这与鲁迅有关最早的文学家（包括诗人）是"杭育杭育派"的说法可以说是有异曲同工之妙。如果历史学家把阿拉伯格律诗的源头仅追溯到这里为止，那么笔者也就毫无异议了，因为追溯至此恰到好处，也实在无法再追下去了。可是，在上述"三段论"中，歌曲仅仅是"拉吉兹"之母，而拉吉兹才是阿拉伯格律诗的前身。那就另当别论了。

最后，把阿拉伯格律诗的源头具体落实到"拉吉兹"，这需要具体的论证。第一步需要证明拉吉兹产生的年代要早于阿拉伯的格律诗。一千多年前的阿拉伯早期学者就认定在他们的格律诗产生之前"没有什么诗歌可言"，那时又何来"拉吉兹"？我们今天能读到的拉吉兹，都是格律诗产生以后的作品。例如，到公元八世纪，写拉吉兹的阿拉伯诗人确实不少，但这种诗体却不受欢迎，"没有得到哈里发和一般人的赞赏，也为真正的诗歌艺术不取"[1]。第二步还需要证明拉吉兹的松散韵律是如何能够演变成为

1　汉纳·法胡里：《阿拉伯文学史》，宁夏人民出版社，2008年，第150页。

严格的格律诗的。这本身又需要提供一连串的证据链,几乎是不可能办到的事情。几乎所有的阿拉伯文学史研究者在论及这方面的问题时都不敢用十分肯定的语气。因为正如基布所说,谈到韵律问题就比较复杂了,而且"拉吉兹"这个形式跟"格西特"可使用的韵律也确实没有什么明显的联系[1]。因此,即使退一步承认拉吉兹的起源时间早于"格西特",也很难证明它就是后者的直接源头。

三、阿拉伯早期诗歌研究中的浪漫诗史观

行文至此,有一点需要申明,上文提到了文学研究中应用进化论思想方法的可能性问题。笔者虽认为这种可能性是客观存在的,但并不认为文学研究中存在一个"进化论学派"。尽管如此,但进化论思想早已植根于人们的潜意识之中,其结果终于形成了一种主流的诗史观。它引导我们从民间劳动生活中去寻找各种文学样式的原始形态。在大多数情况下,它确实是对文学(或诗歌)史的一种合理解读。不过,在研究阿拉伯早期诗歌时,主流诗史观却遇到了严峻的考验和挑战。因为我们无法把阿拉伯的格律诗简单地归源于某种形式的民歌,在这种"成熟"的诗歌形式产生之前几乎找不到任何"不成熟"的诗歌形式。还有一个问题始终困扰着笔者:既然一千多年前阿拉伯人就开始对本民族的诗歌起步于格律诗这一事实感到奇怪,那么为何近现代国内外的学者对此反而见怪不怪呢?笔者孤陋寡闻,至少就目前所能读到的国内外出版的有关阿拉伯文学史的著作而言,尚未

1　汉密尔顿・阿・基布:《阿拉伯文学简史》,人民文学出版社,1980年,第13页。

发现有哪本作品真正确认这样奇怪的事实，相反都想方设法将这一世界文学史的"特例"化解为"惯例"。无庸讳言，正是这种情况引起了笔者对主流诗史观的反思，发现后者恰恰是以某种合理解读的方式消解了本应引起研究者好奇心的"特例"。

当然，这本身不应当成为我们完全否定主流诗史观的理由。在人们心目中，它早已是对文学史的一种合理解读。文学史也是一种历史。凡是历史都应强调客观的真实性。但是，历史并非单纯的事实（史料）堆积。后者需要合理的解读，才能构成历史的有机整体。同样，文学史离不开合理的解读。诗史也需要合理的解读。所以，本文以下所提出的批评，并非想彻底否定一切诗史观。批评的本意只是想强调一点：任何解读，哪怕再合理，也只是"一家之言"，本身并不能充当"证据"。就拿本文所讨论的这个"特例"来说，就很容易被主流诗史观解读为"惯例"：阿拉伯诗歌起步于格律诗这一点，尽管表现得与众不同，但主流诗史观却使人相信，任何成熟的诗歌形成都应有它的民间起源，所以格律诗的出现就意味着"它必定先有一个很长的发展时期"。这个结论不是从事实证据中引出的，而是由合理解读预设的。换言之，主观解读充当了支持这个结论合法性的"证据"。

我们承认主流的诗史观是一种合理解读，但不主张将它任意套用，因为它实际上并不具有那种普适性。有时候从一个或几个民族的诗歌发展史的研究中引出的结论，未必能简单地上升为"诗歌发展的规律"。例如，欧洲诗歌开始并不很讲究诗律，亚里士多德认为诗歌与散文的区别并不在于有无韵律，甚至直到十九世纪，英国诗人雪莱还主张说"诗与散文的分别是一个庸俗的错误"。我国诗歌发展的情况也是先有不讲格律的古体诗，唐代开始才有严格的格律诗。恐怕"格律诗"是成熟的诗体形式这一概念就是这样形成的。用这样的概念来解读阿拉伯早期诗歌史，就不能不为它预设一个"发展过程"（从自由的民谣发展到受严格格律约束的格西特）和一个"发展源头"（例如拉吉兹）。这种预设尽管得不到有力证据的证实，但其合理性仍然受到某种主观信念的支持。尤其当这种信念已占主流地位，成为大多数人的思维规范时，它的支持力度就很大。诗史观本应充当研究的向导，结果反而成为继续深入研究的阻力。

美国学者宇文所安（Stephen Owen）曾称主流诗史观为"浪漫学术观点"。他说："'五四'时期的浪漫学术观点相信诗歌一开始是粗糙混乱的，贴近于乐工或所谓的'民间'，在受过良好教育的文化精英手里变得整齐而符合逻辑。欧洲和美国的浪漫学术对这种观点抱有很多好感，可以说一拍即合。这些都是对历史变化进程的主观信念。"[1]他说到了问题的关键所在：这种"浪漫学术观点"已占据国内外文学理论界的主流地位。而且，他给这种学术观点定性为"浪漫的"也相当准确。因为这种观点不在乎证据，而是充满理想和想象，点出了它的"主观信念"的本质。所以，主流诗史观就是浪漫的诗史观。现在，似乎应该到了重新审视它的时候了。

浪漫诗史观的局限性就在于它以主观想象来替代科学实证。它的主观想象不仅表现在为诗歌预设了某种民间起源和发展过程，而且还表现为以"今"度"古"。例如，它把阿拉伯诗歌的源头追溯到"民歌"，而民歌又被认为是起源于"有韵脚的散文"。但这种说法显然不符合世界文学发展的

1　宇文所安：《中国早期古典诗歌的生成》，三联书店，2012年，第220页。

普遍程序。事实是世界上没有一个民族的文学是从散文开始的。对此，它的辩解是，诗歌之所以先于散文出现，是因为诗歌比散文更容易记忆。早期文学是口头文学，只能靠口耳相传，传述人也就只能先传便于记忆的诗歌了。言下之意是，先传诗歌，因而最早流传下来的只能是诗歌，但这并不意味着散文不早于诗歌而存在。这样说的根据是以现代人的主观经验来作类比的：谁会在今天夸口说，作格律诗比写散文容易呢？以此类推古人，最初的口头文学家也一定是先说散文的。这种想象曾受到意大利学者维柯的批判。他指出了"语法学家们的两个错误：一种是认为散文语言才是正式语言，而诗并不是正式语言；另一种是认为先有散文语言，然后才有诗的语言。"事实恰好相反，最早的语言就是诗歌，散文语言是后来从诗的语言中发展而来的[1]。他的观点是有历史根据的：古希腊时代的医学或自然哲学的论著就是用韵文写成的[2]。至于诗歌比散文容易记忆也并不完全是事实。背诵几首短诗当然比背长篇散文容易得多，但要背诵长达几万行的《荷马史诗》，就有相当大的难度了。于是，我们不禁好奇：荷马时代之前的散文，哪怕是更容易记忆的短篇作品，为什么没有留下呢？此外，在古代阿拉伯，口头文学往往是由专业的"传述人"（拉维，ar-Rāwi）传下来的。其实，对于训练有素的专业人员来说，背长篇散文也不难。在我国旧时，文人都从小受过背文章的训练。一直到近现代，许多老辈学者对年轻时所学的文章都能背下来。例如，历史学家陈寅恪就能全部背诵《新唐书》《旧唐书》和《资治通鉴》等大部头史书。

1　维柯：《新科学》，人民文学出版社，1987年，第183页。
2　亚里士多德、贺拉斯：《诗学／诗艺》，人民文学出版社，1982年，第5—6页。

总之，浪漫诗史观有合理解读之功，而且功不可没，但我们更应当尊重历史事实，以科学证据为上。至少在现有证据的情况下，我们只能承认这样的文学史事实：世界文学起步于诗歌，阿拉伯诗歌起步于格律诗，等等。记得前几年针对某位作家对《红楼梦》的解读有过争论，不少学者提出了凭证据说话的学术规范问题，强调"有一份证据，说一份话"。现在看来，这确实是切中了时弊，应当引起重视。

　　　　（本文原载于《阿拉伯学研究》第四辑，2016年1月。）

论中世纪阿拉伯苏非文学的
"私语"文体

摘要：阿拉伯中世纪苏非文学家常用"私语"或"静默交谈"文体，借助与"安拉"私密对话的方式，将个人与宇宙、自白与宽恕、真理与语言、精神追求与现实冲突之间的关系诉诸笔端，倾诉自我的不安、孤独、怨情、苦闷等世俗化情感，折射出中世纪阿拉伯苏非文人的存在主义观。十世纪苏非派著名神学家、文学家阿布·哈彦·陶希迪的《神示》是这一文体的典范。作者在该作品中表现出"多面自我"和"本我"之间既依存又矛盾、既交织又排斥、既统一又分离的关系，主张寻求多元的统一，强调矛盾的普遍性；同时，作者从形而上学层面，为认识真理过程构置了形式，即"呼唤"与"回应"的转换性结构范式，即苏非派所追求的终极人生意义——"人主合一"。

作者简介：邹兰芳，对外经济贸易大学教授

近现代阿拉伯文学批评在对待古典阿拉伯散文遗产时，表现出两种倾向：一是从内视角的古典阿拉伯文学本身出发来看待它，挖掘的遗产便只有"演讲"、"书信"、"玛卡梅"体韵文[1]，研究的面向也不超越主流文学的视野，即抒情文学传统范式下的对散文韵律、修辞、生僻词之探究，而对散文背后隐含的说者和听者（读者）间内在联系，行文运笔的话语情境，更宽泛的文化、历史、宗教背景之考察则少有关注。二是从外视角的现代阿拉伯文学出发来看待它，受西方文学的影响，现代阿拉伯文学以更广阔的视野和新的认知体系将中世纪阿拉伯历史学家、地理学家、经注家、苏非派作家的作品作为各自独立的体裁囊括进散文的谱系，来拓展他们对古典遗产和现代创作的综合性研究，对传统中的故事、轶事、游记、奇闻、沉思、传记/自传等文体做重新评估，从中世纪博大精深的散文遗产中汲取养料，进而从古典神学、哲学、美学及其语言和风格中获得现代创作的灵感，以弥合十九至二十世纪阿拉伯传统文化向现代性转型带来的历史断裂，并将此种努力一直延续至今[2]。

1　"玛卡梅"（Maqāmah）原意为"集会""聚会"，后引申为集会中的"讲话""说教"。自赫迈扎尼（969—1007）的《玛卡梅集》问世后，"玛卡梅"遂成为一种在阿拉伯文学史上颇有影响的文体的专门术语。这种文体颇似我国古代的"话本"，现代的"评书"。

2　这方面的努力表现在：埃及文论家纳赛尔·麦瓦菲对阿拉伯中世纪的游记作为一种文学体裁做了研究，约旦学者艾玛尼·苏莱曼对古代阿拉伯成语做了专题研究，突尼斯学者穆罕默德·卡迪对轶事做了专题研究，摩洛哥学者穆罕默德·密什巴里对奇闻志怪类中世纪遗产做了专题研究。另外，叙利亚诗人阿多尼斯曾著《苏非主义和超现实主义》（黎巴嫩：萨奇书局，2006年第三版）一书，将苏非主义和超现实主义在认知、想象、爱、创作理念和美学特征方面的异同做了研究，埃及著名作家哲迈勒·黑托尼慧眼识珠，深谙苏非文学遗产的堂奥，将苏非文学的经验、语言、风格、美学运用于自己的创作实践，写出了《显灵书》（1990）、《都市之广》（1990）、《落日的呼唤》（1992）等小说（可参看李琛著《阿拉伯现代文学与神秘主义》，社会科学文献出版社，2000年6月第一版）。

在研究阿拉伯中世纪苏非文学中的自传性作品时，其常用"私语"或"静默交谈"的文体引起了笔者的关注。这一文体惯用的第二人称性，它与其他文类如诗歌、演讲、书信、韵文在文体上的不同特征，以及它所隐含的当时苏非文学家关于个人与宇宙、自白与宽恕、精神追求与现实抱怨、宗教与政治的复杂关系，的确使笔者思索再三。探究"私语"作为一种独立的文体何以从形式上、内容上和思想上完善了中世纪苏非文学，特别是苏非精神自传文学的内涵，这一文体与我们的现当代文学有着怎样的观照，这便是该论文写作的出发点和意图。

一

　　"私语"在脱离了当时的历史语境后，成为现代文学中的一种修辞，可用于小说、戏剧、诗歌等文体中，是叙事者内心的"独白""自语""低语""耳语"。文类学家认为，尽管现存的一些文类经历了漫长的历史发展，在形式和内容上发生了很大变化，但它原始的肌理尚存，提醒我们追根溯源，去探究其产生的历史土壤、原貌和变迁，进而对前现代的文人及其文本以及他们所处的时代特征有更好的理解和把握[1]。

　　阿文中的"私语"一词，中文音译为"姆纳加特"(munājāt)，起初是古代阿拉伯穆斯林必做的宗教仪式，与宗教演讲、劝诫、祷词、求助语一样，将安拉(神)与个人(信徒)连接在一起。从先知穆罕默德临终前的祷文中，我们能对这一起初以宗教祷告为目的的表述手法有所了解：

1　Fowler, Alastair: *Kinds of Literature: An Introduction to the Theory of Genres and Modes*. Oxford University Press, 1982. p49.

主啊，我向你诉苦，我力不从心，无计可施，我为那些人感到羞耻，至仁至善的主啊！你把我交给谁？交给没好脸色对待我的敌人？还是交给那个我已把身后事托付于他的亲属？如果你不生气，我便不会介意。你保佑我。我祈求你那张能照亮天空、驱散黑暗、使两世皆美好的尊贵的脸上的光明能保佑你不愤怒，只要你满意，怎样责备我都行。我无能为力，只有依靠你了[1]。

显然，"私语"交流的双方是"我"和"安拉"，但只是卑微的一方对神圣的一方单向性的恳求。"私语"的最初形式决定了它的一些基本文体特征，如第一人称和第二人称之间的私密关系，第二人称的频频出现，以及隐秘交流中卑微一方流露出的祈求、诉苦、自责、辩难、深感孤独等情绪。

"私语"发展成真正的文学体裁与中世纪苏非神秘主义的勃兴有关。苏非神秘主义是一种从伊斯兰教信仰出发，探究人的精神生命和宇宙生命的宗教哲学。在苏非主义者看来，"在这身体的皮囊后面存在着精神的秘密，在宇宙现象后面存在着神的秘密"[2]，因此，人生的第一要义就是净化心灵，将灵魂提升到神圣境界；"用你应该去做的发掘出你一直追求的原在的神的真理"[3]。也就是说，人所追求的目标就存在于自身内部，神性本是原在，是自我不断的更新和一次次再发现乃至超越，直至有一天人性寂灭于"安拉"之中，道出神的秘密——"我"即是"你"，达到"人主合一"的

1   كنز العمال في سنن الأقوال والأفعال ضبطه وفسرغريبه الشيخ بكرى حياني، الجزء الثاني ، بيروت، مؤسسة الرسالة، ط 5، 1985، ص175. على المتقي، علاء الدين، كتاب

2   منوفي، محمود أبو الفيض، التصوف الإسلامي الخالص، القاهرة، د ار نهضة مصر للطبع والنشر، 1979، ص82.

3   بدوي، عبد الرحمن،شطحات الصوفية، الكويت، 1979، ص9.

最高境界，在寂灭中得到永存。而"近主之路"便是神爱的过程，爱者与被爱者之间的"私语"所道出的秘密是"合一"的主要因素。伊斯兰教权威教义学家、哲学家、法学家、正统苏非主义集大成者安萨里（al-Ghazālī，1058—1111）在《宗教学的复兴》中指出："主是崇拜者的策划者，赋予他自己的品德，单独相处时以私语的快乐给他慰藉，揭开他与知识之间的屏障。"[1]"合一"意味着趋向完美，爱者与被爱者在本质上和事实上都成为"一"，"一"代表"绝对存在"。

这即是苏非主义的"神爱论"和"一元论"学说，或曰"存在单一论"，它认为安拉是独一的绝对的存在，是宇宙万物存在的本质；认为安拉具有"隐"和"显"两种存在形式；认为现实世界在其表现形式上多种多样，千变万化，但就其本质而言，如反映镜中的影像，似梦境，为虚幻，是安拉的显迹与外化。

苏非派文学家将他们独处静默时与安拉的"私语"记录下来，以书信的形式写给信徒们，运用类比、联想、隐喻、沉思、想象和直觉手法体验"自我"与"安拉"的亲近关系，探索自我与宇宙的奥秘，寻找"自我"与"原初语言"的纽带，将内心世界不可言喻的神性要求表达出来，转喻成"真实"或"看见"，在转喻的天际中完成"人主合一"。这种神秘体验和诗性思维是相通的，它正是文学家努力追求的目标。由此，"私语"在苏非派文学家笔下脱离出纯宗教的历史语境，成为一种独特的文体。研究苏非文学的学者阿里·赫蒂布说："'私语'是苏非派在与安拉的私密对话中独创的文

---

1 الشريف، محمود، الحب في القرآن، دار الهلال، ط١، 1983، ص93.

体"[1]，又说："'私语'文学是与安拉的对话，是对安拉的祈祷和谦恭，通常在夜间进行，万籁俱寂，远离喧嚣，作者一人独处，私语由此产生。这是苏非派造就的高雅的文学。"[2] 埃及当代著名作家哲迈勒·黑托尼认为："虽然苏非文学有些朦胧费解，但是苏非的经验更接近艺术家的经验。我借助苏非文学不是为了标新立异，引人注目。苏非文学表达了内在的不安，是一种现成的形式，从中我找到了表达的自由。由此可以创造一种非同一般的艺术风格。"[3] 当代著名叙利亚诗人、诗学理论家和文化批评家阿多尼斯认为"阿拉伯语中苏非经验不仅仅是一种理论，它首先是一种写作实践"[4]。

而将"私语"文学推至顶峰的是公元十世纪的苏非派著名神学家、文学家阿布·哈彦·陶希迪（Abū Hayān al-Tawhīdī，922—1023）。"陶希迪"是其绰号，意为"持存在单一论者"。陶希迪在阿拉伯历史上备受争议，对他的指控多集中在他非主流的宗教观上，被认为是"异教徒"。但他的历史地位和作品价值还是得到了权威批评家的肯定，比如中世纪著名的词典学家、文学家雅古特·哈马维在《文学家辞典》中花了几页的篇幅为陶希迪树碑立传，并尊称他为"苏非主义之父""文学家中的哲人"。尤其近几年来，陶希迪的作品及其神学、哲学思想引起了阿拉伯学界的重视，对他的研究日趋广泛和深入。他的不朽作品《神示》（al-'Ishārāt al-'Ilāhiyyah/ Divine Signals）通篇实际上是作者的"私语"。这部作品的产生与公元十世

1　على الخطيب، اتجاهات الأدب الصوفي، القاهرة، دار المعارف، 1983، ص.59.

2　على الخطيب، في رياض الأدب الصوفي، القاهرة، دار نهضة الشرق، 2001، ص.204.

3　哲迈勒·黑托尼《落日的呼唤》，李琛译，海南：南海出版公司，2007年，第4页。

4　أدونيس، الصوفية والسريالية، دار الساقي، ط3، 2006، ص.22.

纪阿拔斯王朝第二时期意识形态领域内各政教派别的尖锐较量、苏非派的历史悲剧有着密切联系。彼时，苏非派的"神爱论"和"人主合一论"被官方传统信仰（"正统派"或称"逊尼派"）和理性主义（"穆阿泰齐赖派"）视为异端邪说，尤其当九世纪后半叶出生的苏非大家哈拉吉（al-Husayn bn Mansūr al-Hallaji，857—922）提出苏非信徒灵修的最高境界是"寂灭"，人性寂灭于神性，并宣称自己修炼而进入沉醉状态，其灵魂与神体合二为一，以至于说出"我即安拉，安拉即我"[1]时，终于激起了官方的不满，哈拉吉在巴格达被捕，被阿拔斯王朝最高法庭以"叛教大罪"处于磔刑，而他被苏非派信徒尊为"殉道者"。十世纪出生的陶希迪也难逃正统教义派对其的攻讦。然而苏非思想并没有因哈拉吉的殉道而销声匿迹，十一世纪苏非派权威哲学家、伊斯兰教义学家安萨里经过对苏非神秘思想的甄别和筛选，认为它在伊斯兰教信仰领域有其特殊功能，尤其是它在精神层面对穆斯林提出的要求，如灵修、精进、守贫、沉思等内容能够补充正统派教义欠缺的部分。经过安萨里的努力，终于成功地将苏非主义的某些内涵导入伊斯兰教正统教义学范畴，从而确立了苏非主义的合法性并使之发展起来。

另一方面，十至十一世纪，阿拉伯帝国的阿拔斯王朝已名存实亡，国力日渐式微，诸侯争霸，战乱不休，民不聊生，更多的人苦行修身，笃信宗教，主张清心寡欲，克己敬主，行善济人，摒弃一切感官享受，通过对来世的企望、幻想来解脱今世的苦恼，故苏非主义人生哲学在当时的社会里十分流行。

1　转引自孙承熙《阿拉伯伊斯兰文化史纲》，北京：昆仑出版社，2001年，第216页。

陶希迪创作《神示》的时间正是苏非派信徒在政治上、宗教上、文化上受主流意识形态打压和排挤的历史时期，怀才不遇的痛苦以及苏非派灵修、守贫、苦行、沉思的教义促使陶希迪在人生的晚年写出这部苏非派文学的圭臬之作。

二

古代阿拉伯散文多以传述、收集、增补、缩减、考据等史学方法写作，而表达内心世界、抒发爱情、忧郁、孤寂、愤怒、斥责、希冀等情感的职能多由诗歌来担当，形成了自古以来的诗歌文学抒情传统。陶希迪的《神示》一反这一传统，以书信这种非传统诗歌也非传统散文的方式，由第一人称直接向多个虚拟的第二人称表白、对话、辩驳、诉苦、责备，以此剖露心迹，其自我剖白的文体特征倒更具精神自传特征。在《神示》这部长达五百页的"私语"里，没有苏非祈祷式的宗教倾向，而代之以倾诉自我的不安、痛苦、孤独、怨情、苦闷等世俗化情感，充满了作者内心的挣扎及对人性的思辨。换言之，《神示》披着神性的外衣，被赋予了人性的内核。这种"剥离了神灵的神秘主义"正是当代作家阿多尼斯所提倡的现代诗歌美学[1]。《苏非大全》的作者阿卜杜·曼阿姆·哈夫尼对《神示》的独特性评价道："此书是世界文学的珠宝，陶希迪以'私语'文体写出了文学史上

1　2009 年阿多尼斯来中国参加北京举办的第二届中坤国际诗歌奖颁奖仪式，在题
　　为"诗歌的意义在于僭犯"的授奖词中，诗人在比较苏非主义和超现实主义的
　　异同时，提出了这种剥离了神灵的神秘主义诗学。详见《中华读书报》，2009
　　年 11 月 18 日。

最长的私语，只有伊本·阿拉比的私语可以与其相媲美。"[1]《神示》一书的勘校专家、苏非文学研究者阿卜杜·拉赫曼·巴达维在题为"伊历四世纪（公元十世纪）的存在主义文学家"序中指出："陶希迪开'私语'文体之先河，丰富了苏非文学的表达体裁……这一风格与卡夫卡、海德格尔等存在主义作家、思想家的文学表达异曲同工。陶希迪关于人类存在于宇宙之本质的文学观体现出存在主义特征，这一特征也体现在他关于写作实质的阐释和对自己苦难人生经历的描述中。"[2]

《神示》包括五十四篇长短不一的书信，短的仅一页，而长的竟达二十页篇幅。大部分书信以呼唤和求救的口吻开篇，呼唤出各不相同的收信者，如"主啊""我们的神啊""伟大而高贵的人啊""人啊""民众啊""我的爱人啊""我的主人啊""大人啊""兄弟啊""朋友啊""听者啊""友善的同伴啊""自负的人啊""我的主人们啊""我的爱人们啊""困惑者啊"等，作者呼唤最多的是"这个人啊"。这些被呼唤的第二人称担当者，其地位时而低于作者本人，作者在信中给予他忠告和训斥；时而高于作者本人，似乎是作者的师长，作者希望得到他的指引，同他回忆曾经美好的时光；在更多的时候，这个第二人称至高无上，指向造物主安拉，整篇信函成为作者与安拉的"私语"。然而，不管作者把信写给谁，阿卜杜·拉赫曼·巴达维认为：

1　الحفني، عبد المنعم، الموسوعة الصوفية، بيروت، دار الرشد، 1992، ص87.

2　وجو دي في القرن الرابع الهجري، تصدير نشرة عبد الرحمن بدوي لكتاب الإشارات الإلهية، القاهرة، الهيئة العامة للثقافة، 1996، ص38.بدوي عبد الرحمن، أديب

这个第二人称就是作者自己，因为他常常说"你和你之间""我和我之间"，这意味着作者的双面性。由此，我们可以推断出这些"私语"其实是在自语，这也是存在主义哲学的表达方式。读者不能被不断出现"我的主啊"这个字眼所蒙蔽，以为这是一部纯宗教的文本，这只是作者的语言表达习惯而已，其实他探讨的仍是人的存在之本质。这一表达方式印证了卡夫卡的说法是对的，卡夫卡说："写作是一种祈祷。"祈祷就是谦卑、敬畏的一方与他意念中的高贵的一方进行的私语，这一祈祷与宗教无关，而是自我被分裂为相互对话的两面，彼此恳求，彼此倾听，双方享受于这静默、无声的情感交流中，也许带着些许宗教感情的余韵，发出深埋于人内心深处的嘶喊，敲响起心灵的钟声，召唤着人们以写作的方式去行使宗教仪式。[1]

巴达维继而认为："其实，我们很难确定信中的这个第二人称到底是谁，他是个作者想象中的自己，这个'你自己'的存在是'私语'文体的需要，它是文学虚构的产物。"[2]

另一位《神示》一书的勘校专家韦达德·嘎迪直截了当地指出"这个'你'就是陶希迪的另一个'自我'"(al-Tawḥīdī, *Divine*, 17—18)。由此，"私语"在陶希迪那里脱离出"卑微的一方对神圣的一方单向性恳求"这一宗教范式，成为作者与多面性的"自我"之间的双向性或多向性的交流和辩

1　وجو دي في القرن الرابع الهجري، تصدير نشرة عبد الرحمن بدوي لكتاب الإشارات الإلهية، القاهرة، الهيئة العامة للثقافة، 1996، ص38.بدوي عبد الرحمن، أديب 第 21—22 页。

2　同上书，第 33 页。

驳，彼此倾诉，直至永远。这也正是苏非主义对人生要义之理解：神性本是原在，人本自具备超越于宇宙万有的自性本能，人生就是自我不断的更新和一次次再发现乃至超越。进一步说，《神示》中的"私语"是"多面自我"和"本我"的对话，在陶希迪看来，"多面自我"和"本我"是既依存又矛盾、既交织又排斥、既统一又分离的关系，他说："人和自己是分离的。"[1] 因此，人生就是不断地认识自我，发现自我，找到"本我"，而寻找的过程就是神示的过程，认知真理的过程，是"激烈的对话"，是"疯人的呓语"，是"咏诵"，是"叩问"，是"哭诉"，是"协商"。

这个第二人称的"多面自我"往往怀着需要交流、不惧辩驳的强烈渴望，来寻找自我存在的意义，寻找超越的路径，在这种激动情绪的推动下，"私语"常常处于愤怒的争论、辩难状态。诚如陀思妥耶夫斯基小说人物间的对话，"是不同指向的双声语，尤其是形成内心对话关系的折射出来的他人言语，即暗辩体、带辩论色彩的自白体、隐蔽的对话语体"[2]。由此，陶希迪深化了"私语"的意义，赋予"私语"者一种永不安宁、战战栗栗的自我特征。这个内心不安的自我对以往的神学、哲学、文学、修辞提出质疑。辩论是"私语"的基调，辩论将"我"和"你"、"我"和"本我"联系在一起，在辩论中寻求多元的统一，在"呼唤者和被呼唤者、说者和听者的角色对调中对话得以完成"[3]。显然，在众生喧哗中，陶希迪努力寻找模糊朦胧的交流地带，寻找能统一说者和听者、呼唤者和回应者、"我"和"你"

1　‏التوحيدي، أبو حيان، كتاب المقابسات، بتحقيق حسن سندوبي، القاهرة، المكتبة التجارية الكبرى، 1929، ص161.‏

2　转引自赵一凡《西方文论关键词》，北京：外语教学与研究出版社，2006年，第 148 页。

3　‏ناصف، مصطفى، محاورات مع النثر العربي، الكويت، سلسلة عالم المعرفة، 1997، ص104.‏

的集合称谓（即独一的绝对存在），他如此道来：

　　这个人啊，你没有看见我如何和善地安慰你，精心地治疗你，我召唤你去写散文，直到你写出远离靡丽、矫饰的好文章，我同情你去作诗歌，直到你作出品位高雅的好诗篇。我对你如此倾心，请不要感到惊奇，我早已信赖你，谁能掌控我和你？也许你回应了我的呼唤，明白了我的祈求，我就与你同道而行，我因呼唤你而成为被回应者，你因回应我而成为被呼唤者，如果通过呼唤和回应，音和音相通，词与词对应，那么呼唤者就是回应者，回应者也是呼唤者，如果这一神示得以成立，那么我即是说者，也是听者，在这一集合称谓中，你就是我。[1]

　　陶希迪的上述话语是对阿拔斯王朝后期的社会文化以及僵化、矫饰、靡丽文风盛行的批判，是苏非派文学家在语言层面上所做的努力。《与阿拉伯散文的对话》一书的作者穆斯塔法·纳斯福认为，陶希迪的《神示》旨在挽救语言，通过否定、制造分歧、"去中心化"的方式挽救语言于因一贯肯定而陷入僵化的泥潭，强调事物的消极面对积极面的补充和依存关系[2]。
　　在笔者看来，陶希迪的上述话语的重要性不止于此，他从形而上学的层面，将文学的功能置于这样一种设想中：文学不仅要愉悦读者，为读者带来艺术享受，而且必须冲破阻隔在"我"和"你"或"我"和"他"之间的语言与知识的迷障,努力担当起用言词将"本我""翻译"出来的使命；"翻

1　　التوحيدي أبو حيان، كتاب الإشارات الإلهية، بتحقيق وداد القاضي، بيروت، 1973، ص120.

2　　كتاب الإشارات الإلهية، بتحقيق وداد القاضي، بيروت، 1973، ص104، ص125.

译"只有通过直觉和想象，深入到事物的内里，才能道出一般言语无法道出的真理之奥义；如此，"翻译"的语言是创作性的语言、变化中的语言，同时也是原初的语言、内在的语言，它剥离掉"中心话语"习以为常、僵化、矫饰、靡丽之风，揭开这些遮蔽事物本质的迷障，回归元语言的本真，让万物之本源澄明自现。陶希迪为认识真理过程构置了形式："我因呼唤你而成为被回应者，你因回应我而成为被呼唤者"，"音和音相通，词与词对应"，"我既是呼唤者也是回应者"，"你既是回应者也是呼唤者"，如此，"我"和"你"之间同声相应，同气相求，实现主格和宾格的相互转换，实现主动者和被动者的相关互应，实现说者和听者的因缘际合。

陶希迪的上述话语也道出了人与自我之间、人与人之间产生思想谬误和现实冲突的根本缘由：无论是"主体"（the subject）还是"他者"（the other）都可以还原为一种以自我为中心的单向性话语。在我们习惯已久的"中心"话语中，实际上除去叙述者之外并没有什么真正的"他者"，一切都成为"我们"所建构的"对象"，一切都成为"我们欲求的投射"，这种单向性的"建构"和"投射"，都指向以"自我"为中心的单向性话语。陶希迪在《神示》中提出的"呼唤"与"回应"的转换性结构范式，或曰"呼唤"和"回应"之间的有机性对话，是对某一种个人意志之极限的根本性超越，是他对真理认知结构的理解，这也正是潘尼卡（Raimon Panikkar）提出的"宾格之我"（me-consciousness），也是比他更早的莱维纳斯（Emmanuel Levinas）提出的"以宾格的形式重述主体"（reintroduce the subject in the accusative）[1]。

1　Caputo, John D.: *the Weakness of God: Theology of the Event*, Bloomington & Indianapolis: Indiana University Press, 2005.p139.

这一认知真理的理解与苏联结构主义符号学代表人物巴赫金对真理的认知殊途同归。巴赫金认为，真理并不存在于那外在于主体的客体，也不存在于那失落了个性的思想中，真理在我们之间，它是作为我们对话性的接触而释放的火花而诞生的[1]。

三

在陶希迪的"私语"中，"我"和"你"之间、"我"和"本我"之间、"那朦胧遥远的目标"和"永不停止地要把这个目标具象化的强烈渴望"之间始终存在着紧张关系，直到最后一封信，似乎作者因始终没有澄明那终极之物而感到殚精竭虑，他说：

以安拉起誓，我的伴侣啊，自从我用头脑思考问题之日起，至今已熬过了六十年夜晚，背叛我的恰恰是我要求他忠于我的人，搅乱我的恰恰是我要求他澄明事物的人，让我受苦的恰恰是我善待过他的人，对我的事情马马虎虎的恰恰是我关注过他的人，我让他看我眼睛的人使我的眼睛蒙了灰，我让他挺直脊梁的人使我驼了背，我意想不到的时候却得救了，我不贪图从他那儿获取的人给了我喜悦[2]。

遗憾的是，时间禁锢我接近希望，希冀之火几近幻灭。我的大人，以安拉起誓，你是否拥有那些我追求的？也许我所说的是幻觉，我所为的是臆测，我被迷人的闪电蒙蔽，我不得不做无用之功，诵妄言之章，追邪念

---

1   التوحيدي أبو حيان، كتاب الإشارات الإلهية، بتحقيق وداد القاضي، بيروت، 1973، ص392.

2   同上。

之踪[1]。

你是否能诊断我的痼疾，减轻我的病痛？你没能这么做！你的能力在哪里？你对这种能力的思慕在哪里？你只能穿着我的衣衫高视阔步，尾随在我后面步履蹒跚[2]。

以上表述让我们自然联想到歌德的《浮士德》开篇："中宵依案，烦恼齐天"。陶希迪意识到人的生命受限于时间，而知识无止境；生命的过程充满了偶然性和盲目性，自己所做的一切都是"做无用之功，诵妄言之章，追邪念之踪"，正是这种西西弗斯式的人生困扰，致使陶希迪最终将他的一些作品手稿付之一炬。他的烦恼是灵魂痛苦的外显，是对书斋生活这样一种生存状态的失望与痛苦，是对"知识无止境"产生的灵魂深处的无能为力感，是对何为真知的疑问。陶希迪的悲剧正是歌德笔下的浮士德所遭遇的知识悲剧，浮士德说：

哲理呀，法律呀，医典，

甚至于神学的一切简篇，

我如今，啊！都已努力钻研遍。

毕竟是措大依然，

毫不见聪明半点；

称什么导师，更叫什么博士，

---

1   التوحيدي أبو حيان، كتاب الإشارات الإلهية، بتحقيق وداد القاضي، بيروت، 1973، ص393.

2   同上书，第 396 页。

175

颐指了一群弟子东西南北十余年，

我心焦欲燃，究竟所知有限！¹

陶希迪在最后一封信中还道出了对"本我"的追求和用语言将之呈现的无力感，让我们联想起卡夫卡关于书写自传时"我"和"本我"在真实和虚无边界形成的张力。卡夫卡认为，在"我"和"本我"之间存在着一个深不可测的意义空间：在那里似乎存在着一个随着思想和语言的不断逼近而无限地向后退却的"真实界"（the real），似乎最深层的语言也顶多只能为进入这一空间提供一条模糊的线索。这一想象性的空间似乎有着无限的纵深层次：有一个"真实"的终点被设置在某处，但这一终点仍是一个幻觉，你事先已被告知那个终点是幻觉，但同时你又必须相信其真实性，因为只有借助它，你才能想象得更深更远，才能突破那个幻觉²。那深不可测的意义空间也许正是陶希迪在整部作品中想要追寻的"那朦胧遥远的目标"，"那个不可捉摸的自我"。《神示》中的五十四封信就是"一遍遍的呼救"，"一次次的开始"，"一条条的新路"。

由此，我们不妨把陶希迪的《神示》看作是一部独特的苏非派精神自传，其形式就是以"私语"文体，与自己对话，与主对话，与尘世对话，与时代对话，与语言对话，与主造就的那个不安的灵魂对话，旨在打破孤独的沉默，寻求词语的多义性，探究隐秘的世界，统一分裂的自我，澄明统一

1　歌德：《浮士德》，郭沫若译，吉林：吉林出版集团有限责任公司，2009 年，第 15 页。

2　Kafka, Franz: *Diaries 1910—1924*, Max Brod ed. New York: Schocken Books, 1976. p163—164.

中的矛盾，强调矛盾的普遍性。

被誉为"伊斯兰世界的奥古斯丁"的苏非神秘主义哲学大师安萨里在晚年也写了他的精神自传《迷途指津》（完成于公元 1106—1107 年间），该书对阿拉伯伊斯兰文学，乃至西方文学影响很大。安萨里写精神自传前（约公元 1095 年）遭遇的心理危机与陶希迪写《神示》的历史语境十分相似。当时的安萨里正声名显赫，处在事业的巅峰时刻，却感到力不从心，"像站在即将崩溃的河边"，无法完成日常的工作，用他自己的话形容就是信仰产生动摇。他是抛弃显赫的声名离开巴格达，还是继续保持教学的成功为他赢得更大的声名？他陷入这两种力量的激烈较量中长达半年。"头一天迈出了一只脚，第二天又缩了回来。"[1] 危机最后以安萨里无法授课、难以进食而告终。后来他离开巴格达，以一个苏非信徒的身份在伊斯兰世界周游，到过大马士革、耶路撒冷和阿拉伯半岛，最后回到故乡伊朗，过着以写作为生的隐居生活直至辞世。在这期间，他完善了苏非主义教义，完成了其精神自传《迷途指津》。安萨里在自传中这样忏悔道：

我突然发现自己沉浸于琐事之中。我从各方面审视自己，注意到了我的工作——我最擅长的教学工作。突然发现自己总在关注那些对于末世不重要、没有益处的知识。我又细想了一下自己从事教学的初衷，发现它不是纯粹地为了真主，而是为了浪得虚名……尘世的欲望不断地吸引着我，而信仰的声音却劝我离开。它说你的生命很短暂，你的旅途却很漫长，任

1　转引自 ضيف، شوقي، الترجمة الشخصية، دار المعارف، 1956، ص75。

何你从知识和实践中得到的都是伪善的和虚幻的，你现在不为末世做准备，什么时候做准备呢？你现在不抛弃那些虚名，什么时候抛弃呢？[1]

像陶希迪、安萨里这样的中世纪苏非派大师，他们对自我的深层人格不断进行叩问，对之前的经院式知识提出质疑，他们的启示录与早期基督教文化中那些圣徒精神自传异曲同工。《新约》中保罗的书信可以说是最具自传色彩的，对西方自传叙事产生了最大的影响，他在书写中"不仅详尽叙述了他的多次历险和遭遇，也揭示了他人格深层中的矛盾冲突的因素，一种身体需要和精神需要之间的分裂，这种冲突意志没有力量加以解决"，而且还显示出某种"远离外部形式的运动方向，以及伴随这一运动而来的对于忏悔和见证（confession and testimony）的坚持，就好像（或许有些矛盾地）没有这些外部的象征形式，那些内部的变化就失去了所有意义。在保罗这里，就好像自传行为本身即是（其精神意义）获得某种社会性证实的唯一方式"[2]。

同样，在陶希迪这里，《神示》的写作似乎也是对自我存在的见证。上述神学家们的自述行为在二十世纪剧作家和小说家塞缪尔·贝克特《等待戈多》那里可以找到翻版："他们全部同时说话，而且都跟自己说话。……他们谈他们的生活，光活着对他们来说不够。他们得谈起它。"[3]

尽管陶希迪在最后一封信中显露出对人生和人类知识的绝望，但他为

---

1 转引自 المعارف دار الشخصية، الترجمة شوقي، ضيف،1956،ص75。

2 转引自赵山奎著《传记视野和文学解读》，北京：北京大学出版社，2012年，第4—5页。

3 袁可嘉等：《外国现代派作品选》第三册（上），上海：上海译文出版社，1984年，第68页。

坚持苏非信徒的精神追寻仍然进行着不懈的辩驳和诘问，使该书脱离宗教祈祷的外衣，其内涵直抵人性本身，赋予文本以文学性，使"私语"成为"意识流"式的倾述，以此表达作者灵魂的孤独感。在一封题为"孤独者"的信中，陶希迪这样描述一个孤独者形象：

> 你这个人啊⋯⋯你在哪里？你这个身处家乡却长久感到落寞、无缘见到亲人的孤独者。你在哪里？你这个无家可归、居无定所的孤独者。定居下来时，面容苍白，神情凄然，像个旧皮囊。开口时，羞羞答答，结结巴巴；沉默时，彷徨无主，战战栗栗。靠近人们时，唯唯诺诺；远离人们时，谦和恭顺。在人们面前，卑微屈从；在人们背后，病病恹恹。要做事情时，颓废气馁；不做事情时，如临灾难。白日，因杂念丛生而面容憔悴；夜晚，因隐秘揭穿而郁郁寡欢。讲话时，恐惧害怕；闭口时，丧气无望。孤独者倦怠无力，萎靡不振，形容枯槁⋯⋯有人说孤独者是受爱人冷落之人，而我说，孤独者就是寂寞本身，寂寞者无根无系，无权无利。如果此话不错，就让我们一起为这种过失和疏离而哭泣吧[1]。

陶希迪这段对于"孤独者"的描述从语言层面上看，用了大量的近义词和反义词，他似乎想穷尽关于"孤独""寂寞""凄然""颓废""萎靡""寡欢""疏离"等此类近义词，并把它们放在对立面上进行罗列，以此刻画出真正的精神孤独者的形象。从思想层面上看，不难发现一个苦行僧式的

1   التوحيدي أبو حيان، كتاب الإشارات الإلهية، بتحقيق وداد القاضي، بيروت، 1973، ص383.

苏非信徒在精神求索上的恐惧与战栗。诚如存在主义哲学之父克尔恺郭尔在《恐惧与战栗》一书中所说的那样，"我"的身份在语言的奥秘中战栗。

综上所述，陶希迪的《神示》以"私语"文体，在自我辩论中，揭示一个多元性的"我"、分裂性的"我"、灵魂永不安宁的"我"，以此道出人类存在之本质，主张寻求多元的统一，澄明统一中的矛盾，强调矛盾的普遍性；同时，陶希迪从形而上学层面，为认识真理过程构置了形式，即"呼唤"与"回应"的转换性结构范式，构建回应性主体，从而实现主客体因缘际合。这正是苏非派文学家的人生追求和文学意义。

再回到篇首，现当代阿拉伯文学批评家对本民族古典散文遗产的重视，尤其是对苏非文学遗产的重视和挖掘可谓应运而生，因为，随着近百年来不同文明之间的文化交流和思想对话，打通圣俗之间、传统与现代之间、异质文化之间、不同学科之间的尘障已成为社会发展的整体趋势和内在逻辑，说到底，就是在质疑真理秩序的同时重建意义。

（本文原载于《外国文学研究》2015 年 2 月刊。）

阿拉伯蒙昧时期的文学市场"欧卡兹"及其历史贡献

金忠杰

摘要:阿拉伯文学历经蒙昧时期、伊斯兰黎明时期、阿拔斯王朝时期、土耳其统治时期,以及近现代五个时期。其中蒙昧时期既是阿拉伯文学的里程碑,也是阿拉伯文学发展史上的第一个高峰。文学市场"欧卡兹"就是该时期文学兴盛的缩影。

作者简介:金忠杰,宁夏大学教授、博导

一、引言

历史学将伊斯兰教在阿拉伯半岛的兴起,视为阿拉伯社会发展的分界线,并将伊斯兰史前史称为蒙昧时期。之所以称之为蒙昧,是因为该时期的社会与文化内涵与伊斯兰截然相反。蒙昧时期的阿拉伯人在国际商贸、星象、医学、文学、宗谱学、畜牧、卜卦以及南部水利灌溉等方面的卓有成就，充分显示了沙漠游牧民族适应生存环境的生命力[1]。

细究伊斯兰史前阿拉伯文化，最具代表性的是诗歌。从始于骆驼蹄子节拍的沙漠小调到流芳百世的"七悬诗"，诗歌始终是阿拉伯文学的主流[2]。约公元 556 年，兴起于欧卡兹（Ukāz）的文学市场，就具体折射出古代诗歌的繁荣发展[3]。如果说蒙昧时代是阿拉伯文学的英雄时代，欧卡兹文化市场则是英雄的见证者。经欧卡兹文学市场遗留下的诗歌，被后人称为研究古代阿拉伯历史的钥匙和"阿拉伯人的文库"，记载着古代阿拉伯的大漠生活、地理状况、风土人情、宗教信仰、思想意识，以及连绵不断的战争史。

二、欧卡兹市场及其文学活动

阿拉伯半岛处于世界三大洲之间，陆路和海路在此贯通，西北通非洲，东北通欧洲，东部通波斯、中东和远东。鉴于其特殊的地理位置，阿拉伯半岛成为沟通东西南北的商业要冲。尤其半岛的宗教中心麦加城，至公元六世纪下半叶，已是蜚声半岛内外的商业重镇。盖斯·尔兰等部落遂借朝觐之机，建立了"欧卡兹""麦贾纳"和"祖·麦扎兹"等十七处规模不等的商业集市，其中尤以欧卡兹为最。每逢欧卡兹开市，半岛本土，以及埃及、叙利亚、波斯、伊拉克等商人纷至沓来，从事买卖奴隶、骆驼、皮

1　邵基·戴伊夫：《阿拉伯文学史：贾希利叶时期》，埃及：知识出版社，1982 年，第 38 页。

2　穆罕默德·艾敏：《阿拉伯——伊斯兰文化史：第一册》，商务印书馆，1982 年，第 48 页。

3　菲利浦·希提：《阿拉伯通史》，商务印书馆，1995 年，第 108 页。

革、食物等贸易。欧卡兹遂逐渐发展为半岛商贸的招商中心和商品流通的集散地。

欧卡兹，意为争宠斗胜、竞相夸耀。关于其名称，阿拉伯语法和诗歌韵律学鼻祖哈利勒·本·艾哈麦德（？—786）在其名著《阿因书》中的解释具有代表性："之所以称之为欧卡兹，是因为阿拉伯人每年云集该地，竞咏诗作，竞相夸耀。"此外，著名诗人艾布·祖艾卜（？—648）也指出了欧卡兹名称的性质：万顶帐篷，矗立欧卡兹；万人汇集，贸易竞相开[1]。

关于欧卡兹所处的地理位置，阿拉伯地理学权威的观点基本相同。其中阿拉伯历史、地理学家雅古特 (1179—1229) 在其著作《地理辞书》中指出："欧卡兹位于麦加和塔伊伏谷地间的奈赫莱。"我国著名学者马坚先生在翻译希提的《阿拉伯通史》时，脚注欧卡兹位于麦加的东面，与麦加相隔约一百公里。

阿拉伯史学家一致认为，欧卡兹的集市是从阿拉伯太阴历的十一月初开市，历时二十天。阿拉伯著名文学泰斗伊本·阿卜杜·拉比在其著作《罕世璎珞》中明确指出，欧卡兹集市于十一月初开始。综合以上权威观点，阿拉伯辞典《穆尔哲木·瓦西托》一言以蔽之："欧卡兹是阿拉伯市场之一。阿拉伯人汇集此地，吟诗作赋，争宠斗胜。位于奈赫莱和塔伊伏之间，十一月初开市，历时二十天。"

经济纠纷始终与商贸同步亦趋。欧卡兹市场为处理交易期间的贸易纠纷，专门设置类似今天的商业诉讼中心。起初，诉讼中心的职能仅限于贸

1　纳斯尔·本·赛义德·拉希德：《欧卡兹集市》，埃及：知识出版社，1987年，
　　第8页。

易纠纷，但此后又因实际需要而渐渐延伸到诸如解决部落争端、族人纷争、奴隶赎身、部落议和、诗歌评论等领域。在此期间，市场责成专人从事裁决工作。仲裁工作通常由强大部落的酋长担任。

如上所述，应商贸而生的欧卡兹市场，随着时间的推移，其职能逐渐扩大。从历史角度看，如果说欧卡兹市场的商贸、诉讼、政治、社会等活动随着阿拉伯社会的变革销声匿迹，那么，只有类似今天文学年会的文学聚会载入了阿拉伯文学史册。后期阿拉伯文学界鉴于欧卡兹在文学层面具有的影响力和辐射力，形象地将其称为文学市场。其文学功能主要如下：

第一，诗歌咏赛在集市期间，各部落诗人纷纷吟诗作赋，你咏我诵，大有"这方歌罢方收场，那边舞者已登台"的气势。诗人们将最新诗作呈献给著名诗歌评论家、"悬诗"作者之一纳比厄·祖卜亚尼，供其评选。据载，市场专门给纳比厄·祖卜亚尼搭建一顶象征权威的红皮帐篷，作为诗歌评判中心。诗人乌姆鲁勒·盖斯、艾厄夏、韩萨尼·本·萨比特、韩莎·宾提·阿慕尔·本·舍利德等先后吟诵诗作，竞夺桂冠[1]。通常，人们将甄选出的优秀诗歌绣在幔帐上，高悬麦加"克尔白"的墙壁上，供人欣赏，因而又有"悬诗"之称。最早摘此桂冠的是诗王乌姆鲁勒·盖斯。此外，著名诗人安塔拉·本·舍达德、纳比厄·祖卜亚尼、祖海尔·本·艾比·萨勒麦、塔勒法·本·阿卜德、赖比德、哈尔斯·本·海力泽[2]均获此殊荣。阿拔斯王朝初期，著名吟诵史诗者哈马德·拉维叶（694—772）将

1　阿卜杜·阿齐兹·阿提格：《阿拉伯文学批评史》，阿拉伯复兴出版社，1986年，第28页。

2　焦扎尼：《七悬诗注释》，伊斯兰图书出版社，1998年，第12页。

他们的"悬诗"收集成册，并以"七悬诗"著称于世。在蒙昧时代，诗人一旦在欧卡兹文学市场上摘得桂冠，便会蜚声半岛，其诗歌也不胫而走，流传大漠。

第二，演讲。古代阿拉伯社会，演讲家的地位仅次于诗人，诗歌和演讲往往被喻为部落间不见硝烟的战场，因此，两者皆是部落的代言人，备受部落的爱戴和信赖。在欧卡兹，演讲家或站在讲台，或骑在骆驼上慷慨激昂，即兴演说，阿拉伯著名谚语"智慧有三——佛兰克人的头、中国人的手、阿拉伯人的舌"，在此得到了充分体现。当时最具代表性的演讲家古斯·本·萨尔戴的一篇演说辞，堪称经典之作："人们啊！你们务必聆听，彻悟！生者将死，逝者将朽；前车之鉴，后车之覆；漫漫黑夜，茫茫白昼；宫宿之苍穹，闪烁之众星；汪洋之大海，坚固之群山；低洼之大地，流淌之河流；上天有明鉴，大地有训诫。人之心灵往而不复返，是喜之居住呢，抑或是弃之沉睡呢？！……"从这篇演讲中可以看出，该时期演说辞最大的特点是形式上侧重于骈文，句与句之间追求押韵，词与词之间讲求工整、对仗，读起来朗朗上口，颇具韵味。

第三，文化辩论。一如诗歌和演讲，欧卡兹市场的辩论也备受青睐。富有智慧的哲人往往兴致所致，展开辩论。双方唇枪舌剑，斗智斗勇，将阿拉伯文采发挥得淋漓尽致，致使游牧人通过激烈的辩论，充分领略和享受阿拉伯语言的精炼、修辞的奥妙、逻辑的严密、哲理的深奥。辩论往往给大漠游牧人带来知识上的提高、视野上的开阔、精神上的享受。文学史记载的著名辩论家有加利勒·本·阿卜杜拉·拜哲林、哈利德·本·艾尔塔·卡里彬、叶齐德·本·阿卜杜·米瓦尼和阿米尔·突菲里。

三、欧卡兹文学市场的历史贡献

公元 610 年，欧卡兹文学市场随着伊斯兰教的兴起终结了历史使命。据著名文学家贾希兹（775—868）记载，随着阿拉伯社会和文化的变迁，古莱氏等部落的穆斯林取缔了欧卡兹市场。至正统哈里发时期，其文学功能也被"麦尔白德"文学市场取代。

从文化视角来看，欧卡兹文学市场与同时期其他文明社会的文学中心不能同日而语，但相对世居大漠的阿拉伯人而言，这一难得的文化现象已是难能可贵[1]。通过欧卡兹文学市场，史学界不难窥见古代阿拉伯人渴望和平、期望交流、追求知识，以及需要先进文化改变文化滞后的迫切性。因此，诗人、演讲家等文化人踊跃亲临一年一度的文学市场，将珍贵的精神食粮奉献给了多为文盲的游牧人，丰富了他们的大漠生活，提高了文化素质，推动了半岛的文化进程。也正是通过他们，精美绝伦的诗歌、脍炙人口的演讲、耐人寻味的哲理才得以传至半岛各个角落，代代相传，为研究伊斯兰史前阿拉伯民族的历史、文化留下了宝贵史料。

欧卡兹文学市场对古代阿拉伯文化的历史贡献，主要体现在这几个方面：

（一）推动文化传播

古代阿拉伯社会以氏族为中心，组成最基本的社会组织——部落。部落各自为政，各行其是。资源匮乏和血统分化致使部落间常年同室操戈，战乱不断。据载，仅为争夺资源发生的战争就达一千七百次之多。但就在

1　蔡伟良、周顺贤：《阿拉伯文学史》，上海外语教育出版社，2001 年，第 8 页。

这部落互相敌视、战争此起彼伏的半岛上，各部落诗人、演讲家、评论家等化干戈为玉帛，利用朝觐汇聚欧卡兹，进行文化交流。在此期间，游牧人聆听诗歌、演讲、辩论，陶冶情操，汲取知识。据载，伊斯兰教的传播者、阿拉伯—伊斯兰文化的奠基人穆罕默德也数次亲临欧卡兹，无论是出于聆听精彩演讲，还是宣传新宗教文化之目的，都充分反映了欧卡兹的特殊文化地位。文化人把精美绝伦的诗歌、慷慨激昂的演讲、富有哲理的论辩贡献给游牧人，把文化学术普及到了底层民众中，把最前沿的文学成果传播到半岛各地，从而使游牧人的文化素质在普遍缺乏教育的年代里有所提高。此外，阿拉伯人在与埃及人、叙利亚人、波斯人等交往过程中，也吸收了一些先进的异族文化，丰富了本土文化。

（二）推动阿拉伯民族共同语统一

阿拉伯半岛部落众多，方言不一，差异较大。民族共同语的不统一，给本土文化传播、部落间交流带来了一定的障碍。鉴于此，当时主政麦加且在商业上雄踞麦加的古莱氏部落，对于推动阿拉伯民族共同语的统一发挥了至关重要的作用，同样也反映出语言的发展与政治和经济有着客观的密切联系。首先，到欧卡兹从事贸易的商人，潜意识中视古莱氏方言为商业通用语。此外，到欧卡兹的诗人、演讲家、评论家用古莱氏方言从事文化活动，游牧人遂效仿并将其带向半岛各地，从而使其成为半岛的交流语言[1]，逐渐发展成以其为基础方言的民族共同语，恰如埃及文豪塔哈·侯赛因所言："古莱氏语成为希贾兹众部落的标准阿拉伯语，依赖的不是武力，

1　凯马里·阿卜杜·阿齐兹·易卜拉欣：《阿拉伯古典文学批评的产生及其发展》，知识出版社，1994年，第30页。

而是宗教、政治和经济上的相互利益和需要。"当伊斯兰教的根本经典《古兰经》是以古莱氏方言启示时，阿拉伯语在语音、词汇、词法、句法和修辞等方面得以彻底统一。

（三）推动诗歌和散文发展

如果说该时期诗人是各部落文化的象征和财富，被喻为部落的预言家、指导者、代言人、史学家，那么在欧卡兹文学市场上，诗人则是古代阿拉伯集体智慧的象征。欧卡兹市场为他们提供了交流和竞争的平台，从而使诗歌从民间通俗文学走向精英的高雅文学，从部落走向半岛，诗歌创作的题材也从局部走向多样化、丰富化。通过欧卡兹，始于骆驼蹄子节拍的民间音乐，经过诗人的精心雕琢后，又以高雅的精品回归民间。同样，根据阿拉伯文学归类法，文学散文范畴内的演讲、论辩等在欧卡兹得到了长足发展。在欧卡兹，演讲家、辩论家已不仅仅是某部落的文化人或代言人，而是宣传文化、记录历史、传播知识的使者。他们精心运用的文风、辞藻是阿拉伯文学散文的雏形，为后来渐成体系的散文体奠定了深厚的基础。

（四）推动文学纵深发展

阿拉伯蒙昧时代，绝大多数游牧人为生计四处奔波，无暇接受教育，因此，文化水平普遍低下。在此大背景下，纯学术的文学评论在今天看来不可思议。然而，诗歌评论却在欧卡兹悄然兴起并蔚然成风。为了区分诗歌的良莠，诗人们公推富有造诣的诗歌评论家评判诗作。著名悬诗作者之一的纳比厄·祖卜亚尼，就是当时最具权威的评论家，他从遣词、韵律、格式、题材等方面评判诗作，将最优秀的诗作奉献给阿拉伯人。该时期的诗歌评论不仅仅把阿拉伯诗歌推向了更高的层次，使诗歌创作在竞争中精益求精，也由此成为后期阿拉伯文学评论学科的雏形。

（本文原载于《语文学刊》（高教·外文版），2007年第8期。）

阿拉伯现当代文学研究

《尼罗河上的絮语》

——纳吉布·马哈福兹在非理性小说上的初探

蔡伟良

摘要：纳吉布·马哈福兹长达五十余年的文学创作生涯拟可被分成几大阶段，即历史小说创作阶段、社会小说创作阶段、哲理性小说创作阶段和非理性小说创作阶段。《尼罗河上的絮语》则是纳吉布·马哈福兹受西方现代派影响写成的第一部非理性小说，反映了作者对人生存在的深邃思考。

作者简介：蔡伟良，上海外国语大学教授、博导

纳吉布·马哈福兹是埃及乃至阿拉伯现代文学巨匠。自 1939 年他的第一部小说《命运的嘲弄》问世以来，仅中长篇小说就创作有三十余部。纵览他长达五十余年的文学创作生涯，我们可以看到纳吉布·马哈福兹在小说创作上所经历的几大阶段，及其在各不同时期所受到的当时流行于埃及文坛上的各种文学流派的影响。

纳吉布·马哈福兹从事文学创作的初期，即二十世纪三十年代末，当时的埃及正处于一个历史上的非常时期，埃及虽然在名义上获得了独立，

但是，英国殖民势力仍然在埃及境内拥有很大的特权，埃及的独立政权实际上并没有得到巩固，它仍然面临着遭受西方列强侵略、掠夺的危险。处在这一非常时期的文学青年纳吉布·马哈福兹，以埃及历史作为其文学创作的素材，用历史上埃及人民战胜外来侵略、掠夺的史实去激发被压抑的民族自尊，从精神上鼓励埃及人民起来反抗英国、西方殖民主义者的强权干涉。这时，作者相继写出了三部历史小说：《命运的嘲弄》《拉都比斯》和《底比斯之战》。这一时期，可称为纳吉布·马哈福兹的"历史小说创作时期"。

1945 年至 1952 年间，埃及正酝酿着一场彻底赶走英国殖民主义者、推翻封建君主王朝的革命，埃及知识分子作为这场革命的先行者，首当其冲。他们在广泛接受西方资产阶级进步思想的基础上，提出了要求改良、要求共和的进步口号。在这一进步思潮的感召下，埃及许多作家纷纷起来，用批判现实主义的创作手法写出了一部又一部旨在揭露和批判埃及社会一切腐朽落后现象的具有进步意义的小说。在文学创作上日趋成熟的纳吉布·马哈福兹在这几年中先后推出了《新开罗》《梅达格胡同》等五部中篇。这一时期可称为纳吉布·马哈福兹小说创作生涯的第二阶段——"社会小说创作时期"。

1952 年，埃及完成了推翻封建君主王朝的改良主义运动，纳吉布·马哈福兹作为这一改良主义运动自始起直到胜利完成的见证人，怀着对这场推动社会进步的革命的极大兴奋之情，在革命成功前夕完成了他的三部曲巨著：《两宫之间》《思念宫》和《甘露街》（注：因为各种原因，小说被拖至 1956—1957 年间才付印、出版）。三部曲描写了埃及一个中产阶级家庭几代人的生活经历，反映了自 1919 年埃及大革命至 1952 年改良主义运动胜利完成这一漫长的历史过程中，埃及所经历的社会变迁。我们在这里可借用阿拉伯学者的评论："《三部曲》是纳吉布·马哈福兹现实主义艺术的顶峰。"[1] 从而把纳吉布·马哈福兹的这一创作时期称为"现实主义小说创作最佳期"，亦是社会小说创作时期的延续。

在此之后，纳吉布·马哈福兹停止创作达七年之久。这七年是作家沉默、反省、思考的七年。埃及人民为之奋斗了几十年的革命成功了，但是，革命的成功并不意味着社会进步的终止，埃及仍然面临着进步思想与保守势力相互争斗的严峻现实。在这一时期，曾在革命斗争中起过积极作用的知识分子，由于他们并不希望彻底改变他们在社会中居于上层的地位，表现出了他们的动摇和悲观情绪。针对埃及知识分子的这种情绪，擅长于描写知识阶层的纳吉布·马哈福兹重新提笔，推出了五部旨在探讨科学与宗教、宗教意识与社会不平等的极富哲理性思考的小说：《我们街区的孩子们》《小偷与狗》《候鸟与秋天》《路》《乞丐》。这一阶段可称为纳吉布·马哈福兹的"哲理性小说创作阶段"。

1965 年，纳吉布·马哈福兹在完成了他的哲理性小说创作阶段的最后一部小说《乞丐》时曾这样说："除了自杀，或转向荒诞外我别无出路。"显然，他选择了第二条路，并开始在小说创作上开拓出一条新的路来，而 1966 年出版的《尼罗河上的絮语》正是他在这条道路上迈出的第一步，是纳吉布·马哈福兹受西方现代派影响写成的第一部非理性小说。

1　转引自朱凯论文《哲学的思索，艺术的创造》。

一、《尼罗河上的絮语》主要情节

灰白色的尼罗河把埃及首都开罗划成东、西两部分，使河两岸的开罗市民享受到得天独厚的生存环境。很久以来，开罗人就在尼罗河上筑起一种漂浮在水面上的建筑，人们称它为"阿瓦迈"。

这是一个不同寻常的阿瓦迈，它与世隔绝，在这儿栖居的人全都是知识分子。小说主人公艾尼斯是自学成才的卫生部办事员，几年前重病夺走了他远在家乡的妻子、女儿的生命，使他坠入孤独无偶、无所寄托的悲痛之中。在朋友的怂恿下，艾尼斯住进了阿瓦迈，在大麻烟的迷醉中寻求解脱。他经常因苦思冥想"生命怎么会最先起源于深海石缝间的水藻之中的"[1]这一人生的真谛而沉默不语，并长时间地陷入荒诞离奇的遐想。

艾哈迈德·纳赛尔是一位颇有才干的职员，家庭生活仿佛也很美满。然而，他对自己在生活中所扮演的这一普通角色——既不冒尖又不落后的人感到不满，为了经营一个所谓美满的家庭，他耗尽了心血，为此他又感到他所得到的远远抵不上他所付出的，他想为自己创造一个新的形象，远远地避开已经造就的现实。因此，在所有阿瓦迈的宿客中唯独他显得很镇静，似乎仍对生活抱有坚定的信念。

穆斯塔法·拉希德是一个具有雄辩口才的律师，他仅仅因为经济的原因和一个并不被他所爱的女人结了婚，他自称在"寻找一个他至今还没碰上的女性的典范"。他所追求的是人生的绝对自由。在这种内心空虚的驱使下，他染上了吸大麻的恶癖，试图在与人世隔绝的阿瓦迈上寻求世上根

1　见《尼罗河上的絮语》阿语版，第9页。

本不存在的绝对自由。

阿里·赛德是著名的文艺评论家，毕业于艾资哈尔大学，曾结过两次婚，是一个地道的利欲主义者，奉物质利益为至上，向往"理想国"，寄希望于大麻烟。

哈里德·阿祖兹出身于富豪人家，是第一流的短篇小说家，但思想颓废，没有信仰。

拉奇卜·高忒是一个皮肤呈棕黑色的美男子，凭着自己的俊美，他曾赢得许多女性的爱慕，经常勾引女人到阿瓦迈上过夜。在生活中，除了性爱外，他别无所求。

小说的另一主角莎梅拉是一个年方二十五岁的崭露头角的新闻记者，为了搜集写剧本的素材，通过阿里的引荐，深入到阿瓦迈。她容貌娇美，举止矜重，对人生、爱情持严肃态度，与阿瓦迈上的其他宿客截然不同。她的出现，不仅引起了大家的好奇与猜疑，也为阿瓦迈上的夜谈增添了新的内容。

小说情节的高潮是在后三章。在先知迁徙日的那天晚上，所有寄宿阿瓦迈的人接受了拉奇卜的建议，一起乘坐他的小车去郊外夜游。散步时，惯于玩弄女性的拉奇卜向莎梅拉提出了欲求，但遭到了莎梅拉的拒绝。拉奇卜恼羞至极，在回来的路上，疯狂地驾驶汽车，意外地撞到了一个行人。翌日，报上刊登了这桩事件和受害者身亡的噩耗。作为一名女记者，莎梅拉觉得应该揭露事实的真相，勇敢地承担起法律的责任。然而，这意味着要付出牺牲朋友的利益、牺牲自己名誉的代价，她陷入了痛苦的选择之中。与莎梅拉一样，艾尼斯也受到强烈的良心责备，他想要不顾一切地去伸张正义。可是，瞬间他又预感到一旦事态真相败露，他和他的朋友都将成为这一车祸的殉葬品，艾尼斯徘徊在良知的谴责与痛苦的现实之间终不能决断……

二、对人生存在的探索

《尼罗河上的絮语》就其小说本身来说，既没有正反两方面人物的冲突，也没有复杂离奇的情节跌宕，作者仅通过他笔下的几个人物的对白，和艾尼斯迷幻之中的旧溯远古、前追原子时代的跨世纪的遐想，进而把作者本身的创作意图铺置于纸上。那么，作者希望通过这部小说向读者启示的又是哪一种思想呢？

小说问世的六十年代是世界动乱、战机四伏、又一次全球性大战一触即发的年代。地球的东半部正进行着日趋升级的美越战争；西半部，苏联作为一个军事大国，企图以东欧作为跳板，向欧洲扩张其势力，倚仗其雄厚的军事力量与以美国为首的西方国家抗衡，美苏两霸的核竞争越演越烈。这种不断恶化的国际形势，犹如一股强烈的冲击波，首先给各国政界，其次是知识界带来莫大影响。当时的埃及，虽然没有直接受到战火的危及，但是人们对可能发生的战争已产生了一种极度的恐惧心理。不平等的社会现象又激发了知识分子及青年学生对资本主义制度所造成的各种异化现象的反抗情绪，他们的感受终于由畏惧发展到焦虑、孤独、苦闷，甚至感到已经面临死亡。《尼罗河上的絮语》正是试图通过对这些濒临绝境的知识分子的描绘，引导人们认真思考人生的价值，探索人生的存在，以及于宇宙中存在的人的存在价值。正如小说主人公艾尼斯在向阿瓦迈的同僚们叙述他白天在卫生部抄写完进出账业务报表后向上司呈上报表时，竟发现自己所抄写的仅仅是一张留有铅笔行走痕迹而没有留下任何文字的空白纸时，所想到的"生命怎么会最先起源于深海石缝间的水藻之中的？"显然，作者欲通过小说向读者启示的并不是对达尔文的人类发展起源说的重新阐述。人作为一种自然动物，他在社会中的生存构成了整个人类社会，正是这一自然动物赋予社会强大的生命力，促成了社会的不断发展和进步。然而，社会的进步、人类科学技术的高度发展竟与人的本来愿望相悖逆，人类面临的是战争，是将毁灭人类的由核武器竞争导致的全球性核战争！人类的一切努力就如同毫无意义的圆周运动，"圆周运动的必然结果就是旋转，在这无意义的旋转之中，所有珍贵的东西都被淹没了，其中也包括医学、科学、法学、亲人"[1]。纵观纳吉布·马哈福兹哲理性小说创作阶段所推出的所有小说，我们不难看出，作者试图通过小说创作寻求一条达到自然人和社会环境之间和谐、对立、统一的道路。在《尼罗河上的絮语》这部小说中，我们除了看到这一意图的继续深化外，还感到了存在于作者心中的对现行社会的忧郁，和因为人生价值不被承认的沉闷。正如小说主人公艾尼斯在几经冥想后得出的"进口活动不过是一个无意识、无结果的徒劳的旋转"这一结论一样，人的一生也只是一种圆周运动，人试图通过自身的努力去实现自身存在的价值，但是，由于客观的原因，人在努力的过程中陷入了徒劳和无意义的旋转之中，为周围世界所左右，最终失去了作为人的最珍贵的东西——自我价值。而这正是小说作者所认为的（西方大多

1　见《尼罗河上的絮语》阿语版，第 19 页。

数现代派作家亦这样认为）处于现代社会的人的悲剧所在——所有的人类所获，并连同人类本身都将被卷进"过度的文明"——核武器竞争的不断升级所必将导致的可怕的战争漩涡，一切都将在这漩涡中化为乌有，"世界上没有一平方米的土地能幸免于地震"[1]。西方存在主义学者怀尔德在他的著名著作《存在和自由世界》中说："现在，随着大规模的技术的出现和客观反省的胜利，这一历史（指人类历史）可能面临终结。"[2] 我们不能断言纳吉布·马哈福兹是一个存在主义者，然而，体现并贯穿于小说始终的这一对世界末日行将来临的恐惧，使我们可以断定纳吉布·马哈福兹在一定程度上接受了西方存在主义哲学思想。

不难看出，纳吉布·马哈福兹试图通过小说创作借用存在主义的哲学观点来解释世界，探索人生的价值。如存在主义者认为，世界是丑恶的，是荒诞不经的，充满了不合理，人被丑恶的世界所包围，被荒诞的现实所惊吓，被不合理的社会所挤压，人已经不再具有正常人的个性，已经不再是人。且看纳吉布·马哈福兹塑造的小说人物的一些独白："整个世界已变得陌生，不知它是属于哪个朝代，也许它根本就不存在"[3]，"荒诞的事情每时每刻都伴随着我"[4]，在这个"连昨天还是个破鞋的女人，竟变成了今天的哲学家"[5]的世界里，人全都成了"现代（社会）的畸形者"[6]，在大麻烟的

---

1 见《尼罗河上的絮语》阿语版，第 28 页。
2 转引自刘方桐等著《现代西方哲学》，北京：人民出版社，1981 年，第 571 页。
3 见《尼罗河上的絮语》阿语版，第 96 页。
4 同上书，第 194 页。
5 同上书，第 45 页。
6 同上书，第 120 页。

迷幻中乞求逃避现实；"真的，我们不是埃及人，也不是人，除了阿瓦迈我们没有其他的归宿"[1]，现实生活给人们带来的愁难永无止境，他们"只有在围绕着大麻烟的聚席中才感到人生存在的真正幸福"[2]等。无疑，这是发自存在主义者心扉的对世界的感叹、对人生的悲鸣。除了阿瓦迈外，世界的有无对他们来说毫无关系，因为世界已经变得如此荒诞不经，人们再也不能对它抱有任何指望，与其在这样的世界上活着，倒不如去死，于是纳吉布·马哈福兹借艾尼斯之口提出了一个耐人寻味的问题："我在问我自己，为什么活着？"[3]对此，作者没有作出直接回答，而是试图通过莎梅拉的出现来回答这个问题。

莎梅拉是一个唯意志论的代表。她试图用亦属非理性的唯意志论哲学思想去感化这些陷于苦恼、恐惧和万念俱灭之中的阿瓦迈宿客。莎梅拉认为，"生活的根本就是生活意志本身"[4]，只要生活意志依然存在，其他一切都可以忍受。换言之，只要求得生存，就不必有所顾忌。围绕着出了车祸之后是投案自首，还是逃之夭夭，莎梅拉和除艾尼斯以外的阿瓦迈宿客之间出现了分歧。莎梅拉虽然在很大程度上信仰叔本华、尼采等西方唯心主义哲学家所提倡的唯意志论哲学，然而，年轻的她毕竟涉世尚浅，还没被完全扼杀殆尽的残存在其大脑中的人的理性成分瞬间闪烁光亮。面对严峻的犯罪事实，莎梅拉的思想是矛盾的——是理性和意志的矛盾。从理性的

1　见《尼罗河上的絮语》阿语版，第 60 页。

2　同上书，第 50 页。

3　同上书，第 62 页。

4　同上书，第 74 页。

角度出发，他们本来就不应该逃离肇事现场，既然已经离开了，并且已经知道被撞人已经不幸死去，那么，理应向当局投案自首，承担起车祸的法律责任，当然，这是需要付出代价的，它必然导致法律对他们的制裁，从而使生存的愿望彻底毁灭。经过理性和意志的激烈冲突，作者最后没有让莎梅拉的理性去战胜她的意志，相反却让她的意志代替了理性。在"一切行为都被生活（生存）的意志所驱使"这样一个唯意志论哲学论调的作用下，身为新闻记者的莎梅拉最终也欣然同意不向外界揭露事实的真相，为此求得平安的生存，去实现生存的意志。

莎梅拉原本希望通过迁徙日夜晚的郊游,达到让这些愁难之中的人"重新塑造自己""回到社会生活中来"的目的，车祸的发生不免使莎梅拉对愿望的落空感到遗憾，感到惋惜。然而，在这由理性成分所致的遗憾、惋惜的背后，我们则又看到了莎梅拉的坦然，她以自己的这一决定——决定不向外界揭露车祸的事实真相，对艾尼斯提出的"为什么活着"这一问题作出了圆满的回答，即不惜一切代价——甚至可以丢开最起码的人道主义，去实现人的生存意志。

在这里，纳吉布·马哈福兹企图通过唯意志论哲学论点，批驳存在主义哲学。但这只能是徒劳和毫无结果的哲学游戏。在唯意志论哲学的影响下，艾尼斯可能会离开阿瓦迈，重新开始塑造自己。可是，新的艾尼斯将依然是一个精神畸形者。他将重新陷入孤独、恐惧，虽然他也会为生存去拼搏。

作为一部旨在探索人生价值的荒诞小说，《尼罗河上的絮语》是不很成功的，它向读者展现的不是由荒诞走向光明的图画，而是从荒诞出发重又陷入荒诞的所谓"现代人的悲剧"。然而值得一提的是，通过小说人物的一些对白和内心独白，我们仿佛又听到了荒诞者对不公平的资本主义社会的抗议，和欲要变革社会的强烈呼声。作者笔下那些远离外界社会的孤独者并不希望永远陪伴着无意义的遐想、荒诞不经的迷幻虚度此生，虽然他们认为现实不堪忍受，可是他们同时又生怕自己真的失落。

《尼罗河上的絮语》是纳吉布·马哈福兹由现实主义迈向现代派的一部转折作品。作者采用了现实主义和现代派表现艺术相结合的表现手法。现实主义表现在作者对小说题材的提炼上，而现代派艺术却又体现在作者对小说人物的塑造上。全书几乎没有冗长的对小说人物的客观描写，而是通过对白、独白、潜意识的流露完成了人物的自我塑造。同时也表现在许多象征手法的运用上，如阿瓦迈象征着动荡不安、引人畏惧的世界；小说人物阿卜杜象征着人们企盼的能制止一切不幸发生的伟力，等等。借此，把《尼罗河上的絮语》看成是纳吉布·马哈福兹在西方现代派哲学思潮影响下由现实主义迈向现代派的一个转折点，是作者在非理性小说创作上的初探才不失其之真实。

（本文原载于 1988 年 3 月 12 日《文艺报》。）

反思人神关系的一部力作

——评《我们街区的孩子们》

摘要：《我们街区的孩子们》是一部借用宗教经典、反映人类社会及埃及社会历史及现实的力作。作者借创世传说表明"人经受磨难是神的意愿"，借先知传说阐明"神不管人间事"，又在阿拉法的故事中安排象征神的杰巴拉维死去，给予宗教蒙昧主义以致命的一击。作家旨在扭转盛行于伊斯兰社会的神本意识，批判愚昧、迷信及思想的惰性，期望建立一种先进的文化模式。因此，忽视小说的社会背景，认为小说是从认知层面否定人类宗教，从而得出作者亵渎神灵的结论，实在是对作品的一种曲解。

作者简介：薛庆国，北京外国语大学教授、博导

※

在埃及小说大师纳吉布·马哈福兹的众多作品中，创作于 1959 年的长

篇巨著《我们街区的孩子们》无疑是招致最多争议的一部。在作者心目中，这部作品和《宫间街三部曲》《平民史诗》一样，是他较为偏爱的作品[1]。1988 年诺贝尔文学奖评委会发布的新闻公报也专门提及此作："这部非同寻常的小说是他最重要的作品之一，其中讲述了人类对精神价值永无休止的探索，以及人面对善与恶持久冲突时的处境。"阿拉伯文学评论界在理解作品的内涵时虽然众说纷纭，但都极为重视这部力作，许多论著都以大量篇幅加以分析、探讨。在我国，该书也有了两个中译本[2]，作家格非将它列入自己最喜欢的二十世纪文学经典之列，因为"书中对整个社会历史的反省，有一种批判意识，与我们今天的现实有一定的联系"[3]。然而，小说当年在《金字塔报》连载时，却在埃及社会激起轩然大波，宗教保守势力和部分文人认为小说中含有明显的渎神内容，纷纷写信投诉，要求将作者送上法庭。官方迫于压力，中断了小说在《金字塔报》的连载，虽然小说单行本两年后便在文化氛围相对宽松的黎巴嫩出版，但在埃及，小说却一直被列为禁书。1988 年马哈福兹获诺贝尔奖之后，这部小说再度引起危机。艾资哈尔的一位长老作了宗教判决，扬言："如果我们在这部小说登出时杀了马哈福兹，就不会有今天的萨尔曼·拉什迪了。"[4]1994年 10 月 14 日，马哈福兹在开罗街头遇刺，《我们街区的孩子们》又是引

1　杰马勒·基塔尼：《马哈福兹在回忆》，贝鲁特：进程出版社，1980 年，第 68 页。

2　《世代寻梦记》，李琛译，花城出版社，1990 年；《街魂》，关偶译，漓江出版社，1991 年。

3　参见 1999 年 12 月 29 日《中华读书报》。

4　拉贾·尼高什：《马哈福兹访谈录》，开罗：金字塔报翻译出版中心，1998 年，第 144 页。

发事件的主要原因。

2006 年初，《我们街区的孩子们》再次成为人们关注的焦点，开罗日出（Shuruq）出版社宣布：即将正式出版这部被禁四十七年之久的小说。埃及作家们为此感到欣喜的同时，也对马哈福兹为出版此书做出的举动感到不解，因为在他的请求下，出版社为小说添加了一篇由"伊斯兰思想家"艾布·马吉德撰写的序言。在许多埃及作家看来，马哈福兹让身为穆斯林兄弟会成员的艾布·马吉德作序，是向宗教界保守势力妥协的一个姿态，可能开启一个鼓励宗教机构审查文学作品的危险先例。艾布·马吉德为小说撰写的序言，其实是他 1994 年探望遇刺的马哈福兹时宾主谈话的记述，曾发表于当时的《金字塔报》。序言作者免不了要为马哈福兹辩护一番，认为小说不同于史书，小说中允许虚构、象征和想象，不见得代表作家对历史的真实看法。作者还谈及自己对小说的理解："至今让我记忆犹新的——在我看来也是作家想让读者领会的——是这部富有象征意义的小说最终明确宣告：街区（即人类社会）需要杰巴拉维所代表的宗教及其价值……"

古往今来，文学作品引起争议已经司空见惯；但一部作品在完成后的近半个世纪中不断引发争议，甚至让作家险遭杀身之祸，最终在作家做出妥协后才得以解禁，这在现代文学史上尚属不多见的个案。那么，《我们街区的孩子们》到底是一部什么样的作品？作家的主旨究竟何在？他为何要在晚年对宗教势力妥协？解答这些问题，不仅有助于我们理解这部小说，而且有助于我们理解当代阿拉伯文化的某些特点。

一

　　小说开篇以"我们的街区"为背景，街区的始祖杰巴拉维在沙漠里开垦荒地，建立了一所大宅，并和子女们一起在其中生活。一日，杰巴拉维召集子女，宣布了一个出人意料的决定：由次子艾德海姆接替他掌管家产。长子伊德里斯认为属于自己的权利遭到褫夺，遂与父亲抗辩，结果被逐出大宅。伊德里斯寻机报复，引诱艾德海姆夫妇偷窥父亲约柜里的遗嘱，导致两人也被驱逐。艾德海姆在大宅外饱受艰辛，他的两个儿子兄弟阋墙，弟弟惨遭兄长杀害。杰巴拉维最终原谅了艾德海姆，同意将家产交给他的后人。此后，艾德海姆的传人在大宅外建立街区，繁衍生息，上演了一幕幕充满悲欢离合的人生大戏。

　　明眼的读者已经能发现，小说开篇的这些情节可以在《古兰经》及《圣经·旧约》的创世传说中找到原型：杰巴拉维选择艾德海姆掌管家产，源自《古兰经》里安拉对众天神的谕示："我必定在大地上设置一个代理人"[1]；伊德里斯引诱艾德海姆夫妇偷看遗嘱，契合魔鬼引诱亚当、夏娃偷吃禁果的传说；杰巴拉维将艾德海姆夫妇逐出大宅，象征神（安拉）将亚当、夏娃逐出伊甸园……这种原型除在情节上有所体现外，还能从主要人物的名字中看出端倪：艾德海姆（Adham）指亚当（Adam），伊德里斯（Idris）指易卜劣斯（阿拉伯语 Iblis，即魔鬼），艾德海姆的妻子乌玛梅（Umayma）是阿拉伯语"母亲"（Umm）一词的指小名词，暗示她为人类的第一位母亲……

　　1　《古兰经》"黄牛"章第 30 节。

然而，更耐人寻味的是，马哈福兹笔下的人物形象与宗教传说中的形象颇有出入。伊德里斯被逐出大宅后，为报复、为生存而不择手段，俨然是个恶魔。不过，和宗教传说中的魔鬼不同，伊德里斯并非天生可憎的人物。在权利被父亲剥夺之前，"他尽管强壮、英俊，有时也不免耽于娱乐，此前却从未伤害过哪个兄弟；他是个慷慨、随和的青年，深得大家的喜爱和尊敬"。[1] 作为长子，品行又无可疑之处，却未得父亲的信任，伊德里斯的不满与抗辩似乎无可厚非，因为一个被剥夺者毕竟难以对剥夺者心悦诚服。就某种程度而言，正是父亲颇有争议的抉择，导致了伊德里斯的堕落。

再看艾德海姆，他出身低下（父亲同黑婢所生），性格懦弱，但乖巧、驯顺，而且懂得书写、算术，因而受父亲破格重用。但他心里总有某种自卑，所以他颇有自知之明："赞美恩赐者，因为我得到了别人比我更有资格得到的地位。"（30）他为人处事虽然中规中矩，但他情有独钟的，只是大宅里悠闲的生活，是花园和音乐。他对管理家产的重任很快萌生倦意，新婚不久就对妻子抱怨："愿安拉诅咒家产。这差使让我疲倦，改变了人们对我的感情，夺走了我的安宁。去他的家产吧！"（32）而更为不幸的是，他终于未能抵挡住伊德里斯的计谋及妻子的劝诱，居然违抗父命，偷窥遗嘱，最终被逐出大宅，辜负了父亲的良苦用心。

父亲杰巴拉维又是什么形象呢？他孔武威严，在大宅内外享有至高无上的权威。平时他对家人关爱有加，但愤怒时却能让人心惊胆战。伊德里斯被逐的悲剧"不过是这座大宅无声见证过的众多悲剧之一。多少个养尊

1　纳吉布·马哈福兹：《我们街区的孩子们》，贝鲁特：文学出版社，1972年，第17页（以下援引此作只在引文后括号内标明页码）。

处优的女子在一声呵斥下沦为可怜的乞讨者！多少个男人在服侍大宅多年之后，步履蹒跚、光着脊梁离开，脸上鼻青唇肿，背上留下了鞭打的印记！"（16）他对儿女们动辄喝斥警告："这是我的旨意，你只能服从！"（14）却又喜欢听别人的赞美。他力排众议，将掌管家产的重任托付给艾德海姆，似乎显示出异乎常人的眼力，但结果证明他看走了眼。他或许是神的象征，但他具有常人的喜怒哀乐，还带有人间暴烈君主的许多禀性。

这便是马哈福兹笔下的大宅——创世之初的伊甸园。这里固然有鲜花，有绿荫，有流水淙淙和笛声悠扬，也一定少不了锦衣珍馐；但这里还有明显的不平与暴政，有正待萌发的邪恶与欺诈的种子。这里似乎还匮乏某些东西，就连春风得意、新婚燕尔的艾德海姆也觉得无趣：

"幸福的日子流逝着……但最终都归于平淡，就像翻卷出泡沫的瀑布最终流入宁静的大河一般。那个疑问又袭上艾德海姆的心头，他意识到时光不是一眨眼就过去的，白昼过后还有黑夜，无休止地说着绵绵情话会变得毫无意义……"（30）

艾德海姆心头的那个疑问是什么呢？一向谨慎的他为什么会冒险偷窥遗嘱？显然，大宅中凝固的静态美难以让他心满意足，一个下意识的、然而又是不可抑制的念头，驱使他尝试按照自己的意愿行事。偷窥遗嘱，去了解自身的命运，便是他第一次行使自由作出的选择，尽管这一选择让他付出了代价，但其正面的意义不容低估。大宅内缺乏自由，个性难以张扬，很难想象那是名副其实的天堂乐园。所以，离开大宅在某种程度上还意味着获得解放，意味着艾德海姆第一次成为具有自由意志的人，也便是真正意义上的人。如此说来，杰巴拉维对艾德海姆下达的驱逐令，何尝不可理解为对他渴望寻求本我地位、了解自身命运的一种嘉奖。就此而言，父亲将子女逐出大宅，从而赋予他们自由，实在应该得到他们的感恩。

然而，孩子们并没有领会父亲的用心。艾德海姆为失去的乐园而捶胸顿足，伊德里斯更是用恶魔一般的语言诅咒大宅内的父亲："……你的子孙要在泥土里谋生，在垃圾里爬滚；他们明天就得去卖土豆黄瓜，去挨头人的耳光；你的血明天就会同最低贱的血液结合，而你只好一个人待在房间，恼羞成怒地更改遗嘱；你会在黑暗中忍受衰年的孤独，在你命归黄泉的时候，也不会有人为你伤心掉泪！"(51)

伊德里斯的诅咒预示了杰巴拉维后代的命运。面对振振有词的伊德里斯，深居大宅的杰巴拉维依然沉默不语。杰巴拉维，马哈福兹笔下这位造物主的化身，他创造了后代，却任由他们去经受磨难，去跌仆而奋起，去超越或沉沦，去依靠自己的意志和理性决定自身的命运，去在磨炼中成长，去生活。这，在作者眼里，正是杰巴拉维创造后代的本意。马哈福兹晚年的力作《自传的回声》中，有一段题为"慈悲"的对话，为他独特的创世观作了绝妙的注解：

"我问迷失者阿卜杜·拉比希长老：

'在这大慈大悲的主亲手创造的世界上，为什么会产生各种事端？'

他平静地回答：'如果没有主的大慈大悲，这一切就不会发生了。'"[1]

总之，让这世间充满事端，让人类经受磨难，这恰恰是神的意愿。所以，对于人间的不幸，不应怨天尤人，而应靠行动改变社会，在人间建造乐园。

1　纳吉布·马哈福兹：《自传的回声》，薛庆国译，北京：光明日报出版社，2000年，第73页。

如此，人才能在精神上成熟起来，成为神在大地上真正的代理人。

二

从杰巴勒到里法阿，再到高西姆，街区的后代们为建立公正、幸福的街区而前仆后继。很明显，马哈福兹笔下的这三位英雄，是以犹太教、基督教、伊斯兰教中的先知为原型塑造的。杰巴勒是摩西的化身，有关杰巴勒的故事与摩西的传说有不少吻合之处，如杰巴勒孩提时在水池边洗澡，被头人的妻子领养，而摩西曾被放入蒲草箱里在河边漂浮，被法老的女儿发现后收养；杰巴勒路见不平，失手打死追打本族青年的头人，而摩西也曾打死过欺负以色列人的埃及人；杰巴勒逃至他乡，住在耍蛇人家里，帮助他的两个女儿汲水，并娶其中一位为妻，摩西和米甸的牧羊父女也有类似的故事。里法阿的原型无疑是耶稣：里法阿学习驱邪术驱除病人身上的秽气，可以类比耶稣治愈被鬼附身的病人；里法阿为解救妓女而主动提出和她结婚，而耶稣也曾解救过行淫的妓女；里法阿被捕前夜和几位朋友共进晚餐，让人联想起耶稣最后的晚餐；妓女雅斯敏告发里法阿，并给头人留下信号，而门徒犹大也将耶稣出卖，并以接吻作为辨认耶稣的标记。高西姆则是伊斯兰先知穆罕默德的化身：高西姆是孤儿，由叔父扶养长大，这和穆罕默德的身世相同；高西姆与富孀盖麦尔结婚，在她病故后又娶过四个妻子，穆罕默德则同富孀赫迪洁结婚，后来也娶过多个妻子；高西姆因为族人不信他宣扬的理想，被迫迁居他乡，穆罕默德传教时也遭到古莱氏族人的反对，被迫从麦加迁徙麦地那……

然而，马哈福兹又为他的主人公安排了一些与宗教传说似像又不像的情节，这番安排也大有深意。

根据犹太教传说，摩西在同法老的斗争中，曾屡次得到神的佑助，正因为神一次次施行奇迹，埃及人最终才甘拜下风，以色列民众才信服摩西，并跟随他走完几十年的艰险历程。然而这些神迹在杰巴勒的故事中都未曾出现：摩西那根可变为蛇的魔杖是神赐予的，而杰巴勒赖以威慑头人的法宝——耍蛇术，却是他从岳父那里学来的；摩西曾凭借超自然的神力，在红海淹没法老的追兵，而杰巴勒诱使头人们落入陷阱，然后水淹土埋，靠的是自己的智慧和力量……里法阿的故事也和耶稣的传说有着出入：里法阿的父母均为常人，而耶稣却是童贞女马利亚受圣灵之孕而生；里法阿被害后，他的四个追随者将他的尸体从旷野中取回，迁葬于墓地；而耶稣死时却发生了地震、石崩等现象，后又在天使的帮助下复活……在高西姆的故事中，也没有伊斯兰教传说中穆罕默德神秘的夜行及登霄等奇迹。

综合以上区别可以发现：与宗教传说中屡有神助、法力无边的先知不同，马哈福兹笔下的英雄更接近于凡人。老祖父杰巴拉维的寿命之长久虽然匪夷所思，但他几乎不曾为后人提供特别的帮助。当街区里黑暗与邪恶一而再地压倒光明与正义时，杰巴拉维的孩子们疑惑，怨愤，企盼，他们向老祖父发出了一次次的呼唤。

这是杰巴勒的疑问："杰巴拉维，你对这么黑暗感到满意吗？……你不了解这一切吗？你要沉默到何时呀？"（136）

里法阿这样抒发心头的不解："你在何处？老祖父！你为什么不显现片刻？为什么不出面？为什么总是一言不发？你不知道凭你的一句话就能改变街区吗？"（234）

与头人决战之前的高西姆，望着远处的大宅也曾心绪难平："当初你凭借神力让这片旷野俯首称臣，现在人们多么需要你的力量！……啊，杰巴拉维！"（426）

杰巴拉维并未保持永久的缄默，他对自己钟爱的街区英杰们也曾作过直接、间接的谕示——就如宗教传说中神旨降临那样。但他留给孩子们的片言只语，与其说是帮助，毋宁说是启示。他给里法阿的教导最好地表明他对后代的态度："年轻人要求年迈的祖父干事，多么丢人！好孩子要自己干！"（248）

杰巴拉维不管街区的后人，意味着神不管人间事，人不能把希望寄托在虚幻的外力上，人间的幸福要靠自己创造，这是人在这个世界上的使命。马哈福兹对宗教神明的这种理解，充满了人文主义精神，体现了对人类主观能动性的呼唤，表现出积极进取的人生态度。这一主题，又曾多次出现在马哈福兹此后的作品中。长篇小说《平民史诗》里的后辈英雄小阿述尔为谋求众人幸福而奋斗不息，有一次他梦见了老祖父阿述尔·纳吉，老祖父用考验的口吻反复询问他："用我的手，还是你的手？"当他回答"用我的手"时，纳吉笑了[1]。

在刻画象征三大一神教先知的英雄时，马哈福兹笔下还流露出微妙的感情倾向。杰巴勒为建立一个公正而有秩序的街区，崇尚以正义的武力战胜邪恶的武力，但他更关爱本族人，对异族人颇有几分蔑视，因而并未超出种族、血缘的狭隘之爱，由此可见作者对犹太民族似乎有所腹诽。里法

1　纳吉布·马哈福兹：《平民史诗》，开罗：埃及图书社，1977年，第550页。

阿对公正的认识较杰巴勒有了发展，在他看来，"我们杰巴勒族人并非街区中最优秀的，最优秀的人乃是最善良的人"（266）。他放弃武力，主张用爱与仁慈唤醒人的良知，启迪人们在内心发现幸福。但全书中里法阿总以可怜的弱者形象出现，而且大有不食人间烟火的意味，这反映作者并不心仪基督教的教义。高西姆较之前人又有进步，他要将杰巴勒的武力和里法阿的仁慈结合起来，目的是谋求街区所有人的福祉，让街区变成大宅的延伸。高西姆的主张，具有马哈福兹一贯抱有好感的社会主义思想的雏形；而高西姆对生活、对女性的热爱，也反映了作者向来推崇的入世精神。作为伊斯兰世界的一位作家，马哈福兹对象征先知穆罕默德的高西姆表现出更多的欣赏，也就不足为奇。

三

阿拉法，在阿拉伯语中是"知识"的同根词，因此，马哈福兹为小说中最后一位街区英雄取名"阿拉法"，是颇有用心的。"阿拉法"的词源意义和此人的遭遇都向读者暗示：这一人物是科学、知识与理性的化身。

和街区的历代先贤不同，阿拉法被街区百姓视为"异乡人"。幼年丧母、父亲身份不明的阿拉法，少小出门，成年后才回到街区。他潜心研究"魔法"，因而拥有前辈远不及的力量。他也怀有扫除街区邪恶与不平的抱负，但他对老祖父是否存在，对说书人讲述的街区历史都存有疑问。受这疑问的驱使，他潜入大宅，想穷尽宅内的秘密，弄清神秘老祖父的真相，从中获得战胜头人们的奥秘。不幸的是，黑暗中他失手杀死老祖父的一位黑佣，逃跑后又听到老祖父受惊吓而死的噩耗。阿拉法的负罪感被头人利用，受到威逼诱惑，最后沦为头人的工具。后在老祖父遗言的启示下，他良知复苏，决心继续和头人斗争，并致力于让老祖父复活。但因斗争计划败露，被头人捕获杀害。阿拉法虽死，但他的徒弟带着研究"魔法"的秘方逃脱。街区的人们深信：阿拉法的弟子们终将返回街区，凭借更为高明的"魔法"战胜邪恶。

"杰巴拉维死了"！这个给街区造成巨大震荡的消息，也在阿拉伯世界的读者中引起了轩然大波。马哈福兹为何要安排杰巴拉维死去？这是解读小说的一个至关重要的问题。要回答这个问题，还应回头了解一些小说创作的背景。作为一个高产作家，马哈福兹于1952年完成了著名的《宫间街三部曲》后，竟然时隔七年才创作了《我们街区的孩子们》。人们屡屡问及他搁笔多年的原因，他本人或答曰："其实我也不知搁笔的确切原因"，或作解释：1952年埃及革命爆发后，"国家朝着实现我呼吁的那些目标前进，我被一个问题纠缠着：这时候写作还有什么用？"[1] 然而，埃及著名的左派评论家加里·舒克里却认为："马哈福兹搁笔是因为他无法说出自己想表达的思想。他为《三部曲》设置的悲惨结局坦率而勇敢地表明：这个社会存在着危机，即自由与文化落后的危机。"[2] 这一观点是很有见地的。长期以来，马哈福兹生活的埃及阿拉伯社会在政治、经济上相对落后，而其根源首先应归咎于文化的保守与僵滞。由于宗教保守思想的影响，人们虽然对悲惨的现实不满，但很少奋起抗争以期改变现实。他们听天由命，与世无

1　拉贾·尼高什：《马哈福兹访谈录》，开罗：金字塔报翻译出版中心，1998年，第141页。

2　加里·舒克里：《归属者：马哈福兹文学研究》，开罗：今日消息报出版社，1987年，第239页。

争，往往通过宗教缅想消解现实的苦难，在思想上、行动上养成了墨守成规的惰性。历代君王正是利用了人们的这一痼疾而大肆推行专制统治，从而加深了社会的黑暗和人民的不幸。因而，首先需要改革的，与其说是统治、决策的理念与手段，不如说是关乎全民的深层文化心态。受到社会主义思想和人文主义精神启迪的马哈福兹，深为本民族的文化落后而焦虑。一方面，他要批判利用宗教实行统治的专制势力，呼唤正义、平等、自由；另一方面，他更力图扭转盛行于伊斯兰社会的神本意识，批判愚昧、迷信及思想的惰性，宣扬人文意识，期望建立一种先进的文化模式。因此，他在借创世传说表达"人经受磨难是神的意愿"，借先知传说阐明"神不管人间事"之后，又在阿拉法的故事中给予宗教蒙昧主义致命的一击——让杰巴拉维死去。是的，他在呼应尼采的宣告："上帝死了！"

"杰巴拉维死了"，街区的孩子们失去了赖以支撑其惰性的心理之墙，他们被迫在一个没有依托、没有退路的境遇中思考、生活。无法指望外力，一切要靠自己，要用"魔法"——即科学——解决街区的各种问题。科学的可贵价值，不仅体现为实际的科学成果，更体现为它所代表的内在精神，即怀疑、批判和创造。因此，意欲探究老祖父真相的阿拉法和当初偷窥遗嘱的艾德海姆一样，其行为虽有过错，却仍能得到老祖父的谅解。作者为阿拉法的故事添加了意味深长的一笔：杰巴拉维临终前留给仆人的最后遗言是——"去找魔法师阿拉法，转告他：死去的老祖父对他是满意的。"（538）

然而，杰巴拉维的死去，"魔法"的普及，就能最终解决一切问题吗？科学与物质文明并非万能，二十世纪的人类思想在这一点上几乎形成了共识。科学的发展，虽然给人类带来巨大的福祉，但也给人类造成过灾难。

科学一旦被邪恶势力利用，其危害便是空前的。阿拉法一度被头人利用，成为助纣为虐的工具，便形象地说明了这一道理。况且，科学并不能顺利解决涉及伦理、道德的诸多问题，而古往今来的宗教家、哲学家、文学艺术大师所共同关切的"终极拯救"，也超出了科学功用的范畴。因此，科学的局限恰恰给宗教信仰的存在留下了空间。科学与宗教信仰并不总是水火难容，"宗教需要科学，以摆脱遮蔽其精髓的虚幻之乌云；科学也需要宗教以获取智慧，倘若缺少这种智慧，科学的潜力可能被用以破坏"。对于评论家乔治·塔拉比西对两者关系的这番理解，马哈福兹曾致信表示赞同[1]。正是出于对宗教与科学这种辩证关系的理解，马哈福兹在完成了对神本主义的否定（让杰巴拉维死去）之后，又试图进行一次否定之否定：让阿拉法致力于杰巴拉维的复活。这是对信仰虚无的否定，也是对科学至上的否定。这意味着一种超越：再生的信仰，应该是对科学局限性的合理补充，是对人生意义的终极关怀，而不应再是人精神惰性的支撑体，不再意味着泯灭人性的清规戒律。

至此，马哈福兹创作《我们街区的孩子们》的主旨已经昭然。作者曾这样提及这部作品："这部小说一反往常，没有探讨具体的社会问题，而表达了一种总体上的人类宇宙观。但尽管如此，小说仍具有明显的社会背景，然而它引发的种种问题和诸多诠释，使许多人忽略了它的社会背景。"[2]因此，忽视小说的社会背景，认为小说是从认知层面否定人类宗教，从而

---

1 迪卜·哈桑：《马哈福兹：叛教与信仰之间》，贝鲁特：灯塔出版社，1997年，第183页。

2 拉贾·尼高什：《马哈福兹访谈录》，开罗：金字塔报翻译出版中心，1998年，第142页。

得出作者亵渎神灵的结论，实在是对作品的一种曲解。而与此同时，作者又对小说作过这样的阐述："《我们街区的孩子们》的基本宗旨，是描写对正义的伟大梦想及永久探求。小说想对一个核心问题作出答复，即实现正义的武器，到底是武力？还是爱？或者是科学？"[1] 显然，作者在此强调的社会背景，是外在的人与人、人与社会的关系。从本文上述分析可知，如此阐述未必是作者的由衷之言。作者似乎不愿直言自己对更深沉社会背景的探讨，即对文化落后的反思及对神本主义的反拨。看来，小说引起的轩然大波已经让作者意识到：对于自己多难而保守的民族而言，他借助小说想表达的主旨是过于超前了。一部精心构思的巨著被误解，遭诅咒，受查禁，连作者自己也无法坦言其旨，这无疑是令人痛苦的事情。

这是一位先知的痛苦。

（原载于《庆祝北京外国语大学建校六十周年学术论文集·下》，外语教学与研究出版社，2001 年 9 月。）

1　拉贾·尼高什：《马哈福兹访谈录》，开罗：金字塔报翻译出版中心，1998 年，第 243 页。

阿拉伯戏剧界对布莱希特理论的接受与实践

余玉萍

摘要：布莱希特理论在二十世纪六十年代传入阿拉伯地区，为阿拉伯戏剧界提供了将传统与现代融合互动的良好契机，尤其是在"六五"战败后。阿拉伯戏剧界在解读布莱希特的过程中具有很强的实用心理，对布莱希特论进行实践的成果是显著的，诸如阿拉伯式的"打破'第四堵墙'"、将民间说书人引入"史诗剧"。这些尝试既推动了阿拉伯戏剧走向现代实验，又使传统民族文艺焕发出新的艺术和思想价值，但在"陌生化效果"的认识及其综合把握方面也出现了某些误读和偏差。

作者简介：余玉萍，对外经济贸易大学教授

布莱希特理论传入阿拉伯地区大约是在二十世纪六十年代初。其时，阿拉伯文坛正深受西方存在主义影响，在"向内转"的感召下，小说界和诗界对形式技巧进行现代派实验的氛围渐起。在这些被引进的西方文学作品中，包括萨特、贝克特、尤奈斯库、尤金·奥尼尔等存在主义和荒诞派戏剧，对阿拉伯戏剧界的刺激是不言而喻的，一些前沿剧作家开始小试牛刀。但是，戏剧与小说、诗歌文类毕竟不同，其与社会大众的联系更为直接和紧密，而在阿拉伯剧院，普罗大众对于晦奥的存在主义的接纳能力是有限的。在如此语境下，阿拉伯戏剧界转而将目光投向同为现代派的布莱希特，由此引发了阿拉伯现代戏剧发展历程中的重大变革与转型。那么，布莱希特被阿拉伯戏剧界所接受的背后蕴含了怎样更为深刻的因素？阿拉伯戏剧界是如何从"为我所用"出发解读布莱希特的？其中又有哪些利钝得失？这些问题的回答，与阿拉伯民族在传统与现代性相遇时对民族身份刻意持守的心理诉求是密切相关的。

一、布莱希特与阿拉伯传统的耦合

阿拉伯现代戏剧文类的产生是拿破仑入侵埃及后西方文化与阿拉伯文化碰撞的结果，通过阿拉伯人到西方出使、留学与民间旅行，以及西方殖民当局的官方引进等途径逐渐兴起的。多数看法认为阿拉伯现代戏剧肇始于十九世纪中期，其时，阿拉伯近现代文化复兴运动正方兴未艾，剧作家们对民族振兴有很强的使命意识，甚至希望以戏剧来启迪民众、改造社会、带动民族振兴。作为文化界精英人士，阿拉伯剧作家们并不甘心照搬西方模式，他们从一开始便意识到西方戏剧的外来性及陌异性，也意识到西方殖民势力进行文化输出的潜在意图，于是有意发掘自我，通过回溯传统遗产，建构阿拉伯戏剧的民族身份。

挖掘民族元素的想法在阿拉伯戏剧发轫期即有体现，黎巴嫩的戏剧先驱马龙·纳卡什（1817—1855）在其作品中化用《一千零一夜》故事，叙利亚的戏剧先驱艾布·哈利勒·格巴尼（1833—1903）喜欢取材于民间故事和传奇。被誉为"埃及的莫里哀"的雅库伯·苏努阿（1839—1912）在创建现代阿拉伯剧院时，将其与传统的咖啡肆表演相融合，以露天乐队载歌载舞，他认为戏剧必须心系劳苦大众，宣传社会改革，而传统民间艺术恰是吸引普罗大众关注戏剧的有效手段。然而，民间艺术是把"双刃剑"，剧作家们有意与之联系，强调阿拉伯戏剧的传统渊源，又可能导致知识精英阶层的小觑和排斥，加之欧洲戏剧的强大影响，因此，总体而言，阿拉伯现代戏剧是朝着欧洲亚里士多德戏剧模式的道路迈进的，对浪漫主义、象征主义、现实主义等手法均有不同程度的采纳，涌现出马哈穆德·台木尔、陶菲克·哈基姆等一代戏剧家。

欧洲现代主义自二十世纪四十年代起传入阿拉伯。五十年代后期起，包括存在主义在内的大量西方作品被译成阿语，得到文学艺术界的广泛研读。现代主义给阿拉伯文艺界带来的一个巨大嬗变是如何看待现实，因为现代主义似乎并不以现实为中心，而着意于发掘及表达个人的内向性感知。然而，该嬗变也是一个渐进的过程，伴随二战后阿拉伯民族主义的风起云涌，现实主义文学创作是绝对的主流，现代性感觉只是其中的几朵"浪花"。在戏剧领域，反映社会现实问题更是责无旁贷的义务。六十年代初，在实施外来的社会现代化方案的进程中，各种不尽人意的负面现象日益凸显，疏离于权力架构之外的知识精英遂在文化层面积极探寻问题的解决方案。艺术的新感觉催生了许多有思想深度的诗歌、小说作品，在戏剧领域，西方的亚氏戏剧模式遭到质疑，对阿拉伯民族戏剧模式的实验进程正式开启。

就是在这样的时代背景下，左派领衔的阿拉伯戏剧界接触到了德国著名戏剧家布莱希特的理论。虽然后者所针对的是欧洲二三十年代资本主义社会的问题，阿拉伯戏剧界却发现了其史诗剧、陌生化、历史化等现代派理论非常有助于他们弘扬阿拉伯文化遗产，达到现代与传统的耦合。布莱希特的马克思主义出身同样吸引了阿拉伯剧作家，激励他们在阿拉伯社会建构现代人的思想意识，发展人民戏剧。挖掘民族元素的努力在1967年"六五"战败[1]后被大大强调，"关注遗产特质成为战败后阿拉伯人强烈的情绪反应"。他们将战败归因于盲目效仿外来的现代化，忘却了民族自身传统，认为阿拉伯人急需维护民族身份和团结思想，而曾经辉煌的历史贮藏了民族的自我、统一的源泉。戏剧界则意识到，历史具有承受民族痛苦的能力，是他们脱离文化和心理分裂的唯一出口。剧作家们一方面汲取布莱希特和皮斯卡托等西方大家的思想，突出戏剧的教谕功能，敦促大众担当社会的变革者；另一方面，又强调阿拉伯戏剧必须从传统中获取灵感，方能培育出不亦步亦趋于西方的、具有民族自身特色的阿拉伯新剧院。

经由布莱希特完成现代戏剧实验，经由布莱希特弘扬民族传统文化，是阿拉伯戏剧界引进布莱希特的两大宗旨。二者齐头并进，且殊途同归，是以谓之曰"现代与传统的耦合"。在"六五"战败后的特殊语境下，阿拉伯戏剧界对传统遗产的强调似乎如何也不为过，认为传统是知识精英

1　即第三次中东战争。战争于 1967 年 6 月 5 日打响，进行了六天，结果以色列以悬殊之势大败埃及、约旦和叙利亚联军，占领了西奈半岛、约旦河西岸及加沙地带、耶路撒冷旧城、戈兰高地共 6.7 万平方公里的土地，近百万巴勒斯坦人逃离家园沦为难民。"六五"战争奠定了中东地区的日后格局，被视为阿拉伯当代历史的重大拐点。

与普罗大众密切联系的纽带，也是阿拉伯文学和艺术实现民族自我的基石，典型者如埃及剧作家阿尔弗雷德·法尔基（1929—2005）。这位在理论和实践上均有建树的剧作家，希望戏剧能像诗歌和小说一样成为时代的"史册"，并认为，"阿拉伯戏剧必须走向大众，获得它最理想的方式和民族合法性，让大众来为形式、内容和语言投票，做出他们的选择"[1]。他号召戏剧艺术必须植根于社会大众之喜闻乐见，为此，他接连创作了《巴格达剃头匠》（1963）、《阿勒颇的苏莱曼》（1965）、《阿里·杰纳哈和跟班古法》（1969）等多部戏剧。这些作品的共同特点是，向《一千零一夜》、玛卡梅韵文故事、民间传奇等阿拉伯传统叙事艺术致敬。其中，《阿里·杰纳哈和跟班古法》一剧无论从剧名抑或内容上，都受到布莱希特的《潘提拉先生和仆人马提》影响。但法尔基极力淡化这种影响，他说："我们的灵感来自阿拉伯故事，而不是布莱希特。如果我们的方向与布莱希特相似，这也并不意味着我们是从布莱希特那里获得的灵感，《一千零一夜》才是灵感的源泉。"[2]

学习布莱希特、振兴民族传统，成为"六五"战败后阿拉伯戏剧界的普遍共识。但是，与其说布莱希特与传统同样重要，不如说前者是手段，后者才是目的，这也导致阿拉伯戏剧界在解读布莱希特过程中具有很强的实用心理，对布莱希特理论进行阿拉伯实践的成果是显著的，但也出现了某些误读和偏差。

---

1   هيف أبو الله عبد: المعاصر العربي المسرح وتجارب ورؤيا قضايا، وتجارب منشورات اتحاد الكتاب العرب، دمشق، 2002، ص 103، 100.

2   同上。

二、"哈勒高"——阿拉伯式的"打破'第四堵墙'"

布莱希特戏剧理论的核心支柱是"陌生化"（Verfremdung）。对于这个内涵十分丰富的概念，布莱希特有个笼统的解释："什么是陌生化？……对于一个事件或一个人物进行陌生化，首先很简单，把事件或人物那些不言自明的，为人熟知的和一目了然的东西剥去，使人对之产生惊讶和好奇心。"[1]针对英语学界的两种译法"Alienation"与"Estrangement"，阿拉伯学界的译法是"إغراب!"与"تغريب"，前者意为"间离"，后者意为"陌生化"。阿拉伯学界一般认为"陌生化"更符合原意。"陌生化"涵盖了"打破'第四堵墙'"的主张。

"第四堵墙"是西方近现代戏剧在真实幻象原则主导下形成的写实主义手法，它假设幕布处有一堵墙，观众的目光穿过这堵墙观看演员在舞台上的表演，就如同透过窗户窥视到邻居家里生活的原版。它表面上将观众与演员隔开，实际上却使观众丧失了与戏剧的距离，产生移情作用，以至于无法进行冷静的理性思考，因而是主张"陌生化效果"的布莱希特所坚决反对的。也许是"打破'第四堵墙'"的口号更为形象化，一俟传到阿拉伯戏剧界，便引起了巨大的响应，他们发现布莱希特所主张的"打破'第四堵墙'"，恰恰与夜谈、玛卡梅、皮影戏，甚至宗教庆典仪式等阿拉伯前现代时期传统聚会的特点一拍即合。他们将这些娱乐形式追溯成阿拉伯前现代时期的戏剧萌芽，并指出，在这些传统中，观众总是围成"哈勒高"（意

1　布莱希特：《论实验戏剧》，见《布莱希特论戏剧》，刘国彬、金雄晖译，北京：中国戏剧出版社，1990年，第62页。

为"圈子")的形状，从四面包围着类似于舞台的中心地带，剧场效应强大，从未有"第四堵墙"挡在舞台与观众席之间，因此任何人都不会感觉自己仅仅是一名看客，而是积极参与到演出中。

在化用"哈勒高"寻找新形式方面，埃及作家优素福·伊德里斯（1927—1991）是位先驱，在 1965 年发表于《作家》期刊的系列文章《朝向埃及剧院》中，他强调，阿拉伯戏剧既然具有丰赡的民族文化根基，就不应该成为欧洲现代戏剧的翻版，而应该从民族文化中汲取特殊成分，从本土和民间传统中寻找灵感。他为数不多的戏剧作品之一《法拉菲尔》（1964）就运用"哈勒高"构造了一个夜谈空间，与近现代欧洲剧院空间形成轩轾之别，观众将舞台围成一个圆圈，就像古代贝都因人在星空下围坐在帐篷边上听讲故事一样。《法拉菲尔》的成功使其他剧作家在形式和框架上纷纷化用前戏剧时代的传统元素，如：萨阿德拉·瓦努斯在《与艾布·哈利勒·格巴尼的夜谈》（1973）、穆罕默德·迪亚布在《收获之夜》（1977）中也采用了夜谈的框架。

最喜欢采用"哈勒高"形式的当属摩洛哥、阿尔及利亚、突尼斯等国所在的马格里布地区。在马格里布，露天集市广场娱乐是起自中世纪的民间习俗，被列入联合国世界文化遗产的摩洛哥马拉喀什"不眠广场"最为有名，至今仍是外国游客的必去之地。广场上人流熙攘、热闹非凡，公众聚集成一个个"哈勒高"，观看说书人、舞蛇者、占卜师、杂技、皮影戏演员的轮番表演。马格里布各国因长期遭受西方殖民统治，实现民族独立后，文化精英们的后殖民意识较强，强调戏剧必须"去殖民化"，拒绝纯粹的西方形式，因此一开始便致力于西方化和传统化的结合。

"哈勒高"是一种深深扎根于马格里布民间集体想象中的娱乐形式，将其与布莱希特融合起来的代表作家是摩洛哥最著名的剧作家、导演和演员塔伊布·绥迪基（1938—2016）。绥迪基最初遵循欧洲戏剧模式，后来转向挖掘民族遗产元素，致力于将"哈勒高"搬上舞台。其剧作《阿卜杜·拉赫曼·麦只杜卜先生诗集》（1965）是后殖民时期摩洛哥戏剧事业的开创之作。麦只杜卜是十七世纪摩洛哥最受欢迎的苏非行吟诗人，其生平事迹以口头传诵为主，绥迪基则深入到马拉喀什等地广泛采集，首次将其上升为书面文学。该剧在第一幕向观众描述了"哈勒高"的产生及其圆形结构，演员们通过一系列诙谐的杂技动作和身体语言展示这一特点，运用"哈勒高"搭建开放式的幕前舞台，创立了马格里布现代戏剧的新形式。后来，该剧还在马拉喀什举世闻名的"不眠广场"上演，实现了真正的露天演出。

绥迪基的另一部作品《赫迈扎尼玛卡梅集》则将阿拉伯传统文体"玛卡梅"搬上了舞台，是其创作道路上的又一个里程碑。"玛卡梅"原意为"集会"，是十一世纪出现的一种阿拉伯语精英韵文体叙事，通常由一个讲述人面向集会者讲述主人公游历江湖的故事。"绥迪基将玛卡梅转化为戏剧的方式是用对白重写讲述人的叙事，赫迈扎尼玛卡梅的多数文本都是托讲述人伊萨·本·希沙姆所言，绥迪基则加重主人公艾布法斯的戏份，让二人之间构成主要对话。"[1]他试图挖掘其中的戏剧成分，将其与意大利即兴戏剧，莫里哀、普劳图斯、博马舍笔下的戏剧人物相比拟。该剧在公共广场

1　Khalid Amine and Marvin Carlson, *'Al—Halqa'in Arabic Theatre: An Emerging Site of Hybridity,* Theatre Journal, Vol.60, No.1 (Mar., 2008)，p.75.

上以"哈勒高"的形式上演。在第一幕中，伊萨·本·希沙姆讲述了与朋友艾布·法斯在巴格达的一个"哈勒高"结识的过程，引导后者上场谴责巴格达社会的腐朽。第二幕由五篇玛卡梅组成，二人的对白贯穿始终。玛卡梅的"出身"使该剧呈现碎片式的多场景结构，实验的意味很强。

绥迪基的戏剧是本土戏剧形式与现代戏剧相融合的产物，它从"哈勒高"、玛卡梅等传统元素中汲取灵感，使之在现代的语境下得到翻新，从而开启了摩洛哥戏剧实验的进程，并很快影响到整个北非和阿拉伯地区。以民众乐于接受的传统艺术形式建构新戏剧，能激发观众的有效参与，从而彻底推倒了西方戏剧模式中的"第四堵墙"，这是马格里布剧作家的追求。但是，"哈勒高"在马格里布国家的成功，实际上也是迁就大众审美趣味的结果，盖因剧作家的目的是建设"劳动阶层的剧院"，对于游牧习俗浓厚、以粗犷豪放和自由不羁为其心性的马格里布民众，"哈勒高"起到了一种变通作用，它鼓励文化不多甚至目不识丁的劳苦大众走进剧院观赏戏剧，姑且不论该剧院是室内的还是露天的；惟其如此，方能谈得上戏剧启迪民众、改造社会的梦想。自二十世纪七十年代以来，摩洛哥戏剧理论家阿卜杜·卡利姆·巴尔希德（1943—   ）提出了"庆典剧"的理论并陆续完善，他认为，戏剧是演员和观众之间的聚会，是体现了人与宇宙之间关系的哲学，戏剧应在民间露天开阔地进行演出，成为"戏剧的盛典"。只要具备了观众，演出地点是不重要的，广场、集市、大街、城门、海滩、帐篷周边都可以转变为舞台。最关键的是观众与演员必须达成热烈的互动，从而使戏剧演出华丽蜕变为名副其实的集体庆典仪式。"庆典剧"的提出不仅推倒了欧洲斯坦尼斯拉夫斯基体系的"第四堵墙"，甚至推翻了欧洲更古老的"一面三墙"舞台模式,为"哈勒高"的风靡追加了理论基础。

　　大抵是因为对戏剧社会职能的追求过于迫切,阿拉伯戏剧界在解读布莱希特"打破'第四堵墙'"的主张时,偏于将其直观地理解为"强化受众与演众面对面的沟通",而忽略其更深层的艺术形式追求,即"陌生化效果"。阿尔及利亚柏柏尔族作家卡提布·亚辛(1929—1989)就是一例。他早年加入共产党,并以用法语创作的小说《娜吉玛》(نجمة,1956)一举成名。在阿尔及利亚反法独立战争期间辗转于法国、比利时、德国等地,结识了布莱希特并与之私交甚笃。返回祖国后,他的创作理念发生重大变化,转而用阿拉伯语口语和柏柏尔语的杂糅方言创作戏剧、叙事诗和讽刺诗,并亲自将剧作搬上舞台。这些戏剧多创作于七十年代,以工人、农民和学生为主要观众,揭露阿尔及利亚在独立后依然存在的社会落后现象。亚辛在戏剧创作上显然深受布莱希特的影响,但他明确表示不接受布莱希特的陌生化原则,认为陌生化是布莱希特针对西方资产阶级颓废戏剧设定的,而阿尔及利亚大众戏剧是革命的戏剧,它不会将观众引入迷离状态,因此不需要"陌生化效果"。这种观点究其根源,是因为"将'陌生化'理解为一种从属于政治斗争的工具,而不是一种自主的艺术形式"[1]。

　　当八十年代末以降阿拉伯剧坛因遭受当代娱乐业的冲击已不复往日的繁荣时,忽略陌生化的不良后果即凸显出来。鉴于低劣的商业剧盛行,严肃的实验剧濒危,一些批评家指出:"时下被含糊地称作'实验'的戏剧实际上鱼龙混杂,并未试图融入阿拉伯严肃的传统元素,结果也未有效地

1　赵志勇:《布莱希特"陌生化"理论的再认识》,中央戏剧学院学报《戏剧》2005年第3期,第39页。

将大众从低俗的闹剧中拯救出来。"[1] 此言固然有些绝对,却道出了一个普遍规律:无论文学抑或艺术,若因各种缘故一味追求"大众化",必将失去其作为文学艺术的本体性。直至今日,如何真正受益于传统,使那些前现代时期的戏剧元素成功转化为现代戏剧的构成,而不是沦为一种"大众狂欢",依然是阿拉伯戏剧界思考的问题。

三、以说书人敷演史诗剧

纵观阿拉伯戏剧界,将民族传统艺术渗入现代斯坦尼体系同时融合布莱希特理论的翘楚者当为叙利亚剧作家、名导演萨阿德拉·瓦努斯(سعد الله ونوس, 1941—1997)。瓦努斯不仅是剧作家,也是文化改革思想家,"六五"战败后倡导回归传统,寻找戏剧发展的动力。受到政治剧先驱作家皮斯卡托的启发,瓦努斯提出了"政治化戏剧"(مسرح التسييس)的理念。所谓"政治化戏剧",应当"意识到教谕和动员观众的双重任务。戏剧不是娱乐观众,消解其痛苦;而恰恰相反,是引发观众的忧虑,强化其痛苦。更远地说,是使观众具备改变命运的能力"[2]。因此瓦努斯的戏剧极其重视舞台与大众的交流。

受布莱希特理论的影响,瓦努斯致力于消解"第四堵墙",通过演员与观众的互动打破虚构的"第四堵墙"的沉默。但他同样重视陌生化,不过,作为一名第三世界剧作家,他强调:"如果陌生化是让熟悉的变为陌生,

---

1 Andrew Hammond, *Pop Culture Arab World! Media, Arts, and Lifestyle*, California: ABC—CLIO, 2004, p.178.

2 سعد الله ونوس، بيانات لمسرح عربي جديد، دار الفكر العربي، بيروت، 1988، ص36.

使脑筋开动,使问题爆炸,那么,与其说陌生化是目的,不如说是手段。"意即,陌生化并非单纯的形式追求,而是戏剧文化和政治宗旨得以实现的载体。在这方面,其代表作《六五夜谈》(1968)堪称范例。在该剧中,瓦努斯动用了即席表演,将演员安插在观众席中,使观众分不清眼前所见是表演还是真实,从而打破了创作者与观众之间的"墙",让事件从舞台挪移至观众席,走进观众内心,使民众直面失败的政治现实,从而主动分析失败的罪魁祸首,勇于批评和自我批评。

本文在这一节所意图探析的,是瓦努斯如何运用布莱希特的史诗剧概念开发阿拉伯传统艺术中的叙事元素。

布莱希特所谓的"史诗剧",又称为"叙述剧",盖因其以叙述而非动作表演为中心,重视场景之外的分析和讨论,在跳跃的、破碎的、充满问题性的戏剧情节中,帮助观众进行判断、选择立场和做出决定。"叙述"也是史诗剧达到陌生化效果的主要方法,"结构松散并插入叙述的'叙述体戏剧',既能自由开阔地呈现复杂错综的社会历史事件,又能把观众从戏剧情节和人物命运中'间离'出来,使观众不卷入事件而成为事件的观察者,因为'陌生化'而惊异和思考"[1]。

布莱希特的史诗剧及其陌生化理论,是在观看中国传统戏曲之后提出的。戏剧叙事学的研究表明,中国及印度古典戏剧的特点是"显在的戏剧叙事",其核心实质"在于'演员讲故事',通过'演员讲故事'完成戏剧

---

1 胡星亮:《布莱希特在中国的影响与误读》,《外国文学评论》,2007年第4期,第134页。

叙事"[1]，而同属东方传统的阿拉伯其实亦然。阿拉伯文化自古依靠口头传述，"传述人"（راو）在谱系、宗教、历史的早期记述中发挥了巨大作用。阿拉伯人还自古就有讲故事的传统，"传述人"凭其丰富的想象力讲述各种历史、神话、民间故事。前文所述的"玛卡梅"，即为精英文学家将"传述人"引入而形成的一种独特范式，足见"传述人"习俗的影响力。及至近古，"传述人"依托《一千零一夜》和民间传奇发展为咖啡肆里的"说书人"（حكواتي），说书艺术传承了讲故事、模仿、弹琴、唱咏、舞蹈等本事，集口头讲述和动作表演于一身。说书的效果取决于说书人与听众之间的联系，说书人时时鼓励听众发言，参与说书，因此，说书亦可被视为阿拉伯前现代时期没有"第四堵墙"的一种戏剧雏形。

布莱希特的史诗剧进行叙述的手法很多，以瓦努斯为首的阿拉伯剧作家则动用本民族传统中现成的"说书人"角色，使其成为作者的代言人，在剧中充分地发表评述，驾轻就熟地调动观众的互动情绪，或演绎"戏中戏"，从而达到"陌生化效果"。在这方面，最具代表性的是瓦努斯的另一作品《释奴贾比尔头颅历险记》（مغامرة رأس المملوك جابر，1971，下文简称《历险记》）。

《历险记》有两个相互交织的文本：一个是历史文本：阿拔斯王朝末年，蒙古大军兵临城下，维齐尔（宰相）趁乱勾结波斯王，欲行篡位之事。他听从狡猾的释奴贾比尔的主意，将一封不会抹去痕迹的密信写在贾比尔剃光的脑袋上，让他长齐了头发再出城寻求波斯王增援。他还交代，一旦密

1　苏永旭主编：《戏剧叙事学研究》，北京：中国戏剧出版社，2004 年，第 22 页。

信送到，为了防止消息泄露，必须将信使杀掉。结果，一心期待返回巴格达领赏的贾比尔被波斯王处死。另一个是现实文本：说书人穆尼斯向咖啡馆顾客讲述上面这段"让听众心碎的历史故事"，顾客对贾比尔被处死愤愤不平，要求说书人"快进"这段历史，改讲《查希尔·贝巴尔斯传奇》，这是阿拔斯王朝覆灭后马穆鲁克英雄勇战欧洲"十字军"的故事。

在该剧中，瓦努斯借说书人这一角色托古喻今，意图以史为鉴解决时代问题，挽救"六五"战败后的社会崩溃局面。他借巴格达陷落的历史事件揭露权力的腐败和不作为，批评民众麻木不仁，使机会主义者有可乘之机，"谁娶了我们的母亲，我们都称他为'叔父'"是重复多次的主旨。说书人说道："为了听《查希尔传奇》这个胜利的日子的故事，我们必须先听完许多流血故事。"但咖啡馆顾客不解其中意，说书人因此神色黯然。

整场戏剧是以说书为总体框架的，大幕拉开时，出现在观众面前是一个民间咖啡馆的场景，说书人与顾客聊上几句后，便开始每天的例行说书。在说书人类似电影画外音的旁白中，演书者上台，当着观众的面，在咖啡馆顾客面前布置场景，然后以对白方式表演说书的内容。一个场景表演结束后，说书人接着向顾客讲述余下的故事内容，常常是事件的前因后果和大致经过。如同真实说书场一样，说书人会在故事悬念处戛然而止，宣布休息，场景则转向顾客之间的对话，犹如幕间戏。在说书人讲故事时，顾客常常打断说书人，发表意见，甚至可以面对故事表演直接插话点评。在戏剧快结束时，演书者将砍下的贾比尔头颅直接扔到说书人那里，说书人捧着头颅发表一番感慨。由此，在场上，顾客与顾客、说书人与顾客之间构成第一层次的对话，顾客与演书者、演书者与说书人之间构成第二层次的对话。而场下的真实观众才是最终的受众，他们的感受由咖啡馆顾客模拟代言，因此得以介入戏剧表演，构成第三层次的对话。

由说书人讲故事贯穿全剧的《历险记》显然是一部不折不扣的史诗剧，其中动用了多种陌生化技巧，其轴心是说书人这一角色。这个特殊人物一方面推动了全剧情节的发展，发挥了"隐含作者"的叙述功能；另一方面，说书人叙事成功地突破了西方传统的"三一律"所限，将历史与现实不断交错，使整场演出呈现多元时空，从而赋予了该剧一定的后现代主义特征。在结构上，因为说书人的出场，咖啡馆这一阿拉伯传统娱乐空间演变成了现代剧院空间，构建了"剧场中的剧场"。咖啡馆顾客成为台下真实观众的一面镜像，说书人与顾客的互动实际上是演员与台下观众的互动，顾客看似即兴的发言实际上意在鼓励观众参与争论，发表不同意见，甚至大胆上前干涉舞台演出。因此，"第四堵墙"早已不复存在。说书人穆尼斯大叔行的是说书之事，但与民间的传统说书人殊为不同，因为他并不一味地顺应和讨好听众。舞台提示叙事中关于穆尼斯大叔的描绘如下：

穆尼斯大叔年过半百，他行动迟缓，神色凝重，就像他夹带来的那本古书中的一页纸张，让人感觉自己面对的是一个灰色蜡像的脸。他的目光是僵直的，流露着一丝冷意。总之，从穆尼斯大叔的脸上，我们最重要的感觉就是冷峻和中立，这可能是他整晚都将竭力维护的东西。

"冷峻和中立"赋予了穆尼斯大叔一种间离的力量，提醒着观众对于历史与现实同时保持距离，冷眼旁观，以便展开理性思考。此外，无论是幕间休息时的对话，还是说书时的即席插话，都为剧作家制造了说服观众的机会，引导观众渐渐靠近其既定题旨。这些情节设置看似"小插曲"，却加强了戏剧冲突。为了营造"陌生化效果"，剧作家安排演员一人饰多角，演员化妆极其简单，布景在幕前进行，场上只有一两件简单的道具，以便提醒场下最终受众，眼前所见皆为非真实。有一个重要的舞台提示是，在贾比尔被剃光头时，随同理发师一起上台的三个童仆穿着雪白长衫，迈着整齐的步子，剃头时齐唱，将整个场景烘托成犹如一场古老的庆典仪式，氛围神秘，一旁观看的说书人则表情凝重。这是布莱希特所提倡的"歌队叙事"模式，它起到了破坏"真实幻觉"的作用。

但是，总体而言，由于表现手法较单一，偏于叙述，《历险记》的舞台演出效果并不出色。这并非布莱希特"陌生化效果"的本意，布莱希特后来将"史诗剧"的提法改成了"辩证剧"，其意即在强调"陌生化效果"不仅不排斥，更必须将戏剧性与审美感受考虑在内。但是，包括西方批评界在内的布莱希特爱好者，对布莱希特"新"形式技巧的理解都陷入了"狭隘的和形式主义化的解读"[1]，像零件一样照搬和嵌入，而缺乏对这些技巧手段的综合把握。这并非阿拉伯戏剧界或剧作家瓦努斯一方之不足。

戏剧是人类最古老的艺术形式，是一个民族文明发达的重要标志。戏剧与社会大众的联系是天然的，是最有力的宣传媒体之一。因此，自现代以来，阿拉伯剧作家们十分注重发展本民族的戏剧形式，以期在西

1　Mahmoud el Lozy, *Brecht and the Egyptian Political Theatre*, Journal of Comparative Poetics, No.10 (1990), p.72.

化和现代化面前持守自我。布莱希特为他们提供了一个将传统与现代进行有效互动的契机，既推动了阿拉伯戏剧走向现代实验，又使传统焕发出新的艺术和思想价值。在这方面，阿拉伯戏剧的尝试可臧可否，有待商榷之处，如对"陌生化效果"的认识；亦有值得借鉴的经验，如以变革为己任的戏剧批判精神，以及"他山之石，可以攻玉"的本土创新意识。即便对布莱希特理论的解读有所偏差，或着眼点的强调偏于主观，但当一个理论"旅行"到了异域，发生一定范围内的"文化适应"（acculturation）也是在所难免的。

拒绝异化的"人""女人"与"神明"形象

——论埃及作家纳娃勒·赛阿达维的剧作

牛子牧

摘要：本文对埃及女作家纳娃勒·赛阿达维的三部剧作《假神之名的统治者》《伊西斯》和《神从峰会辞职》进行解读。这三部剧作均含有古代神话、宗教传说和寓言的元素，或者是作者对神话传说的"故事新篇"式再创作，或者是象征丰富的现代寓言。作者以借古讽今的写作策略，阐述了自己对健全人性、女性身份和神明形象等宏大问题的认识和反思，揭露了现代社会"人"与"神"遭到异化的事实。作者对这些问题的认识发人深省，体现了一个知识分子的勇气和洞见，对于世界各国的读者而言都值得借鉴。

作者简介：牛子牧，广东外语外贸大学讲师

埃及女医生、作家、社会活动家纳娃勒·赛阿达维（1931— ）一生毁誉参半，既赢得了大批热心读者和追随者，也树敌甚众。然而，评论者无论是探讨整个阿拉伯女作家群体，还是纵观阿拉伯女性争取平等境遇和权益的历史进程，都很难回避赛阿达维这个研究课题——这一点，实在是其支持者和反对者都不能否认的。

二十一世纪以来，随着东西方学者对赛阿达维作品研究的逐渐深入，赛阿达维早年脸谱化的"激进斗士"形象也开始显现出一些新的侧面——东西方学界都有学者指出，除了那几部广为流传的、以"短、平、快"式语言言人所不敢言、揭露社会阴暗面的虚构和非虚构作品以外，赛阿达维另一些语言较为晦涩、并不为人熟知的作品向读者证实，她拥有的并不仅仅是"直面淋漓鲜血"的超凡勇气；她对阿拉伯伊斯兰社会政治和文化的深刻反思，和这份勇气相得益彰。此外，她敦促读者去关注反思的种种问题，虽然与阿拉伯伊斯兰社会息息相关，却又并非阿拉伯伊斯兰社会所独有。

一直以来，国内外学界对赛阿达维的小说和传记等体裁的作品关注相对较多，对其剧作则鲜有涉及。本文从赛阿达维为数不多的剧作中择取《假神之名的统治者》（约1962—1963）[1]、《伊西斯》（1986）和《神从峰会辞职》（1996）三部，进行交叉解读。这三部创作于不同时期的作品篇幅都相对短小，却颇具深意：它们借神话或寓言的方式，表达了作者对遭到异化歪曲的"人""女人"和"神"形象的揭露和拒绝，而这对于身处任何文化环境的读者都是很有启示意义的。

1　由于该作品早年遭禁，本文参考的版本为2005年开罗马德布里书店的再版，其创作时间难以考证。作者在与笔者的电子邮件中回忆，其初版的时间大约在1962—1963年。

一、还"人"以健全人格

《统治者》创作于上世纪六十年代初，对于五十年代末开始文学创作的赛阿达维而言，算是早期作品。在很多读者的印象中，赛阿达维的早期作品具有非常典型的现实主义风格，甚至常常带有纪实文学的特征，然而《统治者》一剧作为赛阿达维一部冷门的早期作品，语言晦涩、象征丰富，显然不符合以上描述。对该剧的解读有助于读者更加全面地认识作者赛阿达维。

《统治者》一剧之所以冷门，除了语言晦涩以外还有其他的原因。据作者本人追忆，该剧刚刚出版，就有评论者举报她在剧中影射纳赛尔的专制统治，于是该剧很快就遭到封杀，多年以后才得以再版。半个世纪以后的今天，我们不难发现，上述这些评论者对该剧的解读虽说并非毫无根据，却又不甚完全：该剧的确辛辣地讽刺了奴役民众，乃至使全国上下"人将不人"的专制统治，然而作者赛阿达维针对的，与其说是世界上某一个具体的政权，不如说是通过政治高压、摧残民众身心的现象本身。她警告统治者：如果为了维护统治，不惜剥夺民众生而为人的正常需求和自由，那么高高在上的统治者自己也会和受到镇压的民众一样，落得"人将不人"的下场。

故事发生在一个处于暴君高压统治下的不知名国度，颇具"反乌托邦"色彩的压抑氛围和麻木的平静被一个突如其来的异乡人打破了。来者手无寸铁，不善言辞，却还是吸引了所有人的注意。异乡人第一次觐见国王时，没有卑躬屈膝，在质问之下他淡然表示，自己压根不知道怎样摆出这样的姿势[1]。侍卫和大臣们见状惊奇不已，国王却莫名其妙地不寒而栗。一个作威作福的国王，为什么会因为区区一个异乡人而闻风丧胆、寝食难安？在由此奇人引发的广泛讨论中，读者得知，原来在这个国家，世世代代推行一条"普遍法"，实践证实，人（男人）在"伏法"之后，就会成为卑躬屈膝的"顺民"，而这所谓"普遍法"，竟然就是"阉割术"！

很显然，在这个国家世世代代强制推行的，具有令人卑躬屈膝、低三下四之"疗效"的"阉割术"，其实就是对民众的"精神阉割"，即愚民统治。在这里，行医出身的作者赛阿达维用戕害人身心的"阉割"来象征暴君的高压统治，并非信手拈来，因为为了强调自己的绝对权威和确认对方的绝对顺服，统治者对臣民特别是奴隶在生理上的阉割是古已有之的现象。这种行为在漫长的历史中被仪式化、象征化，有了复杂的内涵，弗洛伊德就在《摩西与一神教》（1939）中指出，阉割及其种种替代性象征仪式，均是在父权文化框架内向某一绝对权威（父权原始部落的首领，或后世的世俗性和宗教性领袖）宣誓效忠的行为[2]。在父权、男权文化的象征秩序中，对"阳具"的放弃象征着对权力的放弃，赛阿达维笔下这群"被阉割"的民众，其实就是苟全性命，把绝对权力让与暴君，彻底接受奴役的懦夫。向君王宣誓效忠的"阉割术"摘除的实是民众的头脑、心智和尊严，他们心甘情愿地对国王高呼"您就是我们的大脑"[3]，他们从来就不是健全的正常人。

1　纳娃勒·赛阿达维：《假神之名的统治者》，开罗：马德布里书店，2005年，第12页。

2　该观点的相关论述见：西格蒙德·弗洛伊德《摩西与一神教》，李展开译，三联书店，1992年，第105—110页。

3　《假神之名的统治者》，第70页。

相形之下，突然闯入的异乡人自然代表未经"精神阉割"的"正常人"，他保持着健全的头脑、心智和人性的尊严，当然没有在暴君面前表示顺服的"觉悟"。暴君对这个"正常人"说不清道不明的恐惧非常耐人寻味，他甚至当场断定"普遍法"对此人恐怕是无效的，因为"他和别人不一样"——或者说，已经发展成熟的心智和尊严就不能简单地靠暴力镇压和铲除了。国王前思后想，下令派人前去暗杀异乡人，并且特意交代部下一定要偷袭，切不可正面交锋，俨然将对方看作是拥有神秘力量的劲敌。

随着情节的推进，读者发现国王对这个异乡人莫名的恐惧原来不是没有道理，这个奇怪的人好像真的拥有神秘力量，不仅国王派去跟踪并伺机暗杀他的士兵对他心生敬意，不愿加害，而且被国王软禁宫中二十年的王后居然对他一见钟情，偷偷出宫随他而去。在这里，士兵和王后其实是一体两面的，他们都是国王的囚徒，只不过关押后者的牢笼更加精美。曾经，他们都为了在国王的股掌之间求得生存而放弃了自由和尊严，异乡人的出现让他们如梦初醒，因此他们义无反顾地背叛了君主／丈夫——或者说，他们与以往行尸走肉般的生活彻底决裂了。

就这样，异乡人夺走了，或者说唤醒了被国王洗脑的"顺民"。不仅如此，王后在宫中二十年一直郁郁寡欢，未曾生育，和异乡人私奔后不仅性情大变，而且很快生下了一个健康的孩子。这个孩子的出生实在是对国王莫大的讽刺，原来，暴君在压制他人人性、阉割他人心智的同时，又何尝不是主动放弃了属于自己的健全人格呢！最后，当气急败坏的国王终于找到私奔的王后，将利剑指向"奸夫"时，锋利的宝剑居然敌不过对方的赤手空拳。此时王后的母亲悲愤交加地喊，快杀死暴君！异乡人依然神色淡定，他平静地说："此人早已死去，我们何必多此一举。"[1]诚然，暴君愚民愚己，在残害他人健全人格的同时，自己的人性早已泯灭，自己作为"人"的存在也早已残缺，暴君的结果必定是自取灭亡，因为只有健全的心智和人格，才能激发蓬勃的生命力。

二、还女性以"她们自己"

1986年，赛阿达维出版戏剧《伊西斯》。伊西斯是古埃及神话中最重要的女神，相传她不仅是母性与生育之神，还掌管农业和航海，是智慧和爱的化身。在该剧前言中，赛阿达维直言，自己之所以创作该剧，就是为了重写埃及知名老牌剧作家陶菲克·哈基姆[2]的同名剧作《伊西斯》(1955)，很显然，赛阿达维对哈基姆笔下的伊西斯形象很不满意。

哈基姆的文学成就虽说毋庸置疑，但他从不掩饰自己对女性群体的蔑视，甚至因此得到"女性的敌人"之"雅号"。当他在1955年的剧作中对女主人公即女神伊西斯大加赞赏，初看之下仿佛是"厌女症"不治自愈，然而赛阿达维却认为，哈基姆在该剧中对伊西斯的"赞赏"，反而是他"厌女症"病入膏肓的明证，因为他笔下的"伊西斯"形象是平面的、脸谱化的，"奥西里斯的妻子"就是她唯一的身份；对丈夫忠贞不渝就是她生命唯一的意义。即使丈夫遇害身亡，她依然不离不弃，历尽千辛万苦敛回丈

1　《假神之名的统治者》，第74页。

2　陶菲克·哈基姆 (1898—1987) 是埃及现当代文学史上举足轻重的大家之一，尤以戏剧创作见长。赛阿达维虽然批判他狭隘的女性观，却又对他质疑教条、反思传统的勇气非常赞赏。

夫的尸首，使他起死回生，并为他生下儿子荷鲁斯。因此，哈基姆真正"赞赏"的，与其说是"伊西斯"本身，不如说仅限于伊西斯对丈夫奥西里斯的一片忠心和她拯救亡夫的不懈努力，抑或是她"贤妻"的身份。在哈基姆笔下，赛阿达维找不到伊西斯作为古埃及神话中最重要的女神那丰满立体的存在，只看到一个平面的、佩内洛佩[1]式的贤妻形象——妻子对丈夫的忠贞固然值得赞赏，但这绝不代表对丈夫的忠贞和为丈夫做出的牺牲就是评价女性首要的，甚至唯一的标准。1986年赛阿达维对哈基姆作品的读后感，可能很类似于1949年波伏娃对司汤达、D.H.劳伦斯等人笔下女性角色的点评，波伏娃颇有些忿忿不平地指出，这些男性作家一个个期待、赞赏女人的利他主义，甚至将其强加于她们，把女性热情的奉献当作"职责要求"，并认为自己能"当然地享有它"[2]。这种女性形象既然是完全"利他主义"的，那么自然就是从属性的，波伏娃总结道："忠贞诚信是女人从属者最高的德性"[3]。赛阿达维之所以对哈基姆剧作《伊西斯》颇有微词，正是因为她拒绝伊西斯的"从属性"，她在自己同名剧作的前言中反问："假如伊西斯没有嫁给奥西里斯，难道她就不配在历史上占据一席之地了吗？"[4]

赛阿达维之重写《伊西斯》，就是要给上述问题作出否定的回答。但是，1986年赛阿达维笔下的伊西斯又并非对1955年哈基姆版本的全盘否定和决

1　佩内洛佩是希腊神话中奥德修斯的妻子，也是忠贞妻子的代名词。相传丈夫远征特洛伊失踪后，大批来自各地的王公贵族向佩内洛佩求婚，对她百般纠缠。佩内洛佩用各种借口机智地与他们周旋，苦等二十年，终于夫妻团圆。

2　西蒙娜·德·波伏娃：《第二性》，陶铁柱译，中国书籍出版社，1998年，第290页。

3　《第二性》，第265页。

4　纳娃勒·赛阿达维：《伊西斯》，开罗：马德布里书店，2005年，第8页。

裂，而是对后者的补充和发展。首先，赛阿达维笔下的伊西斯并没有抛弃她"贤妻良母"的传统形象——和1955年版本一样，1986年的伊西斯依然对丈夫奥西里斯忠贞不渝，丝毫不把反派赛斯的威逼利诱放在眼里。但是，1955年版本的整个故事情节，即伊西斯忍辱负重、含辛茹苦救活遇害的奥西里斯，并为他生下儿子荷鲁斯延续"香火"的全过程，在1986年版本中却只占据了十分有限的篇幅。除了记叙这个过程，赛阿达维还花费大量笔墨交代了奥西里斯遇害的"时代背景"——即太阳神"拉"自诩唯一真神，废除古埃及神话中其他众神的宗教改革；以及废除众女神、压迫女性、建立父权制度的社会改革浪潮。面对这一深刻的社会政治变革，1986年版本的伊西斯拯救亡夫的决心和行动伴随着她对当时社会形势和剧变的认识、反思和对抗：伊西斯与拉神的附庸——暴君赛斯、大祭司和卫队长等人周旋时，俨然是不畏强权、有勇有谋的斗士；与同样被废除的女神玛奥特一同分析形势、商量对策时，又好像是高瞻远瞩、深谋远虑的哲人；第一次救回奥西里斯之后，伊西斯夫妇带领部分深受拉神和暴君赛斯欺压的百姓逃到遥远的村落，当她出门与群众一起劳作，仿佛化身世外桃源理想国的贤明君主；当她回到家中享受天伦之乐，依然是丈夫的贤妻和孩子的慈母。显然，与1986年这个身份多重、形象立体丰满的伊西斯相比，1955年的伊西斯的确单薄而苍白，因为除了"奥西里斯的妻子"，她一无所是；跳出与奥西里斯的夫妻关系，她甚至并不"存在"。1955年的伊西斯固然承载了作者哈基姆的褒扬和赞誉，但恰恰是哈基姆对"贤妻"身份的片面强调，禁锢了他笔下的伊西斯，在超越夫妻关系之外的文化历史秩序中，这个伊西斯是沉默的、失语的，若不是有丈夫奥西里斯作为"参数"，她甚至不能实现自己在社会历史中的"存在"！哈基姆笔下这个处境尴尬、无所适从的女主人公，怎么会是古埃及神话中最重要的女神，掌管生育、农业、航海，爱与智慧的伊西斯呢！

哈基姆作品中反映出的这种片面夸大女性"妻子""母亲"身份，甚至将这些有限的身份等同于女性本身的思维倾向，是非常典型的男权思想。这种思想究其本质，就是不提倡，甚至不允许女性在社会历史秩序中直接地、自主自如地存在，而仅仅把她们看作是男性的附属品，或者说，把父权家庭对其内部女性成员的定位作为全体女性在人世间绝无仅有的"合法身份"。1986年的赛阿达维已然犀利地捕捉到了这种思想的本质，而她在重新刻画伊西斯形象时，之所以力图还原某种"男性将女性赶下神坛，建立父权制度"的"时代背景"，正是为了以"故事新编"式的寓言手法，指出上述男权思想的局限性，乃至阐明这种思想的由来。

赛阿达维特意为笔下"伊西斯救夫"的故事还原的"时代背景"，是一个新旧交替的剧变时期，在社会、思想和文化等各方面发生了一系列变革。这些变革其中之一就是父权制的建立，及其对男尊女卑之两性秩序的奠定。在赛阿达维笔下，太阳神"拉"对天空女神努特的废黜，就象征着父权制度对母系氏族的替代。父权制度这个新的社会文化秩序致力于把人们以家族为单位凝聚在"父亲"（即男性族长）周围，强调权力和财富的"父子相继"。这种新秩序把女性群体降格为二等公民是毫无悬念的，赛阿达维借太阳神之口直言：早期的父权家族为了识别后代，尽可能维持血统纯正，最直接有效的方法，就是对女性群体加以管制，片面强调其"贞节"，将她们限制在私人领域和家庭领域中，把为父权家族服务的"贤妻""良母"

规定为她们绝无仅有的合理合法身份。这种遭到限制和工具化的女性不需要在父权家庭外部实现"存在"，任何超越了夫妻关系、母子关系的身份都不利于女性直接有效地为父权家族服务，有悖于她们的"本职"，即使不明令禁止，至少也不值得鼓励。

在 1986 年《伊西斯》剧中，并非所有的女性人物都和伊西斯一样，能够保全自己在公共和私人领域中的多重身份，并以此对抗和超越男权文化对女性的重重限制，拉神后宫的嫔妃们，就都成为了男权文化的牺牲品。在这里，赛阿达维别出心裁地把阿拉伯民间故事《一千零一夜》中一些桥段引入古埃及神话的"故事新编"——拉神的手下捕风捉影，举报其宠妃和黑奴通奸。虽然作者暗示这有可能只是一场误会，拉神及其手下却如临大敌，因为宠妃腹中的胎儿本应立为继承人。一行人本着"宁可错杀一千"的原则，想出了一个极端的对策——他们决定在阉割后宫全体男仆的同时，对全体嫔妃施以"女性割礼"[1]术。从上世纪七十年代初开始，赛阿达维顶着来自各方面的巨大压力，坚持对女性割礼这一陋习的危害进行科普宣传，力图控制并消除这一暴行，然而这项工作却异常艰难，不仅因为女性割礼这一话题的禁忌性，更因为这一陋习历史久远，起源难以考证，往往被别有用心地染上宗教的、民族的或文化的神秘色彩。赛阿达维通过 1986 年剧作中上述桥段，把女性割礼的神秘面纱撕得粉粹，她一针见血地指出，女性割礼的唯一目的，无非是试图通过控制女性的性欲，控制女性本身。此外，她还把女性割礼和对男性奴隶的阉割并列起来，提醒读者这两种行为是如

1　女性割礼（Female Genital Mutilation，FGM），指任何不以治疗为目的，人为对女性生殖器官进行破坏的外科手术。

出一辙的阶级压迫，都是"主体"对"他者"的奴役和物化——男权文化的统治者为了维护自己的绝对权威和利益，把男性奴隶降格为没有生殖能力的劳作机器，同时把女性贬损为没有性欲、拥有"绝对贞节"的生育容器和赏玩对象。在男权统治者眼中，女性是妻子，是母亲，是贞女，是荡妇；他们始终看不见的，是女性无需通过男性来定义的其他身份——而这些无需借助男性定义便可以实现的身份，往往才是女性真实的"自己"。

因此，以如此这般的社会秩序为背景，一个身份多重、在公共和私人领域都同样活跃的伊西斯形象非常可贵。在剧作尾声，拉神及其手下由于作恶多端失去民心，伊西斯和荷鲁斯母子则广受拥戴，不战而胜。剧中的广大民众对伊西斯之所以敬重和喜爱，恐怕更多地取决于她在"贤妻良母"之外的身份：赛阿达维笔下的伊西斯是贤妻，是良母，更是"她自己"——一位有勇有谋、有智慧、有担当的"女神"。由丈夫和儿子所界定的身份只是她的一个侧面，即使她不曾成为奥西里斯的妻子、不曾成为荷鲁斯的母亲，她依然是古埃及神话中最重要的女神伊西斯。换言之，任何一位女性，都必须首先成为她自己，然后才能成为丈夫的贤妻和儿女的良母，只是很遗憾，不仅是男性，就连很多女性，都常常忘记了"她们自己"。

三、还神明以"天地良心"的本来面目

赛阿达维1986年浓墨重彩勾画的"伊西斯"形象于1996年在她笔下剧作《神从峰会辞职》中再度现身，和众先知、传说人物一同出席"峰会"，觐见亚伯拉罕一神诸教共同的"神"。与1986年形象相比，1996年伊西斯的"贤妻良母"身份已经完全被隐去，彻底走出了私人领域，参与到更加

宏大的话语之中:在觐见"神"的峰会上,伊西斯和亚伯拉罕、摩西、耶稣、穆罕默德等先知一起,从"人"的角度对"神"提问,又与古埃及另一女神玛奥特、《圣经》人物夏娃、圣母马利亚以及伊斯兰教苏非主义女圣徒拉比阿·阿达维亚[1]等人一同,从女性的角度发声,对抗长久以来由"男神"和"男人"垄断的宗教诠释。

前来请愿的与会者虽然身份迥异,关注的问题也不尽相同,但是他们都心怀共同的担忧和顾虑——宗教信仰为什么日益沦为一种政治工具,神明本身为什么与普通信众渐行渐远,转而越来越多地为统治者的特权辩护,为野蛮的战争开脱,为人压迫人的等级尊卑提供莫须有的理论基础,为种种有害无益的陈规陋习制造冠冕堂皇的法理依据?以上种种,归根结底,无非是宗教信仰或神明本身遭到异化的现象,而导致宗教信仰发生变质、神明形象遭到歪曲的根本原因,就是政治因素的介入。当政治因素渗透到本属于宗教的、纯粹的精神性领域,就无异于对宗教和神性的污染。就这样,变质的宗教成为维护统治的手段,而变质的神明更是化身统治者的代理人。

赛阿达维借笔下的人物,对"政教结合"的现象进行了揭露和嘲弄。她借伊西斯之口指出,古埃及法老阿蒙荷太普三世废黜多神、独尊太阳神的"一神教改革"不过是以实现政治集权为目的;又借亚伯拉罕之口直言,不同信仰只是不同民族从自己的生存环境和生活方式出发,描绘超验世界的尝试,其实无所谓优劣高下之分,教派战争究其实质也不过是政治力量

1　拉比阿·阿达维亚(717—801)是伊斯兰历史上著名的女性苏非主义者,被认为是"神爱论"学说的创始人,曾留下大量苏非主义诗歌。

的博弈。

赛阿达维还借夏娃之口，质疑了少数人对宗教诠释权的垄断。剧中的夏娃对伊甸园故事的常规解读表示不以为然，她呼吁人们重新审视她"堕落""易受诱惑"的千古骂名，指出这恰恰彰显了自己探索未知的渴望和勇气。比垄断诠释权更加可怕的，是通过人为杜撰，用宗教"加持"某些"人压迫人"的暴行，给阶级压迫笼上神秘的面纱，女性割礼就是一个典型案例——此类行为在经书中没有任何根据，完全是后人的无中生有。《伊西斯》和《峰会》两剧都触及了这个问题：前文已经谈到，《伊西斯》剧通过对《一千零一夜》桥段的引入，向读者揭示了"女性割礼"的实质，此外细心的读者还会发现，在赛阿达维笔下，这条令人发指的新政其实并不是太阳神"拉"的原创，而是由"大祭司"构思，并以太阳神的名义颁布的！赛阿达维借伊西斯之口戳破了该"新政"的逻辑漏洞："如果他（拉神）先以最完美的形象为范本创造了人类的身体，为什么接着又要把这身体的一部分去除呢？"[1]可见，这类人为杜撰，并借助宗教元素加以神秘化、禁忌化的暴行，不过是实现统治的手段，甚至没有任何逻辑和道理，与纯粹的精神领域更是毫不相干。

在《峰会》剧中，"神"对众人的诘问和控诉几乎没有回应，最后，"神"表示"从峰会辞职"。如果说在剧中，"神"拒绝回应峰会上的众人是因为统治者的代理没有义务接受民众的问责，那么在剧末，"神"从"峰会"——即现代政治的产物——辞职，便象征着宗教从政治事务中抽离，

1　《伊西斯》，第 119 页。

准备复原纯粹的精神的领域。在阿拉伯伊斯兰社会，政教结合的传统根深蒂固，已然成为了人们的一种生活方式，也一直引发着有识之士的高度关注和深刻反思。2015 年，阿联酋战略发展中心主任杰马勒·塞奈德·苏维迪博士出版了关于政治伊斯兰思潮的新作《蜃景》，明确地表达了阿拉伯伊斯兰世界实现政教分离的迫切需要，也指出了实现这一目标的巨大难度。在这个问题上，以苏维迪博士为代表的当代阿拉伯穆斯林知识分子的观点与赛阿达维的想法异曲同工，而"峰会"上女神努特的一席话恰如其分地描述了这些知识分子提倡的"神明"形象："人对神性的追寻，应该止于一面镜子，在镜中，他看到自己正义的心。"[1] 诚然，神明只有从政治事务中"辞职"，才能履行其唤醒良知、惩恶扬善的本职，宗教信仰才能恢复其精神修炼的初衷。

四、结语

可见，这三部剧作致力于揭露和拒绝的"异化"现象，其实正是专制政治和宗教极端势力所致。赛阿达维一贯勇于对抗这些原因导致的社会不公，因而不仅遭到专制政府和极端势力的追杀和威胁，其作品本身也因高度政治投入性招致巨大争议——很多阿拉伯本土的评论家[2] 即使不对赛阿达维持全盘否定的态度，也经常否认其作品的"艺术性"，指责她让文学沦为政治宣传的手段，认为她的作品并非"真正意义上的文学"（Literature

---

1　纳娃勒·赛阿达维：《神从峰会辞职》，开罗：马德布里书店，2006 年，第 84 页。
2　如埃及学者萨布里·哈菲兹、巴勒斯坦女学者艾麦勒·艾米蕾等阿拉伯知识分子，都在著作中不同程度地表示过对赛阿达维写作水平的不屑。

with a capital L），而只是"不折不扣的论战"（Polemics with a capital P）[1]，可见在这些评论家眼中，好像文学作品之所以"文学"，就必须以刻意降低政治投入性、尽量保持"客观中立"为先决条件。在 1986 年《伊西斯》剧中，赛阿达维让伊西斯和玛奥特就此问题展开讨论，当玛奥特提倡"客观中立的叙述"时，伊西斯表示："文字一旦写出，就不可能是中立的；文字就是立场本身。"[2]

原来，在赛阿达维看来，面对社会不公，作家只有两种选择：或者通过写作，用文本表达自己的立场，或者选择沉默，成为帮凶。恐怕正是出于这样的信念，赛阿达维才能对如潮的批评和质疑置若罔闻，执迷不悟地直抒胸臆，而这种信念，又何尝不是作者对坚持自我，拒绝"异化"的现身说法呢？

1　Fedwa Malti—Douglas, *Men Women and God(s)— Nawal El Saadawi and Arab Feminist Poetics*. Los Angeles, London: University of California Press, 1995, p. ix.

2　《伊西斯》，第 44 页。

关于阿拉伯新生代诗人群体的
文化思辨

朵宸颉

摘要：诗歌具有文以载道的社会功能。对于阿拉伯新生代诗人来说，他们不仅仅是阿拉伯社会和文学双重层面年轻边际群体的代表，也是处于阿拉伯社会转型期的边际人格的缩影。传统和现代并存于他们的头脑，他们用诗的语言揭示周围的一切，将自己的价值立场、体悟感受等诗性化地表达出来，折射了新一代阿拉伯人对社会现实的感悟和洞察。

作者简介：朵宸颉，副教授，天津外国语大学亚非语学院副院长

一、释义：阿拉伯诗坛新生代

本文所指的阿拉伯诗坛新生代，是出生于 1970 年以后的阿拉伯诗人，他们大多数是生活在阿拉伯世界的本土诗人，也包括移民或长期旅居异国他乡（主要指欧美等非阿拉伯国家）的阿拉伯裔诗人和流亡诗人。在全球化语境下，他们不仅具有时代共性，更保留着以阿拉伯—伊斯兰文

化为底蕴的地域特质。他们是从二十世纪九十年代中后期开始逐渐步入阿拉伯诗坛的年轻群体，被当代阿拉伯评论界统称为"青年诗人"或"新一代诗人"。

阿拉伯诗坛新生代身处阿拉伯社会和文学层面的现代化进程，他们在接纳和消化现代性的同时陷入了文化传统、民族性与现代性的纠缠。诗人以其敏锐的直觉、活跃的思想始终站在社会核心价值观和文学创作理念反思重建的前沿。他们的诗歌创作既有时代共性又有地域特质，不仅是阿拉伯现当代文学的缩影，也是阿拉伯年轻一代思想观念和精神状态的体现。

二、诗歌创作背后的矛盾与危机

（一）阿拉伯诗坛中的代际差异

在阿拉伯世界，青年人与传统的距离被现代化进程越拉越大，他们自然而然地形成了属于自己的独特价值观和思维模式。而作为阿拉伯社会和文学的边际群体，阿拉伯新生代诗人往往游离于相对传统保守的主导文化之外，他们在试图通过自我实现过程融入主流文化的同时，也在一定程度上表现出青年亚文化颠覆和破坏的倾向。可以说，这一点与第二次世界大战之后出现于美国的"垮掉的一代"（Beat Generation）颇有几分相似之处。在西方文学领域，"垮掉的一代"被视为后现代主义文学的一个重要分支，也是美国文学历史上的重要流派之一，然而它却是由当时一群潦倒的年轻诗人、作家、学生、骗徒和吸毒者松散结合在一起的。"垮掉的一代"的成员们大多玩世不恭、放荡不羁，笃信自由主义理念。他们的文学创作理念往往是自发的，有时甚至非常混乱；他们的作品则通常不遵守传统创作常规，结构和形式上也往往杂乱无章，语言粗糙甚至粗鄙。尽管如此，这个广受争议的"一代"对二战之后美国后现代主义文化的形成具有举足轻重的作用。

实际上，包括阿拉伯青年诗人在内的新生代群体并未表现得像"垮掉的一代"那样极度消沉颓废。但因为处于社会结构的边缘，阿拉伯青年人的精神风貌和气质等文化元素很多时候同样不能被充分理解和重视，甚至他们的某些具有时代气息的思想言行在相对保守封闭的阿拉伯社会氛围中遭到指责。叙利亚大马士革大学阿拉伯文学系教授哈利勒·穆萨博士曾指出，大多数年轻诗人的创作过于关注自我，与阿拉伯传统渐行渐远，缺乏归属感，而作品风格也大都委婉阴柔，缺乏阳刚之气，这与阿拉伯诗人应该具有的大丈夫气概背道而驰；评论家哈立德·侯赛因也认为，很多阿拉伯青年诗人在全球化语境下完成的诗歌创作非常主观、自恋，且不合乎逻辑，其文本日趋倾向于日常化、无厘头、边缘化以及表面化。当然，该研讨会也有多位专家、学者对阿拉伯新生代诗人的创作予以肯定和鼓励，例如小说家哈利勒·苏维伊勒赫就将穆萨博士认为的青年诗人作品的种种弊病看作是全球化语境下特有的文学现象，正是这样的特色创作记录着全球化的每一个瞬间。

创作不被认同的尴尬激发了阿拉伯新生代诗人张扬自我、标新立异的叛逆心理。面对诗坛前辈表示读不懂新生代诗人的作品，一些阿拉伯青年诗人嗤之以鼻，表示自己的创作无须诗坛前辈认可。此外，尽管散文诗与格律诗和自由体诗相比并不是阿拉伯诗坛的主流，像阿联酋阿布扎比电视台的"诗王大赛"等一些诗会诗赛甚至还明文规定将散文诗作品排除在外，但很多阿拉伯新生代诗人却采用散文诗来进行创作，这从侧面反映了阿拉伯青年诗人强烈的自我意识和执着精神，他们面对他人的否定和排斥并没有妥协或放弃，而是选择坚持自己的非主流创作理念和手法。

表面上，阿拉伯新生代诗人带有反叛色彩的、被褒贬不一的创作理念和手法是阿拉伯诗歌由古典形态向现代形态的进一步转变，但透过现象看本质，这一切如果从社会文化的角度分析，则是由年轻的边际群体与其所处社会环境之间形成的代沟所引起的。首先，作为某个人类群体独特的生活方式和生存式样，文化是动态的、可变的，并且它具有"为整个群体共享的倾向，或是在一定时期中为群体的特定部分所共享"[1]。对于阿拉伯民族而言，无论是宏观意义上的阿拉伯伊斯兰文化，还是诸如贾希利叶时期的部落文化、阿拔斯时期的商业文化、由阿拉伯新生代形成的边际文化等特定时期或群体形成的文化，它们都属于文化范畴。虽然大多数人通常会遵从一定的文化模式生活，但兼备传统和随意双重要素的社会文化形态在自身发展的链条上往往出现关节点，即代沟（generation gap）。和文化（这里主要指显性文化）相似，代沟也是通过文字和事实体现的。当特定的群体文化出现解体、变异等趋向时，他们的理想信念、思维模式、行为习惯、知识技能都将发生不同程度的改变。其中，具有文字载体的文学自然成为判断代沟存在与否以及程度深浅的重要指标之一。

（二）由外及内的文化冲击

随着现代化进程的推进，阿拉伯社会承袭至今的思想信仰、行为准则

1　[美]C.克鲁克洪、W.H.凯利：《文化的概念》，见庄锡昌、顾晓鸣、顾云深等编：《多维视野中的文化理论》，浙江人民出版社，1987年，第119页。

正遭受外来因素的冲击。特别是在与其他民族及其文化的接触上，一些穆斯林指责由于对西方的盲目模仿和穆斯林社会不加鉴别的西方化导致了危及穆斯林认同的文化依赖，甚至造成人们社会行为的随意性和精神颓废，这种情形被称为"西方毒化症"（disease of westoxification）（C.克鲁克洪：17）。伊朗著名社会活动家、作家贾拉尔·阿赫默德表达了许多人的恐惧：现代教育和社会改革正在引起一个富有诱惑力的文化同化过程，"西方攻击"具有抢劫伊朗、特别是青年一代民族认同意识的危险："我们像一个从内部被异化的民族，这种异化见诸我们的衣服和我们的家庭，我们的食品和我们的文学，我们的出版物，而最危险的是我们的教育。我们接受西方培训，我们接受西方思想，我们遵照西方的程序来解决每一个问题。"(J.L.埃斯波西托：136) 对于包括阿拉伯国家在内的穆斯林世界而言，伴随由欧洲殖民主义触发的政治危机是一种精神危机，"二十世纪伊斯兰的根本精神危机来自于一种清醒的认识：在真主指定的宗教和他操纵的世界历史发展之间发生了扭曲。"(J.L.埃斯波西托：55)

如今，在很多专家学者眼中，全球化成为西方化的代名词，甚至有人从社会学研究视角出发把全球化理解为以美国为首的西方新殖民主义。2000年，两位久负盛名的社会学家——法兰西公学教授皮埃尔·布尔迪厄教授和美国加州贝克兰大学教授罗依克·瓦岗联合署名发表文章《全球新俗套》，揭露在全球化条件下，西方发达国家特别是美国通过诸如"全球化"等一些似是而非的概念和词汇，为美国的帝国主义行径装点门面，从而实现对人们思想的殖民主义征服（刘曙光：126—127）。西方学者这种判断也正是很多阿拉伯人对全球化忧心忡忡的症结所在，特别是全球化进程下传统文化衰微以及民族特性丧失的潜在危机令人深感不安。突尼斯资深记者萨拉赫·丁·朱尔什在其《阿拉伯人与全球化：建立新文化的必要性》一文中写道："全球化对若干文化造成威胁，其中包括阿拉伯伊斯兰文化，它限制承载这些文化的语言，淡化其历史悠久深厚的底蕴，摧毁其原有的生产模式，令其自身价值枯竭，消灭其自有文化产品及普及工具，破坏其文化市场，改变大众品位。"

与父辈们相比，阿拉伯年轻一代受到全球化的影响和冲击更为深刻和久远，因为他们在信息爆炸的时代里接触到更多的西方世俗文化产品和价值观念，而其自身的文化免疫力却又相对薄弱，他们容易受到外来文化理念的左右。更何况，以美国为代表的西方势力通过各种途径对阿拉伯新生代进行有针对性的文化渗透，人为制造阿拉伯社会代际群体之间的代沟。2000 年欧盟峰会发表了一份题为《欧盟在中东地区的共同战略》的文件，宣称"欧盟将致力于改变地中海沿岸阿拉伯国家的宗教价值观念，以使其与欧盟的价值观相符"，这表明西方保守势力处心积虑要对伊斯兰教发起攻击，将阿拉伯国家视为西方的新敌人，制造双方的文化冲突，以期西方文化价值观取得最后的胜利。2003 年，美国政府为了让阿拉伯世界青年一代不再如同其父辈那样仇视白宫，不惜重金用阿拉伯语编辑出版了一份专门针对十八至三十五岁穆斯林青年的"非政治性生活杂志"《你好》(Hi)，先在菲律宾的特别印刷厂印刷，之后空运至埃及、黎巴嫩、约旦、突尼斯、苏丹、科威特、也门、巴林和阿拉伯联合酋长国等多个阿拉伯国家发售。这份诞生于全球化生产线的杂志，被很多阿拉伯人看作是对青年人洗脑的工具，用来分化阿拉伯社会的意识形态，进而加剧新旧两代人之间的思维对立。

不仅如此，在信息时代的今天，互联网等现代媒体在阿拉伯世界的出现和普及无疑为西方国家提供了将其文化和价值观源源不断输送到阿拉伯青年面前的又一个新的平台。许多阿拉伯专家学者已经注意到，互联网给阿拉伯人打开了一扇窗，但打开之后，才发现窗外的景色都是西方人挑选出来的。可以说，互联网等媒体的发展对人类生活的方方面面都产生了深远的影响，形形色色的价值观呈现在人们的眼前，每个人都可以有自己认同的价值观。特别是由于互联网等现代媒体的介入，西方式自由民主以及开放的理念进一步嵌入阿拉伯青年人的头脑，他们对于阿拉伯—伊斯兰传统文化及其价值观不再是简单盲目地继承，甚至在思想言行上出现了"媚外"倾向，而这势必会加深阿拉伯社会的代沟问题。如今，阿拉伯新生代与传统文化越来越疏远的趋势令人倍感忧虑，各国政府也开始关注这一问题。

另外，在阿拉伯社会漫长曲折的现代化转型过程中，由于地区冲突不断、经济发展迟缓以及贫富差异加剧等诸多因素的干扰，包括新生代在内的很多阿拉伯人在信仰和自尊心上出现了不同程度的弱化。尤其是按照美国学者、乔治敦大学 J.L. 埃斯波西托教授的观点，1967 年战争的后果是以"灾难"载入阿拉伯文献的，它对阿拉伯和穆斯林的自尊心、认同感、历史观以及自信心都构成了毁灭性的打击，无论是面向西方的世俗精英还是忠诚于伊斯兰教的人都充满了幻灭感、危机感和自我反省意识。如果说 1967 年战争的惨败不仅使得阿拉伯民族主义威望扫地，并在阿拉伯社会内部引起了一种认同危机的话，那么随后不断升级的巴以冲突和悬而未决的伊拉克问题、叙利亚问题等一系列事件和问题则强化了阿拉伯民族内部许多人的宗教和政治危机，使得曾经或正在经历上述种种沉重打击的人们进一步加深了他们对于信仰的怀疑。可以肯定的是，阿拉伯新生代在成长过程中免不了受到这种低落情绪的影响。并且当他们步入社会之后，又发现自己处于边缘地位，"理想主义、努力学习和辛勤劳动所换来的是失业和就业不足、住房短缺和缺乏政治参与"（J.L.埃斯波西托：17），失望和挫折感的进一步滋生便在所难免。

三、新生代诗人的文化自觉

从艾哈迈德·叶马尼（1970— ）的《我》、穆娜·凯利姆（1987— ）的《希望的边界》和《呓语》、赛勒玛·比勒哈吉·马布鲁克（1973— ）的《人在悲喜交加的时代》等众多青年诗人的作品中不难发现，阿拉伯诗坛新生代的创作实际上属于一种文化自觉行为，他们用作品反映了阿拉伯社会边际群体在社会变革中因新旧体制结构交替以及文化冲突而导致的特有状态：背离传统、质疑信仰，缺乏足够的认同感和自信心。而与此同时，作为这个年轻群体的风向标，阿拉伯新生代诗人的思想言行具有带动和引导作用。换句话说，他们不仅呈现出当下阿拉伯年轻一代具有边际属性的文化心理和行为，还在一定程度上推动这种边际文化蔓延扩散为社会边际化，诱发阿拉伯社会一系列新的边际因素出现，并催生更多的新边际人，这正是社会学家所谓的"边际循环效应"。

必须说明的是，这并不是对诗歌社会功能的过分夸大，而是因为阿拉伯的现代诗创作不同于传统的抒情模式，它更为注重叙述现实生存，强化诗歌的及物性。而作为社会细胞的一个有机组成分子，诗人不是孤立存在的，他们的创作往往与特定历史条件下的某种公众主题或者集体心理密切相关，承担着审视和反思现实的社会责任。虽然无论是主题意象，还是风格形式，现代诗呈现出写作和社会之间的距离感，但诗歌内在的现实精神和现实功能并没有失去。即便是微观化、日常化的散文诗，也是基于诗人个体精神的疏导与挥洒，折射的则是现实关怀和价值立场。换言之，阿拉伯新生代诗人大多采用现代手法进行诗歌创作，但这并不意味着与社会现实绝缘，他们用诗的语言揭示周围的一切，将自己的价值立场、体悟感受等诗性化地表达出来。

在这一点上，像诗人阿什拉夫·优素福（1970— ）借《与阶级口号唱反调》《例外》等短诗来针砭时弊，米尔瓦·迪亚布（1987— ）在《诗人之笔控诉的事实》和《逃跑》等长诗中坚守与逃离矛盾思想的流露等都是阿拉伯新生代诗歌"文以载道"社会功能的具体体现。经调查研究发现，阿拉伯国家普遍存在的官僚主义和缺乏民主的权力格局的确令很多青年人在自我实现方面感到无能为力，他们大都处于逃离社会和反叛社会的中间状态，其中有人选择屈服，有人选择逃避，也有人选择坚决反对且不惜使用武力来试图改变。而上述阿拉伯新生代诗人的作品则或多或少地反映了这场以青年人为主体的令众多阿拉伯专家学者深感不安的异化危机。再比如，以苏珊·阿拉伊万（1974— ）和塔哈·阿德南（1970— ）等诗人为代表，他们在诗歌创作中透露了新生代对于互联网以及全球化语境下身份归属等问题的思考，传递了阿拉伯青年人的心声。

当然，阿拉伯新生代诗人除了用纯文学批评的理论和视角来看待之外，他们同样值得社会学、心理学等相关专家学者关注，并且有必要将其中蕴含着的具有研究价值的文化因子深入挖掘以洞悉阿拉伯世界的年轻一代，更多地了解把握他们的所思所想。对于阿拉伯新生代来说，保守传统和现代时尚并存于他们的头脑，这个群体离传统文化生活越来越远的趋势使得其边际属性更为鲜明和突出。而近年来，阿拉伯新生代诗人逐渐步入文学的殿堂，他们的声音富于时代感和代表性，同时他们在社会和文学层面的边缘化地位也激励他们拥有更多的先锋意识。换言之，处于社会边缘地位的阿拉伯青年诗人群体在文学领域里尚未成为核心主流，他们字里行间流露的喜怒哀乐折射了新一代人群对社会现实的感悟和洞察，他们体验着、经历着，也在思考着。

比如巴勒斯坦诗人萨米尔·阿妥耶（1972—　），他曾于2006年接受阿拉伯网站 www.aljazeeratalk.net 的采访，当被问及如何看待阿拉伯文化现状时，他表示："我们的民族变得难以被读懂，这使我悲观沮丧的同时，也为之痛苦。我们的民族需要在这段困难时期尽一切可能振兴文化，我们怀有希望，因为我们的民族曾一次次从低谷中崛起，为人类文明的进步发展做出了巨大贡献。"此外，这位年轻的诗人还认为阿拉伯人应该在全球化时代里珍惜自己的语言，因为它是身份的象征，与阿拉伯民族的文化、宗教信仰息息相关。无庸置疑，当身份作为意识形态出现时，它代表了民族文化精神，凝结于每一个体的内心深处。由此可见，位于夹心层的新生代诗人，他们彷徨于阿拉伯社会发展所遇到的瓶颈，思虑阿拉伯—伊斯兰文化何去何从。不仅如此，众多阿拉伯新生代诗人的作品无不体现了他们对于自我身份的关注，他们在全球化语境下思考着身份归属，渴望被认同，他们用行动试图改变自己的非核心地位，追求自我实现。

四、结语

《阿拉伯人》杂志主编苏莱曼·阿斯卡利博士曾经指出，阿拉伯世界在新世纪里发生了很多变化，其中以青年人的改变最为突出；这是一个不容忽视的年轻群体，他们或将成为阿拉伯振兴事业的生力军，但也有可能成为前几代人建设成果的破坏者。不得不承认，阿拉伯的未来掌握在年轻人手上，新生代们在价值观念等方面的渐变如同多米诺骨牌一样，无疑会带给整个阿拉伯社会以翻天覆地的变化。而众多新生代诗人的文本作品则成为折射阿拉伯青年群体动态生活的六棱镜，它在一定程度上反映和预示着全球化语境下阿拉伯年轻人的整体走向。

当然，对于阿拉伯新生代诗人而言，他们不仅仅是阿拉伯社会和文学双重层面年轻边际群体的代表，也是处于阿拉伯社会转型期的边际人格的缩影。这些青年诗人们在社会和文学双重层面的边际状态以及通过自我实现试图改变这一状态的过程具有示范性和扩散性，他们的所思所想、一言一行体现了全球化语境下阿拉伯现代化进程给人们带来的无所适从感，甚至是心理上的失范失控。尽管在很多人看来，阿拉伯新生代诗人的现代写作与社会、读者之间存在"距离感"，但它对大众（尤其是同龄人）的审美取向和价值判断还是产生了一定的影响。

参考文献：

[1] C.克鲁克洪:《文化与个人》，高佳译，浙江人民出版社，1986年，第17页。

[2] J.L.埃斯波西托:《伊斯兰威胁——神话还是现实？》，东方晓等译，社会科学文献出版社，1999年，第17、66、136页。

[3] 刘曙光:《全球化与反全球化》，湖南人民出版社，2003年，第126—127页。

沙特中篇小说《欢痛》的创作动机分析

崔林杰

摘要：以玛哈·穆罕默德·费萨尔为代表的海湾作家，其创作的作品为研究文学作品的创作动机提供了丰富的文本案例。研究玛哈的作品，有助于拓宽中国阿拉伯文学研究的视角，更好地理解阿拉伯伊斯兰世界群众文化心理，发掘中华民族和阿拉伯民族的心理共性，从而促进中国和阿拉伯世界的文明交往和沟通。

作者简介：崔林杰，南京大学金陵学院讲师

一、引言

玛哈·穆罕默德·费萨尔是沙特著名作家和社会活动家，也是已故沙特国王费萨尔的嫡孙女。她的文学创作以儿童文学为主，已出版十余部阿拉伯语、英语和法语的儿童故事集。《欢痛》是玛哈小说创作的转折点，这部历史题材的小说整体风格凝重，凸显了阿拉伯民族的悠久历史和灿烂文化，是一部颇具代表性的沙特现代小说。《欢痛》的内容已经转入更加深沉的历史题材，笔触更为凝重。加之阿拉伯民族是一个拥有悠久历史和灿烂文化的民族，这类题材更具有代表性。作者又以女性视角出发，辅以伊斯兰、阿拉伯、王室、海湾等多重元素对小说进行处理，使得整篇小说处于一缕淡淡的忧伤气氛之中，并将事实、哲理和诗歌巧妙地结合在一起，使小说别具韵致。由于具有突出的文学创作能力，玛哈的《欢痛》可以为我们提供丰富的文学心理学研究范本，通过对其进行文本分析，从而凝练出玛哈公主的文学创作精华，为两国文学交流提供更广泛的样本和实例，丰富中国读者的阿拉伯文学书架，最终更好地服务中阿文学和文化交流。

创作动机分为创作潜动机和创作显动机。创作潜动机是文学家在从事创作时内心的某种无意识的驱动力量，且具有驱动性和潜在性两种特征；而创作显动机则是作家从事创作的直接心理驱力，在生活中，艺术家因各种物象、事件的触发，常常发生心理波动，造成心理失衡，并引发适当强度的情感变化。

本文力图通过对玛哈公主的中篇小说《欢痛》进行创作动机的文本分析，从而为海湾地区阿拉伯语文学作品的文学心理学研究做一点积累和探索。

二、追求幸福生活的幻觉式创作潜动机分析

卡尔·古斯塔夫·荣格（Carl Gustav Jung, 1875—1961）是与弗洛伊德齐名的当代心理学家。他在许多方面修正、丰富和发展了弗洛伊德的理论，

帮助奠定了精神分析在现代西方文化中的突出地位 [1]。

集体无意识被认为是荣格分析心理学中最重要也是最基本的假设模型，这一模型贯穿了荣格的全部心理学理论。按照荣格的观点，集体无意识是无意识的深层结构，它是先天的、普遍一致的。"如果用海岛作比喻，那么露出水面之上的部分代表意识，而在水面之下的由于潮汐运动等原因时不时露出水面的部分为个人无意识，剩下的大部分深藏在水面之下的作为海岛的基础的部分，就是集体无意识。" [2]

创作动机是创作主体心理机制发挥效用的重要方面，它是推动、驱使艺术家进行创作的动力机制。"动机是在需要刺激下直接推动人进行活动的内部动力。" [3]

（一）奇异梦境对幸福渴望的映射

在《欢痛》中，我们可以看见大量的潜意识在不知不觉中引发的创作潜动机，而这些创作潜动机往往隐匿于主人公奇幻的梦境之中。

كان ذلك منذ ما يزيد على سبعين عاما مضت كأنها اليوم حيث يختلط في خاطري أصداء الصراخ هناك، وترانيم التلبية هنا. عرفت فيما بعد أن سبب تغييبهما رجل من البدو قتلهما، سلب متاعهما بعد أن اجتث أعمارهما، أخذ منهما دنياهما وولي.

"七十多年过去了，往事历历在目，以至当年惊叫的回声和当下朝觐

1　卡尔·古斯塔夫·荣格：《心理学与文学》，冯川、苏克译，译林出版社，2011年，第1页。

2　卡尔·古斯塔夫·荣格：同上书，第2页。

3　高玉祥：《个性心理学概论》，陕西人民教育出版社，1985年，第32页。

者呼唤真主的声音，在我的脑海里恍惚交错。我事后知道，是一个贝都因人杀死了父母，让我再也见不到他们。"[1]

这一段是作者以第一人称的笔触在为读者进行故事背景的铺陈，可以看出作者对主人公年龄的界定，更重要的是其虔诚的穆斯林身份，以及在朝觐期间对于过往经历的心态。这种心境是经由其丰富的阅历和苦难的身世所共同磨砺而成的。

作品中两位主人公乌姆·萨德和阿拔斯公主、哈里发加迪尔·比拉的女儿都经历了人生中的大喜和大悲，在生活的漫长旅途中历经艰辛，却始终心怀对未来的憧憬和对幸福的渴求，这种人类共有的潜意识始终支配着作者。七十余年的往事一件一件涌上心头，这种生活的磨砺和岁月的捶打使得小说的主人公对幸福的渴求更加强烈，对于幼时往事的惊悚回忆和婚姻生活的不堪追溯，使得主人公在梦中被惊醒，脑海中回荡着尖叫声和呼唤真主的声音，回响声更加映衬了主人公对过往生活的痛苦回顾和对幸福生活的追求向往。

乌姆·萨德是一位有两个孩子的母亲，却因为丈夫常年在外征战，家道不济，被吝啬且贪婪的大舅哥强迫改嫁，心中却始终牵挂着自己的丈夫和两个儿子。后来她逃离大舅哥的魔掌，逃出自己从小长大的城市，先后在游牧的贝都因人部落、巴格达以及开罗等城市过着颠沛流离、寄人篱下的生活。而另外一位故事的叙述者——这篇小说的双主人公之一——尊贵

1　玛哈·穆罕默德·费萨尔：《欢痛》，葛铁鹰译，宁夏人民出版社，2011年，第1页。

的阿拔斯公主则因为父兄的悲惨遭遇而听任布韦希人和塞尔柱人的欺侮和驱使，却不能承担起振兴祖国、保卫家园的重任，心中明明有喜欢的英雄，却迟迟不能表白，更奢谈婚嫁。

在我们看到的上面这一段文字中，女主人公常常在梦中被呼喊惊醒，这种由梦境或者是受到刺激的心理来源引发的幻觉，往往会成为文学创作中最常见的隐性动机。

按照前面我们对文学创作的潜动机所作的定义，即文学家在从事创作时内心的某种无意识的驱动力量，且具有驱动性和潜在性两种特征，事实上，荣格认为这种潜在性或者称为无意识，其出发点不是笛卡儿的"我思"，而是更接近存在主义和人本主义的"我在"。

因此，从这一角度来看，潜意识更具有某种强烈的自发性和积累性，不易产生剧烈的变化。心理学家们认为，潜意识可以分为集体潜意识、个人本能潜意识和创伤性潜意识。集体潜意识是人在长期的自然和社会演化中逐渐积累并通过内在机制保留下来的心理形成物；个人本能潜意识则相对简单一些，可以反映为个体潜在的饥渴、性、生死等本能欲望；而创伤性潜意识则发生的概率偏小，可以因为时间的久远或者某种外力冲击下的暂时性无意识，导致这些记忆痕迹转为受压与意识阈限之下的某种意识。

在上面的这一段文字中，女主人公乌姆·萨德在自己内心的深处始终埋藏着对爱情、对幸福生活的渴求，这种强烈的追求产生的内心呐喊和震颤并没有透过激烈的文字表达出来，反而转化成通过记录穆斯林一年一度的朝觐场景和对漫漫七十年人生长路的历久弥新的记忆，淡淡地散发出对幸福生活的憧憬。这种由作品主人公的身世折射出的作家创作中的潜意识成分，能够衬托出作家本人对自身阅历和生活过往的追忆和感叹。

同样是梦境，下面的一段"解梦"的文字将读者拉近到主人公的身边，
与主人公一道审视生离死别，探究爱情到底有多远：

فكم موجة لجية سير تني برفق من فوق بحر الأوهام؟ !وكم سراب تراءى لي يتلألأ بعافية النيل فحين أدركته أذابه
عجاج الخسران؟ !وكم حلقت بخفة في فضاء أحلامي أخفق بجناحي النشوة والشباب إلى أن تكسرا رجما بنصال الأقدار ...؟ !
ترى ما يكون مفرق الأحباب هذا كي ننسب إليه أو ينسب إلينا؟ !أينا صنيعة الآخر؟ !نصنعه أم يصنعنا؟ !وهل فراق
بين الأحبة؟ !وما يغيب الحبيب الزمن أم الزيف؟ !ⁱ[1]

"有多少浪花在幻觉的海上轻柔地推动我前行！有多少蜃景为我闪耀
收获的光芒，可当我追赶上去它却被失去的惊涛融化！多少次我舞动着陶
醉与青春的翅膀，在梦想的天空轻盈地翱翔，直至命运的利刃将那翅膀打
碎！情人生离死别的路口属于我们，我们也属于它，但它究竟是什么呢？
情人间的离别带给我们的又是什么呢？时间无法使情人消失，这是事实还
是假象？情人的出现并不需要时间，尽管现在也是时间……"[2]

梦境的启发是激发创作潜动机的一种重要形式。梦是一种思维形式，
是指在睡眠时，人的意识的潜沉。人在睡梦中，潜意识往往比较活跃，脑
海中会在短时间内聚集各种光怪陆离的形象和五光十色的日常生活图景，
他们在变化、碰撞、综合中形成某种顺其自然的想象，在梦中形成的创作
冲动其实正是梦的下意识发挥效用的征兆。在梦中，人的内心世界会向外

1　مها محمد فيصل، طرب، المؤسسة العربية للدراسات والنشر، 2010، ص.21.

2　玛哈·穆罕默德·费萨尔：《欢痛》，葛铁鹰译，宁夏人民出版社，2011年，第10—11页。

界敞开，没有任何控制，因而会有意想不到的情形出现，但同时也是一种积极的生理、心理过程，而在梦境中出现创作动机就成了创作主体即作家的重要创作激发因素。

上面这段应用文字中，小说的两位主人公首次相遇，身为哈里发胞妹的阿拔斯公主向另一位主人公乌姆·萨德讲述她自己饱含辛酸的亲身经历之前，向读者展示了一段奇异的梦境，但是这段梦境亦真亦幻地映射出主人公对爱情的渴求和对恋人的思念。

"浪花""蜃景""青春""梦想""翱翔"，这些美丽的词汇全部出现在主人公的梦境中，与现实中的"命运的利刃""生离死别"这些痛苦的词汇相映衬，将现实与梦想的距离刻画得如此清晰，为读者呈现出一幅美与丑、生与死、爱与恨的活脱脱的人生图卷。这些映射式的写作技巧，将作者对人生困境的理解和感触，真实地铺展在这篇历史题材小说中。

玛哈公主的小说在历史现实与奇幻梦境之间，以其独特的沙特王室女性成员的视角，为读者描绘了一幅勾勒幸福生活的想象图卷。

（二）幻觉体验对痛苦人生的补偿

相对于梦境，幻觉显得更为表象，并且相对简单。但是幻觉能够在最短的时间里将作者对某种内心深处积蓄的潜动机转化为体验模式，令读者更为容易接受。

在涉及艺术创作的心理模式时，作家往往会反复询问自己，这素材包括什么内容、意味着什么；然而一旦作品触及艺术创作的幻觉模式，这一问题就会浮出水面。例如，当我们感到惊讶、迟疑、困惑、警觉甚至厌恶，我们要求对此作出评论和解释。它不是使我们回忆起任何人与人类日常生活有关的东西，而是使我们回忆起梦、夜间的恐惧和心灵深处的黑暗——
这些我们有时半信半疑地感觉到的东西。的确，除非它真实可感，绝大多
数读者是不欢迎这类作品的，甚至文学批评家也对它感到为难。在玛哈公
主的这篇小说中，主人公常常会产生一些能够反映其生活际遇的幻觉，这
些幻觉要么折射出王宫生活的种种不堪，要么是对自身一直追求的幸福的
孜孜不倦的向往。

مرت علينا الأعياد، وتتابعت علينا الموالد، حتى أني حسبت أيام هده الدولة كلها أفراحا، لم أكن

أخرج من القاهرة إلى الفسطاط أو القطائع إلا في تلك المرة التي وصلت فيها مشهد السيدة نفيسة رضي

الله عنها وأرضلها.[1]

"在开罗时，喜庆节日一个接着一个，以至我觉得这个国家一年到头
都在欢庆。我没有出过开罗到福斯塔特或别的地方去，唯一的例外就是那
次见到了圣裔纳菲赛陵园。"[2]

这段文字是小说的双主人公之一的乌姆·萨德在同另一位主人公阿拔
斯公主讲述自己离家之后的经历，她一路辗转来到当时阿拉伯世界的另外
一个强国——定都于开罗的法蒂玛王朝。与巴格达的萧条和混乱不同，此
时的什叶派的法蒂玛王朝一派欣欣向荣之景。这样的对比凸显了在经历无
比繁华之后，老态龙钟的阿拉伯帝国已经四分五裂，尽管详尽描写了开罗
的繁华，但是在玛哈公主的潜意识里面，这种纸面上的繁华也仅仅只是对

1　مها محمد فيصل، طرب، المؤسسة العربية للدراسات والنشر، 2010، ص.69.

2　玛哈·穆罕默德·费萨尔：《欢痛》，葛铁鹰译，宁夏人民出版社，2011年，第41页。

过往的追忆，更触及当下阿拉伯世界的动荡现状，令人不禁扼腕叹息。

提及幻觉式创作的材料来源，那种隐约晦涩是让人最难捉摸的东西，这些来源又明显与我们在创作的心理模式中学习的那些东西有所区别，因此荣格甚至怀疑这种隐约晦涩是有意造成的。哲学家们很自然地倾向于假定——弗洛伊德心理学也鼓励后辈们这样假定——在这奇异的隐约晦涩之下隐藏着某些高度个人化的经验。学者们这样解释不很明朗的奇怪的窥测，懂得为什么有时候看上去仿佛作家是在有意地向人们隐藏他的基本生活经验。这篇小说中双主人公之一的乌姆·萨德，对于开罗的节日印象深刻，以至于觉得在开罗，"喜庆节日一个接一个"，"一年到头都在欢庆"，相较之下，她在故乡的生活要显得乏味得多，这也证实了她在故乡生活的种种不幸的蠡测，而这种新的生活，从表面来看，似乎就要对主人公的人生轨迹产生重要的影响，例如：忘记过往的不幸，弥合家庭生活的创伤，但是这些也仅仅是幻想罢了。很快，主人公乌姆·萨德又重新陷入不幸之中。所以，这些幻觉体验也只能从精神上为主人公带来短暂的补偿，仅此而已。

如果需要举例说明，这种看问题的方式，可以认为是与宣称我们面对的是一种病理学和神经症的艺术，两者之间的距离仅仅一步之遥。就幻觉式创作的素材显示出某些我们在精神病患者的幻想中发现的特征而言，这一步之差是有道理的。反之亦然。因为我们常常在精神病患者的精神作品中，发现我们本应期望从天才们的作品中才能找到的丰富内涵。认同弗洛伊德的心理学家们当然会倾向于把交付讨论的作品当作病理学问题来研究。他们假定在我们所说的"原始幻觉"即一种不能被意识理解和接受的经验下面，隐藏着一种亲昵的个人经验；他们试图通过把这些原始幻象称为隐藏性形象，假定它们旨在有意掩盖基本经验，这样来解释和说明这些奇异的幻觉意象。按照他们的看法，这很可能是一种恋爱经验，这种经验在道德上或审美上与整个人格，或至少是与自觉意识中某些想法不相容。因此，为了能够以"自我"压抑这一经验，使它无法辨认即成为无意识，全部储藏着的病理幻想就都被调动起来。此外，由于这种以虚构代替现实的尝试始终不能令人满意，所以也就不得不在一系列创作体现的过程中反复出现。这就解释了一切可怕的、怪诞的、反常的想象形式所以剧增的缘故。"一方面，它们是那种难以接受的经验的代用品，另一方面，它们又帮助把这一经验隐藏起来。"[1]

我们对这种近乎精神病的幻觉艺术创作的考察，也可以帮助我们辨清小说女主人公之一的乌姆·萨德在丈夫失踪、自己被迫改嫁之后的幻觉是内心独白。而乌姆·萨德的悲惨际遇、离奇身世以及辗转各地的所见所闻在其失意的内心深处留下了清晰的痕迹。

ابتسمت وأجابت فرحة بسؤالٍ : في أيام النيل بنبت نبات جميل يعرف بالبشنين، هذا النبات له ساق طويلة وزهرة تشبه اللينوفر، إذا أشرقت الشمس انفتح فصار منظرا أنيقا، وإذا غربت الشمس انضم. ويذكر أن نوعا من العصافير الصغيرة يلس داخل زهرته، فإذا أقبل الليل انضمت عليه وغطست في الماء، فيبات في جوفها آمنا إلى أن تشرق الشمس، فينفتح فيطير عصفور البشنينة، وهذا البشنين يصنع من زهره دهان يعالج به.[2]

1　卡尔·古斯塔夫·荣格:《心理学与文学》，冯川、苏克译，译林出版社，2011年，第95页。

2　مها محمد فيصل، طرب، المؤسسة العربية للدراسات والنشر، 2010، ص.90.

"她笑了，很开心地回答我的问题：

'尼罗河的涨水期会长出一种美丽的植物，它叫睡莲。这种植物的叶子有长长的柄，开出的花像荷花一样。太阳升起来，它就开花，样子好看极了；太阳落下去，它就合起来了。人们传说有一种特别小的鸟儿坐在睡莲里面，夜晚降临，花合起来浸入水中，鸟儿就在花中踏踏实实地睡觉，太阳出来了，花开了，睡莲鸟也欢欢喜喜地飞走了。这种睡莲的花儿可以做成药膏给人治病。'" [1]

这一段话出自乌姆·哈里姆之口，她是乌姆·萨德的女伴，是乌姆·萨德辗转开罗后认识的御衣府的女工，出身于贫苦人家，对尼罗河畔的生态环境非常熟悉。乌姆·萨德因一次机缘巧合，与原来自家府上的门房"罗锅"萨利姆相遇，她从萨利姆口中得知自己的丈夫并没有战死，本已重燃对生活的希冀。然而萨利姆告诉她，她的丈夫已经被战争折磨得没有人样，并在从她歹毒的大舅哥那里听到了乌姆·萨德弃他而去、与情人私奔的谎言之后，精神崩溃，成了疯子，这个消息让乌姆·萨德再也经受不起生活的百般折磨，病倒了。沉睡了十多天之后，乌姆·萨德醒来，面对眼前这个对生活心灰意冷的病人，乌姆·哈里姆使用了上文引用的这样一段描述，意图为乌姆·萨德重新打开紧闭的心扉，让她点燃对生活的希望，丢弃那些沉痛而心酸的过往，面对未来充满荆棘的旅途。这种幻觉式的体验无疑是对主人公痛苦的人生经历的一种补偿。

1　玛哈·穆罕默德·费萨尔：《欢痛》，葛铁鹰译，宁夏人民出版社，2011年，第55页。

乌姆·萨德的"夫离子散"之痛对于每一个女人来说，都是痛不欲生的体验，尽管辗转各地，一边寻找自己意念中仍然健在的丈夫，一边依靠替人做工维持生计，在岁月的延续中消弭精神创伤带来的痛苦，但是对于美好和幸福的事物的追求和向往，使得乌姆·萨德常常产生奇异的镜像式的幻觉。例如在上面这一段文字中，睡莲倚尼罗河水而生，它的芬芳和美色吸引了睡莲鸟前来驻足，时间久了，睡莲鸟就在花中安下了家，可爱的鸟儿配上美丽的花儿，让人艳羡，这种生活让主人公似乎觉得自己就生活其中，幸福感油然而生，在短时间内忘却了所有的不幸和悲哀。

三、渴望民族复兴的抗争式创作显动机分析

创作显动机，是从事创作的直接心理驱力，在生活中，艺术家因各种物象、事件的触发，常常发生心理波动，造成心理失衡，并引发适当强度的情感变化。在这种情况下，宣泄情感以恢复心理平衡，就是显动机的主要内容。

显动机不等于意图，它有指向性但相对模糊。如果能明确觉察冲动的内容、本质，并借助意志为之服务，它就不是动机而是意图。

（一）民族复兴的迫切性：身份迥异的双主人公共同的悲惨命运

每一个富于创造性的人，都是两种或多种双重倾向的统一体。一方面，他是一个过着个人生活的人类成员，另一方面，他又是一个无个性的创作过程。因此作为一个人，他可能是健全的或病态的，我们必须注意他的心理结构，以便发现其人格的决定因素。但是我又只有通过注意他的创作成就，才能理解他的艺术才能。如果我们试图依据个人因素来解释一个沙特王族、一个埃及官员或一个印尼大阿訇的生活模式，我们必然会犯一种可

悲的错误。王室成员、官员和伊斯兰教职人员都是作为无个性的角色进行活动的，他们的心理结构都具有一种特殊的客观性，我们必须承认文学家并不行使官吏的职能——以这种极端的对立为例更便于说明真相，然而他在某一方面又类似于我所列举的这几种类型。因为某种特殊的艺术气质负载着一种对于个人的、集体精神生活的重荷。文学创作是一种天赋的动力，它抓住一个人，使他成为它的工具。文学家不是拥有自由意志、寻找实现其个人目的的人，而是一个允许艺术通过他实现文学创作目的的人。他作为个人可能有喜怒哀乐、个人意志和个人目的，然而作为文学家，他却是更高意义上的人即"集体的人"，是一个负荷并造就人类无意识精神生活的人。为了行使这一艰难的使命，他有时牺牲个人幸福，牺牲普通人认为使生活值得一过的一切事物。

既然如此，文学家成为心理学家运用分析法加以研究的有趣对象，也就不足为奇了。文学家的生活不可能不充满矛盾冲突，因为他身上有两种力量在相互斗争：一方面是普通人对于幸福、满足和安定生活的渴望，另一方面则是残酷无情的，甚至发展到践踏一切个人欲望的创作激情。文学家的生活即便不说是悲剧性的，至少也是高度不幸的。这倒不是因为他们不幸的天命，而是因为他们在个人生活方面的低能。一个人必须为创作激情的神圣天赋付出巨大的代价，这一规律几乎很少有例外。这就好比我们每个人生来就被赋予一定的心理能量，而我们心理结构中最强大的势力将会夺取甚至垄断这种能量，使它不可能再去生产出任何有价值的东西。创造力这样汲取一个人的全部冲动，以致一个人的自我为了维持生命的火花不被全部耗尽，就不得不形成各种各样的不良品行——残忍、自私和虚荣

（即所谓"自恋"）——甚至于各种罪恶。文学家的自恋，类似于私生和缺少爱抚的孩子一样，这些孩子从年幼娇弱的年代起就必须保护自己，免遭那些对他们毫无爱恋的人的作践蹂躏；他们因此而发展出各种不良品行，后来则保持一种不可克服的自我中心主义，或者终生幼稚无能，或者肆无忌惮地冒犯道德准则和法规。我们怎能怀疑，可以用来解释说明艺术家的，不是他个人生活中的冲突和缺陷，而只能是他的艺术呢？个人生活中的冲突和缺陷，不过是一种令人遗憾的结局而已，事实则是：他是一个文学艺术家，也就是说，从出生那一天起，他就被召唤着去完成一种较之普通人更其伟大的使命。特殊的才能需要在特殊的方向上耗费巨大精力，其结果也就是生命在另一方面的相应枯竭。

许多文学家在创作过程中，或多或少地会在作品中呈现出截然不同的两种冲突性的情节发展或者不同的人物性格。玛哈公主在《欢痛》中，则采用了一种独具特色的双线并行的叙事风格，两位主人公分别刻录自己的人生轨迹，交待命运发展的悲惨经历。下面两段引文正是这两位主人公在不同语境下的口述，我们可以从中品味作者在创作过程中的创作显动机。

جربت الجنون وعرفته، فإذا به أهون من الخزي. كم من رسائل كتبت لعبدالله ولم ترسل، وكم من مرة لملمها من حولي ولدي سعد كي يعطيها سليما البواب..؟. ليبعث بها إلى حيث أبوه، إلى حيث هو في كل مكان.. وكم ناجيته وكم بكيت كأن قصد الكلام، حكايات تروى لغير الأنام أحاديث سمر بين أحزان؟..[1]

1   مها محمد فيصل، طرب، المؤسسة العربية للدراسات والنشر، 2010، ص.9.

"我难受到疯狂的程度,那种滋味仿佛是人间最大的羞辱。我给阿卜杜拉写了多少封信啊,但都没有投递出去。儿子萨德多少次从我身边将这些信聚拢起来,然后将它交给门房萨利姆,希望他不知身在何处的父亲能够读到这些信。我只能以泪洗面,在心里向丈夫诉说自己的悲伤。有时自己也不知道在说些什么,说的是不是人类能够明白的语言,但只要在说就行。"[1]

在这里,作家的语言明显带有预期的目的。生活的悲观带给女主人公乌姆·萨德生不如死的痛感体验,对生命的认识和对幸福的理解常常能够左右主人公的一言一行。丈夫的失踪对于一位家庭主妇而言,就像失去了自己拥有的一切。此时此刻,任何言语和行为上的变化,都通过作家对无常世事的悲情哭诉和深刻揭露折射出作者痛苦的内心挣扎。"疯狂""羞辱""以泪洗面",激烈的词语让读者很轻易就能够捕捉到女主人公乌姆·萨德内心所充斥的不满情绪和对亲人的思念,但是这些都无法宣泄,只能通过一封封家信来表达。然而,这些信函是否能够寄出,寄出了又是否能够顺利送达丈夫的手中,乌姆·萨德不得而知,她只能依靠眼泪来掩饰内心更加无助的慌张,没有他法,只能不断地等待,不断地写信,岁月的流逝没有减少任何痛苦,却不断地增加对生活的恐惧和对未来的失望。这种命运太不公平,主人公渐渐对未来的世界产生愤恨,而这所有的一切,必须要拜时代所赐,整个民族都在遭受厄运。

在玛哈公主的《欢痛》中,一方面,双主人公之一的乌姆·萨德经历着生不如死的夫离子散的痛苦,另一方面,另外一位主人公阿拔斯公主也

---

1 玛哈·穆罕默德·费萨尔:《欢痛》,葛铁鹰译,宁夏人民出版社,2011年,第4页。

正经历着国破家亡的人生际遇，另一种不同的经历，却都是时代的创伤、民族的不幸。下面一段文字，便是阿拔斯公主的口述：

وما كان بعد ذلك بقليل حتى دخل عسكر مسعود الغزنوي البلاد وقتل ما لا يحصى من العباد.[1]

"此后不久，麦斯欧德·加萨尼威人的军队便打了进来，他们杀人如麻，国家血流成河。"[2]

与乌姆·萨德不同，小说的另外一位女主人公的身份是哈里发的胞妹——阿拔斯公主，身为巴格达王室的成员，不仅要谋定自己的幸福，更要着眼国家大局。国家的兴衰关系到公主的荣辱，为了大局而定，身系江山社稷，玛哈公主在小说中借阿拔斯公主之口表达了她对阿拉伯民族复兴的渴望意识。麦斯欧德·加萨尼威人并非阿拉伯人血统，而是来自东方的波斯人和突厥人的政权，他们的文明水平，要比阿拔斯人的阿拉伯帝国低，一旦进入巴格达城，面对眼前富丽堂皇的城市建筑、珠光宝气的金元财富以及令人陶醉的文化底蕴，加萨尼威人自然不可能立即消化，从而只能够采用暴力手段来压制，身为王室宗亲的主人公之一的阿拔斯公主，面对加萨尼威人的淫威束手无策，徒发对民族未来的嗟叹和无奈，只能祈祷民族的未来能够重现光明。

（二）激烈抗争的具象性：充满呐喊的诗歌式书写中的情感宣泄

与许多阿拉伯文学家一样，玛哈公主擅长使用诗歌式书写来宣泄直观

---

1   مها محمد فيصل، طرب، المؤسسة العربية للدراسات والنشر، 2010، ص.21.

2   玛哈·穆罕默德·费萨尔：《欢痛》，葛铁鹰译，宁夏人民出版社，2011年，第11页。

的情感。在《欢痛》中，她或自行创作，或引述借用，通过诗歌的宣泄式表达，书写了双主人公对生活和命运的激烈抗争。

هنا توقفت العباسية عن الكتابة وقالت: ما أمر الشماتة وما أقصى كيد العدا تعرفين أنه آلمني ما وصفت من فرح المستنصر، وذكرت حالنا وقتها ـ فساءني ذلك، وما أتعس أرضا نسبت إلى طبالة.

كان الكندري يقول:

مضيت والشامت المقبور يتبعني

كل لكأس المنايا شارب حاسي

وأقول أنا،

مضيت والشامت المقبور يتبعني

كل لكأس البلايا شارب حاسي [1]

"这时，阿拔斯公主停止记录，说道：

'他们有什么可幸灾乐祸的，还不都是搞阴谋诡计才得逞的。要知道你讲的这些穆斯坦希尔的高兴事让我很难受。回首当年，苦不堪言，将采邑赐给一个女鼓手是多么不幸的事啊。肯代利曾这样吟道：

幸灾乐祸者，

出坟将我跟；

死亡酒一杯，

迟早都要饮。'" [2]

---

1 مها محمد فيصل، طرب، المؤسسة العربية للدراسات والنشر، 2010، ص.74.

2 玛哈·穆罕默德·费萨尔：《欢痛》，葛铁鹰译，宁夏人民出版社，2011 年，第 43 页。

在这一段乌姆·萨德记载的阿拔斯公主的口述中，我们可以看到她对突厥强盗拜萨西里的深恶痛绝，但是恶人当道，这种痛恨却无从发泄，主人公借用王朝早期肯代利的诗歌来表达心中的诅咒。这种直抒胸臆的情感宣泄很好地映射出主人公在宫廷生活中种种不幸的遭遇。

人的情感如水，或静默如湖，或流淌如溪，或汹涌如海，或腾飞如瀑。但是无论是一种什么样的状态，人的情感总是不稳定的，有时短暂的静止也只是一种无声的潜伏。在这种时候，一旦有外力触动或者压抑，人都要寻找一种释放的方式，这种方式可以将波动的情绪随着流动的艺术手段带出人的体魄，这样一来，许多风格各异的艺术手段应运而生。在多数情况下，诗歌往往比音乐和绘画更能够直接地表达内心的情感冲动，而这篇小说的作者也一定是经历了这些情感的冲动，才能够创作出这么多诗情激越的诗歌。

أجابت: نعم، والذي قال فيه المتنبي:

مالي أكتّم حبًا قد برى جسدي

وتّدّعى حبّ سيف الدّولة الأمم؟ [2]

"是的，穆泰奈比曾在诗中提到他的叔父：

爱已刺入我的身体，

如何能够将它藏起？

像对赛夫·道莱一样，各族爱戴谁可遮蔽？" [2]

---

1   مها محمد فيصل، طرب، المؤسسة العربية للدراسات والنشر، 2010، ص.40.

2   玛哈·穆罕默德·费萨尔:《欢痛》，葛铁鹰译，宁夏人民出版社，2011年，第23页。

同前一首不同，我们在这里给出的第二个例子是一首和博爱相关的诗歌。穆泰奈比是阿拉伯中世纪最著名的诗人之一，以哲理诗和描写战争场面的诗歌见长。而赛夫·道莱则是阿拉伯历史上哈姆丹王朝最为杰出的国王，他生活的背景是十世纪前后阿拉伯帝国同拜占庭帝国鏖战正酣的年代。上面引文中的这段诗是阿拔斯公主借用穆泰奈比的诗歌，称赞赛夫·道莱是一位深受人民爱戴的杰出领袖。作为一位率领臣民同拜占庭军队交战并大获全胜的君主，赛夫·道莱博得了众多的颂扬，玛哈公主在这里借用名家手笔称誉民族英雄，在激烈且复杂的斗争环境中大力宣扬正义的民族精神，表达了对民族复兴的渴望。

　　情感是人类生活中最活跃的因子，不能把个人情感视为仅仅是与社会无关的小事，因为只有亿万人情感的千姿百态，相吸相斥，左右浮沉，才能使整个世界绚丽多彩，使个人活出味道，这种创作的根基为诗人们提供了无尽的创作源泉。情感可以用喜怒哀乐来概括，但却不是单一的，是可以重复的，完全相同的情感是不存在的，古今中外，不可能有完全一样的诗歌来描写人的情感。在上面这个例子中，我们看到了诗人穆泰奈比对他的叔父赛夫·道莱的毫不掩饰的爱戴和敬佩。

四、结语

　　《欢痛》是一部成功的文学作品。作家玛哈·穆罕默德·费萨尔以其熟悉的宫廷生活作为背景，结合历史记载，将阿拔斯王朝历史上最为黑暗的一段历史进行艺术的创作，并使之成为一部既能够感染阿拉伯人，同时也能深深吸引外国读者的优秀作品。整部小说弥漫着忧伤的气氛，作者在叙事上，融合史实、哲理和诗歌，是一部展现了阿拉伯民族的悠久历史和文化的优秀作品。

在创作动机上，一方面，作者以第一人称的笔触为读者讲述了两位颇具传奇经历的女性人物在大起大落的人生际遇中，以勇敢的态度面对纷繁复杂又饱含不幸的沧桑世事。在充满悲痛的场面中满怀憧憬和希望，这种心境是经由其丰富的阅历和苦难的身世共同磨砺而成。作品中两位主人公乌姆·萨德和阿拔斯公主（哈里发加迪尔·比拉的女儿）都经历了人生中的大喜和大悲，在生活的漫长旅途中历经艰辛，却始终心怀对未来的憧憬和对幸福的渴求，这种人类共有的潜意识始终支配着作者。另一方面，作家的语言明显带有预期的目的。生活的悲观带给女主人公乌姆·萨德生不如死的痛感体验，对生命的认识和对幸福的理解常常能够左右主人公的一言一行。丈夫的失踪对于一位家庭主妇而言，就像失去了自己拥有的一切。此时此刻，任何言语和行为上的变化，都能够折射出作家清晰的创作动机。

（本文原载于《当代阿拉伯研究——中埃建交 60 周年纪念文集》，北京师范大学出版社，2017 年 8 月。）

"圣战者"是如何炼成的？

——《天堂之风》解读

黄婷婷

摘要：本文拟从身份认同角度，通过研究沙特作家图尔基·哈迈德以9·11事件为原型的长篇小说《天堂之风》，来探究小说主人公们从遭受身份危机的普通穆斯林青年，到被宗教极端组织洗脑的伊斯兰偏激分子，再到冷血地进行自杀式恐怖袭击的"圣战者"的转变过程，揭示造成他们这一系列转变的各种原因，特别是内在的思想根源，以期为全面、深刻地认识恐怖主义，进而为预防、遏制、根除恐怖主义，提供一些有益的启示。

作者简介：黄婷婷，四川外国语大学讲师

2005年，沙特著名作家、政治评论家、学者图尔基·哈迈德发表了长篇小说《天堂之风》。小说以9·11事件的劫机者群体为主要人物，通过客观、冷峻的笔触，叙述了他们不尽相同的人生轨迹。书名《天堂之风》指的是在飞机撞向世贸中心的最后一瞬，劫机者们仿佛呼吸到了来自天堂的风。图尔基不仅在小说中重现了9·11事件的策划、实施过程，而且以大量篇幅深入挖掘恐怖分子心甘情愿去执行自杀式袭击的思想根源。但他并未对种种现象、心理作直接评论，而是任由主人公们展示自己的内心，阐述自己的看法。在小说的封底上，图尔基点明了他的创作宗旨："这是一部小说，其中有许多事实，也有不少想象，更重要的是其中还包含许多问题，但答案很少。某些人物、事件、地点的相符可能说明了一切，也可能什么都未说明，而只代表事实和想象的交错。目的呢？是让我们理解年轻人为什么去死，为什么心甘情愿去自杀。他们为什么要在死亡中、在坟茔里寻找幸福？这一问题，需要我们从大脑深处挖掘答案。毛病就出在那里，在头脑里。一旦头脑败坏了，一切都会败坏。"[1]

一、身份危机：在历史的优越感与现实的冲击之间

美国著名伊斯兰问题专家格雷厄姆·富勒认为："如今穆斯林愤怒和失落的最深层的根源，在于穆斯林世界的急剧衰落。在过去的几个世纪，穆斯林世界从保持了一千多年世界领导地位的文明，沦落为一个落后、无力和边缘性的地区。这种令人目眩的命运倒转，不可避免地影响着当代伊斯兰主义者多数言辞里所潜藏的冲动……今天的穆斯林在思考存在的问题时因怀疑自我而遭受伤害……"[2] 小说中的主人公多为出生在二十世纪七八十年代的阿拉伯青年。在那个时代，被西方国家殖民的历史已成为屈辱的集体记忆，阿拉伯国家在阿以冲突中遭受的不公，在中东战争中的一

1　图尔基·哈迈德，《天堂之风》，贝鲁特：萨基出版社，2007年，封底。后文出自该小说的引文，将只标出引文页码，不再另注。

2　Graham E.Fuller, *The Furture of Political Islam*, palgrave Macmillam, 2003, p1—2.

再失利，都带给他们挥之不去的隐痛。这些年轻人的成长阶段正是各阿拉伯、伊斯兰国家探索现代化发展道路的艰难时期，他们反复经历着宗教与世俗、传统与现代的激烈冲突。

在德国求学的穆罕默德、齐亚德等人，虽然家境殷实、学业出色，但常常有寄人篱下之感。他们曾向汉堡大学要求一个教室做礼拜室，却遭到了拒绝。这让他们慨叹，"这些基督徒多么讨厌伊斯兰教啊，尽管他们口口声声谈论着宽容和自由，但是他们认为让穆斯林在学校的门廊下跪拜全能的真主有伤体面。"(57) 他们自己在学校附近建了礼拜室，每天聚在一起，通过虔诚地履行宗教义务，固守属于他们的圈子，来寻求维系身份认同的力量。

与西方人的接触也在时刻提醒他们，当今的穆斯林不过是西方人眼中落后、野蛮的族群。当穆罕默德在机场候机时，机场的空姐、邻座的老太婆、对面金发碧眼的年轻女孩，都被他"身体的每一个细胞散发出的东方味道"及他身上"一千零一夜中夜晚的魅力"征服了。轻浮的老太婆甚至直接与他搭讪，但她的热情与陶醉并没有让穆罕默德感到自豪，反而让他感到厌恶，因为"她提醒他东方的权势已经落到了西方手里"。当他实在难以忍受，换了座位后，遭到了老太婆恼羞成怒的责骂："落后的人啊……落后的人啊……不管他们怎么想要变得文明，他们基因里面就带着落后……"(49)这让穆罕默德感到了莫大的轻视与侮辱。

即便是无比向往西方、想要抛弃原本身份融入西方社会的穆斯林，也无法摆脱失败和耻辱感。艾哈迈德在踏上英国的土地后，便立志永不再回埃及，他想在英国娶妻生子，成为地地道道的英国人。他揣着在餐馆洗盘子辛苦赚来的钱去酒吧寻欢作乐，却受到一群同性恋青年诱骗，与他们发生了关系，并被宣布为他们中的一员。这时，他才猛然看穿西方的一切"假象"，感到恶心和内疚，甚至产生了生不如死的羞辱感，只渴望快点回到他曾经最讨厌的埃及。他询问自己："这就是我梦想的伦敦吗？这就是我曾经奋力追求的榜样——西方吗？"他后来告诉朋友穆罕默德说："我从未感到过像那天一样的屈辱、羞耻和仇恨……我曾经想成为他们中的一员，等我成为了那样，我却不再想了……我发现自己不可能成为他们中的一员……我永远不会跟他们一样。"（95）艾哈迈德对西方的憧憬在西方价值观和生活方式的冲击下土崩瓦解，他对西方的态度也由极度的爱转变为极端的恨。

残酷的现实摧毁了这些穆斯林青年的自信，打击了他们的骄傲。他们只能从辉煌的历史中去寻求慰藉，那是他们从未经历过但又无比向往的美好时代。但是，光辉的历史一方面给他们带来强烈的自信，另一方面也带给他们难以名状的失落，他们在脑海里描画的伊斯兰历史越辉煌，如今面对的现实就越苦涩，在现实泥淖中的挫败感也越强烈。

图尔基·哈迈德在其论著《全球化时代的阿拉伯文化》中谈到：对身份认同的焦虑"在集体（一个民族、国家或者社会等）经历危机或者失败的时候逐渐增加，体现在各个层面上。当这个集体确信它拥有特定的历史遗产，并因这些历史遗产发挥着世界性的作用，而这种遗产或作用受到另一种身份认同的霸权和文化传播的威胁时，这种焦虑更甚。"[1] 他在小说《天

1　图尔基·哈迈德：《全球化时代的阿拉伯文化》，马达里克出版社，2012 年，第 129 页。

290

堂之风》中展现出的正是穆斯林们这种怀着强烈历史优越感，却又在现实的残酷冲击下焦虑不堪的身份认同危机。

二、身份重构：多种观念的较量与宗教身份的强化

当西化的生活方式、价值观念和世俗文化不断在伊斯兰国家蔓延和渗透，导致穆斯林在精神上、物质上出现种种异化时，他们必然需要寻求一种强有力的源泉，可以在变幻的历史下提供稳定不变的意义框架，来重构和巩固他们的身份认同。这一源泉无疑就是伊斯兰教，因为伊斯兰教之于穆斯林不仅是一种宗教信仰，还是一种价值观念，一种完备的社会、政治和法律制度，一种文化体系和生活方式。美国盖洛普公司民调机构一个历时六年覆盖三十五个国家穆斯林居民的调查显示，"很多穆斯林视宗教为身份认同的最显著的标志，它是意义和指导、慰藉和团结的源泉，是进步的关键"；伊斯兰教不仅是进行裁决和惩罚的限制性框架，还是"一个灵性的精神地图，提供意义、指导、目的和希望"[1]。《天堂之风》塑造了许多穆斯林人物形象，他们的言行可以反映出当今伊斯兰世界对于穆斯林身份认同具有代表性的一些观点，这些人物大致可以分为以下三类：

第一类是迂腐愚昧者。小说中一位叫做苏莱曼·哈比德的伊玛目"从不使用任何先知及其同伴没有使用过的东西"，他不用电和气；不用印满"非法"图画的纸币；出门只骑白色毛驴；穿的衣服是自己在家缝制的；甚至他小小的清真寺也是亲手用泥土垒砌，其中没有任何现代设施。他认为人

---

1 埃斯波西托等：《谁为伊斯兰讲话：十几亿穆斯林的真实想法》，晏琼英等译，中国社会科学出版社，2010年，第17—19页。

类登月不过是登上了"魔鬼吹的气球",地球绕着太阳转是"异教徒离谱的谎言",电视机是"魔鬼现身"……而一位叫做伍德的小学数学老师则常常诅咒下课铃,因为那是基督徒的铃。他在课堂上大谈阿富汗的"圣战",把"圣战者"的故事吹得神乎其神,称"圣战者"用鱼炮就能打下苏联的飞机,战斗中"圣战者"的子弹不会减少,"圣战者"的身体被坦克碾过不会受伤,烈士的尸体不仅不会腐烂,还会散发芳香。自然,这种生活在当代社会的另类人群,在大多数穆斯林人眼中也是荒唐和可笑的。

第二类是僵化偏激者。在他们眼中伊斯兰教是一体化的,要么全盘接受,要么全部舍弃,不存在中正调和。他们信奉原教旨主义理论家艾布·阿拉·毛杜迪、哈桑·班纳、赛义德·古特卜等人的激进宗教观,断章取义地解释《古兰经》和《圣训》。除了恪守穆斯林日常的行为规范,他们还认为穆斯林不能听音乐、开玩笑,不能跟合法妻子以外的女性有任何接触。他们认为多数穆斯林只是保持着"五功"的形式,丢弃了伊斯兰最重要的若干义务:"忠贞与敌对",即忠于真主和使者,憎恨所有的"卡菲尔"[1],与他们作战直到他们皈依伊斯兰教;"真主主权",即应按照真主降示的《古兰经》来统治国家和人民,实行严格的伊斯兰教法;以及"圣战"[2],他们狭隘地将"圣战"解释为军事战争,视之为"伊斯兰的脊梁",并认为正是由于缺失了"圣战",伊斯兰世界才遭到如今的屈辱。这些偏激分子还实

1　音译自阿拉伯语单词"كافر",意指不信教的人或者异教徒。

2　在伊斯兰正统教义中所提到的"jihad",指的是信教者在信仰方面做出的奋斗和努力。而所谓的"圣战"又被称为小"jihad"。如何与自己的"邪恶之心"和对于信仰有所动摇的心态进行斗争,才是大"jihad"。伊斯兰偏激分子将"jihad"仅仅理解为军事上的圣战,是对伊斯兰教义的一种狭隘理解。

行严格的言论控制，不允许他人发表任何不同见解。

第三类是开明进步者。小说塑造了一位思想开明的学生，引经据典地与思想偏激的教授争论。他坚持理性宽容、与时俱进的宗教观，认为特定的经文要置于具体情况下分析理解，不能将其绝对化。但他被教授们以渎神、叛教、诡辩的罪名囚禁，最终无奈地选择忏悔以求生。小说中一位到欧洲讲学的艾资哈尔长老在波恩大学演讲时，根据《古兰经》经文宣扬和平，批判自杀式袭击，却被偏激青年轰下了讲台。还有两位主张中正、宽容的沙特长老，经常根据实际情况做出教法判例，以解决现代社会的许多宗教学问题，却被极端青年们视为政权的附庸。而巴勒斯坦裔叙利亚人艾麦乐则是进步女性的代表，她独立、叛逆，坚决拒绝穆罕默德的求婚，拒绝戴上面纱，要自己主宰自己的命运，这让男权思想严重的穆罕默德受到打击。

持有偏激思想的穆斯林大抵属于前两种类型，他们将宗教身份认同视为唯一的意义来源，抹杀了所有其他身份，因而很容易被有全球性议程的激进团体动员起来。这些团体通过把他们描述为维护伊斯兰荣誉的"真正精英"，来赋予他们一种"崇高的"目的感和"英雄主义"情怀。从小说中，我们至少可以看到以下三种组织用以强化穆斯林宗教身份认同的途径：

第一，偏激主义教师的灌输。小学教师伍德不仅总是在课堂上讲述圣战者故事，还邀请偏激的谢赫给学生们开讲座，组织训练营。这些谢赫们宣称："先知的一些少年伙伴在信仰伊斯兰教时，跟自己的亲族断绝了关系，有人甚至为了捍卫伊斯兰教杀死了父亲和兄弟"（143），让孩子们从小就树立起"伊斯兰教高于所有归属"的观念。他们还说："人们为了伊斯兰教出生、活着、死去，这激怒了真主的敌人犹太人、基督徒和伪君子们，他们想要摧毁伊斯兰教，让生活远离真主，在穆斯林青年中传播迷误和放荡"（144），以此在孩子们幼小的心灵中埋下仇恨的种子。这些说教让穆斯林青年们"感到宛若新生"，仿佛"生活在他们真正的家庭中——建立在有信仰的手足情与无瑕的一神论基础上的家庭，而不是那个他们不能选择的家庭……"（154）。

第二，偏激伊玛目的宣教。清真寺的伊玛目具有管理一个穆斯林社区或一座清真寺宗教事务的职权，在穆斯林心中具有较高的威望。一些偏激的伊玛目利用自身的影响力以及清真寺联结穆斯林社会的纽带作用，将清真寺转化为传播极端思想、招募偏激分子、从事极端活动的联络站。从英国受辱归来的艾哈迈德就是在最痛苦、最迷茫的时候走进开罗费萨尔街的一座小清真寺，在偏激伊玛目的宗教课上重新找到了"人生意义"。伊玛目告诉他，穆斯林的羸弱就是由于偏离了主道，一旦回归宗教，所有问题便迎刃而解；穆斯林内心痛苦是因为远离了真主，谁敬畏真主便能得到解脱。极端伊玛目不仅说教，而且赠送书籍磁带，引荐青年们去阿富汗参加圣战，蛊惑他们踏上人生的不归路。

第三，偏激主义亲朋好友的带动。正是在挚友艾哈迈德的影响下，穆罕默德从一个幽默温和的穆斯林转变为一个严肃冷酷的偏激分子。穆罕默德从小言行举止像女孩，常受到父亲的奚落，被年长的男孩欺负，只有和好友艾哈迈德在一起他才感到安全。艾哈迈德加入极端组织后，带着穆罕默德辗转于各个清真寺，旁听各种讲座；带他去埃及老城区的极端组织联络点，讲述一直深藏于心的受辱经历和秘密去阿富汗接受军事训练的见闻。他告诉穆罕默德：生活的目的就是进入天堂，进入天堂的捷径就是"为真

主而战"。后来，艾哈迈德恐怖袭击失败，仓皇出逃，下落不明，穆罕默
德大受刺激，性情大变。最终，他在德国留学时参加了"圣战"，并四处
招募偏激团伙成员，在建立友谊的基础上组织他们从事恐怖活动。

通过确认和强化极端的宗教身份认同，被极端主义洗脑的穆斯林青年
自以为找到了在国家、社会、家庭之外的归属——一个想象的全球性伊斯
兰共同体。在极端组织的影响下，他们失去了思考和选择的能力，坚信服
从极端主义的权威就是顺从真主、顺从使者，因而他们所做的一切都是为
了实现"真主的意愿"。

三、"圣战者"的身份幻象：以宗教为名的暴行

阿玛蒂亚·森指出："煽动仇恨之火总是乞灵于某种支配性身份的精
神力量，似乎它可以取代一个人的所有其他关系，并以一种很自然的好战
方式压倒我们通常具有的人道同情和自然恻隐之心，其结果或是朴素的原
始暴力，或是在全球范围内精心策划的暴行与恐怖主义。"[1]对于伊斯兰偏激
分子而言，宗教是唯一的支配性身份，要确认这一身份认同，除了赋予自
身想象的身份外，还要确定"他者"完全与自身对立的唯一身份及其可憎
面貌，以便在道德上找到支撑点，为发动针对"他者"的暴力活动提供精
神动力。而一旦他们的极端思想通过暴力途径得以表达，他们就从宗教偏
激分子转变为恐怖分子，或者他们眼中的"圣战者"。

在伊斯兰偏激分子的眼中，伊斯兰教传教初期才是最理想、最美好的

1　阿玛蒂亚·森：《身份与暴力——命运的幻象》，李风华等译，中国人民大学
出版社，2009年，第2页。

时代，而当代则是"是非颠倒的时代"。如今的世界又回到了"蒙昧时期"，比伊斯兰宣教前的"贾希利叶时期"更为黑暗。"金钱、俗世生活、职位、统治者、对人的统治的顺从……一切除真主外的被崇拜物都是这个时代的魔鬼和偶像，远比先知宣教时的偶像恶劣得多。"（101）他们心中唯一圣洁的土地是阿富汗，他们的榜样是奥萨马·本·拉登，因为"他做了穆斯林从未做过的事，向世界上所有灾祸的根源——美国和美国人宣战……开辟了新时代，复兴了精神"（224）。像这样的穆斯林才是"伊斯兰的希望和世界的拯救者"，注定要肩负与"他者"作战的神圣使命。

"他者"首先就是犹太人、基督徒及其他异教徒。此外，在伊斯兰偏激分子以自我为轴心展开的身份认同中，信仰要发乎于心践之于行，并不是任何念过清真言的人都是穆斯林。伊斯兰偏激分子认定，"伊斯兰最凶猛的敌人不是犹太人、基督徒、美国、俄罗斯和整个物质世界，而是那些在穆斯林的国度犯下叛教罪过的人……那些背离了教义的堕落又腐朽的统治者，那些将宗教出卖给俗世、粉饰统治者所作所为的权贵学者，以及那些物质主义、无神论、现代主义、世俗主义、人为法律的倡导者……"（156）

人类身份认同本该是人类基本的、共有的，超越宗教、国家、民族等认同的身份认同。但是，伊斯兰偏激分子将"人"置于价值阶梯的最底层，以宗教的名义践踏了人性。

自杀是伊斯兰教严格禁止的行为。《古兰经》中明确指出"你们不要自杀，真主确是怜恤你们的。"[1]（4:29）但是"圣战者"却为自杀行为辩护，

1　马坚译《古兰经》，中国社会科学出版社，2003 年。论文中引用的经文均采用该译本，按照通行方法随文标注章节号。

认为"荒谬地自杀和为了真主牺牲相差了十万八千里……"(38)他们自诩为"为主道而战的殉教者",将会"从最宽广的门进入天堂,赢得先知们和虔诚者旁边的位置"(38),还能得见造物主的面,赢得莫大的荣耀。

伊斯兰教本是"两世并重"的宗教,但在"圣战者"眼里,这个俗世"连蚊子的翅膀都不如",现世只是虚幻,后世才是永恒。他们对天堂的美好有无限向往,相信永恒的乐园里"有他们喜爱的仙女和鸟肉,有琼浆的河流,有醇美的蜂蜜,有不会变质的牛奶和不会腐败的清水"(11)。他们尤其期盼着乐园里七十二个美目的仙女,相信她们的纯洁和美不会随着时间消逝。对现世的厌倦与唾弃,对天堂的渴望与追寻让他们视生命如草芥。对他们而言,生命只是"进入天堂的代价","迎娶仙女的彩礼"。

屠杀无辜也是伊斯兰教反对的行为,因为生命是真主的信托物,除了真主外没有任何人有权生杀予夺。《古兰经》中明确规定:"凡枉杀一人的,如杀众人;凡救活一人的,如救活众人。"(5:32)"对于宗教绝无强迫,因为正邪确已分明。"(2:256)但"圣战者"对宗教的理解却极为偏执,他们对于眼中的"卡菲尔"绝无宽容、仁慈可言,甚至不惜从肉体上予以消灭。

穆罕默德在机场候机时,想到马上能使用美国人引以为豪的技术来对抗他们,让他们成为世界的笑柄,马上能为艾哈迈德、本·拉登和全体穆斯林复仇,马上能进入天堂见到美丽的仙女、获得永恒的享受,兴奋、恐惧又渴望的情绪便在心底灼烧,令他颤抖不已。但是,他在短暂又漫长的几分钟里并非没有迟疑:

"当他看着所有这些不知道自己很快就要死去的旅行者,他感到胸中一阵刺痛，胃不住抽搐，咽喉也微微生痛……他们有什么错呢？他开始思考……但是他很快就控制住犹豫……他们该死，他们的灵魂该快点被投进火狱，遭受厄运。他们难道不是缴税给政府吗？他们的政府正是用那些钱来迫害伊斯兰教和穆斯林。他们难道不是正在军队服役或者服过役吗？他们难道不是看到不公也不抗拒，反而助纣为虐的人吗？所以，他们就是参战的人，参战就该杀掉，该被割喉。即使他们不是参战的人，他们也是异教徒，是偶像、金钱的奴隶，他们活在世上只为了吃饱喝足，他们就像牲畜或者连牲畜都不如。即便只是这样，也有足够的理由杀死他们，将这个世界上的蒙昧文明荡涤殆尽……"(39)

就这样，"圣战者"们用偏执、僵化的逻辑，将自杀辩解为殉教；将滥杀无辜开脱为伸张正义、拯救世界；将惨绝人寰的恐怖暴行当作应获嘉奖的神圣使命。于是，他们摆脱了负罪感的纠缠，"义无返顾"地驾驶飞机撞向双子塔，飞向心中的天堂。

结语

《天堂之风》是阿拉伯世界第一部以9·11这一重大事件为创作题材的长篇小说，是阿拉伯世界有识之士从阿拉伯伊斯兰文化内部进行深刻反思的一部代表作，为我们探究伊斯兰偏激分子从事自杀式恐怖活动的复杂原因，提供了形象而又可靠的文学蓝本。在当今世界，发源于中东地区的恐怖主义活动日益猖獗，其影响还辐射到世界各地。但是，以宗教偏激分子为主角的当代阿拉伯小说却为数不多。究其原因，埃及著名作家、思想家贾比尔·欧斯福尔认为：世俗政权和宗教极端势力的双重暴力镇压，使得"宗教极端现象一直是作家不可触碰或接近的禁忌，对宗教极端人物及其意识深处的考察，成了后果难料的冒险，而通过创作来探究控制恐怖分子思想的偏执机制，也成了后果可怕的赌局。"[1]在剖析伊斯兰偏激思想的根源时，阿拉伯和穆斯林思想家无疑更具有发言权。图尔基·哈迈德通过《天堂之风》，勇敢地触碰了贾比尔所言的文学禁忌，这种创作冒险不仅具有文学上的创新意义，而且极具政治、文化与社会价值。

（本文原载于《外国文学动态研究》2017 年第 1 期。）

参考文献：

[1] 阿敏·马阿鲁夫：《杀人的身份——解读归属与全球化》，纳比勒·穆赫辛译，瓦尔德出版社，1999 年。

[2] 阿玛蒂亚·森：《身份与暴力——命运的幻象》，李风华等译，中国人民大学出版社，2009 年。

[3] 埃斯波西托、莫格海德：《谁为伊斯兰讲话：十几亿穆斯林的真实想法》，晏琼英等译，中国社会科学出版社，2010 年。

[4] 本尼迪克特·安德森：《想象的共同体》，吴叡人译，上海人民出版社，2005 年。

[5] 贾比尔·欧斯福尔：《直面恐怖——解读阿拉伯现代文学》，法拉比出版社，2003 年。

1　贾比尔·欧斯福尔：《直面恐怖——解读阿拉伯现代文学》，法拉比出版社，2003 年，第 310 页。

[6] 金宜久、吴云贵：《当代宗教与极端主义》，中国社会科学出版社，2008 年。

[7] 李群英：《全球化背景下的伊斯兰极端主义》，中国政法大学出版社，2007 年。

[8] 马坚译：《古兰经》，中国社会科学出版社，2003 年。

[9] 塞缪尔·亨廷顿：《文明冲突与世界秩序的重建》，周琪等译，新华山版社，2002 年。

[10] 图尔基·哈迈德：《天堂之风》，萨基出版社，2007 年。

[11] 图尔基·哈迈德：《全球化时代的阿拉伯文化》，马达里克出版社，2012 年。

[12] 薛庆国：《阿拉伯文学大花园》，湖北教育出版社，2007 年。

[13] Amin Maalouf, *In the Name of Identity: Violence and the Need to Belong*, Arcade Publishing. Inc., New York, 2001.

[14] Bhikhu Parekh, *A New Politics of Identity*, New York:Palgrave Macmillan, 2008.

[15] Graham E.Fuller, *The Furture of Political Islam,* palgrave Macmillam, 2003.

种族身份与文化身份

——《重回海法》中的文学原型与身份认同

陆怡玮

摘要：格桑·卡纳法尼的短篇小说《重回海法》是阿拉伯现代文学中的著名作品之一。本文援用弗莱的神话—原型批评理论，系统梳理了《重回海法》之故事主题与人物形象对《圣经》和《古兰经》中摩西／穆萨故事的承继、改写和超越，指出在血统、文化与国族认同问题所构成的错综复杂的困境中，其核心正是现代性视域下个体对"自我"和"国家"的不同认知与定位。

作者简介：陆怡玮，上海外国语大学副教授

《重回海法》是巴勒斯坦作家格桑·卡纳法尼（Ghassān Kanafānī，1936—1972）[1]的代表作之一，具体描述了一对巴勒斯坦夫妇赛义德和索菲雅在1984年的第一次中东战争中因战乱与襁褓中的儿子不幸失散，在阔别二十年之后重回故里，却发现儿子已经被以色列人收养，从心底认同了自己是个"以色列人"的悲剧故事。该作将血统、文化与国族认同问题浓缩在短短数万字的故事之中，于剧烈的矛盾冲突中蕴藏着深邃的哲学意涵，文学成就极高。因此自发表以来，在东西方文学研究界中，相关专题论文亦不在少数。本文拟从一个前人较少涉及的视角，引用弗莱的文学原型理论，针对《重回海法》中所援用之文学原型自古至今的变迁，以及其中所映射出的文化与政治的身份认同问题，做一个简单的讨论，以期起到抛砖引玉之效；同时也希望能帮助我们从更为广阔的视角，去看待现代性视域下个体对"自我"与"国家"的不同认知与定位。

一、神话与文学的原型

文学原型作为一种批评理论，兴起于二十世纪五十年代，以诺思洛普·弗莱为代表。弗莱认为，"文学起源于神话，正是这一原理才使文学千百年来虽经意识形态等一切变化，仍具有其传播的力量。这种结构原理当然受社会和历史因素制约，并且不会超越它们，但是结构原理始终保持一种足以说明文学本质形式的形式连续性，这一形式连续性有别于它为适应社会环境而产生的变化。"[2] 这种"足以说明文学本质形式的形式连续性"的结构原理，即"源起于神话的某些要素，如某些程式、文类、意象等，在后世文学中反复出现，成为一种可为人清晰辨认的结构单位"[3]，便被称为

---

1   二十世纪阿拉伯世界著名的作家和记者之一，巴勒斯坦基督教家庭出身，巴勒斯坦著名的小说家、新闻工作者。1948 年，战争爆发后随家人流亡至黎巴嫩、叙利亚、科威特等地。他是巴勒斯坦人民解放阵线的发言人，1972 年死于以色列特工在贝鲁特街头制造的汽车爆炸事故。他著有八部中篇小说，二十多部短篇小说和四部剧本，是巴勒斯坦抵抗文学的代表人物。

2   诺思洛普·弗莱:《神力的语言》，吴持哲译，北京: 社会科学文献出版社，2004 年，第 90 页。

3   王进芳:《对诺思洛普·弗莱原型的误读与反思》，《内蒙古大学学报》，2007 年第 3 期。

"文学的原型"，它们在文学发展的历史中"一直或长期沿用，形成相对固定的格局，影响着新作品的形式特征"。[1] 弗莱的独特视角体现出一种文学的"整体观"，即"把文学作为一个整体来研究，把每个具体作品看成整体的一部分，把全部文学看成文化的一部分而与其他部分相联系……正如看一幅画的时候，如果站得很近，只能分析笔触的细微技巧，好比文学修辞手段的分析；退后几步，就可看出画的布局，看清画所表现的内容；往后退得越远，就越能意识到整体的布局，这时看到的就是原型结构"。[2] 因此，在这一意义上，我们可以将原型理论称为一种"广义的分析"，它所注重的是站在鸟瞰文学史的角度上，探讨作品与作品间的联系、文学的进步与发展，并进而突破文学"自身"的限制，探讨文学与其得以生长出来的、更为广阔的、作为总体的人类文化间的关联，特别是已经渗入了"集体无意识"的"神话"。在弗莱的理论中，"神话"具有至关重要的地位，他甚至称，神话就是原型，原型就是神话，两者之间并无二致："因而神话就是原型，不过为方便起见，当涉及叙事时我们叫它神话，而在谈及含义时便改称为原型。"[3]

而弗莱的"神话原型"，在"西方文化背景中，主要指《圣经》故事，也包括古代希腊罗马神话故事"[4]。他的两部主要著作《伟大的代码：圣经与文学》及《神力的语言——"圣经与文学"研究续编》便集中探讨了作

1　张隆溪：《张隆溪文集第三卷》，台北：秀威出版社，2013年，第27页。

2　同上。

3　诺思洛普·弗莱：《诺思洛普·弗莱文论选集》，吴持哲编，北京：中国社会科学出版社，1997年，第89页。

4　王进芳：《对诺思洛普·弗莱原型的误读与反思》，《内蒙古大学学报》，2007年第3期。

为文学源头的《圣经》对后世创作的巨大影响,对我们的研究极富启示意义。而有趣的是,当我们把目光重新投回到《重回海法》这部短篇小说时,我们会发现,其中所叙述的故事核心冲突——与亲人失散的孩子受到敌对者的抚养,在成年之后才突然面对"血亲"与"恩亲"之间不可调和的矛盾这一困境,亦与《圣经》和《古兰经》中的某些故事,有着难以忽略的相似之处。

二、被敌人抚养长大的孩子:《重回海法》中的原型与母题

《圣经》中最广为人知的"弃婴"故事,自然是《旧约·出埃及记》中的摩西。按其记载,由于以色列人与埃及人混居,人数众多,令埃及人感到恐惧,因此法老便下令,要收生婆在为以色列妇人接生时"若是男孩,就把他杀了;若是女孩,就留她存活"。(《出埃及记》1:16)但收生婆敬畏神,骗法老说希伯来妇人过于健壮,常在收生婆到来之前生产;因此法老下令,要将一切以色列人的男婴丢入河中。

"有一个利未家的人、娶了一个利未女子为妻。那女人怀孕,生一个儿子,见他俊美就藏了他三个月。后来不能再藏,就取了一个蒲草箱,抹上石漆和石油,将孩子放在里头,把箱子搁在河边的芦荻中。孩子的姐姐远远站着,要知道他究竟怎么样。法老的女儿来到河边洗澡,她的使女们在河边行走,她看见箱子在芦荻中,就打发一个婢女拿来。她打开箱子看见那孩子,孩子哭了,她就可怜他,说,这是希伯来人的一个孩子。孩子的姐姐对法老的女儿说,我去在希伯来妇人中叫一个奶妈来,

为你奶这孩子，可以不可以。法老的女儿说，可以，童女就去叫了孩子的母亲来。法老的女儿对她说，你把这孩子抱去，为我奶他，我必给你工价。妇人就抱了孩子去奶他。孩子渐长，妇人把他带到法老的女儿那里，就作了她的儿子。她给孩子起名叫摩西，意思说，因我把他从水里拉出来。后来摩西长大，他出去到他弟兄那里，看他们的重担，见一个埃及人打希伯来人的一个弟兄。他左右观看，见没有人，就把埃及人打死了，藏在沙土里。第二天他出去见有两个希伯来人争斗，就对那欺负人的说，你为甚么打你同族的人呢。那人说，谁立你作我们的首领和审判官呢？难道你要杀我，像杀那埃及人么？摩西便惧怕，说，这事必是被人知道了。法老听见这事，就想杀摩西，但摩西躲避法老逃往米甸地居住。"（《出埃及记》2:1—15）

《古兰经》中对相同的故事是这样叙述的：

法老确已在国中傲慢，他把国民分成许多宗派，而欺负其中的一派人；屠杀他们的男孩，保全他们的女孩。他确是伤风败俗的。我要把恩典赏赐给大地上受欺负的人，我要以他们为表率，我要以他们为继承者，我要使他们在大地上得势，我要昭示法老、哈曼和他们俩的军队，对于这些被欺负者所提防的事。我曾启示穆萨的母亲（说）："你应当哺乳他，当你怕他受害的时候，你把他投在河里，你不要畏惧，不要忧愁，我必定要把他送还你，我必定要任命他为使者。"法老的侍从曾拾取了他，以致他成为他们的敌人和忧患。法老、哈曼和他俩的军队，确是错误的。法老的妻子说：

"（这）是我和你的慰藉。你们不要杀他，也许他有利于我们，或者我们把他收为义子。"（他们听从她的话，）他们不知不觉。穆萨的母亲的心，变成空虚的。若不是我使她安下心来，以使她成为信道的人，她几乎暴露真情了。她对他的姐姐说："你追着他去吧。"她就远远地窥测他，他们毫不知觉。以前，我禁止他吃任何人的奶，他的姐姐就说："我介绍你们一家人，替你们养育他，他们是忠于他的，好吗？"于是，我把他送还他的母亲，以便她获得慰藉，不再忧愁，而且知道真主的应许是真实的，但他们大半不知道。当他体格强壮，智力健全的时候，我赏赐他智慧和学识。我要这样报酬善人。乘城里的人疏忽的时候，他走进城来，并在城里发现了两个人正在争斗，这个是属于他的宗族，那个是属于他的敌人，属于同族的人要求他帮着对付他的敌人，穆萨就把那敌人一拳打死。他说："这是由于恶魔的诱惑，恶魔确是迷人的明敌。"他说："我的主啊！我确已自欺了，求你饶恕我吧。"真主就饶恕了他，他确是至赦的，确是至慈的。他说："我的主啊！我借你所赐我的恩典而求你保佑我，我绝不做犯罪者的助手。"（28章故事章4—17）

后穆萨在麦德彦得到神谕，要将以色列人从埃及带出来。在此过程中，他借助真主的力量，完成了诸般神迹，如丢杖变蛇、变水为血、使尘土变为虱子、击杀埃及人的长子、分开红海等[1]，最终将以色列人带到了传说中

1　《古兰经》云：当穆萨来临以色列人的时候，我确已赏赐他九种明显的迹象（17：101）。根据《古兰经》原文及经注学家的解释，这九种迹象是：手杖变蛇、手放光芒、荒年、歉收以及洪水、蝗虫、虱子、蛤蟆、水变血等灾害。

的"应许之地"，使其重新获得了真主的恩宠。整个故事在弗莱的原型理论中，是一个最为明显的"英雄的降生与成长"的故事，在"神话发展的四个阶段"中，被分类为"黎明，春天及诞生阶段"："关于英雄降生，苏醒与复活，创造以及战胜黑暗、严冬及死亡的势力等的神话。次要人物：父亲和母亲。传奇及颂扬、狂喜之诗歌的原型。"[1] 然而，现在我们要做的并非对于故事整体意蕴的分析，而是对于其中"英雄降生"的要素的具体解读。

在穆萨降生与成长的阶段中，最为特殊的要素是，他身为一个以色列婴孩，却并未生长在自己的国度之中，而是由以色列人的仇敌——埃及人抚养长大。实际上，这一故事情节的核心要素——"被敌人抚养的婴孩"，在世界各国的神话、史诗及传说中都屡见不鲜。身为中国研究者，我们最为熟悉的自然是"赵氏孤儿"的故事，在这一历经数百年之久逐渐成形的故事中，赵氏全族被屠岸贾所灭，而孤儿因为程婴和公孙杵臼的舍身相救得以幸存，并在阴差阳错之下，被屠岸贾收养为己子；直至成年之后，才获知自己的真实身世，并终为赵氏报仇雪恨，诛杀屠岸贾。可以看出，在这些故事之间，基本的构型是极为类似的。它们的核心要素都是"流淌着 A 族血的婴儿因为机缘巧合到了 B 族之中，而 A 与 B 之间存在着不可调和的矛盾"。在某种程度上，我们可以将之看作神话与史诗中最古老、最常见的"英雄苦难童年"母题的一种变体[2]——这里的"苦难"指的是广义

---

1 诺思洛普·弗莱：《诺思洛普·弗莱文论选集》，吴持哲编，北京：中国社会科学出版社，1997 年，第 90 页。

2 郎樱：《贵德分章本〈格萨尔王传〉与突厥史诗之比较——一组古老母题的比较研究》，《民族文学研究》，1997 年第 2 期。

的苦难，即英雄成长过程中所必然遭遇的挫折，并且他在克服这些挫折的过程中变得更加强大。

然而，在这里，我们必须着重指出，这个"生长在异族／敌人之中的婴孩"的故事构型，其核心元素依然是对于英雄的"苦难童年"的渲染，并不涉及其成年后的选择问题——或者更为确切地说，"选择"在这里并不成其为一个问题。正是在这一点上，《重回海法》对传统的故事原型构成了反叛、改写与超越。

三、血缘认同与国族认同

可以看出，《重回海法》的故事构型在诸多方面与《出埃及记》形成了对位：摩西／穆萨的身份是一个具有希伯来血统的婴儿，被阿拉伯人抚养长大；而与之相对应，《重回海法》中的赫尔顿则是一个生长在以色列家庭中的阿拉伯孩子。更为重要的是，尽管两者的父母都是"被迫"放弃了自己的孩子，致使后者被统治者"拾获"，但摩西／穆萨与自己的原生家庭依旧可以具有融洽的关系，而赫尔顿却无法原谅对方，这构成了《重回海法》的冲突核心。

摩西／穆萨的故事，正如我们上文所述，是一个最为典型的"英雄降生，苏醒与复活，创造以及战胜黑暗、严冬及死亡的势力等的神话"，在这里，他的父母只处于配角的地位——他的母亲只被略略数语提及，而父亲则并未正面出现。或者可以说，在这个故事中，摩西／穆萨真正的父亲是"天父"，即上帝或真主。这一点可以由以下的情节得到侧面旁证，即在《圣经》中摩西被收养的家庭内，出现的亦只是他的"养母"，即法老的女儿，而读者则未得到关于她的丈夫的任何线索。而在《古兰经》中，收养穆萨的尽管是法老的妻子，但法老却是以一个"邪恶的养父"的形象而出现的；因此，穆萨寻找自己"真正的父亲"——真主的旅途也就显得更为必要。在这一意义上，我们亦可将《出埃及记》看作是一场以色列人的"寻父"之旅。

而到了《重回海法》之中，本应成为配角的"父母"却成为了真正的主角，而传统意义上处于核心地位的"英雄"则成了一个"迷路的孩童"。与之相对应，故事的目的也从"寻父"变成了"寻找自我"。这不仅是赫尔顿的迷思，同样也是赛义德、索菲雅乃至以色列养母米利娅姆在这场"重回海法"之旅中不得不面对的终极困境——当血统、文化和国族在现代性的语境中变得相互纠缠而其边界却模糊不清之时，孤独的个体该如何建构自己的身份认同？以"正义"为基础的价值观在何种意义上才是可能的？

在传统的视域中，上述问题并非最为关键的，因为"血缘"在自我认同中往往占据了首要地位，人对于"家国"的归属基本上是以"血统"为核心的。因此，在《出埃及记》中，摩西从未质疑过自己"希伯来人"的身份，法老的女儿对他的"抚养之恩"——"因我把他从水里拉出来"，几乎是并不存在，也不受认可的。因此，摩西在"见一个埃及人打希伯来人的一个弟兄"时，他毫不犹豫地"把埃及人打死了，藏在沙土里"；而在后文中，当他率领希伯来人反抗法老，特别是在击杀埃及人包括法老的长子时，他也并未将自己置于"收养家庭"的伦理秩序中加以考虑。《圣经》中的逻辑十分清晰：一个人的根本义务是基于他的血缘／种族身份而构建的，这一点几乎已成为不容置疑的铁律。与其相似，在同样成书于传统社会的《赵氏孤儿》之中，当孤儿得知屠岸贾是自己的杀父仇人时，他顿时杀气腾腾地表示"他他他把俺一姓戮，我我我也还他九族屠"[1]。这里所体现出的是相似的价值观：个体在社会中的身份和地位由他的血缘所决定，而他所持的伦理价值观亦必须与此相适应——或者我们可以说，在这里，个人没有选择的权力，由血缘所先天确定的"群体认同"要高于"个体认同"。

而在现代社会中，最明显的特征便是，"血缘"不复成为确定一个人的社会身份的唯一标准，更不能成为价值建构的先验基础。现代性最重要的特点在于"个人"。福柯指出，现代性更多地应该归结为一种态度而非一个时期，这种态度的关键在于，现代人的任务并非"发现"自己，而是"创造"自己，"它强制人完成制作自身的任务"[2]。可以看出，在这里，并不是"身份"决定了人的选择，而是在选择中他自己的"身份"得以定位——出于自由意志的选择成为了个体伦理观建构的唯一合法性根基。与之相适应，"国家"的定义在现代社会中也发生了转变。"血缘"亦不复成为决定个体国族归属的根本依据——或者我们在这里更应援用本尼迪克特·安德森的著名叙述，现代民族国家在本质上只是一种"想象的共同体"，它的存在源自于"国民"的一致认同与衷心拥护。因此，在现代社会中，人们的"国族认同"与其"种族身份"相异，亦日益成为一种普遍的现象。

从这个角度看来，赫尔顿的选择似乎是"无可指摘"的，然而，这

---

1 纪君祥：《赵氏孤儿》，见《元曲选》，北京：中华书局，1958年，第1495页。
2 福柯：《何谓启蒙》，见杜小真编选：《福柯集》，上海：远东出版社，1994年，第546页。

是否就是作家本人的立场呢？当赫尔顿拒绝和父母相认的时候，他最初采取了一个全然现代的立场："我没有别的妈妈。我爸爸十一年前在西奈半岛战死了。他们就是我的父母。……我是在这儿长大的，这位女士就是我母亲。我不认识你们俩，因此对你们没有任何感情。"[1]对于赫尔顿而言，他拒绝根据"血缘"而确定自己的身份，相反却坚持"我是谁"的问题在本质上应当是一种文化认同——你属于你生于斯长于斯的地方。而在赛义德听到赫尔顿的质问后，他却陷入了对另一个问题的深思——"什么是祖国"？

赛义德的思考实际上也正象征了作者的思考：在现代社会中，如果我们承认，血缘无法为国族认同提供先验的合法性，那么这种对于"祖国"的归属感，又从何而来呢？赛义德在沉思后，最后选择的却也是一种更接近于"文化的认同"——"祖国不是过去，而是未来"：祖国并不只意味着对血缘的倚恃，甚至也不只意味着对历史和传统文化的归属感，它更多地源于在"一同奋斗与献身"中生长起来的"神秘而平等的兄弟爱"[2]。正是在这一意义上，赛义德极为称颂自己的第二个儿子哈立德，甚至将他看作是自己在面对赫尔顿的指责时唯一的"救赎"："现在，眼前这个高个子青年要和他脱离父子关系，他找不到什么东西来回击，于是只能抬出游击队员哈立德来为做父亲的自己脸上贴金。……对于哈立德来说，什么是巴勒斯坦祖国呢？他不知道有一张烈士贝德尔的照片，也没见过花瓶里的孔

1　格桑·卡纳法尼：《重回海法》，贝鲁特：回归出版社，1985 年，第361 页。

2　本尼迪克特·安德森：《想象的共同体》，吴叡人译，上海：上海人民出版社，2003 年，第6 页。

雀羽毛和楼梯边乱画的那些东西，更没听说过哈利萨和赫尔顿。但是尽管如此，他却愿意扛起枪杆去为祖国而献身。"[1] 在这里，作者似乎希望强调，对于祖国的认同并非通过对于"共同的历史和记忆"的分享而产生，而是通过建构对于"未来"的一致想象而诞生。然而，我们不得不问，这种同样基于现代性而构筑的国族想象，是否能在伦理上构成对赫尔顿的主张的有效挑战或否定？而剥离了对过去的"记忆"而构建的"未来"，又是何以可能的呢？

同样，当赫尔顿坚持采取"文化认同"的立场以确定身份时，他是否全无挣扎呢？如果我们仔细审视这部小说，会发现答案并非是全然肯定的。他对自己父母的指责，实际上也透露出暗暗的期许——"你们不应该离开海法。假如这办不到，也该不惜一切代价，别把吃奶的婴儿留在床上。假如这在当时也办不到，那么你们不该放弃重新回来寻找孩子的可能。……假如我处在你们的地位，一定会为此拿起武器！可是你有什么服人的理由吗？没有。你们无所作为，戴上了落后和松散的枷锁。别对我说你们哭了二十年。眼泪不能收复失去的一切，也不能创造奇迹。地球上所有的眼泪聚合起来也不能托起一艘小船，它不能载着你们去寻找丢失的孩子。"[2] 可以看出，赫尔顿拒绝承认"阿拉伯人"这一身份的前提，实际上是他对"无所作为"的父母的愤怒；而他对父母的劝告——"你们应当拿起武器"，实际上并非纯然出自一个他所自我标榜的"以色列军人"的立场，相反却表现出隐隐的希望，希望阿拉伯人可以通过反抗的行为来证明自己"并

1　格桑·卡纳法尼：《重回海法》，贝鲁特：回归出版社，1985年，第365页。
2　同上书，第364页。

312

非懦夫"。因此，当赛义德接受了他的劝告，决定离开并为祖国的未来而奋斗时，他表现得却并不像一个"胜利者"，而是"垂头丧气地坐着，他那顶放在花瓶旁边的军帽，不知什么原因，显得十分可笑"[1]。"可笑"实际上正是作者对赫尔顿最终的身份定位：作为一个为以色列战斗的、血缘上的阿拉伯人，他的处境注定是极为吊诡的。无论他如何努力通过现代性的"文化认同"来消解这一矛盾，都无法彻底摆脱自己先天的种族身份；他越是强调自己在"晓得了生身父母是阿拉伯人"之后"依然什么也没改变"，越发证明了"得知此事"曾给他带来的困惑与痛苦。所以在赛义德告诉他，他将与自己的弟弟作战之后，"高个子青年像一堆打碎的东西那样瘫倒在椅子上"[2]。实际上，我们不得不承认，完全摆脱血缘与种族身份，单纯根据"文化认同"而建构的"国族身份认同"只是一种现代性理论中的"理想状况"，而现实中的情形则远较其复杂得多。作为现代人，我们只能在血缘、历史和未来所搭建的三角之中，去寻找、去回答"我是谁""何处是我的祖国"这两个对个体而言至关重要的问题，并在寻找与回答的过程中定义"自我"——这是一种现代性的困境，但它同时又为个体"自我"的建构提供了更为丰富的可能。或许这正是《重回海法》带给我们最重要的启示。

（本文原载于《阿拉伯学研究》第四辑 2016 年 1 月。）

1　格桑·卡纳法尼：《重回海法》，贝鲁特：回归出版社，1985 年，第 366 页。
2　同上书，第 368 页。

参考文献：

[1]《圣经》(和合本)[M]，南京：中国基督教协会，1998 年。

[2]《古兰经》[M]，马坚译，北京：中国社会科学出版社，1996 年。

阿拉伯小说走向世界性思维

——以埃及小说《处处堕落》为例

王　复

摘要：阿拉伯小说从诞生到臻于成熟的现代小说的问世，及其后的"埃及现代派"、黎巴嫩的"叙美派"等大量当代小说的出现，表现出了其创作思维的发展。本文试图通过小说《处处堕落》，阐明阿拉伯小说的思维正从不同的维度扩大伸展，走向世界性思维，思考世界性问题。

作者简介：王复，外文出版社译审

1974 年，埃及小说《处处堕落》发表，在阿拉伯文学界引起了强烈的反响。很快，便被认为是近三十年里一部最重要的阿拉伯小说，获得多个奖项，包括埃及国家小说鼓励奖，1974 年埃及国家文学奖、1975 年埃及首届短篇和长篇小说共和国文学艺术奖、1978 年非英语文学作品的美国飞马金奖、1992 年共和国文学艺术奖、1999 年国家优秀奖和 2003 年国家荣誉奖。

小说作者萨布里·穆萨，1938 年出生在埃及的杜姆亚特。发表了四部短篇小说集和三部长篇小说。还为多部埃及电影撰写剧本。从他出生的年代和登上阿拉伯文坛的时间来看，他属于二十世纪六十年代一辈的小说家。

在谈到新文学时，季羡林先生曾明确指出，任何一种得以继存的文学的两大要素：民族性和时代性。

《处处堕落》之所以获奖频频，国内国外享誉，也正是因为其具有了季羡林先生明确指出的，任何一种得以继存的文学的两大要素：民族性和时代性。同时，其又被阿拉伯文学界称为"阿拉伯现当代小说创作的里程碑"。获此评价的一个重要原因是，在凸显民族性和时代性的基础上，其反映了阿拉伯小说创作思维的发展，从一个国家、一个地区、一种现象走向世界性思维。

一、阿拉伯小说走向世界性思维

阿拉伯小说创作思维的发展有其良好的基础，即灿烂的阿拉伯古典文学给现代的小说家们留下了丰厚的遗产。但是，随着十九世纪初以埃及革命为始的阿拉伯世界各国相继发生的巨变，人们对现实的思索变得迫切，对于小说家们来说，这种思索尤其深刻。

民族性和时代性的结合，就是对作家思维的指导，时代的发展，也必然带来思维的发展。两次世界大战，特别是第二次世界大战以后，阿拉伯世界的生活方式和思想方法都发生了巨大的变化。正如叙美派三杰之一的米哈伊尔·努欧曼所说："这首先由于短时期内出现了大量令人目瞪口呆的发明创造。再就是政治、经济、社会各方面爆发出的岩浆般的滚滚激流，它们和我赖以生存的世界已迥然各异。"

时代的变迁使小说家们已经开始站在各自国家的土地上，为整个阿拉伯世界，为全世界进行思考。

于是，阿拉伯小说的思维不仅注意作者自己的国家，而且扩展到整个阿拉伯世界，从对国家、民族和社会的强烈的责任感和忧患意识出发，他们在继承阿拉伯古典文学遗产的基础上，借鉴西方小说的浪漫主义，继续扩展到对世界性问题的思考，提倡对生命、对生命之家——地球的热爱。

这种世界性的思维在阿拉伯小说中表现得愈发明显，其中的一个典型，就是埃及小说《处处堕落》。

二、《处处堕落》的世界性思维

1963 年春天，萨布里·穆萨在埃及与苏丹边界附近的东部沙漠度过了一个晚上，看见了德尔希布山。那是萨布里·穆萨第一次去沙漠。他对沙漠的第二次访问，如他自己所述，是去拜谒位于这片沙漠深处的苏非派斗士艾布·哈桑·沙兹里的墓地。在他第二次看见了德尔希布山时，一种强烈的创作欲望在心中产生，他意识到，他应该与其为伴，在那里住下，进入一个无限宽广、无限深邃的空间，去探索一种他在那里已经感受到的不寻常的关系。于是，从 1966 年 1 月至 1967 年 1 月，他在德尔希布山的沙漠中生活了整整一年，得到了丰收的硕果：创作了小说《处处堕落》。1970 年，作者开始在埃及杂志《早安》上以连载的形式发表他的这部小说，四年后全书出版。

很快，《处处堕落》在阿拉伯文学生活中激起了不寻常的反响。

阿拉伯文学评论家几乎一致认为，《处处堕落》是一本杰出的小说，作者萨布里·穆萨运用大量的、各种不同的、互相支持的人文作品写作的经验，创作了这部思想深刻的长篇小说。他以诗人的情感进行了创作，具有敏锐的社会意识和政治意识，超越了事物本身。他呼唤着大自然与人，使两者在不同的情况下进行着不同的聚合，并将这一切用光明、优雅、稳重而富有魅力的标准的阿拉伯语写出，构建了一种新的叙事方法和从未涉猎过的想象空间，创建了阿拉伯文学上的一个里程碑。

（一）主人公的设定——跨越阿拉伯民族界限

小说创作的原因是：作者在埃及东部沙漠的德尔希布大山里生活了一年，在那里，获取了丰富的、从未被充分使用的人文资源，写了一个巨大的悲剧：源于内心深重的负罪感和作为父亲的责任感，主人公尼古拉竟在被罪恶包围的环境中，在纷杂的臆想里，认为自己和最亲爱的女儿发生了性关系，并且有了孩子，从而导致了惨绝人寰的悲剧——他偷去了生命中的最爱、亲生女儿的新生儿并把他杀死，女儿为寻找终生疼爱自己的父亲而被崩塌的矿井埋葬……

作者是如何对小说的主人公进行设定的呢？他写到"在那久远的年代，这位老人的母亲在一个已无人能记起的村镇里把他生下时，就用一位圣徒的名字称呼他，尼古拉。他渐渐长大，但令母亲难过的是，他总是感到吃惊，眼前的一切颇属新奇，他虽然未曾体验和经历，却总以孩童的好奇和挚爱相对。""那时，人们都在谈论祖国，没有祖国的尼古拉满腹愁伤，心神憔悴地躲开那些谈话，独处一隅，那可以让他得到归属的祖国在哪里？！"

当他尚是七岁的孩童时，他的家就离开了俄罗斯的一个城市。做牙医的父亲在伊斯坦布尔定居下来，而这就是他所知道的关于父亲的最后的消息，他经常和他的两个兄弟辗转多地，迁移不息，终于任两个兄弟各自浪迹他乡。那太久太多的徒步使尼古拉获得了知识，但却付出了沉重的代价……

尼古拉在意大利认识了一个流浪的高加索女人,她为他生下了他的一生挚爱——女儿伊莉娅,即小说的第二主人公。

主人公是一个没有祖国的人,他是一个国际化的人物吗?不!

作者作出这样的人物设定,我认为他是设定了一个"地球人",即生活在地球上的人,他应该是一个热爱家园、建设家园、给予家园的人,而他的家园,他所寻找的祖国就是地球。但是,他没有做到……

这种设定突破了阿拉伯现当代小说人物的设定习惯,使读者从一开始,就把眼光放开,不是只集中在某一个阿拉伯国家,或者是阿拉伯世界,而是观看世界。这也为小说的题目《处处堕落》的"处处"埋下了伏笔。

(二)地域的设定——世界,生存的最广大的自然界

小说离开了阿拉伯小说习惯性的地域——城市和农村,把人带到了一种全新的环境,带向了伸向大海的无垠的沙漠,那里的人们面对的是横亘的大山,尖利的岩石,成千上万条毒蛇,还有缺水的焦渴。他写道:

"山坡旁、谷地边时不时地会出现一堆白骨或插着一截枯枝,枝头上飘着一小块布,这在沙漠里是亡灵的标志……

"白骨是骆驼的尸骨,再仔细看,不难发现它已散落成一堆,看来死亡时间肯定已经很长了……有时,也能看到一整个仍被颈骨支撑着的、抬着头的骆驼头盖骨,由此,可以断定这头骆驼死亡时正坐卧着,高傲地打量着这片沙漠。最后,沙漠里的猛禽吃光了它的肉,数百年的风吹日晒,留下的尸骨变成了岩石上闪烁的亮白标志。

"因此可以看到,无论它是死在山石上还是平原地区的边缘,它的嘴

都因焦渴而干裂，双目由于炎热和死亡而紧闭。"

这是小说中的悲剧发生的地理空间，无边无际的大海和无边无际的沙漠的连接构成了大自然中最宽广的地域，最残酷的粗糙和最不可测的深邃，那里充满了斗争，人与大自然之间的斗争，生与死之间的斗争，正义与邪恶之间的斗争。斗争的各方在那沙漠和大海之间，激烈地角逐。

这种大海和沙漠连接的广大的地理空间赋予了作者更为广大的想象空间，作者以敏锐的社会知觉和穿透事物表象的目光，仰望沙漠和大海之上的天际，进入了合理却无羁的幻想空间。

面对如此"粗糙"的环境，作者却使用了诗一样的语言和深情，赞颂了深蕴其中的淳朴、坚强和真挚的爱；同时，也形象地写出了贪婪、欲望、愚昧、淫荡的丑恶。正如一些阿拉伯文学评论家所说，这部小说打破了阿拉伯文坛长时间的沉默，使阿拉伯小说开始进行一种世界性的思想探索。

（三）故事主题设定的世界性意义

"强暴"是该部小说的故事主题。如此大胆的选择，如此细腻而准确的语言和描写，使心颤抖，使情震撼。但是，谁又会想到，这种强暴是如此骄横和广泛……男人对女人的强暴，成年人对少年的强暴，父亲对女儿的强暴，甚至还有人对动物的强暴！一个个阴谋、一个个"集体"，"共同"策划和促使着一个又一个强暴事件发生，满足肆无忌惮的贪婪、消遣和取乐的欲望。

作者试图用古老的传说和流行在本地的神话，像海洋新娘的故事一样，用最大的努力达到叙述的目的，显示语言隐喻本身的责任。首先，作者通过一个假设的目睹者，一只大鸟，为我们画出了小说里的事件发生的地方的图片："若能望见翱翔天际的鸟儿小心振翅，不让那羽毛覆盖的头被岩石嶙峋的山巅撞击，便可看到德尔希布山俨然庞巨的新月，它肯定是在某个久远的时期从天而降，坠落成大地上的石头，用它那庞大的状如弯月的双臂，拥抱着一个寸草不生的近乎谷地的地方，几千年的风号和无尽的剥蚀，在那里种植了岩石的参差和坑洼组成的石林。"

假设的目睹者"鸟"和其在天空的目睹之处以及作者使用的比喻一起，使我们在故事开始时就置身于一个遥远的世界，而且是一个自然界的神话世界，所以不可能依靠通常的人类社会生活的意义使那里进行的一切理智化。这使得故事的叙述有时似乎是一种《圣经》般的回声，具有抽象主义色彩。神话般开始的幻想的景象以及所具有的遥远和空白，面对想象力的影响，不可避免地以一种隐喻的语言结束，努力填补接收者和图片之间的距离："那难于驾驭的情欲，就像那些大山，是一种放纵的欲望，也像周围那充满纯粹的静谧的沙漠，是一种更加放肆的欲望。"

萨布里·穆萨以耐心、宽容和对美的追求寻找着能够穿透现实深处的视野，让这种视野能够成为一种预言，存留在我们的精神里。

但是，这种现实中的现象并非作者追求的真正目的，其中发生在精神混乱的父亲和女儿之间的关系、沙漠之民对海兽的强暴也并非如某些评论所说是魔幻的表现，更非要以"怪异"吸引读者。作者正是通过这样一个奇特的、局部地方发生的故事，展开他的世界性的思维。

小说主人公尼古拉及其他人物的出现，意大利建筑师马里奥，埃及帕夏，外国人安托尼和尼古拉的女儿伊莉娅的出现，以及后来出现的寻求各种乐趣、满足他们肆无忌惮的欲望的国王及其随行人员，导致了一种命定的冲突和悲剧的产生。也许在如此的结局中，有着丰富的内涵，表现这种内涵的，是出现在阿拉伯小说中的一种独特的叙事方法。

故事中的冲突不是那种永远存在的自然与人之间的冲突，而是所有在这个故事中发挥作用的人的情欲和贪婪、欲念的冲突，在聚合与分裂、无罪与堕落之间，以及有序的奉献和贪婪之间的冲突。然而，这些意义和价值观的冲突并未产生一个阿拉伯小说惯有的象征性的故事或比喻，使其中的一些人物代表着无辜，另一些则代表堕落。这部小说中的冲突在一定程度上是一种如希腊悲剧一样的命定的悲剧，并非发生在绝对的善恶力量之间，而是在平等的力量之间，无论是正义还是罪恶，都是真正的悲剧，从而使这种内涵带有世界性。

尼古拉、伊莉娅、凯尔沙布是悲剧的受害者，一方面表现出的是无辜、团结和慷慨的奉献，同时，他们又不是完全无辜的，因为他们都有着被禁止的欲望，参与了贪婪，表现出了堕落。

例如，尼古拉，小说的主人公，精神混乱状态下认为自己是一个实施强暴的人，从一开始，就试图忠实于那座宝藏丰富的大山及其居民所代表的自然的统一。因为他一直在追寻自己的祖国，于是试图融于其中，将其作为自己的国土。但是，他在那里的存在，却与其他方面一起，成为了一种勾结，破坏这种统一、泄露其秘密、掠夺其财富并使其枯竭的行为的勾结。这种勾结不仅限于在山上挖掘隧道，并在其洞穴中提取矿物，他这样做的目的不仅是获取，同时也是为了满足他被禁止的欲望。即使他这种欲望未被激起或没有满足，他与外国人安托尼和国王及其随从人员也没有什么区别，他们都抛弃了人类应有的价值观，把大自然当成了攫取财富、以满足他们那些不正常的欲望的手段。最后，由于被罪恶感包围，他又导致他的女儿和她孩子的死亡，这不是他精神混乱的结果，恰恰是罪恶的表现。而精神上的混乱就是在他的潜意识里罪恶感增长的结果。在他内心，他意识到他已经违反了将他与他女儿和他所在地方联系在一起的正常关系。通过与外来掠夺者之流的勾结，他已经侵犯了这座大山和那些来到这座大山满足自己私欲的人们与大山之间的自然关系，从而背叛了他想要将其当作家园的初衷，他侵犯了这里的大地，破坏了他和他生命中最珍爱的人——他女儿之间的关系，成为了这些圣洁的大山的罪人。

他的女儿，纯洁的伊莉娅，虽然是被强暴的悲剧的受害者，引人同情，但是她的纯洁里也有一种人的私欲，她"并没有理会身边这个被称做国王的男人，她的注意力集中在笼罩着这辆她与他同来的汽车的辉煌与威严。她觉得这种辉煌与威严是属于她的"。"而她，这大山的姑娘、大山里迷人的小精灵，和那散着孤芳的鲜花，变成了这大山的女主人和它的女王！是国王陛下夺去了她的无邪和童稚，具有了心甘情愿地拥有这一切的王后的心理。童年时，在她像粗野、狂暴的岩石中一株光艳的雌性小树，自由高傲地赤裸着身体时，皇家的感觉就在自然地成长着。"

正是这种"皇家"感觉的滋生，使她产生了拥有大自然中的一个地下王国的愿望，她要当它的女王。要控制大自然。

无辜的沙漠之子凯尔沙布，由于淳朴的无知，竟然被那些以猎奇取乐、淫荡无度的邪恶之心欺骗，为了给亲人报仇，为了实现他作为一个男人的承诺，他竟对一只巨大的海兽实施了强暴，"当他赤裸的身体触到了那（海兽新娘）粗糙的、湿漉漉的肉体时，他顿觉毛骨悚然，不寒而栗。他把脸深埋在那"新娘"瘦削的胸间，开始哭了……但却无人听到他的哭声……"

他似乎羞愧悔恨，但是，他强暴了大自然。

最后的结果是"……在前方一石之遥的地方，他们看到的是茫然失措的凯尔沙布，他正在拉着埋在沙土里的渔网的绳索，把网收起，待整张网已被他攥在手里时，他开始仔细查看，结果，没有找到一条鱼。于是，他生气地将头歪到一边，又将网向远处撒开，随后，便趴在沙地上哭着……片刻之后，他重又把网收起，然后又将其撒在沙地上，抖动着，仿佛要把落入网中的贝壳、垃圾、海草全甩掉，然后，再一次将网向沙地抛去，希望这次能捕到鱼。"

大自然对他进行了惩罚：在沙漠中捕鱼，他疯了。

完成小说"强暴"主题的人物众多，从国王到侍从，从本国人到外国人，从淳朴的人到贪婪的人……他们在阿拉伯小说从未涉猎过的想象空间里发生着冲突，游荡在无罪和堕落之间，无论是无辜的犯罪，还是由价值观决定的堕落，这一切分散的行为俨然有组织地对大自然实施着侵犯。

（四）世界性的提问：谁的权利

我们说过，小说设定的地域是沙漠和海洋相连的广大空间，一座座山峦横亘，"从那无人知晓的遥远的年代开始，那些庞巨的岩石就已经呆在这沙漠里了。时光、雨雪和风暴改变着它们，让它们内部滋生出几十种矿藏……那可是一些色彩各异、质地迥然不同的东西"，那是刺激人的贪欲的矿藏，"当探测器确定了矿脉的存在……工人就动手在山里挖掘。他们只知道动手挖，不懂什么时候停。大山的深处已然是一块合法自由之地，只要有矿脉在招手，吸引着，他们马上开动挖掘机挖出，通过巷道，再铺上铁轨，运出洞外……在那四五百米深的大山的腹内，当他们中任何一人举起大锤时，都十分明白，头顶上的那些石头随时可能坍塌，切断他的生命之路"。

大自然不仅慷慨赠予，还展现出深蕴于其中的淳朴、坚强和真挚的爱。沙漠在那些与其共生的纯洁人们的心中植下了各种优良的美德，他们也以此为武器，应对日常生活里的各种危险。

他们的美德赐予他们纯净的真诚和包容，使他们与生活其中的大自然融合了，融化于其中。由此，他们便拥有一种与生俱来的、充满心安的感觉。当他们，这些贝都因人迷失在沙漠的酷热和细软的沙子中时，这种真诚便会照亮他的思路，为他指明方向……当他熟睡在沙漠之夜，蛇蝎趋近他的身体时，这种真诚便会为其敲响警惕危险的钟声。

这种人是大自然培育出的人，小说中的代表是祖祖辈辈与沙漠、山岩为伴的年轻人伊萨，从这位以天生的本能面对周围大自然的贝都因人的话中，小说的主人公尼古拉揭示着生命和精神归属的真正含义，他甚至"想跟着伊萨，沿着那望不到边际的遥远的海边去南方，一起穿过拉斯塞马迪，经过沙尔姆和骆驼谷、比尔兰吉、哈马特、著名的白纳斯海湾和具有非洲土著血统的白拉尼斯公主城的遗址，然后再以他们团结一致而产生的勇气，面对沙暴狂风，到达神圣的白山阿勒白。到了那里，尼古拉将以其欧洲人的额头去顶礼膜拜，触及胜利之门，以表其无限的崇敬和敬重。而伊萨则将把他介绍给他们那伟大的先祖，那块岩石。"

他甚至愿意和他一起，浪迹于那些大山的深处和蜿蜒曲折的山路上，去认识他（伊萨）那些古老的亲戚，他的叔伯、婶舅和姻亲的族人。那正是一些大自然中的人们。

在他们心中，大自然就是人，是有血有肉的人。当大自然的宝藏，"那从大山腹中取出的果实的亮光反射在山坡上时，一种如潮水般汹涌的愿望控制了他（伊萨）的感官，这种感觉不止一次地、强烈地引起他的怀疑……，那是在夕照之时，在那逐渐褪色的红光的照耀下，他觉得这些大山上的嶙峋坚硬的岩石正在环抱着一种肉、血和骨头的混合物，是那些在古老的矿井下窒息而死，或者在采矿的地道里被突然而至的岩石塌方埋葬的男人们的混合物。他真怀疑，这山是由肉和血构成的！"

"或许就是这一切在不知不觉中，在他心里种下了忧虑的种子。他不止一百次经过矿井，看到井里的外国人，看到骆驼把矿石运往通向海边的路上。于是，这颗种子慢慢地生根结果，在他心中郁积成一种压抑的愤怒。最后，以一种惶惑的仇恨，对这些宝藏，对这些男人竭尽全力、疲惫不堪地从大山里、从他的世界里采出的财富，产生了质疑：这是谁的权利？谁又是这些宝藏真正的主人？"

伊萨的发问，使他做出了一个决定，要把那些外来人从大自然怀抱里弄来的金子给他的先祖，他那与大自然厮守的先祖看看，然后再拿回来。于是，他做出了被那些视金如命的外来人认为是偷窃的举动。

为了证明他的诚实，他坦然地接受了考验：赤脚从火焰燃烧的柴堆上走过。

"伊萨向那长长的火坑投上了迅速而悲伤的一瞥，然后弯腰脱掉草鞋，从深褐色的、消瘦的双脚处挽起裤腿。之后，他把胸膛高高挺起，迈出一只脚，极目远望天际，走上火堆。那时，他极有可能本能地看到了古老时日的深处……伊萨非常相信那些关于他祖辈们的故事，并以其本能感觉并确信他没有做任何强暴别人权利的事情。这种本能的感觉使他那在常人难以想象的艰难中受到锤炼的身躯竟能与那烈火产生的痛苦和睦相处。他穿过烈火，一次，又一次，然后是第三次，在众目睽睽之下，在烈火上安然无恙地走了过去，拾起两只鞋，躺在地上，对着众人，把双脚伸开，仿佛要所有的人都来证实他的无辜。"

是谁在保护他？是他的诚实。但是作者更注重的是他那深深的疑问：这是谁的权利？谁又是这些宝藏真正的主人？因为这个疑问背后有一种强大的支持存在，即大自然必须受到尊重，尊重他的人，必将强大。

伊萨的发问，不仅是面对那些在沙漠、大山里疯狂攫取的人发出，更多的，是面对地球上所有的人们。地球上的一切永远在更迭、替代和变化，自然界的馈赠并不是永续长存的。

小说就是通过这次发问，向读者说明：大自然是有生命的，有血有肉；大自然的馈赠，包括深埋地里的矿藏是有生命的，有血有肉。大自然馈赠慷慨，但对于劫掠生命，大自然的报复，就是让劫掠者生命止息。大自然广阔无垠，这一现实必将包括全世界。

《处处堕落》就是通过这种不同类型的人物、不同因素和大自然的非同一般的聚合，对自然和人类的关系展开了一种世界性的思维，开拓了阿拉伯小说的一个新的幻想区域。它同时又将一种与纳吉布·马哈福兹等老一辈作家，二十世纪六十年代的阿拉伯小说家（萨布里·穆萨正属于这一代作家）所使用的不同的叙述语言赋予了作者。正因为《处处堕落》背后的想象力与以前的作品没有共性，因此，必须使用一种具有高度隐喻能量的叙述，以满足描述不寻常的存在与历史的和现实的事件的目的，诠释书中所涉及到的罪恶和贪婪事件的内涵，一如小说题目，强暴自然的堕落涉及多方，遍及各地，处处堕落。

这部小说独具特色，将自然精神与人文精神融为一体。全书用一种明艳的语言书写，以其优雅恬静和美丽，引领我们感受那片土地上发生的一切，打破了阿拉伯文坛长时间的沉默，使阿拉伯小说开始进行一种世界性的思想探索：人与自然的和谐。

巴勒斯坦诗人达尔维什诗作中的
"土地"意象探析

唐　珺

摘要：巴勒斯坦诗人马哈茂德·达尔维什是巴勒斯坦诗坛的代表性人物，巴勒斯坦土地是诗人创作爱国诗篇的意象核心。本文以达尔维什诗作中的"土地"意象为考察对象，诗人通过对土地的频繁书写，对家乡自然物淋漓尽致的描绘，对土地、祖国的恋人定位，对本土生态风景与生活场景的诗性重塑，展现土地与巴勒斯坦人的渊源，求证本民族对土地的占有权，诠释巴以冲突背景下巴勒斯坦人民的记忆创伤、民族属性和诉求期冀。

作者简介：唐珺，北京外国语大学讲师

巴以冲突是二十世纪中东地区冲突的热点，表现为巴勒斯坦与以色列两大民族对同一块土地提出了排他性的主权要求。从诗歌发展角度来看，巴勒斯坦形成并发展壮大了以抗争犹太复国主义、收复故土为诉求的"抵抗诗歌"流派，先后孕育出包括易卜拉欣·图甘（1905—1941）、法德瓦·图甘（1917—2003）、优素福·哈俊布（1931—2011）、赛米赫·卡西姆(1939—)、马哈茂德·达尔维什(1941—2008)等一批巴勒斯坦著名诗人。其中，巴勒斯坦大诗人达尔维什是一位穷尽一生为巴勒斯坦民族而歌的大诗人。他1941年出生于巴勒斯坦北部村庄比尔沃，是1948年巴勒斯坦战争、1982年黎以战争、九十年代巴以和谈等重大历史事件的亲历者。他于上世纪六十年代初开始诗歌创作，七十年代离开巴勒斯坦，先后在黎巴嫩、叙利亚、突尼斯、约旦等阿拉伯国家工作生活。八九十年代旅居巴黎十年，随后回归祖国定居拉姆安拉，2008年因心脏手术失败辞世。作为享有世界性声誉的当代阿拉伯诗人之一，达尔维什被誉为"巴勒斯坦民族诗人""民族代言人"。他一生出版了三十余部诗集、文集，作品被译成英语、法语、西班牙语等三十多种语言，并曾获多项国际诗歌大奖。

土地是民族文化的源头，它囊括家园、领土、主权空间，也指涉民族的社会、文化归属空间，是巴以冲突背景下巴勒斯坦人民的本质诉求。在书写土地与祖国的阿拉伯诗人当中，达尔维什是将土地意象表现得十分出色的一位。土地是达尔维什书写爱国诗篇的意象核心，是他抵抗诗歌创作的基点。在其诗歌创作实践里，"土地"这一自古以来饱含诗性力量的母题孕育着隐喻的深意和希冀的可能。达尔维什书写土地之频繁，乃至于评论家们评价他"痴迷于土地近乎疯狂"[1]。这一疯狂表现为对土地、对家乡自然物淋漓尽致的描绘，表现为将土地、祖国视为热恋中的爱人，也表现为在本土风景与生活场景的诗性重塑上所作的丰富尝试。

1　沙基尔·纳布勒西:《为土地疯狂的人——马哈茂德·达尔维什诗歌与思想研究》，阿拉伯研究与出版局，1987年，第250页。

一、"土地"：象征祖国的核心意象

土地与祖国不可分割。历史上的巴勒斯坦地区除目前的巴勒斯坦之外，还包括当今的约旦全境、以色列全境及周边一些地区。第一次世界大战后奥斯曼帝国瓦解，巴勒斯坦地区首先成为英国的委任统治地，被分割为约旦和巴勒斯坦两部分。1947年联合国大会通过第181号决议，规定在巴领土上建立阿拉伯国和犹太国。1948年以色列宣布建国，占领了决议规定的阿国地区大部分土地；1967年第三次中东战争爆发，以色列通过战争一度占领约旦河西岸和加沙地带，即整个巴勒斯坦，大批难民由此流亡到邻国或其他地区。可见近代以来，巴勒斯坦经历的是一段土地不断丧失的屈辱岁月。土地是孕育巴勒斯坦民族文化的源头，也是巴以冲突的根源，是达尔维什诗作中祖国的有形载体和象征物。诗人基于土地的自然意象书写，深刻地表现出巴勒斯坦人民的丧土失国之殇。

巴勒斯坦拥有丰富的自然资源和肥沃的田野。农耕的经济形态，分布广泛的农村，在人口中居多数的农村居民，都决定了土地是巴勒斯坦民族的生存之本。巴勒斯坦诗人的农耕原生家庭属性，使得他们的土地诗浸染浑然天成的自然风光和乡土气息。达尔维什出生于巴勒斯坦北部村庄，是农民的儿子，他的家乡比尔沃村是当地数千个普通村庄的缩影。当以色列占领村庄、驱逐村民的行动全面展开，目睹这一切的青年达尔维什便在诗中以沉痛、愤怒的语调，表达农民失去土地和家园的苦楚，并号召巴勒斯坦民众坚守土地、坚忍求生。在他真正意义上的首部诗集《橄榄叶》里，《关于坚忍》一诗以"倘若橄榄树记得它的种植者，/橄榄油定会化作眼泪！"开头，从侧面反映出橄榄种植者——巴勒斯坦当地农民所遭遇的悲惨处境。

诗作表达了种植者对橄榄树、麦穗等作物的爱惜，进而表达出农民守护、捍卫土地的决心：

　　我们将一直成为橄榄的绿色

　　成为土地四周的盔甲

　　……

　　土地，农民，坚韧

　　告诉我：你如何征服得了……

　　这三座圣像？

　　你如何征服得了？[1]

　　这首《关于坚忍》是诗人早年创作的典型的抵抗抒情诗，体现了意图明晰、语气坚决的特点。达尔维什在诗中强调"我们喜爱玫瑰／但我们更爱麦子"，反映了广大巴勒斯坦乡村的平民对于土地的依恋，对于田园生活的热爱。相对于"玫瑰"的浪漫情调，村民们更热爱脚踏实地、质朴克勤的农耕劳作。将"土地""农民"和"坚韧"的意义宗教化并奉其为三座圣像，是对诗中的"你"——以色列占领巴勒斯坦所依据的宗教历史借口的回击，也是对民众坚守土地、抵抗占领的号召。此处的"土地"强调的是其耕种意义，象征着农民赖以生存之根本。

　　《巴勒斯坦伤痕日记》是一首与巴勒斯坦女诗人法德瓦·图甘对话的

　　1　马哈茂德·达尔维什：《马哈茂德·达尔维什诗全集1》，约旦：艾赫里耶出版社，2014年，第42页。

抒情诗。在这首同样以土地为主题的诗作里，达尔维什将农民对土地的依赖之情扩大为人与土地的共生关系。全诗由二十四小段组成，不同小段碎片式地表达了诗人对于丧失土地的忧伤与焦虑。诗中的土地象征着祖国、家乡、主权，象征着生命、生存，也与人民共同遭遇苦难。从第一段起，诗人首先展示了"巴勒斯坦的伤痕"：巴勒斯坦人民正遭遇与家乡的土地及不同地域脱离关系的危机：

我们无需被提醒：

迦密山在我们体内

我们的睫毛上长着加利利的青草

别再说：愿我们如河流般向她奔去

别再说：我们在祖国的血肉里

祖国在我们的身体里！[1]

在巴以冲突中，当地人民被驱离家园，土地被敌人践踏颠覆，人民与土地遭遇的是同等悲惨的命运。人民被迫与迦密山、加利利等代表家园土地的标志性场所脱离关系，两者的纽带被横加斩断。为了恢复这一关系，当地民众奋起抗争甚至付出生命，土地也是一幕幕惨剧的见证者：

这片吮吸着烈士肌肤的土地

1　马哈茂德·达尔维什：《马哈茂德·达尔维什诗全集1》，约旦：艾赫里耶出版社，2014 年，第 356 页。

向夏天许诺了麦子和星星

膜拜她吧！

我们是她脏腑里的盐与水

是她胸口　一块战斗着的伤痕[1]

　　此处，土地被诗人赋予了生命，在她"吮吸着烈士肌肤"的同时，战斗的人民成为其"脏腑里的盐与水"，人与脚下的热土融合为一，结为生死同命的共同体，并在苦难中黏合、团结得更加紧密，一道踏上同患难、共甘苦的抵抗斗争之路。人终将化为尘土回归大地，成为大地的滋养，与大地合为一体归于不朽，将孕育大地新的诞生。巴勒斯坦的土地除了洒下烈士的热血，也是大批惨遭屠杀的巴勒斯坦平民的魂归之所。七十年代发表的《大地之诗》纪念的是五名巴勒斯坦少女被以色列军人残忍杀害的事件，诗中的土地被拟人化，成为这一事件的陈述者：

在起义之年的三月，土地向我们诉说

她那沾满鲜血的秘密。

三月，五名少女路过紫罗兰与枪。

她们驻足于小学门口

与玫瑰和百里香共燃，

1　马哈茂德·达尔维什：《马哈茂德·达尔维什诗全集1》，约旦：艾赫里耶出版社，2014 年，第 357 页。

由此开启泥土的颂歌。[1]

诗人以紫罗兰、玫瑰、百里香等植物突显少女的柔弱，无辜孱弱的少女们与植物在"共燃"中结束生命，反衬出侵略者杀戮的残忍。少女们血洒大地融入泥土，"开启泥土的颂歌"，激发了民众的怒火，也激怒了诗人，引发他激烈的抵抗情绪：

我把泥土称作我灵魂的延伸

我把双手称作伤痕的站台

我把石子称作翅膀

我把飞鸟称作杏子和无花果

我把我的肋骨称作树木

我从胸口的无花果树抽出一缕枝条

像石块一样投掷

去摧毁入侵者的坦克[2]

诗人将泥土、石子、飞鸟、无花果等自然物化为人民同悲同苦的盟友，人与自然合为一体变作抵御外敌的武器。其中，"泥土"被视为灵魂的延伸，本具有边界、有实体的土地被诗人去边界化和无限扩大化，与此同时，在

---

1 马哈茂德·达尔维什：《马哈茂德·达尔维什诗全集1》，约旦：艾赫里耶出版社，2014年，第665页。

2 同上书，第666页。

土地上遇害或牺牲的巴勒斯坦民众最终将归为泥土，泥土是逝者灵魂的结晶，也集聚了先辈对生者的期望，由此，人与土地仿佛形成了一股内外结合的强大的对抗力量。但这些"石块"级别的武器在以色列的坦克大炮面前又可怜得不堪一击。诗人愈加感到自己肩负的责任，号召民众为祖国顽强抵抗、牺牲自我的意志。他在诗歌末尾写道：

我是土地

欲前往摇篮中麦粒的人

先开垦我的躯体！

欲前往耶路撒冷岩石的人

先通过我的躯体

欲通过我躯体的人

你们无法通行

我是躯体组成的土地

你们无法通行

我是苏醒的土地

你们无法通行

我是土地。

欲通过苏醒土地的过路人

你们无法通行

无法通行

无法通行！[1]

重复性的呼喊表现出诗人、人民抵抗的坚决，以及抵抗行为所激发的浓烈的爱国情。当诗人走出故乡，他诗中所表现的人与土地的合体性依然存在，土地由原本客观存在的地域，变得如灵魂一般随诗人同行，正如另一首诗《河流是陌生的 你是我的情人》中所言："这就是我们居住的土地 / 它已变成旅行"。诗人走到哪里，土地也就自动延展到哪里。《回到雅法》以居住于雅法古城（今属以色列特拉维夫）的阿拉伯居民为视角，诉说了一曲难民被驱逐出家园的悲歌。在诗歌末尾，诗人不得不接受离去的事实：

此刻 让难民的双手高举成

一阵阵风

此刻 让他们的姓名扩展为

一道道伤

此刻 让他们的身体爆裂为

一个个清晨

让土地找到她的地址

让我们在自己体内找到土地[2]

1　马哈茂德·达尔维什：《马哈茂德·达尔维什诗全集1》，约旦：艾赫里耶出版社，2014年，第667页。

2　同上书，第417页。

此处，"在自己体内找到土地"将实体的"土地"转变为了心中对土地、家园的精神寄托，它象征着归家、还乡的渴望，也凸显出巴勒斯坦难民们无土可寻、无处安家的悲剧现状。

总而言之，"土地"是达尔维什书写爱国诗作的意象核心，是他抵抗诗歌创作的基点。"达尔维什是被占土地上巴勒斯坦诗人中最为坚持土地题材的人，他精于以卓越、旺盛的诗性耕作巴勒斯坦土地。这是他的田野，他是农夫、守夜人和歌者……他要与土地合为一体。"[1] 以此为根基，诗人将土地与其他的自然景物意象结合，表现出诗人对于土地、祖国深深的依恋之情。

二、"土地爱人"：土地的阴性化与爱国情的私密化

以女性象征祖国，将祖国视为母亲、姐妹或恋人并非达尔维什的新创，但他深化了这一意象的内涵，并展现出具有独创性的创作技巧与特点。达尔维什被评论家称为"痴情于土地的人"[2]，在流亡的道路上他写道：

我顽固的伤痕啊

祖国不是旅行箱

我也不是旅客

我是痴情者，土地是我的爱人[3]

1　法特希·穆拉德：《马哈茂德·达尔维什诗歌的艺术象征》，约旦：现代书世界出版社，2004年，第117页。

2　同上书，第249页。

3　马哈茂德·达尔维什：《马哈茂德·达尔维什诗全集1》，约旦：艾赫里耶出版社，2014年，第356页。

"我是痴情者，土地是我的爱人"直抒胸臆地表现出诗人对祖国形同爱人的依恋关系。以"爱人"比拟祖国和土地反映出达尔维什爱国诗篇的两个特征：首先，将祖国、土地阴性化的书写倾向。祖国与土地具有阴性的属性——她是母亲或姐妹、是爱人与情人、是"我"的女主人，这般象征能够展现故土的阴柔美，表现其女性化的无私、奉献品质，更加重了祖国大地遭遇苦难时楚楚可怜的画面感。其次，将祖国、土地作人格化的描写。诗人将祖国拟人化，并用爱情比喻以诗人为代表的巴勒斯坦民众对于祖国的情感，使得普遍意义的爱国情生动化、私密化、个性化，更能体现人民与祖国间如恋人般难舍难分、身心交融的紧密情感，并鲜活地刻画出离开故土、流亡他乡的巴勒斯坦人对于祖国情人所怀有的悲情。达尔维什本人也表示："我想打破恋人与民众的界限，恋人不仅意味着两个人，也意味着共同的受害者、共同的希望和共同的奋斗。我们总是说将特殊与普遍结合，但这一现象在我这里自然而然地形成。"[1]

著名的《来自巴勒斯坦的情人》一诗典型地表现了诗人与祖国爱人式的情感关系。诗人将祖国喻为"情人"，在巴勒斯坦土地的每个地域、每个角落，这位情人无处不显、无处不见：

我在荆棘丛生的山间见到你

你这失去羊群的牧羊女

被驱逐于残垣废墟……

1　拉贾·尼高什:《马哈茂德·达尔维什——被占土地的诗人》，阿拉伯研究与出版局，1972 年，第 200 页。

你曾是我的乐园，我却背井离乡

……

我见到你在盛放麦子与水的瓦罐中粉碎

我见到你做了夜间咖啡馆的女招待

我见到你在泪水与伤痛中闪烁

你是我胸膛的另一只肺

你啊你，是我唇间的吐音

你是水，你是火焰！

我见到你，在山洞口，在火焰旁

挂在晾衣绳上，成为你孤儿的衣裳

我见到你，在炉火中，在街巷间

在畜栏内，在太阳的血液里

我见到你，在孤苦凄惨的歌声里！

我见到你，渗透了海盐与沙粒

你美得宛若大地，宛若儿童，宛若茉莉[1]

  诗歌的题目鲜明地表达了诗人将祖国象征为情人的基调，对祖国情人（"你"）作抒情式的呼唤与对话，表现出两者间"情人般的恋情"。在上述三段诗文中，祖国情人分别以牧羊女、女招待、母亲等代表巴勒斯坦难民

1　马哈茂德·达尔维什：《马哈茂德·达尔维什诗全集1》，约旦：艾赫里耶出版
 社，2014年，第81页。

境遇的女性角色呈现，反映出流离失所的祖国儿女的苦难体验。流亡中的诗人虽在异乡，却时刻心系祖国，"见到你"在故土四处的悲惨遭遇，牵挂不已却无法归乡，表达出如泣如诉、似哀似怨的乡愁。反复使用"见到你"的圆周句式，增加了痛苦和挚爱的深度。同时，诗人不遗余力地对祖国和故土发出饱含深情的赞美，将之喻为大地、儿童和茉莉，赋予其孕育、滋养、生机、青春与希望等多重象征意义，带给读者深刻的情感震撼与心灵触动。随后，诗人动情地刻画了这位情人的特征：

> 她的眼睛和纹身，是巴勒斯坦的
>
> 她的名字，是巴勒斯坦的
>
> 她的梦想与忧愁，是巴勒斯坦的
>
> 她的纱巾、双足和身体，是巴勒斯坦的
>
> 她的言语与缄默，是巴勒斯坦的
>
> 她的声音，是巴勒斯坦的
>
> 她的出生和死亡，是巴勒斯坦的 [1]

诗中的情人所具有的眼睛、纹身、名字等一切特征，都深深地烙上巴勒斯坦的属性。在诗人看来，"巴勒斯坦"就是美的凝聚和结晶。诗人虽离开，这位以巴勒斯坦为第一属性的祖国情人依旧在原地守候，即使诗人流亡他乡，即便祖国深陷被占领之苦，两者始终保持彼此的忠诚与思念，实现隔

---

1 马哈茂德·达尔维什：《马哈茂德·达尔维什诗全集1》，约旦：艾赫里耶出版社，2014年，第82页。

空的呼唤和灵魂的交融。诗中罗列的表现祖国特征的意象群质朴而鲜明，独特而贴切，以浓情贯穿始终，夹杂着诗人对于祖国炽烈的苦恋、悲怆的忧思及失望与希望并存的多重感情。这一时期，达尔维什对自己的"祖国情人"也有清晰的解读："现在我写的都是情诗……只不过情诗的内涵更为宽泛和深远，它囊括了生命的所有事物。我的爱人就是土地，我要向土地求爱，向祖国、人类和价值理念求爱。"[1]

继《来自巴勒斯坦的情人》之后，诗人又在许多诗作中把祖国比拟为"爱人"。在《索多玛的美丽女子》里，祖国化身为深陷罪恶之城索多玛的女子，面临死亡的威胁。在《解读爱人的面庞》里，他在爱人的面庞看到的是"陷落的城邦""绯红的时光""死亡与骄傲"，感应到祖国如"沉睡飞鸟"一般坠落的危险。在《我的爱人从梦中醒来》里，他将祖国爱人刻画为拥有"纯净语言""流血语言""沉睡语言""沦陷语言"的女子，这些"语言"的形容词，实质是巴勒斯坦现实遭遇的象征性表述。诗人由此号召土地的爱人们——巴勒斯坦的战士——为祖国爱人而战斗而献身。这些诗作虽以爱人为名，但书写的都是祖国。诗人还着力拉近"我"与"祖国爱人"间的距离，将这一情感关系进一步私密化，赋予了恋人间的亲昵举动。通过女性化的书写，祖国被赋予巴勒斯坦当地女子的形体容貌与思维心智特质，成为可与"我"互诉衷肠甚至肌肤相亲的宿命伴侣。祖国与"我"的关系既依靠亲情和责任感来维系，也体现出相互迷恋的吸引力，使得两者即便相隔再远也不可分离。

1　马哈茂德·达尔维什：《关于祖国的事》，回归出版社，1971 年，第 296 页。

除此之外，在《另一种死亡……我爱你》《那是她的图像，这是情人的自杀》《大地之诗》《在这块土地上》等诗作中，达尔维什在母亲、情人的基础上还为祖国添加新的身份，称之为"女主人"。在《神话之外》《爱人流淌着红罂粟》等诗作中则将之神灵化，表现出对土地的返祖式自然崇拜，编织了一条人民与土地源远流长而充满灵性的情感纽带。无论是母亲、情人、女主人抑或女神，无论是回肠荡气的大爱咏叹，还是缠绵婉转的衷肠倾吐，达尔维什的思乡爱国情怀在他的一部部诗集中层层推进，逐步加强。这一情感并不空洞浮泛、夸夸其谈，而是富含了个性化的复杂感受，触动人心又令人回味。

三、本土风景意象群："土地"空间的重塑尝试

土地是巴勒斯坦人民生活、劳作的自然基础，在土地的怀抱里，有机的动植物世界存在于一个与人共享资源的生存空间里，同当地人民一道孕育繁衍，生生不息。在诗歌中书写包括动植物在内的本土自然景物，能够展示作家及其民族的想象力、审美力，更能传递当地人民的遭遇、情感、心态等深层次的人文信息。在达尔维什这里，巴勒斯坦土地上所有自然物都成为祖国与家园的象征，"巴勒斯坦不仅包含在达尔维什的每一行诗句里，也包含在每一个词语里"[1]。然而，达尔维什田园诗化的本土自然景物描写，又有异于传统田园牧歌式热爱自然、歌颂宁静与美丽的情感表达，他将自然意象与人的感受融合为一，共同表达灾难下受难者的苦楚与挣扎。

1　沙基尔·纳布勒西：《为土地疯狂的人——马哈茂德·达尔维什诗歌与思想研究》，阿拉伯研究与出版局，1987年，第252页。

达尔维什曾经写道："自然景物在我这里常常变为意象，例如橙子和橄榄，是我祖国最重要的自然景观，但它们并不是纯自然物。我并不热衷于将大自然赞为美丽图卷的绘景诗。这些自然物是通过与人的相处才获得其活力、意义和价值。"[1]在达尔维什的诗中，巴勒斯坦土地上的一草一木都化为祖国的象征：这些客观物象时而为橄榄、香橙，时而为茉莉、玫瑰，时而为麦种、棉花，时而为风暴、雨露，时而为石子、大海……家乡所有的自然景物，如碎片般被聚集组合，被赋予人格化的感知力，渗透进当地人民的情感并与之融为一体，共同谱写当地人民凭吊与回忆的史诗。其中，一些本土常见的动植物，例如橄榄树、玫瑰、飞鸟、骏马，经诗人情智的点染后而脱颖而出，成为达尔维什诗中的重要意象。在另一些情况下，诗人将具体自然物组合为一个个复合意象群落，用丰富的自然物建构了祖国的生态空间及人民的情感空间。

自然意象在达尔维什的诗中占有绝对优势，他力图将一切自然景物化为诗中的意象：长满松柏、楝树、栎树、桑树的山林，仙人掌丛生的荒野，盛产麦子、橄榄、无花果、柑橘、葡萄等作物的土地，遍布茉莉、丁香、玫瑰等花木的家园，村民赖以生存的水井，牛羊骏马、麻雀鸽子、野狼走兽……在诗人笔下，"一切景语皆情语"，自然景物成为巴勒斯坦人民罹受苦难的载体，是与人民同悲同苦的盟友：被连根拔起的橄榄树，着火的森林，陨落的星辰，炸毁的李子，如汩汩流淌的鲜血般的红罂粟花，惨死在加利利的鸟儿，被撕裂的山峦，被遗弃的骏马，看似自由实则没有家园、

1　马哈茂德·达尔维什：《关于祖国的事》，回归出版社，1971 年，第 273 页。

无根无蒂、四处飘散的风……这些自然物被赋予了人的情感，与当地人民同病相怜、心灵相通，与人民一道面对灾难，甚至化为武器与人民共御外敌。在此基础上，达尔维什将种种自然物集结成一个个意象群落，在自然意象的集合、罗列中将意象群浑然融合为一个意境、一个图景，从而深化、丰富和加强个体与群体对于祖国的记忆印象。在《下迦密山》一诗中，诗人通过追忆家乡的景物以铭记、怀念他的祖国"爱人"：

我抛下了爱人却忘不了她

我抛下了爱人

我抛下了……

我会爱我将爱上的国度

我会爱我将爱上的姑娘

可燃烧的迦密山上一根松枝

抵得上所有姑娘的腰肢

和所有的都市。

我会爱我将爱上的海洋

我会爱我将爱上的田野

可海法岩石上百灵鸟羽尖的一滴水

抵得上所有的海洋

洗净我将犯下的一切过错。[1]

1　马哈茂德·达尔维什：《马哈茂德·达尔维什诗全集1》，约旦：艾赫里耶出版社，2014年，第489页。

流亡的旅程在即，诗人将"燃烧的迦密山上一根松枝"和"海法岩石上百灵鸟羽尖的一滴水"如此微观、具体的本土意象放大、扩展为祖国的象征，认为其意义大过祖国之外的所有诱惑——他国的都市、海洋与田野，以及姑娘的腰肢，以此唯美地展现他与祖国"爱人"间的爱之深与别之痛。

本土风景意象群的罗列除了实现强化、丰富祖国内涵的功能，使之向着复合化、多重化的内质之外，还有助于还原、重塑一个被剥夺的家园空间，由此创造出独特的地理文化话语空间。爱德华·萨义德在回忆录中写道："地形的稳定和国土的延续，这些都已经从我和所有巴勒斯坦人的生命中彻底消失。我们在边境被拦挡，被成群地赶进难民营，被禁止重新入境和定居，被阻止从一处到另一处旅游，我们更多的土地被夺走，我们的生活被蛮横干预，我们的声音不能传达给彼此，我们的身份被局限在令人恐慌的小岛上，周围则是由更强大的军事势力组成的冷淡环境……"[1]这一罗列伤疤式的描述，清晰地反映出巴勒斯坦人被压缩的窒息的生存空间。除此以外，这一"冷淡环境"还包括整个地区被外来者改造、异化，原有的大量植物、动物、建筑被重建为新的生态空间，种植橄榄、橙子等作物的土地被挪为它用，土生土长的巴勒斯坦人如今变成边缘化的异类，被迫踏上流离失所的命途。

因此，达尔维什的创作还意味着一种还原、记录、重塑和改造被剥夺的生存空间的努力，他于上世纪九十年代创作的《我见我所想》《第十一

---

1 萨义德：《最后的天空之后：巴勒斯坦人的生活》，金钥珏译，北京：新星出版社，2009 年，第 15 页。

颗星辰》两部诗集就集中体现了这一尝试。两部诗集充满丰富密集的自然意象，淋漓尽致地表达了人民对战乱、冲突的厌恶，及他们对自然与生活的热爱、对于和平的渴望。《橡树林前与蒙古人的休战》使用"橡树林"建构了一个虚拟的自然空间，以悲伤幽婉的语调罗列自然与生活场景，展现"我们"对于战争、生存的态度：

每场战争教我们更爱自然：

围困过后，我们更关爱百合，

从三月的杏子里摘下思念之棉

我们在大理石上种下栀子花，

当邻居出门打猎我们的羚羊，

我们为他们浇灌花木。

……

战争教会我们品尝空气、赞美水。

我们将在几多长夜

为外套口袋里发硬的胡姆斯豆和栗子而欣喜？

抑或我们将遗忘吮吸细雨的天赋？

……

战争教会我们爱上细节：家门钥匙的形状，

用睫毛分拣麦子，在地里轻盈漫步，

将日落楝树前的时辰奉为神圣……

战争教会我们于每一事物中看见安拉的形象

教会我们承载神话的重负，将野兽

逐出橡树林的故事[1]

　　1258 年，蒙古人攻陷巴格达，标志着阿拉伯帝国历史上最繁盛的阿拔斯王朝灭亡。很明显，本诗的篇目以蒙古人暗喻强敌以色列。上世纪九十年代初正值巴以和谈的重要时期，双方参加了马德里和会，最终签署《奥斯陆协议》。在这首诗中，他以"休战"喻指巴以双方的和谈。关爱百合、从杏子里摘下思念之棉、种下栀子花的自然场景；品尝空气、赞美水、吃胡姆斯豆和栗子、吮吸细雨的流亡场景，牢记家门钥匙形状、用睫毛分拣麦子、漫步土地、树下赏日落的生活场景，无一不表现出巴勒斯坦人民对于和平、安逸生活的向往。这些场景却又因现实中诗人对于双方和谈结果的不满而笼罩在失望、阴郁的氛围中，因此诗人最后写道："可我们没发现任何人接收了和平……我们没有，他们也没有／枪炮被摧毁，可鸽子已远飞，／在这里我们没找到任何人，／我们没找到橡树林！"橡树林的消失、和平的缺席暗示着诗人对于巴以冲突前景的悲观与挫败感。在橡树林这一虚拟空间下罗列的自然意象群，使诗人抒发的悲观情绪变得更为丰富、饱满。

　　《我们将选择索福克勒斯》则以"迦南大地"为场景建立了一个史诗性的记忆空间：

1　马哈茂德·达尔维什：《马哈茂德·达尔维什诗全集2》，约旦：艾赫里耶出版社，2014 年，第 335 页。

那是我们的岁月

它俯瞰着我们，令我们更加渴望……

在这一道道旧伤疤里，我们尚未认清

自己的伤痕。然而这淌血的大地

以我们的名称命名，不过是因为我们生于此地，

这不是我们的过错。

不是我们的过错——多少侵略者向我们宣战，

爱上我们对葡萄酒的赞歌，爱上我们的神话，

和我们橄榄的银白。

不是我们的过错——迦南之地的少女

把裤裙挂上山羊头，

令旷野的无花果成熟，让平原上的桃李长个。

不是我们的过错——多少文人来用我们的字母，

像我们一样，描绘我们的土地。我们的声音

与他们的声音在山峦交汇成一声声回响，

笛音萦绕着笛音，风声呼啸得徒劳。

好像我们的秋日颂曲也是他们的秋日颂曲，

好像祖国向我们传授我们的言语……

然而麦子的节日是属于我们的，

杰里科是属于我们的，

歌颂家园、培育麦子与雏菊的习俗是属于我们的。

迦南的大地，

羚羊与紫荆的大地，

祝你平安。[1]

这一组自然意象展示了一个孕育于迦南土地的巴勒斯坦阿拉伯民族，这一民族具有极强的生存力与包容力。尽管这片土地在历史上多次遭遇外夷的入侵与统治，但阿拉伯民族在与外族的交流融合中顽强地延续至今，与本土的自然物相处融洽、物我相得。迦南大地空间下多向展开的自然意象群，表达了诗人对本民族土地所有权正统性的宣告，强化了诗人对被占领故土的眷恋之情，也流露出对现实的感伤与失望情绪。

爱德华·萨义德（1935—2003）在谈论反帝抵抗运动文学时指出："如果有什么东西突出了反帝想象力的话，那就是地理因素的首要性……在反帝者看来，处在边缘地带的我们家园的空间被外来人为了他们自己的目的而占用了，因此必须找出、划出、创造或发现第三个自然……因此就产生了一些关于地理的作品。"[2]达尔维什的创作也体现了通过诗意的地理重塑家园空间的尝试。他对祖国的书写源于土地，归于土地，通过想象努力使日渐异化的土地恢复其原本的地理属性。围绕"土地"结成的自然意象网络，完成了心灵与自然意象的凝和，自然与人心心相印，互相映照与感应。本土自然风景意象既是与人民情感共融的祖国象征，也被赋予一种参与抵抗

1　马哈茂德·达尔维什：《马哈茂德·达尔维什诗全集2》，约旦：艾赫里耶出版社，2014 年，第 453 页。

2　萨义德：《文化与帝国主义》，李琨译，生活·读书·新知三联书店，2003 年，第 320 页。

的期望——诗人期望人民能够拥有如自然界般强大的生存与再生能力，为祖国的解放与独立事业注入生生不息、源源不断的战斗能量。

综上所述，达尔维什通过对土地的频繁书写，对家乡自然物淋漓尽致的描绘，对土地、祖国的恋人定位，对本土生态风景与生活场景的诗性重塑，展现出土地与巴勒斯坦人的渊源，宣告本民族对土地的占有权，也诠释了巴以冲突背景下巴勒斯坦人民的记忆创伤、民族属性和诉求期冀。在现实政治纷争的对照下，达尔维什创作的土地意象成为巴勒斯坦人的精神归宿，富有深邃的文化内涵和纯粹感人的诗意，饱具人性光辉、人文特色和传承价值。

当代阿拉伯流亡小说

马和斌

摘要：流亡是人类存在的一种社会现象，伴随着人类精神文化的发展而发展，且日益受到社会的广泛关切。以流亡为主题的文学作品源自人类为寻求新生活，或因天灾、人祸造成的流离失所，远走他乡，沦为难民。流亡主题的当代阿拉伯小说，思念故乡、谋求自我发展而变异、很难融入他乡的嬗变等三个基本模式相互交织，身份认同与文化认同困惑凸显。

作者简介：马和斌，西北民族大学副教授

学界认为，流亡是人类存在的一种社会现象。以流亡为主题或话语的文学作品颇多。《奥德赛》描写了奥德修斯被迫流离家乡的各种境况；《旧约》通篇则以颠沛流离为基调，叙述摩西率众出走他乡的艰苦生活。上述两篇流亡话题的小说在西方甚至世界文学中都产生了一定的影响。《离骚》被视为第一部汉语流亡文学作品，反映屈原受谗害被逐放异地的悲惨境况。近代中国文学中亦有不少反映流亡生活的作品。其实，自二十世纪中叶，有关流亡话语的小说就在阿拉伯世界不断涌现，成为当代阿拉伯文学中无法回避的重要题材。

流亡主题的文学始终伴随着人类的精神文化而发展，正如流亡伴随着人的存在而延续一样，不减反增；且受全社会的日益重视。尤其在全球化背景下，因流亡引发的系列性棘手问题逐渐引发各国政界和学界的关切，促使人们试图积极寻求解决的途径，以消除世界性的难题。

2015年9月2日，一位叙利亚籍库尔德裔的小男孩艾兰·阿卜杜拉·库尔迪（Alan Abdullah Kurdi，2012—2015），为躲避战乱与父母和哥哥准备先从土耳其的博德鲁姆（Bodrum，بودروم）半岛乘船偷渡至希腊科斯岛，再逃往欧洲。因所乘的偷渡船严重超载，导致艾兰和哥哥、妈妈亡故；未满三岁的艾兰的小小身躯被冲到海岸。小艾兰身穿红色T恤衫和蓝色短裤，脸朝下趴在沙滩上，仿佛静静地睡着了。这个"最揪心的画面"，让全世界震惊万分，让全世界都为之沉默和反思；也引发了各界对难民问题的重新审视和积极应对。那幅令人痛心疾首的画面使欧洲政客们不得不召开会议商议难民的配额，而富商们声称要在欧洲购买土地安置难民，学者们则从全球和地区的社会、文化、经济、教育、政治、军事等层面梳理难民全球化现象及解决的可行性途径。

鉴于此，笔者试图以小艾兰遇难的画面为切入点，从阿拉伯文学文本中找出与流亡相关的素材，梳理当代阿拉伯流亡小说产生的背景、表现形式与社会诉求，阐述小说题材背后的潜在故事和应对措施。

一、当代阿拉伯流亡小说的题材背景

文学是社会现实的镜像，一个民族的文学尤其是小说基本能反映民众生存的社会环境。各民族作家用熟知的语言描述生活感受，折射出其业已形成的生活主张、价值趋向、思想精华。而读者通过阅读作家的作品，从中能了解所反映的社会问题。

一般地，多位作家对同一话题连续不断的描写，基本能较真实地反映特定时期某个区域的社会问题。文学题材与某地的社会环境、人文素养、生活准则等有着密切的关系。某地的政治方针、治理措施、教育程度、经济状况、人文情怀、道德修养等，都为作家提供了非常重要的创作素材。作家通过文学构思和加工，使普通的生活镜像成为众人为之思考的社会热点，甚至成为流传甚广的佳作。

纵观近代阿拉伯地区的历史与社会发展状况，不难发现其中有点不安定的迹象。民族解放与国家独立运动使阿拉伯地区的区域动荡成为世界瞩目的焦点，那些因战乱所起的旷日持久的不稳定因素皆为诸多作家进行创作的最好素材。有关阿拉伯地区流亡主题的小说成因，主要有如下两个方面。

其一，人们欲寻求更好的生活环境。该状况取决于区域性经济危机及其对人们生活造成的困难。于是，一些有想法的人就冒险远走他乡，淘金谋生。通常，有冒险精神者独自勇敢走出羁绊生活的窘境，以大无畏的勇气独自在外面的世界里闯荡。当暂时获得安宁后，他便迫不及待地向亲属中有望步其后尘者传递世外桃源美妙生活的信息。蠢蠢欲动者最终加入了先行者的行列，赴他乡淘金。渐渐地，那些淘金者从一个变成两个，由两个增加至四个，以几何倍数的速度增长。该类情况从最初的个体自发性模式演变成有计划的群体性的活动，均以寻求世外美好生活为愿望和梦想。

史料记载，十八世纪末从沙尔姆地区前往美洲的阿拉伯基督教青年群体就属于该类情形。中国历史上，清末山东人"闯关东"、民国初年山西祁县人"走西口"等大概亦属此类。

与自发性相对的是有计划的派遣年轻人到异乡学习技术。这类状况不是个人的行为。近代埃及历史中，令世人称赞的社会改革就是穆罕默德·阿里·帕夏（Muhammad Ali Pasha，1769—1849）曾向法国和意大利派遣有志青年，促进了埃及本土青年向西方学习的机会。二十世纪中叶，埃及青年到欧洲求学，踏寻历史上成功者的足迹，谋求日后实现国家富强的梦想。那些后继者未留下任何能反映他们侨居异乡的文学作品，但不难发现艾哈迈德·爱敏（Ahmad Amīn, 1886—1954）[1] 撰写给他们的饱含深厚爱国情怀的忠告文书。

其二，天灾（自然灾害等）与人祸（战乱、种族迫害等）引发的逃亡或避难。人们因天灾和人祸而流离失所，远离家乡，失去亲人，生活无依无靠；丧失国家，终成难民。这类状态具有群体性、无助性、流动性、自发性和被动性的特征。人类各民族历史中，有关流亡的事件不少。其起因要么是像地震、洪水、瘟疫等天灾，要么是政治迫害、族别欺凌、战乱等人祸，迫使人们无法在原地生存，寻找一种求生的途径。

近代阿拉伯地区，因人祸引发的逃亡规模和数量恐怕超过了由天灾引起的逃亡；且持续时间久，影响大。据联合国近东巴勒斯坦难民救济和工程处（United Nations Relief and Works Agency for Palestine Refugees

---

[1] 二十世纪上半叶埃及著名作家、史学家、思想家、文学家。曾创建著述翻译出版委员会，致力于阿拉伯文化传播，著述颇丰。

in the Near East, UNRWA）相关数据显示，目前登记在册的巴勒斯坦难民约为五百万人，该数据是 1950 年的五十倍，且现在的难民已繁衍至第二代和第三代了。即便如此，还是难民。2010 年的数据显示，登记在册、居住于约旦的巴勒斯坦难民近两百万人；有超过四百五十万名巴勒斯坦难民居住在黎巴嫩。联合国难民事务高级专员办事处（United Nations High Commissioner For Refugees, UNHCR）相关数据表明，现在伊拉克难民有三百余万人，叙利亚难民有五百余万人，也门的难民人数达到约三十万。

过去几十年，巴勒斯坦、伊拉克、索马里等地的难民尚未得到有效解决，而新出现的叙利亚、也门等国家的流亡者与日俱增，抑或与上述原因有关。

二、当代阿拉伯流亡小说的类型分析

阿拉伯文学界将流亡题材的作品划分为侨民文学（أدب المهجر）、流亡文学（المنفي الأدب）和难民文学（أدب اللاجئين）三类。

第一类源自十九世纪中叶或更早时候，一些叙利亚人远走他乡，谋求生计，或为逃避苛政与罪恶的势力[1]。那些人大多赴美洲寻求生计，与彼时该地的政治、经济、文化生态不济有关[2]。十九世纪末，生活在美洲的阿拉

---

[1] 杨孝柏：《异国奇葩——阿拉伯侨民文学一瞥》，载《阿拉伯世界》1981 年第 3 期，第 1 页。

[2] 奥斯曼帝国的政治愚弄、外国殖民者的经济掠夺，西方教会的文化渗透与侵蚀等历史原因，使不少优秀青年渴望到美洲大陆实现自身的人生价值。

伯侨民利用语言优势创办阿拉伯语报刊，促使美洲阿拉伯侨民文学团体[1]的产生发展，成就了不少的作家，亦产出了非凡的文学作品。

第二类是阿拉伯本土作家将文学触角深入到那些离开家园远走他乡寻求生活寄托的流浪者，用细腻的笔法描写他们的内心世界，陈述他们生活的现实境况。

第三类则以约旦、黎巴嫩等国的巴勒斯坦难民营为写作背景，或许写作者和被描写者都是那些营地的居住者。该类作品呼吁人们为生活而战，挑战复杂无奈的社会环境；而作者则以文学形式为捍卫正义而发出强劲有力的抵抗声音。

不论是哪种形态的文学作品，反映流亡他乡生存的生活环境与内心世界状况，可以归纳为以下三种情形。需要说明的是，阿拉伯作家撰写的有关流亡题材的文学作品，所反映的问题几乎都是多模态的，相互交织，很难从中发现某种情形单独存在。思念亲人，眷恋故土，焦虑和彷徨交织；在异域文化氛围中感到无助与孤独；欲潜心融入当地生活，梦想着以婚姻关系求得社会的认可，但终日忍受人性的鄙视与言语的欺凌；吃着异域的美食却不能享用其中的滋味，小麦面粉苦涩难咽，尝不到饮用水的甘甜等平常的生活窘况充斥于各类文体中。生活中的各种不如意，让小说里的主

---

1 1920年4月20日，米哈伊勒·努埃曼（1889—1988）倡议在美国纽约创建"笔社"，纪伯伦·哈利勒·纪伯伦（1883—1931）担任主席。1933年，黎巴嫩作家米歇尔·马洛夫（1889—1942）在巴西的圣保罗市创建"安达卢西亚联盟"。1949年，诗人乔治·赛依岱哈（1893—1978）仿效笔社和安达卢西亚联盟的特色，在阿根廷首府创立"文学社"。该三个文学团体的文学创作活动，一直延续至二十世纪五十年代末。

人公变得愤世、嫉恨，甚至丢弃人性本色，做出伤天害理的丑事后逃回故乡，躲避谴责；或呼唤人们为生活而战，激励民众的忧患意识。笔者对当代阿拉伯流亡小说中的议题做了简单梳理和归纳，主要是：

（一）思念故乡的情结

阿拉伯侨民虽身居异乡，却无时无刻不思念故乡。为维系阿拉伯语言的特质不被异域文化侵蚀，知识分子用创作方式在非阿拉伯语使用区传承阿拉伯文学，其中不仅包含对故土的眷恋，还时不时地对东方社会现实做些许的反思与批评。他们抵达追逐梦想的目的地，发现那里人们的言辞举止怪异——来之前从未见闻过。他们感到生活中的一切都是新鲜而陌生的、先进的，与之形成鲜明对比的是，故乡的一切显得陈腐与落后。渐渐地，却发觉自己不被居住社会所接受，有意无意间被疏远，被隔离；成为十足的边缘人。

社区公告栏里的英语、法语、西班牙语等信息，让那里的阿拉伯侨民中有志者感到自己的母语被冷落了，只有勇敢地站起来做点事，或许才能让母语文化的气息给人们留下一些评论的素材；也能让自己在那里的生活有所依托，期许在社会中扎下细小的根茎。笔者窃以为，阿拉伯侨民文学是西方殖民阿拉伯地区的衍生物；但在"阿拉伯现代文学革新的进程中走在前列"[1]。

从 1948 年肇始，"有着共同民族来源或相同信仰的人"被迫离开家乡，流散异地，被赋予了流浪者、流亡者、难民的标签。尽管那些流浪者在他

1　仲跻昆：《阿拉伯现代文学史》，北京：昆仑出版社，2004 年，第 330 页。

乡找到了生活的寄托，但在"精神和思想深处的漂泊却无法休止"[1]。爱德华·萨义德[2]对此颇有感触。他曾经真实地描述了那些流亡者的生活境遇。"我们最真实的现况就体现在我们从一个地方穿越到另一个地方。我们成为不断迁徙到任何地方的移民，或者混血，但却从不属于这些地方。作为一个离散和始终在迁徙的民族，这正是我们生活最深处的连续性。"[3]面对类似境况，不论是亲历者，还是书写者，甚至是阅读者都会因此萌发渴望家乡、思念亲人之情。因而该话题就成了流亡题材小说的首选。即便能很惬意地在他乡生活着，但那些流亡者还是尽可能地抽出一些机会回到故土，亲身感触家乡的味道。苏丹作家塔依布·萨利赫（Tayeb Salih, 1929—2009）[4]笔下《移居北方的时期》里的主人公"对坐落在尼罗河河湾处的那个小村庄和亲人总是怀着强烈的眷恋之情"[5]。奥萨马·阿洛玛是生活在美国芝加哥的叙利亚流亡作家，他丝毫不掩饰对家乡的思念。"在狭小的出租车内，我

1　余玉萍：《边界生存：当代巴勒斯坦文学的流散主题》，载《世界文学评论》，2008 年第 2 期，第 195 页。

2　美籍巴勒斯坦裔公共知识分子，生于巴勒斯坦一个阿拉伯基督教（英国圣公会）家庭，哥伦比亚大学文学教授，后殖民学术研究领域的创始人。他以知识分子的身份参与巴勒斯坦政治运动，积极推动巴勒斯坦人权问题，是巴勒斯坦在西方世界最雄辩的代言人。代表作有：《开始：意图与方法》《世界、文本、批评家》《东方学》《文化与帝国主义》《知识分子论》等。

3　[美]爱德华·萨义德：《最后的天空之后：巴勒斯坦人的生活》，金钥珏译，北京：新星出版社，2009 年，第 154 页。

4　苏丹文学家，被誉为阿拉伯小说天才。生于苏丹，在喀土穆大学求学，毕业后于该校任教。后赴英国，在伦敦大学攻读国际关系专业，获得学位后供职于英国广播公司。他经常往来于欧洲和阿拉伯世界，期间只回过苏丹一次。卒于英国伦敦。

5　[苏丹]塔依布·萨利赫：《移居北方的时期》，李占经译，北京：外国文学出版社，1983 年，第 1 页。

总会感到很孤独。我喜欢在芝加哥的生活，但老实跟你说，我其实很思乡。我对大马士革的每一个角落，每一块石头，都有着许许多多、难以割舍的记忆。"[1] 其实，类似实例颇多，恕不再赘言。

（二）自我生存的挑战

那些侨居、移居或流亡于西方国家的阿拉伯人或作家们，"想要竭力融入西方主流话语，希望消除边缘与中心之间的界线，希望能够消抹自己的母体文化身份；却要努力运用权力话语对母体文化进行批判，以获得西方主流思想的认同"[2]。他们需要经历凤凰涅槃式的蜕变,以不可名状的苦涩感抉择，并需要在社会环境中寻找自己的归宿点。他们要在主流文化中寻找自己适应的境况，真切地希望自己能成为主流社会里的普通一员；仍需要保留自己文化属性的基本特征，不能完全被主流文化彻底"同化"。"流亡者大多在社会的'主流文化'和其祖先信仰之间徘徊、挣扎。在和其他民族文化的交融中，他们可能部分地完成'同化'的过程，但最终的结局往往是，他们既不能融进'主流文化'里，又无法回到原本的民族信仰中，变成了什么都不是的边缘人。"[3]

伊拉克女作家赛米拉·玛尼阿（Samirah Al-Mani`a），自 1965 年移居伦敦后，一直从事有关流亡主题的写作。她曾说，如果有人认为流亡者在

1　陈荣生：《叙利亚流亡作家：边当"的哥"边创作》，载《青年参考》，2014年5月21日 B04 版。

2　林丰民：《阿拉伯现当代作家的后殖民创作倾向》，载《国外文学》，2004年第2期，第14页。

3　乔国强：《同化：一种苦涩的流亡——析"同化"主题在辛格作品中的表现》，载《当代外国文学》，2004年第3期，第141页。

西方国家生活得很幸福，因为他们远离了苦难，这种想法是错的。现实情况是，由于他们是弱势群体，生活得更加不易。《阳光下的人们》是格桑·卡纳法尼的作品之一。其描写了巴勒斯坦三代人的三位主人公试图藏身于铁皮储水罐中偷渡至科威特。在沙漠烈日的暴晒下，这些偷渡者仿佛身处炼狱，最后竟在离心目中的乐土不远处的地方因闷热窒息而死。[1] 该小说中代表三代人的巴勒斯坦难民，在以色列军队的层层紧逼和以政府的高压强迫下，被驱逐出了家园，离散在被占领的土地上；而他们采取隐忍、退让甚至逃离的方式，非但没有换来些许的安宁，反而等来了死亡。在作者看来，该悲剧不仅是小说主人公的，也是整个巴勒斯坦民族的悲哀。

不论是流亡途中还是到达栖息地，流亡者的生活依然极为艰辛。为了获得自我生存的各种条件，其中的挑战常人难以想象。

（三）融入流亡地社会生活的嬗变

美籍黎巴嫩裔作家拉比埃·阿莱姆丁（Rabīa Alameddine，1959—　）于 1998 年撰《库莱兹：战争的艺术》（*Koolaids: The Art of War*）。该小说被认为是 1995 年后黎巴嫩流亡文学的代表。其从一个侧面描述了青年一代的迷失、腐败和沦丧，反映了祖国、流亡地之间的两端生活以及家庭错综复杂的关系对本体意识发展的影响。它将战争的阴影与艾滋病结合，揭示了二者对人性的毁灭 [2]。

1　史月：《离散群体视角下的阿拉伯战争文学书写——以〈阳光下的人们〉及〈贝鲁特 75〉为例》，载《西北民族大学学报》（哲学社会科学版），2016 年第 4 期，第 142 页。

2　宗笑飞：《黎巴嫩文学的延伸界定——1995 年后的黎巴嫩流亡小说》，载《外国文学动态》，2003 年第 6 期，第 30 页。

穆斯塔法·赛义德是苏丹作家塔依布·萨利赫笔下的主人公。他因学习优秀被派往英国学习，以聪明勤奋成为"英吉利人的宠儿"。其实，赛义德内心对苏丹—阿拉伯—非洲文化的情愫极为深厚，但到了英国后，西方文化改变了他。他变得放荡不羁，整天寻欢作乐，充分利用自身的独特身份和某些西方人的猎奇心理，吸引了很多英国女性围绕在他身边。性放荡的生活使他忘记了民族传统道德的约束，完全沉浸在西方开放的性文化所带给他的乐趣之中，变得玩世不恭、不可一世、口出狂言[1]。简言之，伦敦的酒吧、俱乐部和夜总会是赛义德经常光顾的地方。表面上他把自己伪装成东方文化大师，实际上是为了猎取鬼混的对象。"我朗读诗歌，谈论宗教、哲学，评论美术，讲述东方的精神生活，我无所不为，甚至和女人鬼混。搞了一个女人之后，便设法去猎取另外的对象。……每当自由党、工党、保守党或共产党举行聚会，我便鞴好我的骆驼前往参加。"[2]

流亡题材的当代阿拉伯小说中，有关流亡者往往极力想融入流亡栖息地的社会生活，内心渴望能被接受或认可，想尽一切办法急速地效仿当地人的生活模式，让自己从头到脚都变成"当地人"。

三、当代阿拉伯流亡小说的社会诉求

"流亡是最悲惨的命运之一。在古代，流放是特别恐怖的惩罚，因为

1　林丰民：《文化转型中的阿拉伯现代文学》，北京：北京大学出版社，2007年，第163页。

2　[苏丹]塔依布·萨利赫：《移居北方的时期》，李占经译，北京：外国文学出版社，1983年，第26页。

不只意味着远离家庭和熟悉的地方，多年漫无目的地游荡，而且意味着成为永远的流浪人，永远离乡背井，一直与环境冲突，对于过去难以释怀，对于现在和未来满怀悲苦。"[1] 流亡题材的当代阿拉伯小说以纪实性的文学手法，从一个侧面描绘了近代以来阿拉伯社会因人祸导致的长久性灾难。从个体层面说，类似的灾难是家庭的、家族的；从群体层面讲这样的灾难是全民的；从社会层面谈，那样的灾难是全社会的、全球性的。1980 年开始的两伊战争，1991 年代爆发的海湾战争，2003 年遭遇的伊拉克战争，2011 年出现的叙利亚危机，2015 年的也门武装对峙都使阿拉伯地区产生数量不断翻新的流亡者。他们要么流散到周边相对比较安稳的国家，要么逃到联合国划定的难民营，要么成群结队地通过多国边境迁徙到遥远的欧洲。新闻镜头里会经常出现流亡者等待某国边境开放关卡，使其通往下一站的长蛇阵。为此，西方国家政客们多次商议解决流亡者生活困难的措施。

返回到文学层面，作者所反映的实情是流亡者在他乡的各种遭遇，其中包含物质生活方面，也涉及精神生活领域。作为自然人，基本生活问题得到一定的保障后，一定要寻求精神归宿。也就是说，流亡者也会思考从哪里来，到哪里去，要干什么等问题。可惜，很多流亡者从一个地方流亡到另一个地方，甚至还需要到一个连名字都不知道的新地方。他们居无定所，似乎能看到社会的一线曙光，但永远抓不住；始终是一个"追风筝的人"。巴勒斯坦诗人马哈茂德·达尔维什曾写道："我来自那里 / 我从这里来 / 我不属于这里亦不属于那里 / 我有聚合与分离的两个名字 / 我会说两种语言，

1　[美] 爱德华·萨义德：《知识分子论》，单德兴译，北京：生活·读书·新知三联书店，2002 年，第 44 页。

但我忘却了哪一种语言是我曾经的向往。"[1]达尔维什朴实的诗句反映了流浪者无奈的生活与苦楚。流亡者潜在的社会诉求主要表现在如下层面。

（一）身份认同的困惑

身份是个人在社会生活中的标志，体现在职业与等级地位等多方面。简单地讲，身份能说明当事人的社会关系、职业地位，还能反映一个人的社会价值。对于普通人而言，身份已经明晰。而对于流落他乡者，名为流亡者，实际是得不到暂住地社会的认可的。说白了，就是一个没有社会身份的外乡人；不能享有"居住地"社会的任何一点权益。

学界对身份认同的研究成果颇多，依笔者理解，身份认同是指个人出身或社会地位标识的归属感问题。其中包含心理、社会等多方面因素。基于心理学研究显示：身份认同至少涵盖主观认同和客观认同，复杂的行为模式，对所属群体的共性认识和对其他群体的差异性认识，具有社会属性、具有交融性等特点[2]。如果一个人觉得归属感不存在，就会感到出身或社会地位的概念远之而去；心里空落落的，急切需要社会对其身份的认可。然而，由于社会在尊重文化差异等方面出现的问题，导致主流文化独树一帜，挤压次主流文化的生存空间，甚至迫使其退出社会环境。这样的状况，很可能会让那些来自远方的人感受不到社会的关爱与理解，且不易融入当地文化圈中。

流亡者失去家园、亲人、亲情后到达陌生地方苟且生存，所遇到的苦

---

1 [摩洛哥]阿卜杜·哈米德·巴居葛：《流亡者的眼睛：姆鲁·哈依米》（阿拉伯文），卡萨布兰卡：摩洛哥境外侨民委员会，2013年，第9页。

2 张淑华等：《身份认同研究综述》，载《心理研究》，2012年第5期，第22页。

难是常人难以想象和理解的。虽然可以得到寄居地社会的些微关切，但终究是靠人施舍而活。他们渴望当地社会认可的身份，渴望得到当地人的平和目光与关爱，渴望得到和当地人一样的社会权益；但所有这些愿望永远是一个"不醒的美梦"。他们没有根，漂浮不定，像浮萍一样苟且地活着。对流亡者来说，身份认同永远是他们心痛的一件事，焦虑、无奈、无助叠加相逼。有的人因生活拮据害怕被赶出暂住的"房间"，有的人多日没有得到救济……世界那么大，却不属于流亡者。

巴勒斯坦作家格桑·卡纳法尼的小说集《这个世界不属于我们》，就是流亡者孤独、无助、苦涩的生活境况的真实再现。流亡者无法被所寄居的社会接受，被环境无情地审视着，身心卑贱地暴露在空气中；他们面对生活感到无所适从，忐忑、不安、恐惧浸透了他们的内心；寄居地的所有事情就变得无意义，简直生不如死；认为"死去是另一种形式的生存"。

在寄居地，流亡者没有合法的社会身份，生活习惯上存在差异，社会制度和各种法规都会对他们有一定的束缚……所有这些都使他们感到自己是被抛向社会边缘的群体。因而，一些流亡者便不再考虑重振旗鼓、积极进步，而是消极生存，甚至神经麻痹，生活当中没有一点正能量的迹象。类似所有问题，根源在于身份认同的困惑。

（二）文化认同的困惑

爱德华·萨义德在《知识分子论》中记述道：德国哲学家、法兰克福学派代表人物之一的阿多诺（Theodor Wiesengrund Adoruo, 1903—1969），于二十世纪三十年代中叶离开德国到牛津大学攻读哲学。按理说，异乡求学的生活应该是美好的，但"他在那里的生活似乎抑郁不乐"，后返回德国呆了一段时间。为了安全他很不情愿地逃往美国；1938 至 1941 年间居住在纽约，后居住在南加州；成为一位受人尊敬的大学教授。"但在美国的岁月永远为他盖上了流亡者的戳记。他厌恶爵士乐和所有的通俗文化，一点也不喜欢当地的风景，似乎在生活方式上刻意维持他的保守风格。"[1] 阿多诺是公众知识分子，社会担当与使命是其他普通民众无法比拟的，社会地位也不容置疑。即便如此，他还是宁愿从骨子里恪守自己固有的文化基因，而不喜欢居住地的社会文化。

黎巴嫩作家拉比埃·阿莱姆丁笔下《库莱兹：战争的艺术》里的主人公，"虽然由最初的移民到拿到绿卡，到最后成为正式的美国公民，可他仍然感到自己是一个流亡的人，并对那些在新家中忘记一切开始新生活的人感到厌恶"[2]。该状况折射出其已得到社会"身份"的认可，但内心还是因"文化认同"的困惑而产生厌恶情绪的移民情况。

一般情况下，大多数人主要熟知一种文化模式，掌握一个生活环境的表层与内涵，懂得且遵行一个家庭的规约。流亡者却要知道甚至遵行两个或更多的文化模式、生活环境、家庭规约，处于一种"习以为常"的生活秩序之外的状态。"该种状态是游牧式的、去中心的、对位的。"[3] 一个人如果经常在某两种或多种文化氛围中不断地切换自己的焦距和焦点，以适应自己在社会中的文化定位，这是一件十分痛苦的事情，且不易做到。流亡

1　[美]爱德华·萨义德：《知识分子论》，第49—50页。
2　宗笑飞：《黎巴嫩文学的延伸界定——1995年后的黎巴嫩流亡小说》，载《外国文学动态》，2003年第6期，第30页。
3　[美]爱德华·萨义德：《报道伊斯兰》，阎纪宇译，上海：上海译文出版社，2009年，第11—12页。

者要付出比自然人多出几倍甚至十几倍的精力，去适应新的社会环境与文化气息，而且还随时遭受暂居地社会的剥离，使之愈加成为边缘人。尽管不少流亡者，竭尽全力去学习寄居地的语言，了解那里的文化，想方设法与当地人进行有限的交流和沟通，无形的流亡者身份却仍然使之很难融入其中。最大障碍就在于流亡者遇到的文化认同的困境。

基于流亡主题的当代阿拉伯小说的研究成果不少，国内外学界特别是文学界多把视角汇集在某部作品里的流亡者境况与流亡者心理状态的分析，业已取得了非常好的成效。笔者斗胆尝试着将流亡类型的小说做一个通盘研判，根据已经掌握的文本素材，分析流亡题材小说形成的缘由，流亡题材小说的表现特征，与隐藏其中对读者表达的诉求。笔者深知这个研究框架略显单薄与幼稚，分析简单，论证不足，希冀以此引发识家就此话题做更多的研讨。

参考文献：

[1] 仲跻昆：《阿拉伯现代文学史》，北京：昆仑出版社，2004 年。

[2] 爱德华·萨义德：《最后的天空之后：巴勒斯坦人的生活》，金钥珏译，北京：新星出版社，2009 年。

[3] 爱德华·萨义德：《知识分子论》，单德兴译，北京：生活·读书·新知三联书店，2002 年。

[4] 爱德华·萨义德：《报道伊斯兰》，阎纪宇译，上海：上海译文出版社，2009 年。

[5] 林丰民：《文化转型中的阿拉伯现代文学》，北京：北京大学出版社，2007 年。

[6] 塔依布·萨利赫：《移居北方的时期》，李占经译，北京：外国文学出版社，

1983 年。

[7] 阿卜杜·哈米德·巴居葛:《流亡者的眼睛:姆鲁·哈依米》(阿拉伯文),
    卡萨布兰卡:摩洛哥境外侨民委员会,2013 年。

[8] 杨孝柏:《异国奇葩——阿拉伯侨民文学一瞥》,载《阿拉伯世界》,1981 年
    第 3 期。

[9] 余玉萍:《边界生存:当代巴勒斯坦文学的流散主题》,载《世界文学评论》,
    2008 年第 2 期。

[10] 宗笑飞:《黎巴嫩文学的延伸界定——1995 年后的黎巴嫩流亡小说》,载《外
    国文学动态》,2003 年第 6 期,第 30 页。

[11] 陈荣生:《叙利亚流亡作家:边当"的哥"边创作》,载《青年参考》,2014
    年 5 月 21 日。

[12] 林丰民:《阿拉伯现当代作家的后殖民创作倾向》,载《国外文学》,2004
    年第 2 期。

[13] 乔国强:《同化:一种苦涩的流亡——析"同化"主题在辛格作品中的表现》,
    载《当代外国文学》,2004 年第 3 期。

[14] 史月:《离散群体视角下的阿拉伯战争文学书写——以〈阳光下的人们〉
    及〈贝鲁特 75〉为例》,载《西北民族大学学报》(哲学社会科学版),
    2016 年第 4 期。

[15] 张淑华等:《身份认同研究综述》,载《心理研究》,2012 年第 5 期。

离散群体视角下的阿拉伯战争文学书写

——以《阳光下的人们》及《贝鲁特75》为例

史 月

摘要：离散是生活于中东的不同族群的共同主题，格桑·卡纳法尼的《阳光下的人们》和嘉黛·萨曼的《贝鲁特75》以战争为背景，以现实为依据，书写由战争引起的离散群体的去向，以其命运走向警示世人，深入挖掘造成离散背后的原因，以离散为切入点书写战争，其创作虽受时代背景制约，但却超越了这种背景，即使在今日读来也仍然有其现实意义，是研究阿拉伯世界战争文学的重要作品。

作者简介：史月，上海外国语大学副教授

在阿拉伯近现代的历史上，战争从未间断，战争不仅给民众的生活带来了创伤和痛苦，也使整个阿拉伯世界的政治、思想产生强烈震荡。战争阻碍了文学创作的发展，却也激发了战争文学的诞生，它与各种政治事件紧密相连，体现出不同的形式，例如，体现巴以冲突的抵抗文学，体现黎巴嫩内战的战争文学等。格桑·卡纳法尼的《阳光下的人们》（以下简称《阳光》）与嘉黛·萨曼的《贝鲁特75》（以下简称《75》）[1]正是这两种形式的杰出代表。

这两位闻名阿拉伯世界的著名作家，一位是巴勒斯坦解放事业和解放组织的先锋和精神之父，是以笔代戈直指犹太复国主义者心脏的斗士，一位是才华横溢，敢于揭开阿拉伯人厚重面纱，有强烈社会责任感，坚持人道主义立场的坚强女性，两人惺惺相惜，相知相恋，虽然并未修成正果，但在艺术上却相互影响。1972年，格桑·卡纳法尼在贝鲁特遭汽车炸弹袭击遇害，1973年，阿拉伯国家的第四次中东战争再次失败，1974年，嘉黛创作《75》预示内战的爆发，由此可以推测，嘉黛的创作动机也许便是出自对格桑的怀念，对其思想的认同与继承，以及对战后阿拉伯民族命运的反思和对未来的预测。

两部小说非常相似，都反映了由于被历次战争阴影笼罩，或是为糊口之资，或是为改善生活而不得不背井离乡的阿拉伯难民和移民的生存状态。《阳光》中，代表三代人的三位主人公试图藏身于铁皮储水罐中偷渡至科威特。在沙漠烈日的暴晒下，这些偷渡者仿佛身处炼狱，最后竟在离心目中的乐土不远处的地方因闷热窒息而死。《75》中的两位青年主人公曾为改变自己的生存状态积极努力，他们渴望移民到与母国叙利亚有着相似背景的黎巴嫩，但背离了传统与价值观的他们却试图通过依附上层社会来改变

1　本文中《阳光》中的引文均出自郅溥浩译《阳光下的人们》（1981），参考[巴勒斯坦]格桑·卡纳法尼：《阳光下的人们》，贝鲁特：先锋出版社，1980年；《75》中的引文均为笔者翻译，引自[叙]嘉黛·萨曼：《贝鲁特75》，贝鲁特：嘉黛·萨曼出版社，2003年。

自己的命运，由于从一开始便误入歧途，因此其结局与《阳光》殊途同归，而小说中代表老年和少年的次要人物虽然没有透露其身份，但在人物性格设定上也与《阳光》有很大的相似之处。

两部小说中人物的悲剧具有普遍性，象征阿拉伯三代人的主人公们遭受的并不是个人的悲剧，而是整个阿拉伯民族的悲剧，因此他们虽然身份各不相同，分属不同的阿拉伯国家，却都面临共同的危机，承受共同的苦难。这两部作品遥相呼应，有异曲同工之妙，但嘉黛对格桑·卡纳法尼的致敬与应和决不是简单的仿写和续写，而是呈现出另一种思考。

几十年后的今天，小说中描写的社会状况却没有得到任何改变，阿拉伯世界依旧动荡不安，巴勒斯坦难民仍然颠沛流离，生存空间被不断压缩，黎巴嫩内战的阴霾也始终笼罩在人们心头，阿拉伯革命爆发后，叙利亚人民饱受苦难，大量难民涌入黎巴嫩，整个社会雪上加霜。因此，这两部小说的创作虽有其时代背景制约，但却超越了这种背景，即使在今日读来也仍然有其现实意义。

一、战争文学的两部重要作品
——以关注难民和移民为角度书写战争

何为战争文学？书写战争场景的当然是属于这个范畴，然而书写被战争漩涡裹挟下的离散民众及其命运的同样也是战争文学，甚至由于不直接书写战争而更发人深省，其所具有的警示和训诫作用也同样不言而喻。离散通常被用来描述因为政治、经济、宗教、历史等各种原因被迫离开公民身份原所属的国家，而到其他国家以难民、移民等身份居住。虽然时代已经变化,但对难民的定义基本是根据 1951 年《关于难民地位的公约》所述,即"有正当理由畏惧,由于种族、宗教、国籍、属于某一社会团体或具有某种政治见解的原因留在其本国之外,并且由于此项畏惧而不能或不愿受该国保护的人;或者不具有国籍并由于上述事情留在他以前经常居住国家以外而现在不能或者由于上述畏惧不愿返回该国的人 [1]。难民分为经济难民、战争难民、种族与宗教难民、政治难民、自然灾害难民等,其中经济难民是为了改善生活而"自愿"背井离乡的人,也称"非法移民"[2],难民的属性并非是单一的,而是极有可能同时具有多重属性。格桑·卡纳法尼的《阳光》与嘉黛·萨曼的《75》正是这类关注战争阴影下,具有多重属性的难民生存状况的作品。

《阳光》以精湛的艺术和深刻的思想引起阿拉伯文坛的瞩目,是巴勒斯坦抵抗文学中具有里程碑意义的作品。抵抗文学这一概念的提出者即格桑·卡纳法尼,他认为抵抗文学的出现是在以色列建国之后 [3]。以建国后,巴勒斯坦人民以各种形式展开斗争,在抵抗运动的新形势下,巴勒斯坦现代文学进入了抵抗文学的新阶段,遂成为抵抗运动的重要一翼 [4]。抵抗文学反抗压迫,其核心在于不管是个体的反抗还是群体的反抗,都是为了同一个目的,即追求群体的自由,而非个体的自由,因为如果整个群体都在承受压迫,个人的逃离也只是不切实际的幻想。

《阳光》小说中代表三代人的巴勒斯坦难民在以军队的层层推进、以政府的高压政策下,被驱逐出家园,离散在被占领土上,他们隐忍、退让和逃离,可这样的妥协非但没有换来安宁,反而等来了死亡。格桑通篇未涉及任何抵抗的场景,也并未发出任何要求人们抵抗侵略的口号,然而读者掩卷后却恨不能也大声追问："为什么你们不敲打铁罐壁？为什么？为什么？"作品让人为之扼腕之余，极大地激起人们抵抗的斗志。格桑在《阳光》中所运用的隐喻"不仅指涉了社会的层面（空间维度），而且指涉了历史的层面（时间维度）"[5]。小说意在说明，如果巴勒斯坦难民只顾寻找个人的安定而逃避现实、回避斗争，就必然走向失败，面对压迫沉默不语、逆来顺受将是导致整个民族丧失希望的根源，这也正是抵抗文学所致力传播的核心思想。

嘉黛·萨曼特立独行、著作等身。1967 年第三次中东战争的惨败促使她从关注爱情、婚姻等主题开始转向战争的书写，也开始在写作体裁上转型，转向书写"更能淋漓尽致表达承受政治、经济等外部压力下个体焦虑"[6]的长篇小说，试图剖析失败原因，重建阿拉伯人的信心。其长篇小说以阿以冲突为大背景，主要以黎巴嫩内战为题材，作为常年旅居叙利亚之外的作家，她对离散有着深刻感悟，因此其小说常以书写移民状况来反映历次战争对人们造成的创伤，力图深刻揭露战争的原因，深入剖析阿拉伯人的人性。

相比嘉黛后期另两部同样以内战为背景的长篇小说《亿万富翁夜》《尸体的化装舞会》，《75》中对移民离开母国，在迁入国中所遇到的文化冲突的描写并不如这两部小说中那么激烈，那是因为它们是在东西方文化冲突中考量移民的心理，而《75》的移民迁入的是与母国有着相似宗教、文化、社会等背景、同属阿拉伯世界的黎巴嫩。尽管如此，主人公在迁入国仍然困难重重，法里哈在这个国际化的大都市感觉格格不入，倍感挫败，他明知自己"就像是一艘无法摆脱沉没命运的船"，他在清醒中走向沉沦，最终疯狂。而雅思敏则力图完全舍弃自己所属的文化传统，竭力摆脱"藏在她的身体里"的"外界的声音和母亲的声音"，她成了纳米尔金鸟笼中的禁脔，被始乱终弃后又被愚昧的哥哥以"名誉罪"处死。

《75》是嘉黛·萨曼从事十五年短篇小说等文学体裁写作后创作的第一部长篇小说 [7]，在其写作生涯中，这是一次极有价值的探索，它不仅以此预言了黎巴嫩内战的爆发，而且也将个人经历融入其中，开始思考离散问题，为其在以后的作品中深入探讨这个话题做了铺垫。

《阳光》创作于 1963 年，《75》创作于 1974 年，虽然小说体现的离散都由历次阿以战争引发，但由于前者偏重以色列建国后的巴以冲突，后者关注阿以战争后的叙利亚民众，并以内战前夕的黎巴嫩为小说空间，因此两部小说中人物逃离母国后的去向各不相同，然而不管他们逃往何处，都不是作者的凭空想象，而是源于对现实的深刻把握。

二、战争创伤造成的离散——人物的迁入国去向

二十世纪二十年代末，科威特发现石油。七十年代以来伴随"石油繁荣"而来的大规模建设需要大批劳动力，劳力匮乏成为制约各国经济发展的障碍，而其所需劳力主要依靠外籍人，在阿联酋、卡塔尔和科威特，外籍人数已超过本国人数 [8]。

《阳光》中将巴勒斯坦人向往的淘金地设为科威特有现实为佐证。近代科威特与巴勒斯坦的深厚关系从英国对科实施委任统治时期便已开始。1923 年，巴勒斯坦便有宗教界人物应科威特当时的埃米尔艾哈迈德·贾比尔之邀率团访科，为阿拉伯阿克萨清真寺筹款，1936 年至 1937 年，阿拉

伯世界教育水平较高的巴勒斯坦还向科威特派遣了第一个教育代表团[9]。科威特人民有着强烈的阿拉伯民族意识，因而对巴勒斯坦问题极为同情，这种天然的亲近感使巴勒斯坦人在逃离母国时更愿意选择科威特。1948年后，随着巴勒斯坦土地被占领，大量巴勒斯坦人沦为难民，向科威特的大规模移民潮由此开始。截至1961年，在科的巴勒斯坦人已经达到三万七千人，占外来人口的18.5%，而埃及人只有三千[10]。巴勒斯坦人民的移民潮主要形成于六十年代，这与小说描述的时代相吻合，格桑曾于1956年前往科威特教书谋生，在科期间，他一定遇到了很多流离失所、漂泊于故土之外的同胞。在巴勒斯坦和海湾国家的巴勒斯坦人是巴勒斯坦人中最大的群体，至1990年已达到四十万之多，他们在当地已经生活了三十多年[11]。八十年代，在海湾地区就有六十万巴勒斯坦人定居，其中大部分人定居于科威特。

巴勒斯坦人在阿拉伯世界里是受教育程度最高的，因此在科颇具影响力，在科的巴勒斯坦人常为工程师、技术人员、医生、教师、承包商或记者[12]，但也有不少为了谋生和生存，不得不以身犯险偷渡去科威特的底层人物。在科威特数目如此庞大的巴勒斯坦群体并非都是偷渡客，但格桑非常善于将作品中的主人公及其人格特征泛化成具有广泛性、普遍性的典型，他以偷渡客为典型，正是为了说明所有巴勒斯坦人命运的通性，巴勒斯坦土地是维系所有人的纽带，如果每个人都像小说人物那样只追求个人的逃离，那么他们最后的结局终将一样。

偷渡者所选择的道路，就是途经约旦、叙利亚、伊拉克的沙漠之路，以避开边境的重重关卡，一路上蛇头的无良、偷渡过程的非人折磨，使真正能够偷渡成功的人少之又少，不幸的人变成沙漠中的白骨，幸运的人虽捡回一条命但被遣返原籍。前往科威特的巴难民大都为未婚青年，即便已婚者，也大都只身前往科威特，因为这条道路艰险非常，老弱妇孺根本无法承受。艾布·赫祖朗虽然夸夸其谈，但在描述这条偷渡道路之艰险上，却丝毫没有夸大其词。然而，尽管这条路极有可能是不归路，但他们仍然认为，比起在巴勒斯坦毫无尊严的赤贫生活，还不如拿生命做赌注。

而在《75》里，来自叙利亚的主人公们向往的则是黎巴嫩。现实是作家写作的本源和最终归宿。从大马士革出发前往贝鲁特寻梦的故事是嘉黛个人经历的映射，她虽为叙利亚人，却因其大胆写作而被叙利亚政府缺席审判，判处三个月监禁，此后她便以黎巴嫩为第二故乡。从大马士革到贝鲁特并不只是空间的转移，两者之间存在不可分割的关系。在历史上，黎巴嫩一直作为沙尔姆地区的一部分。1943 年独立后，著名的《国民协议》发表，协议强调了黎巴嫩脱离法国独立的事实，但也同时表明了其脱离叙利亚的鲜明态度。即便如此，叙利亚前总统阿萨德也依然认为："黎巴嫩人民就是叙利亚人民，反之亦然，我们只不过身处两个国家而已。"[12] 在叙利亚人的心中，前往黎巴嫩不仅在地理上极其便利，在心理上也更容易接受。更何况，黎巴嫩独立后，社会和经济获得巨大的进步。到二十世纪六十年代末、七十年代初，黎巴嫩已成为中东地区名副其实的贸易、金融、旅游和文化出版中心。虽然直至 1975 年 4 月，黎巴嫩的政治局面一直动荡不安，但经济状况却持续稳定，银行业繁荣，经济和金融前景光明，文化及社会活动丰富。石油给海湾诸国带来兴旺，也使来黎巴嫩避暑的人们更加川流不息。不管是休闲娱乐，还是医疗服务，黎巴嫩在整个近东地区中独一无二。贝鲁特堪称物质与精神财富集中的国际都市，成为近东各大都会之首，它容纳了全国四分之一以上的人口，包括大部分的欧洲人、美国人及其他外国人[13]。

如此繁华盛世自然对来自叙利亚的雅思敏和法里哈构成强烈吸引。因为跟黎巴嫩相比，叙利亚的经济并不发达，1970年，阿萨德任总理，虽然在经济上实行比较开放的政策，经济曾在1975至1979年出现较大发展，国民收入也有所增加，但改组前复兴党的内斗以及与埃及纳赛尔主义者之间的矛盾已经留下的弊端毕竟在短时期内难以消除，政府机构臃肿，官僚主义严重，通货膨胀，经济效益低下，这些必然会影响普通民众的日常生活。他们的生活虽然不如《阳光》中的主人公那样水深火热，也不会因为失去故土而流离失所，但一夜暴富的幻想驱使着他们，促使他们为了更好的生活，自愿离开故乡去异乡漂泊，而命运的洪流将他们汇聚在一辆出租车上，带着他们共赴"梦想之地"贝鲁特。

虽然主人公背离母国，选择前往的国家并不相同，但同作为离散在外的人群，作品中的人物形象设定有着很大的相似性。

三、人物设定的相似性——离散群体的心态

"每一部文学作品都是社会、文化、政治等现实的产物，映射和反映了当时的时代特征。"[14]以战争为背景，以战争引起的民众的颠沛流离来反映其造成的恶果，这并非为了激起人们的仇恨，煽动人们的战争情绪，而是为了记忆伤痛，激励人们向往和平，格桑与嘉黛以其作品极大丰富了战争文学的内涵，由于两位作家的渊源，其作品中的人物形象设定也有着

很大的相似性。

在《阳光》中，老实本分的艾布·盖斯在被夺走财产的十年里，经历了儿子辍学、幼女早夭，相比这眼前"像只老狗一样"的生活，科威特无疑是"梦幻般的地方"，同村萨尔德的鼓动，妻子无声的盼望，都促使他明知这是一次"难以保证后果的冒险"，仍然鼓足勇气铤而走险。埃斯阿德参加过政治斗争，在游行中似乎还是个领导人物，被捕后受到侮辱，虽然被一名警察偷偷释放，但他还是被安上了"危害国家的阴谋分子"的罪名，他渴望前往科威特，认为那里会给他带来财富和生命的保障。玛尔汪的父亲抛妻弃子，与一个残废女子结婚，也仅仅是想住在一间水泥顶的房子里，玛尔汪为此放弃了自己的理想，小小年纪便不得不承担起养家糊口的重担。生活的重压毫不留情地暴露出人们内心的卑微，抽离了他们的勇气，让他们甘愿屈服于眼前的苟且。

他们前往科威特的目的很单纯，并非为了在科定居，而是正如《阳光》所述，是为了"一眨眼就把钱赚到手"。他们向往的黄金之国科威特虽然能为他们提供糊口之资和生命保障，然而巴勒斯坦的土地才是他们的家园。因此，每当艾布·盖斯把胸脯贴到地面上，就能听到故土的脉搏，嗅到故乡的气息；埃斯阿德的逃离完全是被迫的；玛尔汪赌气辍学，只是想把他挣的每一分钱都寄回家去养活年幼的弟妹们。

被迫逃往科威特，但始终心系故土，格桑对这些移民的心态把握十分准确，因为这并非他的臆测，而是有着深刻的现实基础。最早前往科威特的巴勒斯坦人大都单身，他们只是将科威特当成打工赚钱养家的地方，因此他们省吃俭用，将收入尽数寄回家。英国社会人类学专家佩特拉·林哈特（Petra Linhart）曾受邀前往巴勒斯坦人在科威特的群居地做客，他惊奇地发现他们竟然从未想过在科威特生活，因为其魂牵梦绕的归属始终是巴勒斯坦[15]。

而《75》中的两位移民，雅思敏和法里哈则是自愿前往黎巴嫩，雅思敏放弃了本来体面的教师工作，她在挥别母亲时斩钉截铁，毅然决然奔向她心目中的自由世界，因此，当她结识富人纳米尔时，便认为已经找到了所谓的爱情以及随之而来的财富和婚姻。法里哈和雅思敏有共同的发财梦，而实现这一梦想的唯一途径便是投奔同样来自杜马但已经发大财的尼香，但与雅思敏略有不同的是，他对家乡恋恋不舍，也不忍看老母送行时的婆娑泪眼。母亲意味着母国，与她的亲疏意味着与母国的联系。作为一位移民者，最大的痛苦便是没有祖国，即使将母国抛诸脑后，也并不意味着就能被迁入国接纳。而法里哈并未否定与母国千丝万缕的联系，他想回到过去却身不由己，在黎巴嫩宛如浮萍一般，无处可遁。

将两部小说其他次要人物对比来看，也有极大的相似性。老年一代人的思维方式大抵相同，他们都恪守本分，不愿面对现实，然而忍辱负重的结果却是将不幸延伸至下一代。青壮年一代比他们具有更多知识，也更愿意去尝试和改变，然而他们所致力改变的只是自身的生活境遇，原本是改革或革命中坚力量的青壮年一代或是对现实失望、麻木不仁而改变价值观，或是成为落后习俗的牺牲品。少年一代本应学习知识以建设家园，却碍于形势被迫辍学，或是偷渡打工，或是以血肉之躯去参加武装斗争。

不同的人物设定，却有着殊途同归的命运，养家糊口的巨大压力和对财富的渴求驱使着他们逃离母国，奔向他们心目中的梦想，然而逃离意味着回避现实，他们的生命就此戛然而止，或是亡命在途中，或是离散在他乡，个人无法得到救赎，对他们所属的国家也丝毫无益。

四、殊途同归的命运——亡命在途中，离散在他乡

两部小说中的旅途始终为死亡气氛所笼罩，且人物所处的空间均十分狭小。《阳光》中天空时时盘旋着的黑鸟预示着死亡的结局，三位主人公像陀螺一般被命运抽打，藏身烈日下的大铁罐，这里黑暗逼仄、密不透风，在烈日的炙烤下已然成了火狱，尽管汽车载着他们"好像正去撞击未知的新命运的大门"，但"它好像被重重的无形大山所阻隔……"预示着他们永远无法到达梦想的彼岸。

第一次成功通过关卡的艾布·赫祖朗有些兴奋，当他打开铁罐，放出在里面的三人时，他们竟然觉得烈日下的沙漠更为清凉，只是六分钟，他们的脸上已呈现出"死尸般的蜡黄"。第二道关卡就在前方，他们预感"太阳会把他们烧死"，想到太阳"会把存在于他们胸中的动力烧毁掉"便心生恐惧，然而成功偷渡科威特的念头仍然在滋长，"故伎重演"的侥幸心理让他们再度自觉进入这可怕的"火牢"。从十一点半到十二点差九分，由于边境官员以低级趣味调侃艾布·赫祖朗，二十一分钟的煎熬已经足以置人死地。当艾布·赫祖朗打开铁盖，摸到的却只是窒息而死的尸体。这些祈望以偷渡而改变命运的偷渡客，这些可以在濒临死亡的时刻仍然以极大毅力控制住自己不去敲打铁罐壁求救的人，却没有勇气去直面真正的压迫，更没有勇气去反抗。

《75》同样以烈日开头，以热气蒸腾、令人窒息的大马士革街道为小

说开端的场景，此后，人物便进入憋闷如灵柩般的出租车。死神一般的司机，三个仿佛在为他们哭丧的黑衣老妇，都预示主人公的命运将走入绝境。此后，叙事几乎一直在狭小的空间内展开，雅思敏被金屋藏娇的房间、法里哈在贝鲁特住的"蜜糖旅馆"、艾布·穆斯塔法全家十二口人同处的小屋、艾布·马拉的铁皮屋、宣判托昂终身监禁的法庭……空间的狭小让人物无处可避，承受更多的压抑。

《75》中的雅思敏实现了她的移民梦想，她如愿到达贝鲁特，过上了优渥的生活，然而这一切都以与传统割裂为代价，她所笃信的女性解放只是身体的解放，她所寄托希望的也只是一个富家子。她背弃母国，鄙夷自己所属的阶级，却在异乡无法找到归属感，终被兄长以落后愚昧的名誉罪处死。

对法里哈而言，"过去"是他在叙利亚杜马的记忆，"现在"让他全无自信和安全感，而"未来"是不断的堕落和无意义的生存，过去、现在、未来的联系已经断裂，大马士革难以回归，而贝鲁特又并未接纳他，他对自我的存在产生了严重的怀疑，在极度的虚无和焦虑中，法里哈疯了。

《阳光》结尾处，格桑·卡纳法尼借主人公艾布·赫祖朗之口发出呐喊："你们为什么不从里面敲打铁罐？你们为什么不呼喊？为什么？为什么？为什么？"而在《75》结尾处，法里哈痛苦地大喊："贝鲁特，怎么会这样！怎么会这样！怎么会这样！"这一连串追问仿佛是对《阳光》的跨越时空的回音。主人公的境遇虽然大相径庭，但都在目睹同胞死后万念俱灰，生理缺陷、心灵创伤和精神痛苦让他们对自己，乃至对整个民族的命运都产生了无法遏制的深重挫败感，这些饱含痛苦的呐喊正是对阿拉伯人和阿拉伯民族精神的反省和拷问。屈从于命运和幻想之人必然要用生命付出代价，脱离和背弃传统之人也必然承受内心的煎熬，他们要么死去，要么活着，但不是被囚禁就是疯狂。被迫逃离家园是痛苦的，然而究竟是谁让他们放弃安逸稳定的生活离散在他乡？

五、离散原因考察——何以放逐，为谁所迫

《阳光》中的主人公本可在自己的土地上全家团聚，安心度日，然而财产被剥夺，生命遭威胁。这一切并非由于天灾，而是1950年3月实施的《无主财产法》带来的恶果。格桑在小说中虽未明示，但对巧取豪夺的控诉却直指这一法律。以色列除了没收那些逃出以国界的阿拉伯人的土地外，还没收了住在以本土，但被怀疑与旨在消灭以的敌对势力有联系的阿拉伯人的很大一部分土地[16]。由于没收的过程含混不清，导致了很多阿拉伯人的土地被掳夺。由于当局掩盖掳夺土地的行径，以色列普通民众对阿拉伯人遭受的掠夺并不了解，这一点在格桑下一部小说《重返海法》里体现得更为明显，他认为很多以色列普通民众其实也是被政治裹挟的受害者。正因为格桑对以色列人形象的刻画一直是客观而非刻板的，因此他的作品才更具有现实性。

从其作品可以看出，格桑认为一味谴责以色列人除了泄愤之外并不能改变什么。以色列的占领诚然是使巴勒斯坦人民流离失所的直接原因，但他也敏锐地认识到巴勒斯坦、阿拉伯世界领导阶层对此难辞其咎，巴勒斯坦人和整个阿拉伯民族有其自身的弱点，并且他对这一点毫不避讳。小说中的艾布·赫祖朗就是巴勒斯坦以及阿拉伯领导阶层的代表。1948年前他

在巴勒斯坦的英国驻军服役五年，此后以热血男儿之躯投入对以色列的战斗，却因此失去了男性的生理特征。但他被阉割的不只是生理性征，还有他的心理，祖国对他不再有意义，他"现在所需要的，只是更多的钱，更多的钱"。他并非专业的蛇头，为人尚有良知，然而他所策划的偷渡之道却充满艰险。艾布·赫祖朗所代表的正是与犹太复国主义、西方殖民主义相苟合的巴勒斯坦的领导阶层和阿拉伯国家落后的统治阶层，他们也是造成民众被迫远离家园、颠沛流离的始作俑者，根本无力领导革命走向胜利。因此，格桑认为巴勒斯坦人应该掌握自己命运的主动权，而不应该将其托付给这些无能、反动的领导阶层。

无独有偶，《75》中也有一名丧失男性特质的主人公法里哈。与艾布·赫祖朗不同的是，他在生理上还是男性，但他的男子气概已经被父权制度、统治阶级的代表尼香掳夺。巴以冲突中阿拉伯人的屡次失败使他们迫切需要具有男子气概的偶像来鼓动人心，但讽刺的是，他们所崇拜的男子汉其实只是由统治阶级一手炮制的一种愚民政策而已。阿拉伯人自古以来崇尚的男子气概成了精心包装后的消费品，其虚伪性不言而喻。在小说结尾，当法里哈将疯人院的名牌挂在了贝鲁特的入口处时，他露出了癫狂的笑容。

小说主人公一死一疯，其他次要人物一人被终身监禁，两人死去。所有在等待中隐忍，不直面现实的人最后都被盘根错节的父权统治阶级决定生死，只有穆斯塔法除外，他于尚在求学的年纪辍学加入武装斗争，然而这是否就意味着正确的道路？嘉黛在此后的作品里对这一点进行了更为深入的讨论，但至少在当时的时代背景下，这部小说体现了嘉黛彼时对社会的理解，因此她热烈呼唤革命的到来，认为这是反抗父权统治的有效途径，因为正是这样的统治，导致了社会的动荡不安。

父权统治"比任何一种被迫隔离的方式更牢固，比阶级的形势更无情，更抑制，而且毫无疑问也更长久……父权制作为制度是一个社会常数，这个常数贯穿其他所有政治、经济和社会形式，而不管它们是通过社会等级，还是通过阶级形式，是通过封建统治，还是官僚政治或巨大的宗教团体的形式"[17]。《阳光》中虽无具体的父权统治阶级形象，但不管是胖子蛇头、埃斯阿德父亲所谓的战友艾布·阿卜德、艾布·赫祖朗，还是低俗下流的边境官员，这些人虽然不是父权统治阶级，但却依附于其上，作为其代理人，合谋欺凌压榨普通民众。《75》中的尼香、纳米尔和他的父亲纳尔吉斯·萨基尼、法堆勒·萨尔穆尼所属的资产阶级则是父权统治的代表，而以色列和其他干涉黎巴嫩事务的外部殖民力量则是另一股势力。各种父权统治互相勾连，使整个社会的底层人民都受到压迫，这正是导致巴勒斯坦人民背井离乡、被迫偷渡以及叙利亚、黎巴嫩普通民众苦难的罪魁祸首。

六、战争之殇——战乱仍未停止，离散还在继续

《阳光》创作于1963年，《75》则创作于1974年，这两部几十年前的作品时至今日读来却依然令人触目惊心。小说令人震惊之处并不仅仅在于其艺术表现手法如何娴熟，也不在于其如何体现两位作者的创作思想，因为这两者均受到作者身处时代的限制，而在于其体现的现实意义，因为在这足以改天换地的几十年间，战争仍未停止，离散还在继续，这两部小说中人物所经历的苦难每日都在上演，甚至愈演愈烈。

巴勒斯坦人的生活状况依然没有得到实质性的改善。以色列政府对巴勒斯坦人在被占领土上的活动严格限制，他们的生存空间被压缩，生活资料被剥夺，格桑在小说中所描述的偷渡场景并不只是艺术创作，而是不断在现实中重现。巴勒斯坦人偷渡，甚至到以色列去打工已经不是什么秘密，他们主要从事建筑、工业和农业。与约旦河西岸巴勒斯坦权力机构控制地区的工资相比，这里工资翻倍，无疑更具吸引力。去以打工，甚至参加以定居点的建造对这些需要养家糊口的巴勒斯坦人来说，并不具有政治意味，因为比起失业带来的入不敷出、生活难以为继，他们也只能选择承受屈辱。然而以色列当局并没有发放太多赴以打工的通行证，他们只能各尽其能，乘坐铁罐车无疑是偷渡的一种手段。一位名叫穆罕默德的青年在《中东报》的采访中坦言，他曾藏身于十几个人的铁罐车内偷渡至以色列，也差点由于缺氧而窒息 [18]。2005 年，以色列警察逮捕了五十名企图通过冷藏货车车厢逃往以色列务工的巴勒斯坦人 [19]。2010 年，巴勒斯坦一家通讯社报道，二十五名来自约旦河西岸北部的居民试图躲藏在燃料运输车的铁罐里偷渡到以色列找工作，车主为东耶路撒冷移民，他收取每人二百五十谢克尔作为报酬 [20]。尽管偷渡途中充满艰险，尽管这些打黑工的巴勒斯坦人在以色列工作时缺乏保障，然而这种现象却屡禁不止。

除了这些留在约旦河西岸及加沙地带的巴勒斯坦人，大部分巴勒斯坦人离散在叙利亚、约旦、黎巴嫩等地，据联合国近东巴勒斯坦难民救济和工程处的数据，2009 年，仅在叙利亚一国便有五十二万五千名登记在册的巴勒斯坦难民 [21]，而真实的数据更加庞大。2011 年叙利亚内战爆发，巴勒斯坦难民的处境更加恶化。他们并不想卷入冲突，只能再度逃亡，由于约旦不愿再接受更多的难民，他们可能只有逃往黎巴嫩[22]。

然而黎巴嫩的情况并不乐观，内战遗留的问题尚未解决，巴勒斯坦及叙利亚难民的不断涌入又让这里不堪重负。黎巴嫩内战于 1975 年爆发，到 1977 年时已造成极大破坏，黎巴嫩的经济损失惨重，四万多人死亡，十万多人受伤，约几十万人逃往国外[23]。2016 年阿拉伯布克奖[1] 年度入围作品中就有两部小说仍以黎巴嫩内战为背景。由此可见，战争虽然终会停止，但它带来的创伤却难以消弭。

而在《75》写作的时代，叙利亚尽管经济并不发达，但人民尚可安居乐业，小说主人公雅思敏和法里哈只是为了追求更好的经济条件而奔赴黎巴嫩，而在 2011 年后，叙利亚也沦为人间炼狱。根据法国《费加罗报》2016 年 2 月 12 日一份由非政府组织叙利亚政策研究中心与贝鲁特美国大学合作编写的题为《直面分裂》的报告指出，叙利亚冲突已造成四十七万人死亡，伤亡总人数约占叙利亚人口的 11.5%。近八百万人在国内无家可归，另有大约四百万人在叙利亚多个邻国注册为难民[24]。在黎巴嫩，叙利亚难民数一度高达一百二十万，俨然成了全球难民比例最高的国家，平均每一千人中就有二百三十二人是难民。

叙利亚难民大量集中的国家依次为土耳其、黎巴嫩和约旦，还有很多难民以土耳其为中转地偷渡前往西方。然而，不管是前往同为伊斯兰背景

---

1 阿拉伯布克奖为阿拉伯文学国际奖，这个奖只授予阿拉伯作家所书写的小说，旨在表彰阿拉伯地区一年来最优秀的小说，该奖项得到伦敦布克奖基金支持，并由阿联酋阿布扎比旅游文化局资助，大奖得主的作品将被翻译成英文以促进其国际传播。

的国家，还是前往文明、宗教等迥异的西方，难民们在获得生命保障、生活资料之余，首先面对的将是如何融入迁入国的问题，这恐怕历经数代才有可能。对于因战乱而背井离乡的难民而言，他们被迫骤然从自己熟悉的土地抽离，被强行割裂与家园的纽带，其间的痛苦自然不言而喻，只要有机会回归家园，即使困难重重，他们也一定愿意重返故乡，事实也正是如此。2015 年 10 月，约旦救助叙利亚难民的组织发现越来越多的叙利亚人，特别是妇女和儿童重返叙利亚 [25]。偷渡入欧洲的叙利亚人也是如此，仅在 2015 年 11 月，向瑞典移民局提出回国申请的就高达四百八十人次，这些千辛万苦偷渡而来的叙利亚人决定重新返回自己所熟悉的环境 [26]。难民回流的原因或是由于难民营生活日渐窘迫，或是由于在迁入国无法融入，但不管何种原因，即使由于战乱他们暂时不会再回叙利亚而会前往其他阿拉伯国家，但只要战乱停止，他们仍然向往自己的家园。对西方而言，在应对欧洲自二战以来规模最大的难民危机时，不管是出于人道主义接受难民，或是费力甄别"难民"还是"移民"以确定接受或遣返，抑或是敌视排斥，都不如尽力解决叙利亚危机，让和平重新降临在这片土地上来得切实可行。

在动荡不安的中东地区，巴勒斯坦人、以色列人是离散群体的主要构成，有着移民海外传统的黎巴嫩，作为外来人口众多的海湾富国，都无法忽视离散这一话题，如今的叙利亚内战更是导致了无数人因此流离失所，离散在祖国之外。可以说，离散是生活于斯的不同族群的共同主题，而《阳光》和《75》以战争为背景，以现实为依据，书写这些离散群体的去向，以其命运走向警示世人，深入挖掘造成他们离散背后的原因，以离散为切入点书写战争，其作品的现实性不言而喻，是研究阿拉伯世界战争文学的重要作品。

（本文属 2015 年度教育部人文社会科学研究青年基金项目《20 世纪以来的阿拉伯现代文学离散写作研究》15YJC752021 阶段性成果之一，上海外国语大学校级规划项目《在离散中皈依——嘉黛·萨曼内战系列小说解读》2015114037 阶段性成果之一。）

参考文献：

[1]《关于难民地位的公约》[EB/OL].http://www.un.org/chinese/hr/issue/docs/82.PDF.

[2] 难民 [EB/OL].http://baike.baidu.com/view/61856.htm.

[3] [巴勒斯坦] 格桑·卡纳法尼：《巴勒斯坦被占领土的抵抗文学 1948—1966》，塞浦路斯：里马勒出版社，2013 年，第 16—17 页。

[4] 梁立基、陶德臻主编：《亚非文学导读（下）》[M]，台北：昭明出版社，2011 年，第 689 页。

[5] 萨米·苏维丹：《阿拉伯小说文本研究》[M]，贝鲁特：文学出版社，2000 年，第 66 页。

[6] 艾布·穆阿特：《小说艺术》[J]，《阿拉伯人》，2000 年第 2 期，总第 504 期。

[7] [意] 普拉蒂·凯普：《嘉黛·萨曼文学中的叛逆与坚持》[M]，诺拉·萨曼译，贝鲁特：先锋出版社，1992 年，第 44 页。

[8] 彭树智主编：《阿拉伯国家史》[M]，北京：高等教育出版社，2002 年，第 379—382、333—334 页。

[9] 赫里·艾布·嘉比因：《我在巴勒斯坦和科威特的故事》[M]，开罗：东方

出版社，2002 年，第 108 页。

[10] 伊拉克入侵之前科威特的巴勒斯坦人 [EB/OL]．http://www.aljazeera.net/ knowledgegate/opinions/2015/8/25/.

[11] 纳吉瓦·穆斯塔法·哈萨维：《国际合法性与巴以和谈下的巴勒斯坦难民》 [M]，贝鲁特：宰通研究咨询中心，2008 年，第 188 页。

[12] [黎] 瓦利德·努尔：《黎巴嫩内战：从法律和政治视角看真主党与以色列 之间的真相》，开罗：努尔人文研究出版社，2007 年，第 43 页。

[13] [美] P.K. 希提：《黎巴嫩简史》[M]，北京师范学院《黎巴嫩简史》翻译小 组译，北京：北京人民出版社，1974 年，第 318—327 页。

[14] [叙] 布赛娜·夏班：《阿拉伯女性小说百年》[M]，贝鲁特：文学出版社， 1999 年，第 20 页。

[15] 对科威特的巴勒斯坦人及阿拉伯移民的种族清洗及恐怖主义 [EB/OL]． http://www.gulfwar1991.com/Gulf War in Arabic/Chapter 10, Terrorism Against Palestinians in Kuwait.htm.

[16] [英] 诺亚·卢卡斯：《以色列现代史》[M]，杜先菊、彭艳译，北京：商 务印书馆，1997 年，第 325 页。

[17] [德] E.M. 温德尔：《女性主义神学景观》[M]，刁承俊译，北京：生活·读书·新知三联书店，1995 年，第 31 页。

[18] 巴勒斯坦人"建造"并"反对"定居点 [EB/OL]．http://archive.aawsat. com/details.asp?issueno=11700&article=589936#.V2YPPxWLmXw

[19] 五十名巴勒斯坦人通过冷藏车偷渡 [EB/OL]．http://elaph.com/Web/ Politics/2005/7/75469.htm?sectionarchive=Politics

[20] 格桑·卡纳法尼：从巴勒斯坦偷渡者的铁罐中归来 [EB/OL]. https://ar—ar.facebook.com/notes/creators—120484381305807/.

[21] 联合国近东巴勒斯坦难民救济和工程处（UNRWA）：2013 年 1 月至 4 月巴勒斯坦难民最新状况 [R].

[22] 联合国官员说叙利亚境内巴勒斯坦难民处境堪忧 [EB/OL]. http://www.chinadaily.com.cn/hqgj/jryw/2013-03-12/content_8470665.html.

[23] 王新刚：《中东国家通史之叙利亚和黎巴嫩卷》[M]，北京：商务印书馆，2003 年，第 354 页。

[24] 叙利亚两千万人口一半逃难 [EB/OL]. http://www.renkou.org.cn/countries/xuliya/2016/5387.html

[25] 救助组织：更多叙利亚难民从约旦回国 [EB/OL]. http://www.iba.org.il/arabil/arabic.aspx?entity=1121486&type=1&topic=0

[26] 瑞典数百名叙利亚难民决意回国 [EB/OL]. http://www.arabinworld.com/news-15,N-3352.htm

谈谈阿里·朱斯拉提的短篇小说

李荣建

　　摘要：利比亚小说家米斯拉提的小说题材广泛，几乎涉及社会生活的各个方面。他在小说中通过典型事件的开张和详尽的细节描绘，运用准确的文学语言和生动的生活语言，刻画人物的心理，描绘人物的性格，从而将人物写得惟妙惟肖，塑造出一个个各具特色、栩栩如生的典型人物。米斯拉提的小说主要描述阿拉伯穆斯林的生活，一方面，他赞成和歌颂伊斯兰教对于坚定人们信念所起的积极作用；另一方面，他以犀利的笔触，批判和讥讽消极地运用并非真正的伊斯兰教精神束缚人们的心灵和言行的荒唐做法。米斯拉提的绝大部分小说思想性强，艺术性较高，但并非篇篇完美无缺。

　　作者简介：李荣建，武汉大学教授

　　利比亚文豪阿里·米斯拉提（1926—　）是一位学识渊博、才华横溢的学者型作家。他自1955年出版第一部学术专著《的黎波里人杰》，迄今已出书四十本。其中，富有见地的文学评论集《利比亚文学赏析》（1956），堪称利比亚文学研究指南；脍炙人口的故事集《朱哈在利比亚》（1958），开利比亚民间文学艺术研究的先河;"取材精当、体例完备"的《半个世纪的利比亚新闻业》(1960),是利比亚新闻学的开山之作;鸿篇巨著《利比亚的历史学家》(1977),是"利比亚史学研究的重要收获";构思奇妙、风格独特的十一部短篇小说集,是利比亚现实主义文学的精品。现仅就米斯拉提的短篇小说谈点初步看法。

一、小说创作概况

1952 年 1 月 7 日,米斯拉提在《自由火炬报》发表了一组描写移民思乡情的短篇小说《再见与归来》,正式拉开他小说创作的帷幕。此后,他一发而不可收,迄今已创作短篇小说二百多篇,相继出版《米尔赛鲁》(1963)、《破碎的帆》(1963)、《一捧灰》(1964)、《太阳与筛子》(1977)、《五十部短篇小说》(1983)、《费克图里叶车站的将军》(1991)、《捕蝶女》(1992)、《机场里的猴子》(1992)、《桥下的阿卜杜·克里木》(1992)、《滴滴苇笔墨》(1992)和《受伤的鸟》(1994) 等十一部小说集。如今,米斯拉提已年逾古稀,但仍在辛勤笔耕,不断有精彩的小说问世。

二、小说艺术特色

米斯拉提的小说题材广泛,几乎涉及社会生活的各个方面。其中,有声讨意大利侵略军草菅人命的《在埃塞俄比亚失踪的人》;有歌颂利比亚人民反抗法西斯殖民主义统治的《墨索里尼的钉子》;有指责贪官污吏营私舞弊的《关系》;有讽刺心术不正的色狼偷鸡不成蚀把米的《女间谍的故事》；有揶揄封建守旧的老顽固的《蒙面少女的老师》；有反映劳动大众疾苦的《米尔赛鲁》；有为初学写作者指点迷津的《文学说》；还有呼吁全社会关心孤苦伶仃的穷孩子的《一分钱》等。

米斯拉提在小说构思上颇具匠心，有的小说开门见山，例如小说《脚手架》，用"他清晨就出门找活干……"娓娓道来。有的故事波澜迭起，丝丝入扣，引人入胜，例如小说《车站》《圣诞节》等。有的张弛相间，例如小说《墨索里尼的钉子》和《墓地更夫》等。米斯拉提小说的结尾艺术尤其出色，或画龙点睛，有力地深化主题。例如小说《脚手架》，描写一位能干的工匠钟情于一位富有的寡妇，为她无偿服务。他和她订婚后，变得飘飘然，在脚手架上干活时不慎掉下摔死。而未婚妻闻讯赶来后，首先是检查未婚夫准备在新婚之夜献给她的小戒指是否由纯金制成。该结尾一针见血，把一个吝啬的贪财鬼活生生地凸现出来。

小说《你们听见我的故事吗？》，讲述发生在一辆老掉牙的破汽车上的故事。一位健谈的乘客对一位沉默的乘客绘声绘色地吹了几个小时牛，然而无论演讲者怎样绞尽脑汁启发，或搜肠索肚提问，听讲者始终一声不吭，"他的头随着汽车的摇晃而左右摆动，嘴巴时张时合，不知是讥讽还是惊叹，让演讲者迷惑莫解"。直到抵达目的地，他方从司机那里得知，"听讲者"是个聋子，让人啼笑皆非。该小说与我国古典文学名著《红楼梦》中聋子听放鞭炮，有异曲同工之妙。而小说《蒙面少女的老师》，叙述一位专制的父亲对女儿管教甚严，他雇来男性家庭教师给女儿上课，却对讲课的方式和内容做了许多限制，诸如师生之间要隔一扇屏风，不准嬉笑等等。但是，犹如笼中鸟的女儿不愿坐封建礼教的"黑牢"，趁父亲外出时逃出了樊笼，与邻居男友勇敢地走向自己的广阔天地。故事结局出人意料，却又在情理之中，发人深思。

再如小说《登月》，以诙谐的笔调，渲染了一位小青年的单相思，他视一位可望而不可即的美女为"明月"，希冀借助自诩"神通广大，法力无边"的神汉登上"明月"。然而，骗人的神汉一次又一次愚弄了痴情的小青年。小说彻底揭穿了"神汉"的骗人伎俩，为执迷不悟的人们敲响了警钟。

米斯拉提善于在小说结尾巧留余韵，例如小说《车站》，讲述一位老汉无理驱赶在住房附近的公共车站上候车的小伙子不成，便千方百计试图迁走车站，以免情窦初开的女儿受外界的影响。可结果是车站没移走，而这位小青年却成了老汉的女婿，"可是哈吉怎么会同意这桩婚事？而响彻街道的欢叫声又是怎样取代哈吉到处告状的诉苦声的呢？其中的奥妙和细节，便成为人们私下津津乐道的热门话题。"小说到此戛然而止。让读者去思索，去想象，令人回味无穷。

米斯拉提不仅是一位编故事的能手，而且通过典型事件的开张和详尽的细节描绘，塑造出一个个各具特色、栩栩如生的典型人物。在他的色彩斑斓的艺术画廊里，有疾恶如仇的马鞍匠（《墨索里尼的钉子》），有热情似火的油漆匠（《脚手架》），有固执的老汉（《车站》），有吝啬的奸商（《焰父》），有蛮不讲理的"贝都因人"（《蒙面少女的老师》），有足智多谋的新女性（《女间谍的故事》）……

这里应当指出，米斯拉提塑造的众多人物不是桃花源中尽善尽美的模范或魔窟里一无是处的败类，而是性格鲜明、有血有肉的人。例如小说《脚手架》中的男主角油漆匠欧木朗，勤劳能干、乐于助人，但他喜欢吹毛求疵，也有七情六欲，还有点贪财。米斯拉提在作品中多方面展开人物的性格特征，显示人物的多边立体化，让读者觉得真实可信。又如小说《车站》着力刻画的老汉，他固执得令人难以置信，在家中一手遮天、说一不二，在外面却碰得头破血流。他有摆弄念珠、搔后脑勺等习惯动作和性情容易冲动等特点。直到今天，在阿拉伯国家里仍然可以见到这类人。米斯拉提正是从现实社会的生活原型中，提炼、加工，塑造出这样一位使人难忘的犟老汉。

米斯拉提在小说创作中注意运用准确的文学语言和生动的生活语言，刻画人物的心理，描绘人物的性格，从而将人物写得惟妙惟肖、活灵活现。他的小说文风简洁、优雅，语言风趣、幽默。读他的小说，很少碰到冷僻字眼和晦涩词句，而往往被小说中生动的、形象的美所感染，从听觉上享受音乐的美，从视觉上感到整齐的美。如他描写饿汉"辘辘饥肠时而鸣奏轻音乐；时而又像在打鼓"，比喻十分贴切。而他在讲述交通部官僚们为一桩小事大张旗鼓地开庆祝会时，幽默地写道，"交通部全体庆祝……庆祝倒下的电话线杆"，真是绝妙的讽刺。再如他在小说《车站》中写道："他怒火冲天，用力撕碎了小说，将纸屑从窗口扔出去。"寥寥数笔，一个专横的保守者形象便跃然纸上。

米斯拉提在小说创作中使用规范的标准语文，部分对话用方言土语，生活气息浓厚，具有鲜明的地方特色。

三、小说中的伊斯兰教意识

伊斯兰教在伊斯兰国家的社会生活中起着巨大的作用。在利比亚，伊斯兰教对国家政治、民众生活影响尤其明显。伊斯兰教不仅被尊为国教，而且作为"立法的依据"和"社会的准则"，受到国民的普遍信奉。因此，伊斯兰教或强或弱、或明或暗的影响力，几乎无处不在，无时不有。文学作为生活的一面镜子，其中必然反映伊斯兰教的或清晰、或模糊的影子，米斯拉提的小说也是如此。

米斯拉提的小说主要是描述阿拉伯穆斯林的生活，因而，作品中经常出现一些诸如"赞美安拉"等宗教色彩较浓的用语是很自然的。但是，米斯拉提作为一名对伊斯兰文化、历史十分熟悉的学者型作家，从来不在其作品中生搬硬套《古兰经》经文，用作装饰和点缀，而是根据故事情节的开展和需要，引经据典，恰到好处。例如，小说《焰父》刻画了一位既小气又凶狠的奸商，作品中就巧妙而恰当地引用了《古兰经》第一百一十一章，"愿焰父两手受伤！他必定受伤，他的财产，和他所获得的，将无裨于他，他将入有焰的烈火，他的担柴的妻子，也将入烈火，她的颈上系着一条坚实的绳子"。借此表达众多受盘剥的顾客对奸商焰父的愤慨之情，令人拍手叫绝。

米斯拉提的作品表明，一方面，他赞成和歌颂伊斯兰教对于坚定人们信念所起的积极作用。例如在小说《墨索里尼的钉子》中，生活在意大利殖民主义者铁蹄下的利比亚马鞍匠法尔阿斯觉得非常压抑，于是，他常到清真寺听教长讲经，以树立"坚定的信仰和必胜的信念，减轻心中的悲哀和苦闷"。另一方面，他以犀利的笔触，批判和讥讽消极地运用并非真正的伊斯兰教精神束缚人们的心灵和言行的荒唐做法。例如在小说《蒙面少女的老师》中，一个愚昧的贝都因人说教女儿写字是犯禁的，老师就义正辞

398

严地指出这是对伊斯兰教的歪曲。"伊斯兰教教法不禁止女孩读书、写字。"总之，米斯拉提的短篇小说，有对伊斯兰教精神的整体把握，亦有阐发伊斯兰意识的点睛之笔。

四、结语

米斯拉提在小说创作上取得的成就，是他辛勤笔耕的结果，也与他长年累月深入生活分不开。他当过教师、报纸编辑、电台台长、国会议员等，阅历十分丰富。他不仅广泛阅读世界文学名著，从中吸取营养，而且精心浏览社会生活这部奥秘无穷的大书。他的足迹踏遍了的黎波里市的大街小巷。他经常与文化界同仁聚会，交流信息，并且同其他行业人士乃至普通百姓交朋友、拉家常，了解他们的喜怒哀乐。他平常随身带着纸笔，随时随地将所见所闻、所思所感记录下来，从而积累了大量的创作素材。

米斯拉提从来不把自己束缚在狭小天地里，而是积极了解不断变化的世界，紧紧跟随时代前进。他访问过中国、日本、美国等许多国家，曾出席在埃及、伊拉克、摩洛哥、阿尔及利亚和苏联等国召开的国际学术会议，与亚洲、非洲和欧洲的不少作家、学者建立了友好关系。

俗话说，"金无足赤"。显然，米斯拉提的绝大部分小说思想性强，艺术性较高，但并非篇篇完美无缺。依笔者拙见，米斯拉提的一些小说，为了更鲜明地突出人物形象，在铺垫上着墨过多，例如《墨索里尼的钉子》等小说，难免啰嗦。

此外，米斯拉提的小说注重含蓄和洗练，在作品中常用省略号，或表示有所省略，或表明言犹未尽，可偶尔也犯有部分阿拉伯作家的通病——

滥用省略号。不过，这仅是白玉中的微瑕。

米斯拉提的小说不仅在利比亚小说界闪闪发光，在阿拉伯文坛乃至世界文坛同样光彩熠熠。他的一些小说名篇已被译成英文、俄文、德文、法文、日文和中文等多种语言，深受读者的欢迎和喜爱。

（本文原载于《阿拉伯世界》1997 年第 4 期。）

真实与虚构：
哈勒小说的新历史主义视域

刘东宁　马立蓉

摘要：沙特当代著名作家阿卜杜胡·哈勒以历史书写为己任，以小说文本来阐释自我对沙特社会转型、经济建设、海湾战争、民主进程等一系列重大议题的看法，构建起有别于权威历史的话语体系。因此，论文以新历史主义观照阿卜杜胡·哈勒的小说创作，探讨其如何通过历史书写构建起有别于官方叙事的小说话语体系，分析哈勒对历史宏大事件的颠覆和建构，从而探讨其对历史事件的文学性和对小说文本历史性的审视，以及如何以小说文本改变阿拉伯人的思想认知，参与社会集体意识形态的建构。

作者简介：刘东宁，宁夏大学讲师、博士；马立蓉，宁夏大学讲师

新历史主义亦称作文化诗学，是一种新的历史主义和文学批评方法，它是对二十世纪西方主流社会思潮——形式主义和结构主义的文学本体论

本研究属于 2018 年度宁夏高等学校科学研究项目（NGY2018035）阶段性成果。

的一种反叛。新历史主义明显受到西方马克思主义、福柯的权力－话语理论、德里达的解构主义的影响，是后现代主义在历史批判领域的新发展，是一种新的文化诗学。新历史主义在文学批评实践中突破了文学的自律，反对将文学与社会文化相隔离，主张从社会文化视角，如政治权力、意识形态、文化霸权等对文本进行解读，而不是单纯的文本内部的文字游戏。二十世纪八十年代，作为主张阐释文学文本的历史内涵的新历史主义逐渐得到欧美文艺界的认可，成为文学批评和文学研究的重要方法论。

尽管阿卜杜胡·哈勒从未谈起他的作品受到了新历史主义的影响，但是其小说创作的创作理念和创作思路，明显具有新历史主义的色彩。哈勒将历史书写作为小说话语构建的维度，以小说文本来阐释自我对沙特社会转型、经济建设、海湾战争、民主进程等一系列重大议题的看法，构建有别于权威历史的话语。哈勒颠覆权威正统历史观，建构边缘化小写历史，力图改变人们对沙特现代化建设和宗教权力组织的固化观念，还原其历史的本来面目。同时哈勒揭露权威大写历史文本性的一面，以小说文本为载体，从边缘化小人物的视角重新构建沙特近现代发展史，展现了小说文本的历史性。

一、历史书写：哈勒小说话语建构之维

米歇尔·福柯认为："虚构话语可能产生真理的效果，真实可以产生或制造尚未存在的潜在话语，并对它加以先行虚构。人们在政治现实的基础上虚构历史，也在历史的基础上虚构尚未存在的政治。"[1]

1　王岳川：《后殖民主义与新历史主义文论》，山东教育出版社，1999年，第32页。

文学与历史同属一个符号系统，文学文本的历史书写事实上也是话语权力的载体，文学家借此建构自我话语体系的一种方式，表现出了强烈的政治立场和意识形态。哈勒小说在宏大的历史框架下，关注小人物的人生坎坷和周遭际遇，将小说文本作为历史书写的载体，建构自我的话语体系，强烈抨击统治阶层的虚伪和麻木不仁，为普通民众的利益呐喊，表现出强烈的政治意识形态。因此，哈勒的小说表现出新历史主义特征，试图构建一种不同于官方历史话语的话语体系，展现了现代沙特社会的另一种真实。哈勒"就像一个逐渐挖掘隐匿的破坏性的人，他记录了五十和七十年代阿拉伯国家普遍遇到的不幸，以及衍生出来的战争、口号、冲突、失望和反复，开始于纳赛尔时期、第二次中东战争、十月战争、阿拉伯统一梦想，直到海湾战争、科威特九十年代被入侵，以及所有这些事件对于社会中个体和普通人的影响，尤其是那些参与到战争中经历过灾难的人，甚至那些没有经历过的人。"[1]

在小说《天堂喷出的火焰》中，哈勒以七十年代沙特经济、社会转型为历史背景，讲述了吉达坑区居民为了改变自身经济窘境，纷纷进入宫殿的故事。上世纪七十年代初，沙特通过阿美石油公司的国有化，逐渐掌控了国家的经济命脉，沙特从 1974 年到 1985 年进入了一个十年经济腾飞期。第四次中东战争期间，沙特与其他阿拉伯 OPEC 组织成员国利用石油为武器支持了阿拉伯国家对抗以色列的战争，但同时造成了世界能源危机，石油价格由战前每桶不足两美元提升到 1980 年的三十五美元。石油带来的高

1　萨马希尔·达敏:《阿卜杜胡·哈勒的小说——一个对边际人开放的世界》,《卡费莱杂志》, 2011 年第 60 期, 第 84 页。

额利润给沙特经济的发展注入了兴奋剂，沙特在短期内实现了现代化、工业化和城市化。"1972 年沙特国内生产总值达到一百三十亿里亚尔，1981年沙特国内生产总值达到三千三百亿里亚尔（非石油收入达到四百亿里亚尔），政府财政充盈，财政结余达上千亿里亚尔。"[1] 对于这段历史，沙特无论是历史教科书还是官方媒体，都给予了较高的评价。

但是对于短期内实现的现代化、工业化、城市化以及社会转型等问题的反思声音却不多，这些声音大多被对这段历史的正面评价所淹没。官方历史话语的构建主要依据大量的社会经济指标，具有较强的客观性和权威性，但是这些数据忽略了对沙特普通民众的生存状况和精神状态的考察，学者们在摘取这些数据时往往有意无意地站在统治阶层的立场，宣扬政府对经济发展所做出的巨大贡献，具有明显的意识形态的痕迹，对于沙特经济发展中出现的问题，如过度依赖石油、工业发展体系畸形等，以及过度的城市化所带来的各类社会问题，如文化不适、断层和社会道德沦丧等问题，或视而不见，或避而不谈，或谈而不论。萨马希尔在评价哈勒作品时指出，"毫不夸张地说，哈勒是最强悍的抗争者，他肩负起被压迫者、边缘化的人物、意志和权利被剥夺者的忧愁，构建了与虚伪历史和遗产斗争的集体意识。"[2]

哈勒将《天堂喷出的火焰》置于七十年代转型中的沙特社会历史框架下，摒弃了官方历史数据叙事，从小人物塔里克的视角重新塑造沙特吉达

1　萨马希尔·达敏：《阿卜杜胡·哈勒的小说——一个对边际人开放的世界》，《卡费莱杂志》，2011 年第 60 期，第 84 页。

2　同上。

社会的这段历史，发掘被官方历史所忽略、所掩盖的边缘化历史，以小说文本为依托，积极参与到社会话语的重塑和意识形态的建构当中。在哈勒看来，历史书写中忽略了小人物的存在，"历史书籍中这些人物形象不多，几个世纪以来，他们是构成事件的基础，散布在各个事件当中，但在历史书写中，他们是缺位的……历史不会记得战马，而小人物就是这些事件的战马，历史不会记得他们"[1]。

与主流社会历史话语不同，哈勒在小说中对转型中的吉达社会的描述，使读者看到了大批喜人的经济数据背后普通民众的无奈和悲凉，以及政府机构的腐败、弄权和不作为。在吉达海边掀起大规模围海造地运动期间，海岸被吉达市长不公平地分成若干份，他所代表的吉达政府在未征得渔民的同意之前就将海滩分割出去，大批优质的海滩被圈禁起来，成为权贵富豪们的私有财产。在小说《犬吠》中，哈勒概括性地描述了这一社会变迁，"飞机驶向沙拉姆·艾卜哈尔海岸，在那里，巍峨的建筑占据了蓝色的大海，人们看不到海岸，大海成了有钱人、小偷和中间商的私有财产，大海不再呼吸，渔民们也没有机会出海打鱼挣取微薄收入。"（《犬吠》：74）

渔民们拿着世世代代传下来的地契跟政府理论时，政府故意避开海滩产权的问题，而是提出"先占先得"的原则，于是渔民彻底失去了剩下的海岸，他们不得不放弃祖祖辈辈打鱼的生计，而那些与政府决议相抗争的渔民，要么被建筑商的拖拉机碾死，要么惨死在大海上，要么被投入监狱，孤独终老。在童年的塔里克看来，围海造地使他们失去了儿时玩耍的乐土，

1　《阿拉伯国际经济报》：阿卜杜胡·哈勒热爱街区。[J/OL][2009-05-01]http://www.aleqt.com/2009/05/01/article_100816.html

大量建筑废料堆积在大海之中，对孩子们在大海中游泳构成巨大的威胁，没有人竖立警示牌，或派遣专人负责清理被破坏的海滩。

在鸡瘟事件中，农业部门负责人贾利利拒绝发放抗病疫苗，导致鸡瘟迅速在街区蔓延，到处都是死亡的家禽，贾利利为了转移人们对政府部门的不满，将家禽死亡归咎于不讲卫生的塔里克，而没有为改变街区状况做任何实质性的努力。哈勒试图借助小说内在话语体系，展现政府行政部门腐败、弄权和不作为的一面。

在瓦利德破产事件中，瓦利德靠自己的辛劳发家致富，但尔萨借助宫殿主人的势力几天之内使瓦利德破产，精神崩溃，而他其中一位妻子玛利亚也因受牵连而锒铛入狱，没有经过任何合法的司法程序。而塔里克同样凭借宫殿主人的势力，将毒贩亚希尔从监狱中救出。在金钱和权势面前，法律只不过是一纸空文，司法公正变成了天方夜谭。

在沙特股市崩盘事件中，宫殿主人拜克尔和他的团队掌控着股票的升降，在拜克尔看来，股民是他豢养的一群随时待宰的羔羊。股市的崩盘使无数股民的财产化为泡影，尔萨上亿财产一夜之间全部蒸发，股票成为抽干股民财产的一剂猛药。在小说第三部分中，作家哈勒出示了一份来自政府部门的秘密报告，"国家因为贩毒势力抬头而受到巨大的震荡，他们属于基地组织的恐怖分子，目标是摧毁政权，与之相对的是，大量的金钱在国民手中，部分人同情基地组织，以慈善的形式捐献资助这一趋势，最后钱都流到了毒贩手中。建议采取有效途径来吸干国民手中的钱，让他们看到集中爆炸事件的危害性"（《天堂喷出的火焰》：389）。这份报告部分解释了沙特在2006年发生股市崩盘的原因，具有浓厚的阴谋论的味道。现实生活中的哈勒在这次股市崩盘中蒙受了巨大的经济损失，促使他特别关注这一事件，为他的小说创造积累了丰富的素材，同时也展现了股市崩盘人为性和政治性的一面。

哈勒以小说为载体，依靠残存的历史文献和记忆，以期全面客观地还原上世纪七十年代至本世纪初沙特的社会风貌。小说作为一种虚构的文学创作，其本身具有一套独立的话语和逻辑体系。哈勒基于个人的历史记忆和掌握的文献资料，将断裂的、个体感悟的历史叙事焊接成为客观的、具体的、连续的叙事，充分利用了文学与历史、前景与背景的互文关系，从而将小说文本与历史话语相融合，使历史真实与文学虚构在小说中并现，虚实结合。哈勒以小说重新还原那段即将被人遗忘的历史，激发人们对历史的理解和认知，以自己的话语来积极参与了社会集体意识的建构。

二、历史的颠覆与建构

在新历史主义看来，历史从时间顺序表中摘取事实，然后将此作为特殊情节结构而进行编码，其本身便是一种同小说一样的虚构。因此，历史并不具备所谓的已知性、客观性和真实性[1]。

"人们对现实、对历史的认识已经不再建立于'逻各斯中心主义'的自信之上，人们开始相信，现实与历史只不过是一种显现，不过是一些自圆其说的看法的相互作用。因此，历史不再是一成不变的过去的事件，而

---

1 凌晨光：《当代文学批评学》，山东大学出版社，2001年，第179页。

成了与历史编写者的意志、态度、叙事方式密切相关的一种文本。"[1] 因此，新历史主义颠覆了正统历史观的权威性和客观性，还原了历史书写的"产生机制"。因为历史文本与历史存在有着本质上的区别，历史文本是对过去历史的书写，而历史存在是客观发生的，不以个人意志为转移，这契合了马克思历史唯物史观。但是在历史文本书写过程中，不可避免地存在着历史学家个人的思想、政治立场和意识形态，服务于特定的政治、经济和文化利益集团，因此正统历史文本所标榜的客观性、真实性就大打了折扣。

人们不可能重新体验过去的历史事件，即使经历过部分历史事件的人，作为社会的个体也不可能全面掌握历史存在的全部，因此小说文本以其构建的小写的历史还原了历史存在的另一种真实。哈勒在小说创作过程中，在尊重历史存在客观性的同时，不再以权威正统的历史作为标杆，而是专注于小写历史话语的书写，这也成为哈勒小说历史书写的模式。

在小说《天堂喷出的火焰》中谈到，在沙特实施石油国有化之后，政府组织实施了大规模的经济基础设施建设运动，大量的热钱涌入吉达，给当地经济的发展注入了一支强心针，但是其副作用很快浮出水面。一大批依附权贵阶层的人在短时间内集聚了大量社会财富，晋为社会新贵，他们具有勤劳致富的一面，但更有社会破坏性。在这场现代化运动中，一批没有任何社会背景的人也加入到富豪的行列，他们搭载城市化的浪潮实现了发家致富。这些人来自于社会底层，他们一旦与权贵阶层的利益产生矛盾，其结果只能像瓦利德·韩柏什一样人财两空，住进精神病院。

---

1 凌晨光：《历史与文学——论新历史主义文学批评》，《江海学刊》，2001年，第174页。

在哈勒构建的现代化进程当中，政府不再是经济活动的有效推动者和组织者，而是变成社会利益的分割者和社会矛盾的转嫁者，他们不想也不愿意成为普通社会民众的代言者，因为他们在这场浩大的经济运动中也希望分得一杯羹，实现政府利益的最大化，而不去考虑如何有效地解决社会矛盾，最终牺牲了沙特普通民众的利益。

哈勒不仅激发了人们对沙特现代化这段历史的再认知，建构一段全新的沙特现代化进程史，而且改变了人们对于瓦哈比主义思想统治下沙特保守社会历史的看法，显出对主流历史观念的反叛，关注被史学家、政客甚至普通民众所忽略的小写历史，积极参与到沙特社会历史和意识形态的建构。

在小说《天堂喷出的火焰》中，童年塔里克生活在上世纪七十年代，现代沙特王国建立已有半个世纪，瓦哈比思想早已经上升至国家意志，深刻地影响到沙特人的社会生活。小说《淫乱》中，马哈茂德被劝善戒恶委员会以非法独处罪判处一年监禁，为了证明自己信仰的纯洁和虔诚，他毅然身赴阿富汗战场进行圣战，最终客死在了伊拉克。小说《犬吠》中，宣礼员易卜拉欣和留学生亚希尔都参加了阿富汗、伊拉克的圣战运动，为了躲避政府的追查和监禁，他们最终逃进也门的深山，在那里继续进行圣战活动。阿卜杜胡·哈勒的每一部作品几乎都有圣战者的形象，他在安排这一人物形象时并非刻意为之，而是最大程度上契合沙特社会现实。无论这些人进行伊斯兰圣战的目的何在，其结果或多或少都被打上恐怖主义的烙印，他们回国之后，受到来自政府的严密监控。这些伊斯兰圣战者身上具有双重身份，他们既是宗教的殉道者，也是恐怖主义的天然支持者。

哈勒在小说中消解了这一形象，还原出事物本来的双面性。哈勒在小说《淫乱》中，改变了劝善戒恶委员会宗教执法人员虔诚、温和、友善的形象，而是代之以专制、蛮横、邪恶的形象。嘉丽莱跟马哈茂德在海边兜风被劝善戒恶委员会的宗教警察抓住，马哈茂德随即声称自己一定要明媒正娶嘉丽莱，事实上他也这样做过，但是宗教警察却故意误导马哈茂德，令其承认与嘉丽莱发生性关系。在哈勒看来，"应该限制劝善戒恶委员会的权力，允许人们提出申诉，进行仲裁或判决，同时执法时应该公平"，曾经一度实力强大的宗教警察无法真正以宗教的名义来执行伊斯兰教法，因为他们本身的素质制约着他们的执法能力和水平，其执法的结果往往导致青年男女的人生悲剧。

正是有一批像阿卜杜胡·哈勒一样的知识分子的奋力抗争，改变了沙特对劝善戒恶委员会正面的固化认知，还原了劝善戒恶委员会在历史发展过程中被人们所忽略的真实的一面，使人们对劝善戒恶委员会有了一个较为公正、客观的评价。在我们今天，无论是沙特上层社会还是底层社会，人们对限制和规范劝善戒恶委员会的执法行为基本达成共识，2016 年 4 月，沙特大臣委员会颁布新的法律，全面限制劝善戒恶委员会宗教警察的执法行为，"劝善戒恶委员会的领导及其成员无权要求个人止步、停留或对其驱逐，无权要求其出示身份证件，核实其身份或实施跟踪，这些属于警察和反毒品管理局的权限"。这一法律的颁布事实上是对哈勒小说中宗教观和宗教行为扭曲的一种积极现实回应。

因此，阿卜杜胡·哈勒以小说文学虚构的形式挣脱了传统历史观念、社会主流价值观和道德观以及主流话语体系的束缚，以其构建的话语体系瓦解沙特主流的宗教价值观念，试图改变沙特国内对瓦哈比主义的主流历史观念，还原其本身所具有的另外一种被忽略的客观现实。哈勒反对主流的权威历史观念，小说话语的解构性使其叙事上升为对政教合一体制下沙特社会历史观念的反驳，改变沙特人对劝善戒恶委员会的刻板印象。哈勒以其人文道德关怀，触碰到沙特历史观念和社会制度深处，对沙特社会体制和社会发展历程进行深入的剖析和反思，积极参与到社会意识形态和思维模式的建构中。

三、历史的文学性和文学的历史性

在新历史主义看来，历史文本不是客观的、权威的、线性的叙事，而是像文学文本一样掺杂着编者的知识结构、主观意象和意识形态，是周围社会文化影响下的产物。因为人们不可能重新经历过去的历史，也不可能掌握历史的全部，哪怕对那些亲身经历过历史事件的人而言，他们所了解的历史也只不过是个人史，具有强烈的个人色彩。因此，要了解过去的历史，就不得不参照遗存的历史文献资料。但是历史文献作为一种文本，自始至终都带有历史编写者的个人印记，与文学文本一样同属于一个语言符号系统，所编写历史构建的所谓的宏大、客观、权威叙事就失去了合理化基础，因此，历史具有文学性。

在海登·怀特看来，"不论历史事件还是别的什么……都不再是可以直接观察到的事件……它们必须被描述出来……描述是语言的凝聚、置换、象征和对这些做两度修改并宣告文本产生的一些过程的产物。单凭这一点，人们就有理由说历史是一个文本[1]。"

　　在大写的权威历史看来，详实的历史数据足以支撑历史文本的客观性和权威性，成为人们共识的客观历史事实，但是这些所谓的客观史实却往往夹杂着编者的自我意识和政治立场，其客观性就值得推敲。2008年沙特对外新闻总局刊发《沙特阿拉伯王国有关问题介绍》一书，作者以较为详实、客观的历史数据简述了沙特在司法、行政、王位继承、妇女和外籍劳工权益等问题上的原则和立场，以及这些问题在沙特国内的历史演变，因此该书可以被认为是关于沙特部分问题的简史。尽管作者在历史编写过程中力图客观公正地反映现实，但在对部分问题阐述过程中过于暧昧，或多或少地流露出编者的自我的政治立场和价值取向，具有浓郁的意识形态色彩。在新历史主义看来，类似的官方历史文本与文学文本一样具有虚构性，这一方面解构了官方历史的客观性和权威性，另一方面为小说文本的历史介入搭建了一个有力的平台。

　　在关于妇女权益的问题上，《沙特阿拉伯王国有关问题介绍》一书回顾了伊斯兰教对妇女权益的保护、沙特女性受教育程度的提高以及在各个社会领域沙特新女性的形象，力图改变人们对沙特女性形象的不良认知，起到正面宣传引导的作用。但是哈勒在小说《淫乱》中，以客观冷峻的笔法，描述了女性在家庭和社会生活中受压迫、失语的状态。警官哈立德在案件侦破过程中需要嘉丽莱的母亲来警局配合调查，尽管她很想来警局，但是在未征得丈夫同意的前提下，她断然不敢违拗丈夫的决定。即便她最

1　海登·怀特：《新历史主义：一则批评》，王逢振译，漓江出版社，1991年，第400—500页。

终来到警局，也是在丈夫的陪同之下，其一言一行都必须受到丈夫的规约。沙特女性在家庭生活中的失语状态由此可见一斑。在哈勒的笔下，与嘉丽莱母亲形象相似的人物有很多，可以说，嘉丽莱的母亲是沙特妇女在家庭和社会生活中形象的典型代表。许多阿拉伯史书在介绍妇女权益时，大量引用伊斯兰宗教经典——《古兰经》和《圣训》中关于宗教对于妇女的保护章节，但是却没有涉猎女性真实的生活状态，以及与宗教经典之间的天壤之别及其深层原因，此类书籍所谓的历史客观性自然大打折扣。而哈勒以小说文本为载体构建的历史话语，尽管属于一种小写的历史，但是却真实客观地反映沙特社会现实，以其内嵌的话语体系冲击着主流权威的历史书写。

俄罗斯著名的东方学家阿列克谢·瓦西里耶夫在《沙特史——从十九世纪到二十世纪末》一书中详细介绍了沙特"石油经济"的繁荣，对沙特七十年代石油经济的繁荣、八十年代经济建设和财政赤字、九十年代海湾战争等历史问题有着不同程度的阐述。作为俄国著名的阿拉伯和非洲问题专家，瓦西里耶夫在论述沙特历史问题时更加客观公正，所引用的历史数据真实可信。但他在论述沙特七十年代"石油繁荣"期时，出于各种原因，对掌握的历史数据筛选也存在偏颇之处。由于历史数据之间所构建的隐喻与历史编撰者个人价值观念和政治倾向有莫大的联系，具有一定的意识形态的色调，编者自然无法看到石油经济的繁荣与沙特普通民众财富的实际支配能力之间的严重的倒挂，对高速的基础设施建设给沙特底层社会造成的危害估量不足。在小说《天堂喷出的火焰》中，哈勒挖掘普通史学家或视而不察、或视而不屑的边缘化历史，为处于社会底层的沙特民众代言，书写小人物在这一历史发展时期的小写的历史。哈勒以孩童塔里克的视角观察吉达海岸的变迁，讲述沙特吉达在"石油繁荣"期大规模的经济建设活动。大海曾经是孩子们嬉戏的乐土，填海造陆项目使他们去海边游泳变成了一种奢侈的享受。渔民们逐渐失去了自己赖以生存的海岸，丧失了自己出海打鱼的生计，哪怕拿着世世代代传承下来的地契去市政府申诉，也改变不了吉达市长法利斯的填海造陆计划，没有任何的经济和精神补偿，渔民们的权益就被政府随意剥夺。渔夫哈米德试图以自己的身体阻止拖拉机填埋自己拴船的口岸，结果被活活碾死。哈勒小说文本所构建的吉达这段历史深刻地展现了石油经济的双重性，沙特七十年代的石油经济无疑给沙特经济和社会发展注入了一支兴奋剂，一方面刺激着基础设施建设呈现前所未有的大发展，另一方面牺牲了许多底层社会的基本利益，贫富差距拉大，阶级矛盾逐渐激化。哈勒基于个人经历和历史素材所构建的小写历史，尽管缺乏瓦西里耶夫这类史学家所构建历史的权威性，但是仍不失公正性、客观性和真实性。

在海登·怀特看来，历史具有文本性、虚构性，"历史作为一种虚构的形式，与再现历史真实的小说大同小异"。[1] 但同时文学文本与历史文本一样也具有历史性和真实性。文学文本不仅是在特定历史语境下产生的，属于历史的一部分，同时文学文本与特定历史之间相互作用，能动地参与历史进程。"历史是一个延伸的文本，文本是一段压缩的历史。历史和文本构成了世界的一个隐喻。文本是历史的文本，也是历时和共时统一的文本。"[2]

1　Hayden White: *Tropics of Discourse*, the Johns Hopkins University Press, 1987, p122.

2　朱立元：《当代西方文艺理论》，华东师范大学出版社，1997年，第396页。

阿卜杜胡·哈勒在小说创作中，有意无意地将自己的文本置于特定的历史框架之下，使小说在虚构故事中穿插历史事件，历史事件描述中融入虚构情节，虚构人物与现实人物生活在共同的历史场域，虚实结合，使小说文本呈现出现实性和历史性的特征。

（一）真实与虚构交织的历史事件

哈勒在小说创作中力图还原历史原貌，将虚构历史描述成可信逼真的历史，将个人的经历和体验融入到虚构事件的描绘中，在虚构事件中穿插宏大历史，在共知的历史事件中融入虚构元素，形成了历史事实与虚构故事的巧妙融合。

小说《犬吠》中，哈勒没有从正面战场描述海湾战争的残酷性，而是选取了战争后方居民的生活状态。海湾战争彻底打破了吉达人的生活模式。为了抵御萨达姆的铁骑和炮弹，吉达人纷纷购买各类战时必需品。即便是荒诞的谣言，人们也奉为圭臬，不敢有丝毫的怠慢。而小孩子们则既兴奋又恐惧，将战争娱乐化，辨别飞机类型和数量成为孩子们赖以自豪的资本。

"恐惧从宏伟的宫殿中流出，流淌在沙特大街上，填到我们心里，由电视播放的如何预防化学武器而产生恐惧。每天随着四处的故事而愈发恐惧，我们的生活首要任务变成了如何抵御化学武器，这种大规模杀伤性武器。"（《犬吠》：27）

海湾战争造成人心惶惶，无论是宫殿中的王公贵族，还是普通街区的平头百姓，都想方设法抵御化学武器的伤害。大批科威特难民拥入沙特，沙特各类电视台每天播放如何有效抵御武器爆炸的伤害，这些都进一步触动人们敏感的神经，可以说人们对战争的恐惧远远大于战争本身。

有谣言称萨达姆的军队强暴妇女，于是"我"的父亲买来机关枪以便抵御来犯的强敌。有谣言说胶带能够抵御化学武器的伤害，于是各类胶带成为吉达普通民众争先购买的商品，而防化服只能成为有钱人才能享受的奢侈品。以陶菲克为代表的许多商人在战争期间大发战争财，成为吉达社会的新贵，他们与吉达普通民众的矛盾因战争必需品的购买而日益突出。哈勒揭露了沙特社会阶级问题，哪怕是在战争的情况下，社会阶级的分化和矛盾每时每刻都在上演，人性的贪婪和无情被彻底暴露在日光灯下。哈密里害怕化学武器随时落到自己的头上，每天都穿着防化服出门工作，哪怕是去清真寺礼拜，他毅然坚守着自己的原则，最终因对防化服过敏得了皮肤病和鼻炎。

海湾战争是特定的历史事件，与萨达姆和以美国为首的联军交战，以及使用化学武器等事件一样都是中东地区重大的历史事件，而哈勒所描述的孩子们识别飞机型号、购置战时必需品、穿着防化服等事件，则半真半假，充满了许多虚构的情节，历史事件与掺杂虚构内容的街区事件融合在一起，填补了历史记忆中史学家所不想也不屑关注的历史空白，成为人们研究这段历史不可多得的史料。

同时需要谈及也门撤侨事件。由于也门政府支持萨达姆政权，与沙特政府支持的联军立场相左，也门前总统萨利赫号召也门侨民离开沙特返回祖国，而沙特政府也针对也门侨民设置多重限制，于是大批的也门人返回祖国，抛弃他们早已熟知的生活环境，返回他们陌生的故乡。在这一历史背景下，哈勒描述了娃法父亲谩骂沙特政府、少年哈勒在空袭中夜会娃法、少年哈勒随撤侨大军南撤被滞留在边境哨卡、侨民归国后生活艰辛、侨民返回沙特等事件，这些事件中许多是源自于哈勒自己少年时的记忆和他的也门好友身上发生的故事，在真实的历史事件中哈勒虚构故事情节，在亲身经历的事件中哈勒添加部分道听途说而来的故事情节，将不同的故事串联在一起，重新编排，形成新的历史话语，展现了战争背景下也门侨民的不幸遭遇，构建这段被沙特和也门政府都忽略的历史创伤。

上世纪五十至七十年代，受苏联、东欧以及中国等国社会主义胜利的影响，许多阿拉伯国家建立社会主义复兴党，高举社会主义和民族主义的大旗，力图实现阿拉伯民族的复兴。埃及前总统纳赛尔作为这场运动的号召者和领导者，他受到了沙特国内大批民众的支持和崇拜。年少的"我"从埃及老师那里了解到纳赛尔专政的一面，因此在父亲面前大肆贬斥纳赛尔，以炫耀自己知识的渊博，结果父亲拿起烟灰缸砸向他的脑袋，誓言决不让"我"进家门，因为纳赛尔及其阿拉伯民族主义思想已经成为父亲这辈人的精神信仰的一部分。纳赛尔访问沙特期间，父亲跟其他人一起去夹道迎接他们的精神领袖，结果却遭费萨尔国王军队的拦截。随着电视的普及，特别是一些知名的阿拉伯电视台，如卡塔尔半岛电视台的出现，阿拉伯国家领导人开始褪去自己华丽的光环，显露出自己阴暗的一面，于是哈勒的父亲心灰意冷地将他钟爱的两位领导人——纳赛尔总统和费萨尔国王的头像丢进阴暗的拐角处。

哈勒将阿拉伯国家的民族主义运动和个人崇拜问题、纳赛尔访问沙特、阿拉伯电视媒体的发展聚焦在家庭视域，将家庭琐事与这些重大历史事件融为一体，混淆了宏大历史和家庭历史之间的界限，重大历史事件影响着家庭历史发展的轨迹，影响着父亲的世界观和人生观，而家庭历史的变迁又成为重大历史的补充，成为了解宏大历史的观测点。

可以说，哈勒在宏大的历史叙事框架下发掘那些被官方历史所淡忘的偶然性的、个性化的、小众的历史事件。将权威历史具体化、世俗化，夹杂在虚构的小说文本的世界中；将虚构出来的小写的历史镶嵌在宏大的官方历史中，使读者无法分清或者根本无需分清哪些历史是虚构的，哪些历史是真实的，似乎那些虚构的历史更易被读者所感知，更加真实可信。

（二）历史人物与虚构人物的共生世界

哈勒的小说人物较为繁多，人物名称大多有据可循，有熟知的历史人物，有哈勒身边所认识的人物，也有完全虚构的人物。这些人物在一起共同上演着一部历史话剧。哈勒将小说文本历史化，使历史人物和虚构人物共同生活在特定的历史环境下，因为虚构人物身上发生的故事必然处于一定历史框架之下，历史人物在一定的场合下也必然会接触到其他普通虚构的人物，所以在哈勒的小说中虚构人物与历史人物相互补充，彼此交织，使小说人物更加真实可信，栩栩如生，使小说的故事情节发展在一定历史语境下延展，更加曲折而富有理性。

小说《犬吠》涉及到也门前总统萨利赫在 1999 年召开新兴国家民主会议这一历史事件。会议期间，作为报社编辑的"我"收到也门著名作家瓦基迪·艾哈戴勒的便条，"也许你不认识我，但是我听过你的名字，我和我的朋友来看你，我们之后会联系你"。（《犬吠》：199）之后双方建立文学友谊，瓦基迪将"我"带到文学俱乐部，向其介绍了其他也门知名作家，还特意带"我"拜访也门著名诗人阿卜杜拉·巴尔杜尼。哈勒将自己部分人生经历浓缩在小说《犬吠》当中，哈勒所描述的人物，如作家瓦基迪以及诗人巴尔杜尼等，都是社会现实中的人物，而"我"本身就是作家哈勒原型的演绎，是小说虚构的人物，哈勒这样书写使小说文本披上一层现实的外衣，给部分读者留下亲切感。同时，哈勒还虚构了伊拉克作家穆罕默德这一形象，他之所以逃离伊拉克，并非因为逃避战争或萨达姆政权的迫害，而是因为逃避爱情，这改变了人们对海湾战争后流落异乡的伊拉克人的刻板印象，开拓了人们对于这一问题的视野。伊拉克作家与其他也门文学家共同生活在也门的文学俱乐部，虚构人物与现实人物交织，亦真亦假，亦实亦虚，使小说呈现出浓郁的现实主义的韵味。

作为报社编辑的"我"在萨那宾馆还巧遇了非洲某国领导人。由于不小心差点撞到他，因此他的保镖们将"我"高高举起，像耍猴一样戏弄了"我"一番。而正是这位总统在电视上大谈非洲的民主和进步，举止文雅。哈勒虚构了这一非洲领导人的形象，突显其对他人尊严的蔑视和政治虚伪的一面，具有较强的政治意味，哈勒藉此来讽刺阿拉伯国家举行的民主会议的荒诞性。

在民主会议的闭幕式上，各国领导人纷纷上台演说，探讨公正、平等、自由、宽容、对话、发展和改革等议题。但是马拉松式的会议令在场的所有人都感到厌恶。也门前总统萨利赫尽管假装认真在听报告，但是仍然抑制不了内心的压抑，一位部长单刀直入地说："甚至总统都感到憎恶……他自己召开的会议，如果想要专政起来，就会把这个马拉松会议结束。"（《犬吠》：211）也门文化部长对电力部长开玩笑，让其下令断电，以便结束这次会议，电力部长只能无奈地说自己害怕被总统停职。当美国前国务卿希拉里·克林顿的形象出现在电视屏幕上时，哈勒的朋友阿联酋记者欧麦尔兴奋地说："要是阿拉伯领导人都是女的，那么我听一天都没问题……你听这张脸说话，比听那些阴沉的脸说话要好得多。"(《犬吠》：233) 哈勒将现实人物也门前总统萨利赫及其部长们、美国前国务卿希拉里与虚构人物编辑"我"和阿联酋记者欧麦尔杂糅在一起，使小说描述更加丰满、真实，给读者以更为直观的认识，从而引发读者对阿拉伯国家历次民主会议的反思。

海湾战争期间，沙特著名电视节目主持人苏莱曼·尔萨在主持电视节目时突然无法控制自己的情绪，神色紧张，不停地抽打自己的脸[1]，声称发射炮弹了，在稳定情绪之后，他说："危险威胁着沙特的每一个角落，所有人都要小心。"(《犬吠》：87) 苏莱曼的举动搅动着无数家庭紧张的神经。随后巨大的警笛声音促使大家纷纷离开电视机，惊恐万分地躲避起来。"警笛声令人心跳加速，我们所有人都把毛巾放在嘴边，睁大眼睛，死亡流淌在我们的血管中，父亲赶紧关好窗户熄灭灯火，我的弟弟们躲在母亲的怀里寻找安全感，她嘴里念着祈祷词，摸着孩子们的头，擦拭着泪水。"(《犬吠》：88) 少年哈勒趁乱跑到娃法家门外，因为他希望跟娃法死在一起，但处于恐惧中的娃法没有听见哈勒的敲门声，他被迫回到家。在这一段恐惧叙事当中，尽管苏莱曼没有跟哈勒一家生活在一起，但是借助电视媒介却又深刻地影响着人们的生活。哈勒一家作为虚构的家庭，跟娃法一家一

---

1 阿拉伯人在惊恐、后悔的时候常常抽打自己的脸。

样,都是在战争阴霾下痛苦挣扎的吉达普通家庭的代表,警笛声促使父亲快步熄灯、母亲诵念祈祷词流泪、孩子们蜷缩在母亲怀里、少年哈勒出门寻找娃法,在战争恐惧的笼罩下,无论是社会上层还是底层,人们每时每刻都经受着战争的煎熬。这一段战争描述淋漓尽致地展现了电视主持人苏莱曼和哈勒一家人的内心思想和波动,阿卜杜胡·哈勒借助少年哈勒一家看电视的场景揭开了海湾战争这段历史灰暗的一角。虚构人物与历史真实人物相结合,使读者感到小说文本犹如历史书籍一样真实可信,给人以巨大的历史冲击,激发人们的历史记忆,成为历史叙述的一部分。

四、结论

阿卜杜胡·哈勒的文学作品继承了新历史主义文学观,它深刻影响到哈勒小说的创作理念和创作思路。首先,哈勒将历史书写作为小说话语构建的维度,将海湾战争和也门民主会议两条故事线索彼此交织,在小说的虚构中展现历史现实,在历史真实中展现小说文本话语,构建了小说文本的历史话语体系。其次,哈勒的历史书写多以上世纪六十年代到本世纪初的历史为背景,构建了小说发展的总体历史框架,同时依据自己掌握的历史文献和个体经历,从小人物的视角对这段历史进行模仿和改写,使小说文本历史化,力图颠覆正统权威历史书写,展现了具有虚构特征的小写历史的客观性和真实性的一面,小写的边缘化历史成为哈勒小说历史书写的主题元素。最后,哈勒解构了宏大历史的真实性,将小说文本置于特定的历史框架之下,使小说在虚构故事中穿插历史事件,历史事件描述中融入虚构情节,虚构人物与现实人物生活在共同的历史场域,虚实结合,使小说文本呈现出现实性和历史性的特征。因此，阿卜杜胡·哈勒的现实主义小说契合了新历史主义文学创作的基本理念和基本特征，是后现代主义语境下的现实主义，哈勒使虚构的小说文本具有了历史文本的严肃性和真实性，解构了主流宏大历史叙事的客观性，还原其虚构性和主观性的一面，建构了小说文本在历史书写中真实性和客观性的一面，哈勒所构建的历史话语对主流历史话语构成巨大威胁，成为引导沙特民众反思历史的重要手段，也为人们客观看待沙特当下社会现实提供了客观历史参考，哈勒由此也积极参与到改造阿拉伯人的思想认知和建构社会集体意识形态的进程当中。

参考文献：

[1] 阿卜杜胡·哈勒：《犬吠》[M]，骆驼出版社，2011年。

[2] 阿卜杜胡·哈勒：《天堂喷出的火焰》[M]，骆驼出版社，2011年。

[3] 阿卜杜胡·哈勒：《淫乱》[M]，沙基出版社，2005年。

[4] 海登·怀特：《新历史主义：一则批评》[C]，王逢振译，漓江出版社，1991年。

[5] 凌晨光：《当代文学批评学》[M]，山东大学出版社，2001年。

[6] 凌晨光：《历史与文学——论新历史主义文学批评》[J]，《江海学刊》，2001年。

[7] 萨马希尔·达敏：《阿卜杜胡·哈勒的小说——一个对边际人开放的世界》，《卡费莱杂志》，2011年第60期。

[8] 王岳川：《后殖民主义与新历史主义文论》，山东教育出版社，1999年。

[9] 朱立元：《当代西方文艺理论》，华东师范大学出版社，1997年。

[10] Hayden White：*Tropics of Discourse*，the Johns Hopkins University Press, 1987.

"革命"元年的阿拉伯文学：
预警、记录与反思

薛庆国　尤　梅

摘要：2010 年岁末因突尼斯失业青年布瓦吉吉自焚引发的街头革命，于 2011 年之春在阿拉伯多国全面爆发，至今尚未偃息。因此，2011 年是注定要以"阿拉伯革命"元年而载入史册的。回望 2011 年的阿拉伯文坛，"革命"也自然而然地成了这一年文学的主题词，一向以民族的解放与进步为己任的阿拉伯文学家们以各种方式预警、记录和反思这场"革命"。

作者简介：薛庆国，北京外国语大学教授；尤梅，北京外国语大学副教授

2010 年岁末因突尼斯失业青年布瓦吉吉自焚引发的街头革命，于 2011 年之春在阿拉伯多国全面爆发，至今尚未偃息。因此，2011 年是注定要以"阿拉伯革命"元年而载入史册的。历史将如何评价这些声势浩大的阿拉伯事件？它是一场摧枯拉朽的"革命"，即将带来万象更新的"春天"？还是一场蓄谋已久的"动乱"，将陷国家民族于万劫不复的"浩劫"？在硝烟未散、尘埃未定的今天，要作出客观的评判似乎为时过早。我们不妨将这

场来势凶猛、冲击巨大，却又纲领不明、前景难测的风波，以带引号的"革命"名之。

回望 2011 年的阿拉伯文坛，"革命"也自然而然地成了这一年文学的主题词。

一、预警

2011 年问世的作品，其实大都于之前完成。这些作品，一如既往地体现了阿拉伯现当代文学家的忧患与批判意识；批判现实，仍然是文学的主旋律。他们的作品虽然书写于"革命"之前，但其中不难看出"山雨欲来风满楼"的迹象和预兆。

突尼斯新一代作家中的佼佼者凯迈勒·里亚希花了五年时间完成长篇小说《大猩猩》，其部分章节在英国发表时，作者曾遭遇来自突尼斯国内某些势力的恐吓，因此，小说单行本 2011 年才得以问世。作品围绕一个绰号为"大猩猩"的黑人青年萨利赫展开，他出生穷苦，生活坎坷，最后在潦倒中精神错乱，竟然爬上突尼斯市市中心的大钟塔宣布复活日到来，因而引发城市骚乱，随后被警察带走调查，从此杳无音信。小说运用蒙太奇式的剪辑拼贴手法，深入探及突尼斯社会内部结构，反映了边缘人群的悲惨境遇，揭露了愚弄民众、蛮横专制的当权者。"大钟塔"是前总统本·阿里权力的象征，也是突尼斯"革命"中群众聚集示威的中心。在小说中，大批底层民众同情"大猩猩"萨利赫，围在"大钟塔"下高喊推翻政权的口号。这一场景，和现实中布瓦吉吉自焚并引发街头革命的事件有着惊人的相似度！

旅居法国的突尼斯作家哈比卜·赛利米的小说《巴萨汀的女人》，记述了旅居巴黎的陶菲格回到故乡突尼斯市巴萨汀区度假十九天的所见所闻。小说记述了他熟悉的女人们遭遇的各种悲欢离合的故事，同时以旁观者的视角，冷眼静观咖啡馆、市场、街道、家庭中发生的种种怪象：执政党和反对派的政客们相互攻击，无处不在的特务监视人们的一举一动，偏激分子打着宗教之名，施行有悖人伦和天理的行径……看似现代化的城市外壳下，隐藏着光怪陆离、危机四伏的社会现实。在陶菲格的朋友纳吉布看来，"突尼斯已经成了地狱"。出于对社会的愤懑不满，许多突尼斯人纷纷逃离本土，移民到他们能够进入的任何一个欧洲国家。

　　埃及作家纳赛尔·伊拉格的《失业者》于埃及"革命"爆发前几日出版。小说主人公穆罕默德出身于开罗一个中产之家，他同无数埃及青年一样，在大学毕业后便面临失业。为了谋生，他前往繁华的国际化都市迪拜试碰运气，梦想找到一份体面的工作，最后却因涉嫌杀害一名俄国妓女而被判入狱。小说以新世纪之初埃及和阿拉伯世界所经历的社会转型为背景，展现了青年们的梦想、抱负和情感世界，以及残酷的社会现实对青年的腐蚀和摧残。穆罕默德虽然屡屡碰壁，但他不甘于命运，渴望变革："失业者不是没有工作的人，而是没有抱负、不期待改变未来的人。"作者借小说表达了自己的思想："民众若想摆脱腐朽制度的桎梏，必须对自己憧憬的新社会有清晰的图景，并应该在思想、政治、社会生活方面斗争不懈，直至实现自己的利益和梦想。"

　　埃及文坛老将易卜拉欣·阿卜杜·麦吉德的小说《每周都有星期五》获得 2011 年埃及塞维尔斯文化奖。评委会评价该小说"反映了目前埃及生活的广阔空间，其中有烦恼，也有愿景。作者将深邃的思想与信息技术紧密联系，成功地将虚拟世界拉近到现实世界。"小说讲述开罗一个网站在每周的星期五接纳新成员，这些身份职业各异的年轻人，在网上互诉真心，畅聊现实和梦想。他们在虚拟世界吐露的故事和遭遇，反映了埃及社会的各种问题和弊端。在作者看来，小说家的职责是成为社会的锐眼和良心，他应该指出社会的病症，并预言其未来发展。但医治这病症，是社会全体成员，尤其是当政者不可推卸的责任。

阿尔及利亚作家巴希尔·穆夫提的小说《火的玩偶》，以上世纪八十年代阿尔及利亚经历的大规模骚乱为背景，讲述了主人公里达从逆来顺受的温顺青年变成冷酷凶残的黑帮成员的故事。这位黑帮杀手其实也不乏内省的意识："我变成了恶人，同时我也是邪恶的玩偶；我变成了魔鬼，我也是魔鬼的玩偶；我变成了疯狂肆虐的烈火，我也是这烈火的玩偶，被它焚烧。"小说行文忧郁沉重，字里行间表达了对国家未来深切的忧思。作者在接受半岛电视台采访时说："我这一代人曾经历过阿尔及利亚现代史上令人痛苦的那些年份，体验过那时的恐怖阴影。我们曾亲眼目睹个人梦想、国家梦想的破灭，至今那些噩梦仍让我惊悚。因此，我依旧要在那时的黑暗中徘徊，不仅要弄清楚究竟发生了什么，更要将自己从其中解脱。"痛定思痛，这也是作者直面伤痛的原因所在。小说实际上也是对当下的影射，因为读者不难发现：目前的阿尔及利亚和二十多年前没有太大区别，仍然充满令人窒息、一触即发的危机。

沙特女作家拉婕·阿莱姆的小说《鸽子项圈》获得 2011 年阿拉伯布克奖，小说以作者熟悉的伊斯兰圣城麦加为背景，通过一段奇特的跨国之恋，向人们展示了这座宗教圣城不为人知的另一面：腐败、失业、蓄奴、卖淫、贫富悬殊、宗教极端、跨国公司剥削外劳等，体现了女作家对祖国前途的忧虑。作者笔下的麦加，是一座文化特色鲜明的圣城，但也是一座浓缩了人类磨难、欲望、情感和追求的尘世之城。在评论家看来，小说可以被视为一阕献给圣城麦加这座"失去的乐园"的挽歌。

曾担任文化部长的摩洛哥诗人、作家穆罕默德·艾什阿里的小说《拱门与蝴蝶》与《鸽子项圈》分享了2011年阿拉伯布克奖。小说反映了摩洛哥一个知识分子家庭三代人经历的重大变故：祖父曾留学德国二十年，醉心于德国古典诗歌，回国后不幸失明，成为一名盲人导游；父亲信奉左倾思想，积极参与政治，并因此入狱多年；儿子在法国留学，因受极端思想影响，被发展为"基地组织"成员。某日，父亲接到"基地组织"来信告知：他的儿子已在阿富汗殉教，成为"烈士"。作者通过这一家人的境遇变故，说明整个社会在当代经历的重大思想演变，揭示了年轻一代走向极端思想的政治、社会与文化根源。

二、记录

从历史演进的角度来看，2011年席卷阿拉伯世界的"革命"无疑有其积极意义。它推翻或动摇了专制统治，粉碎了政治强人不可撼动的神话，展现了人民，尤其是青年要求变革、引导变革的巨大愿望与力量，为阿拉伯民族的进步开辟了可能性。因此，一向以民族的解放与进步为己任的阿拉伯文学家们，也都以各种方式参与到这场"革命"之中。他们有的走向街头，摇旗呐喊，成为"革命"的直接参与者；有的拿起笔墨，记录了自己目睹、经历的"革命"进程，为历史留下了一份宝贵的档案。摩洛哥著名作家本·杰伦在第十一届柏林国际文学节的开幕式上坦言："在这场整个民族的革命面前，任何作家都不可能置身事外，除非他是一位极端的自闭者，对于正在身边燃烧、旨在驱逐独裁者的烈火毫无察觉……我们中的许多人都在倾听人民的声音，尽管'人民'一词已经越来越少地被人提及；然而，对于来自南方国家的我们而言，'人民'一词仍然至为重要，仍然在我们的心中发出强烈的回响。"

2011 年的阿拉伯"革命"虽然方兴未艾，但已有多部有关"革命"的作品问世。本·杰伦受到意大利现实主义电影的经典之作《偷自行车的人》启发，创作了以突尼斯自焚青年布瓦吉吉为主人公的小说《穿越火》。小说以简练、直接的笔触，描写了主人公在生命中最后几个星期的遭遇，揭示了导致悲剧产生的社会根源。同样以布瓦吉吉为原型的小说，还有埃及青年作家乌萨马·哈伯什的《没有旧约的基督》，小说对主人公生平进行了一定艺术加工，揭露了突尼斯社会各阶层的矛盾。作者借用萨拉玛戈的名言，表达了作品的主旨："悲观者着眼于改变世界，而乐观者却为他们所拥有的一切而庆幸。"在埃及，反映"革命"的小说还有易卜拉欣·阿卜杜·麦吉德的《解放岁月》、黑沙姆·赫沙尼的《解放广场的七天》、宰娜白·阿法夫的《太阳升起两次》、赛义德·马卡维的《解放广场记事簿》和福阿德·君迪勒的短篇小说集《解放广场上的重生》等。其中，《太阳升起两次》讲述埃及"革命"爆发后，一位知识女性抛开自身遭遇的迷茫和惆怅，在关注、思考祖国的前途中寻觅到自身的价值。小说中的女主人公舍姆斯（阿拉伯语中意为"太阳"）有这样一段内心独白："在现在的局势下，再想想自己遇到的难题，它们竟变得如此微不足道。我所抱怨的孤独是多么无聊，如果我决定去解放广场，这些愁绪半小时内就会在真诚的人群中湮没消散。"《解放广场上的重生》包括"打开的伤口""蝗虫""升到天空""太阳和月亮的女孩""解放广场的重生""升向天空""黑色的自由箱"等短篇小说，截取了作为"革命"象征的解放广场的若干场景，展现埃及人民，尤其是青年高昂的变革热情，同时也对复杂局势下埃及的未来提出了思考。

诗歌篇幅短小，内涵丰富，是"革命文学"中更为常见的体裁。在2011年的突尼斯和阿拉伯各国，走上街头抗争的人们，都不约而同地吟诵起突尼斯现代诗人沙比脍炙人口的名句："人民一旦有生的意愿，／命运也只有俯首照办。／黑夜一定要消失，／枷锁一定要挣断。"2011年，有关"革命"的诗作也不断涌现，如突尼斯诗人贾迈勒·萨利阿的《致民族青年布瓦吉吉》、亚当·法塔希的《宵禁》、哈立德·瓦格莱尼的《我们老去》和《离去吧》，巴勒斯坦诗人泰米姆·巴尔古提的《突尼斯》，埃及诗人法鲁格·朱维戴的《土地已回到我们身边》、艾哈迈德·布黑特的《突尼斯之歌》、阿卜杜·拉哈曼·阿卜努迪的《广场》、贾迈勒·布黑特的《埃及人，抬起你的头》等。在《土地已回到我们身边》中，当代埃及著名诗人法鲁格·朱维戴将法老作为倾诉对象，诉说他的后代——埃及人民长期生活在饥饿、恐惧与悲伤之中，但如今，他们终于为了改变现状而奋起抗争："我们要筑建逝去的荣耀，／我们要唤醒逝去的光阴。／让我们在生命之秋找寻古老的祖国，／那里曾有尊严的居所，／人们在街上呐喊：／土地属于我们，／土地已回到我们身边，／土地已回到我们身边！"

2011 年底，面向阿拉伯各国文学家的著名奖项——马哈福兹文学奖公布了年度获奖者：埃及人民。评委会执行主任赛米娅在颁奖座谈会上表示："今年是马哈福兹诞辰一百周年，埃及革命乃至阿拉伯各国革命也在今年相继爆发。埃及人民自革命之初就表现出巨大的文化创造力……街道墙壁上的标语和涂鸦属于革命艺术，新科技提供的各种表达方式是埃及人民最有力的武器……因此，评委会一致同意将今年的马哈福兹文学奖授予埃及人民，以表彰他们对革命文学创作所作的贡献，同时也倡导革命中彰显的新的文化言论自由。"将马哈福兹文学奖授予"革命"之年的埃及人民，这一结果虽出人意料，却又合情合理，因为它与马哈福兹的文学精神并不相悖。毫无疑问，马哈福兹是一位富有"革命"精神的伟大作家，纵观他一生发表的四十六部作品，其中多数都以揭示痼弊、预言危机、期待变革与进步，倡导民主、人权、科学、自由为主旨。他的作品中也不乏直接涉及"革命"的杰作，如《三部曲》之一《宫间街》书写了 1919 年反抗英国殖民者的"革命"，《我们街区的孩子们》描写了人类为追求正义和进步而从事的一系列"革命"。同时，马哈福兹不断变化的写作手法，也是对传统的写作形式发起的"革命"，其影响惠及阿拉伯文坛几代后起者。

　　"革命"后看似繁荣的文学创作，作为一种文学和文化现象，也引起了阿拉伯作家的探讨和思索。2011 年，多个阿拉伯国家都举办了以"阿拉伯革命""阿拉伯之春"为主题的文学研讨会，如埃及图书总署主办了题为"小说乃革命"的研讨会，卡塔尔文化部举行了题为"阿拉伯之春后的文学"的研讨会，突尼斯伊本·赫勒敦文化宫举办了"小说家眼中的阿拉伯之春"研讨会，第十六届阿尔及利亚国际书展的研讨会主题为："阿拉伯小说中的阿拉伯之春：文学是否为革命铺平道路？"……在发表于各种研讨会和见诸报端的文章中，阿拉伯作家和评论家普遍认为：反映阿拉伯"革命"的作品虽然为数不少，但多数小说只是对现实状况的记录和描述，诗歌也多为宣泄感情、直抒胸臆之作，无论小说和诗歌，都只停留在政治层面，缺乏思想深度和艺术魅力，缺少从文化、人性和情感层面作深入挖掘、思考的意蕴丰富之作。当然，根据人类历史的经验，"大革命"之后不会立即出现高水平的文学作品，作家需要时间作观察和思考，文学需要时间来酝酿和沉淀。埃及文坛巨擘塔哈·侯赛因早在1959年就曾指出："文学会在革命中沉寂，当一切都告平静、恢复常态后才开始活跃。因为文学需要自由，而革命要进行到底才能实现其目标。也可以说，文学会在革命中偃旗息鼓，直到革命的目标得以实现。法国文学在法国大革命中几乎陷入停滞，等局势稳定后才开始复苏。"看来，在"革命"的元年或近期，就指望出现书写"革命"的杰作与巨作，这并不符合文学创作的规律。因此，以"记录"为主要特征的"革命文学"，其文学价值固然有限，但也自有其"革命"的、政治的、历史的价值。

三、反思

阿拉伯"革命"在2011年取得了重要进展，在其最先波及的突尼斯、埃及、利比亚、也门等国，执政数十年之久的独裁统治者已被推翻，政治改革和民主选举的进程，已在多个国家拉开帷幕。然而，随着时间的推移和事态的发展，这场"革命"带来的消极影响也逐渐显现：社会治安持续恶化，国民经济陷入衰退，宗教势力日益坐大，派系冲突此起彼伏。"革命"后的种种现实，无疑是令人失望的。对于文学家和知识分子而言，他们尤为不满的是，阿拉伯社会普遍面临着政治专制被宗教专制取代的危险，而宗教极端势力对言论和创作自由的钳制，较之独裁政权，实乃有过之而无不及。因此，对"革命"的反思和质疑，从最初就伴随着阿拉伯"革命"的进程，它虽然尚未凝结为成熟的文学作品，但体现了阿拉伯文学精英的深入思考，对于我们全面、深刻地了解阿拉伯"革命"极有裨益。

旅居英国的伊拉克大诗人萨迪·优素福是最早质疑阿拉伯"革命"的文学家之一，他于 2011 年 5 月发表的诗作《什么阿拉伯之春？》，在阿拉伯文坛引起轩然大波。诗中写道："只有公鸡在嚷嚷：'阿拉伯之春'，/广场上难道没有一个孩子了？/我指的是：难道没有一个人能喊出真相：/'这是什么阿拉伯之春？'"萨迪·优素福这位"最后的共产主义者"素以直言不讳、不留情面著称，他这首敢于戳穿"皇帝的新装"的"反革命"诗歌，发表于利比亚、也门、叙利亚等国的街头"革命"如火如荼，对"革命"的异议者寥寥之际，因而遭到了不少阿拉伯文人的讥讽和指责。但是，随着时间推移，对阿拉伯"革命"的类似异议却日渐增多。在西方享有盛誉的利比亚作家易卜拉辛·库尼在接受记者采访时指出："走出严冬，并不意味着我们开始感受到春天的温暖。春天还很遥远。我们刚刚告别了寒冬的冰霜，但树木尚未破土，花朵也无形无踪。所以，我们谈论的'阿拉伯之春'其实并未到来。"2011 年岁末，沙特作家图韦杰利也发出了同样的感慨："'阿拉伯之春'已经变成阴沉而狂暴的秋天，随后又变成呼啸的、暗无天日的寒冬，空中乌云密布，预示着飓风的来临；而灾难，可能就在前方。"

在阿联酋文坛被尊为"小说家的长老"的阿里·艾布·雷什，在岁末接受访谈时表达了深刻的思考："我并不看好正在阿拉伯世界发生的革命。比起之前的政权，革命可能让我们倒退得更多。原因在于：阿拉伯独裁者将我们每个人都变成了一个怯懦的小独裁者。现在，当独裁统治者被赶下台，我们会面对多少个小独裁者？数以百万个！在我看来，文化精英不能把精力集中于唾骂某个总统，或某个政权。我们更需要文化的清理，需要正本清源。我们每个个体都被污染了，都是失败者。今天，利比亚每个人都可以自由地呼喊，但是情况却更加糟糕，因为每个人都想成为本地的土皇帝，因为独裁者没有死去，走了一个，别人又来了。"

"我们每个个体都被污染了"，这是一种难能可贵的自省意识。然而，在群情激昂的"革命"岁月，无论在平民百姓还是文坛精英之中，这种自省意识都属稀缺品。略举一例为证：艾哈迈德·法格海是利比亚最著名的作家之一，他曾深得前领导人卡扎菲的赏识，还为卡扎菲的短篇小说集《乡村啊，乡村；大地啊，大地》撰写过这样的评论："他从排满了历史性重任的日程中抽出宝贵时间，潜心创作文学。无疑，今天的文坛，会以拥有卡扎菲这样的历史性领袖作为一员而深感荣耀。"然而，就在卡扎菲暴毙街头不久，法格海又撰文《暴君的挽歌》，其中不无夸张地写道："在其黑色统治历史中的每一天，他都要杀戮利比亚公民的性命，以满足其罪恶的、魔鬼一般的私欲。他邪恶的灵魂，在利比亚的城市、大漠、田埂、海岸、平原、旷野里游荡。于是，天使便从其间遁形，善的精灵黯然远去，爱与美的源泉干枯了，玫瑰凋谢了，蝴蝶死去了，夜莺也停止了歌唱……"

针对阿拉伯"革命"发出的最清晰、最全面的反思与质疑之声，乃是来自旅居法国的大诗人阿多尼斯。不少人对此深感意外，因为阿多尼斯向来是阿拉伯专制政治最激烈的批判者，难道他是"叶公好龙"？其实，阿多尼斯此时的反思与质疑，和他向来秉持的批判精神一脉相承，体现了一个诗人思想家的本色。和所有阿拉伯知识分子一样，阿多尼斯极为关注阿拉伯事态的发展。"革命"爆发后，他在报刊上发表了十多篇文章，并多次接受电视采访，还参与了突尼斯自焚青年布瓦吉吉家乡组织的一次纪念会，甚至在贝鲁特亲自参与了反对宗派主义的游行。对待阿拉伯"革命"，他的态度是逐渐从赞美、讴歌转化为质疑和反思的。在他撰写的有关文章中，引起最大争议的，是他分别于6月14日及7月13日发表的致叙利亚巴沙尔总统和叙利亚反对派的公开信。

在阿多尼斯看来，阿拉伯世界发生的事件，是阿拉伯现代史上第一次自下而上的政治运动，是一场"独特的、伟大的运动"。它为阿拉伯世界产生真正的变革创造了条件，值得人们讴歌、声援。但同时他又认为，这场运动并非真正意义上的"革命"，而只是一场规模空前的"造反"，因为它没有成熟的纲领，没有对未来的设想。他认为，当今一切阿拉伯政权，都是特定社会文化环境的产物，仅仅改变政权，而不致力于改变这环境，是无济于事的。"这种改变可能会带来较少腐败、较多智巧的统治者，但它不能解决造成腐败和落后的根本问题。因此，变革不应止于改变统治者，而应致力于改变社会，即改变社会的经济、文化基础。"因此，"在政治变革的同时，还需要发起另一场革命：首先必须全面地、根本性地审视十五个世纪以来形成人与人之间关系、自我与他者之间关系的一切基础……"

阿多尼斯更强调文化与社会的变革，但这并不意味着他为独裁政权开脱。在《致巴沙尔总统的公开信》中，阿多尼斯严词抨击了叙利亚执政的阿拉伯社会复兴党。在他看来，复兴党虽然打着"统一""自由""社会主义"的旗号，但在本质上与宗教激进主义无异，"复兴党不是凭借思想、理念的力量获得合法性，而是靠铁腕镇压得以维持。而历史表明，铁腕统治终究只能维持一时，'监狱能容纳一些个人，但不可能容纳整个民族'"。他在公开信中写道："巴沙尔总统面临的挑战是：应该把自己视为国家和人民的领导者，而不仅仅是一个政党的领导人；首要问题不是挽救政权，而是拯救人民和国家……因此，以人道的、文明的名义，巴沙尔总统应该站在叙利亚一边，而不是站在复兴党一边。"叙利亚的政权必须进行根本性的反思，否则，"它终将导致彻底崩溃，把叙利亚推入长期的、可能比伊拉克更为严重的内战之中，撕裂这块叫做叙利亚的美丽而独特的大地，迫使这个曾创造了人类第一套字母的民族，在世界各地流离失所"。

对于各种形式的阿拉伯反对派，阿多尼斯也警觉地保持着距离。在他眼里，"只追求改变政权的反对派，是这种政权本身的另一种变奏，因为，这样的反对派和政权是用同一种泥土捏成的"。他还尖锐地质疑："今天阿拉伯大街上的示威者，是否正是这样一些人：他们认同一夫多妻制，只把宗教理解为许可、禁忌、责难，只用疑虑、排斥、回避、弃绝的眼光看待与自己见解不同的他者？这样的阿拉伯人能被称为'革命者'吗？他们真的是在为民主和民主文化而抗争吗？"对于某些反对派挟洋人自重，动辄希望西方"干涉"、"保护"的做法，他极为反感，认为这意味着他们是西方人的附庸、工具与马前卒。

阿多尼斯认为，当代阿拉伯政治实践还揭示了一个赤裸裸的现象：西方列强为了谋取自己的利益，一直扶持阿拉伯的独裁政权。而当西方发现阿拉伯政权的宝座摇摇欲坠时，他们又迅速弃若敝屣，甚至不惜以军事干涉将其推翻。"对于西方而言，重要的是参与阿拉伯的权力游戏，其目的只有一个：确保他们在阿拉伯的霸权。""具有讽刺意味的是，西方，尤其是美国，号称自己的行径是捍卫穆斯林的人权；同样具有讽刺意味的是，竟有不少阿拉伯人、穆斯林相信这种说辞；更具讽刺意味的是，西方自以色列建国以来，就从未停止过鼓励以色列侵犯、蹂躏巴勒斯坦人民的人权。"

2011 年是马哈福兹的百年诞辰。在阿拉伯"革命"之元年，这位书写过"革命"、期待过"革命"、怀疑过"革命"的埃及智者，受到了国人有意无意的冷落。原定十月份在亚历山大举办的一场纪念马哈福兹研讨会，因为出席者屈指可数，而被临时取消。其实，今天的埃及人、阿拉伯人，还有一切关注阿拉伯、关注"革命"的人们，都不妨听听马哈福兹生前对 1952 年纳赛尔革命发出的一番议论："1952 年革命胜利后，埃及人民突然发现：他们的领袖是自己人，是平民百姓的儿子，而且充满了爱国热情。于是，再没有必要闹革命反对政府了。最初，他内政外交的一切举措都令人称道，人们支持他，拥护他。但过了一段时间，人们发现专制的统治方式并没有改变，于是重又回到听天由命、与世无争的状态，延续了七千年的老毛病复发了。"

历史，会再一次重演吗？让我们拭目以待。

（本文原载于《外国文学动态》2012 年第 4 期。）

流散视阈下对艾布·马迪长诗《秘符》中哲学思想的探析

李　瑾

摘要：《秘符》是"侨民文学"诗人艾布·马迪的代表长诗之一，诗人在诗中对万物发出了质疑并在每节均以"我不知道"的答案结尾。"侨民文学"作为"流散文学"的一种，其文学作品是深刻反映着流散特性的。本文旨在通过流散视阈来对艾布·马迪《秘符》中的哲学性进行分析，进而探讨流散身份对流散作家的影响及他们在流散过程中的文化身份认同。

作者简介：李瑾，青海民族大学副教授

一、流散视阈下对"侨民文学"的认识

"十九世纪末二十世纪初，在奥斯曼帝国封建专制、腐败的统治下，黎巴嫩、叙利亚大批基督教徒因不堪忍受政治压迫、宗教歧视和经济贫穷、拮据的状况，抱着寻求自由、发财致富的梦想，纷纷涌向美洲大陆侨居，

并很快在那里创办报刊，出版诗集、文集，成立文学社团，形成一个在阿拉伯近现代文学史上颇具影响的流派——'旅美派'（侨民文学派）。由于这些文人都是旅居、侨居他乡的侨民，所以他们创作的文学便被称为'侨民文学'或'旅美派文学'。"[1]"侨民文学"作家最突出的身份特征便是"侨民"，他们因为生活大环境的黑暗压迫与个人寻求自由、解放的诉求而远走他乡[2]，他们这种逃离是主动的而非被动的，所以他们的这种行为不能被称为是"流放"，而因用一个更能代表自我救赎与强调自我主动意识的词"流散"。

"'流散'是指离开母体文化而在另一文化环境中生存，由此而引起个体精神世界的文化冲突与抉择，文化身份认同与追寻等一系列问题的文化现象。"[3]作为一名流散作家的当代后殖民理论大师爱德华·萨义德在《流亡的反思》一文中曾这样说："'流亡不可思议地使你不得不想到它，但经历起来又是十分可怕的。它是强加于个人与故乡以及自我与其真正的家园之间的不可弥合的伤痕。'"[4]叙、黎"侨民"正是背负着这样一种伤痕以流散者的身份来进行着"侨民文学"的创作，他们用母语阿拉伯语和所处国的外语进行创作，他们的信仰游离于本国的伊斯兰教与所处国的基督教之间，他们的文化观念既受到本国传统文化的影响，又受到所处国先进文化的熏陶；他们的思想既在一定程度上约束于长期以来所受到的传统教育，又在

---

1 仲跻昆：《阿拉伯现代文学史》，北京：昆仑出版社，2004 年，第 306 页。

2 尔萨·奈乌里：《侨民文学》，开罗：埃及知识出版社，1967 年，第 108 页。

3 黎跃进：《东方古代流散文学及其特点》，载《东方丛刊》，2006 年第 2 期，第 185 页。

4 王宁：《流散文学与文化身份认同》，《社会科学》，2006 年第 11 期，第 173 页。

新环境的影响下渴望得到自由的解脱；他们既不希望丢掉流淌于自己血液中的阿拉伯属性，又希望能够以一种全新的身份快速地融入所处国的社会。矛盾的种种使得侨民作家们无论是在文学创作中还是日常生活中都始终以两栖的身份面对着自己的过去和现在。所以，当我们以这种流散的视阈来看待"侨民文学"时，我们便不难发现"流散作家"（diasporic writers）的创作主题往往逃不出对祖国的强烈思念，对本国传统的深刻自省，对真、善、美的执着追求和对生活的无限热爱[1]，同时，我们也不难理解其中流露出的或矛盾，或挣扎，或欣慰，或豁达的一种生活态度，当这种态度反映在文学中时，它便会上升为一种哲学，一种生活的哲学、一种处世的哲学，这种哲学正是我们要在这里讨论的侨民文学家艾布·马迪的长诗《秘符》中的哲学思想。

二、《秘符》中的哲学思想——"流散者"的思索

艾布·马迪是侨民文学中最具影响力的诗人之一，他与纪伯伦、努埃曼并称为"旅美派"三巨子。每个诗人都是一个思考者、一位哲学家，他将自己对生活、对人生的顿悟与感受凝练为一行行简洁的诗句，表面读来似乎只是一个个场景的组合或一个个具体事物的隐现，但透过这些事物的表面我们会感受到这个诗人对人生的思考与感悟。在读艾布·马迪的长诗《秘符》时就是这样，场景、人物在不停转换，看似凌乱的一个个片段被组合在一起却不难发现诗人对自己人生态度的不断论述与表达。

1　蔡伟良，周顺贤：《阿拉伯文学史》，上海：上海外语教育出版社，1998年，第487页。

《秘符》是艾布·马迪的代表作之一,全诗每一节皆以"我不知道"结尾,诗人面对宇宙、人生和社会的大千世界好似感到困惑、迷茫,处处发出疑问:"这是为什么?"又自叹道:"我不知道!"这首诗是由诗人对真理探寻的各个场景构成的,场景、人物的不同变化正是"流散"的基本特征——从一地向另一地的转移,诗人到达不同的地方后,面对不同的事物发出了不同的疑问,正是在这些疑问中诗人对自身的不同身份进行着挖掘认识,不断地进行着身份的认同与追寻。

诗一开篇诗人便就人的来源和存在的奥秘发出了质疑:

"我来了,虽然我不知我来自何处

我见前面有条路便走上了征途

不管我愿不愿意,我不能停步

我如何来到的,又怎么会看见路?

我不知道!"[1]

紧接着诗人对自己的身份发出质疑:

"在这世间,我是新人还是旧物?

我是绝对自由还是身负桎梏的俘虏?

在我的生活中我是受制于人还是能够自主?

1　仲跻昆:《阿拉伯现代文学史》,北京:昆仑出版社,2004年,第320页。

我希望我能知道，但是

我不知道！" [1]

随后诗人又对自己的人生之路发出质疑：

"我的道路是什么道路？是短还是长？

我是在沿线上升。还是在往下降？

是我走在路上。还是路走在前方？

或者我们两者都停止不动，而是时间在奔跑

我不知道！" [2]

　　艾布·马迪由人的降生到他成长后对自己身份的认同再到人生之路的
选择发出了三个疑问，"我"生于并长于这个世界，但是"我"是从它的
哪里来的，又是如何来的呢？我生来就是一个洁净如新的人，还是我早已
背负了沉重的过去而不自知呢？我的生活之路是长还是短，我是在不断前
进还是在慢慢倒退呢？结合诗人的流散背景我们可以发现这是他进行自我
身份认识与认同的三个阶段。首先，诗人像任何一位哲学家一样对人的本
源发出了质疑，这是流散作家们在创作时最常涉及到的经典问题，流散作
家从本国来到他国，面对异质文化他们迫切地想要融入当地，但面对无法
摆脱的本国传统文化之根他们往往会在最初迷失自己，不禁会向自己发问：

<hr>

1　仲跻昆：《阿拉伯现代文学史》，北京：昆仑出版社，2004 年，第 320 页。
2　同上书，第 321 页。

"我是谁？我来自哪里？我去往何处？"这是第一个阶段。在经过了一段时间的调整和融合之后流散作家往往分成这样三类人：一是与异质文化格格不入，难以融入当地社会；二是既接受了异质文化，又不能抛弃自己固有的本国文化之根；三是完全融入了当地文化而完全抛弃了原有的传统文化。我们所谈论的"侨民文学"作家则多属于第二类。[1]他们在新旧文化的共同作用下经过一段时间的磨合后又会转而对自己存在的身份发出质疑，思考自己是以何身份处于世，他们在不停地进行着身份的认同，这是第二个阶段。到了第三个阶段，作家们便开始为选择自己在异质文化中的人生道路而开始上下求索了，至此，他们追求文化认同的旅程也展开了。由流散作家的这三个阶段特征来看艾布·马迪在开篇时的三个发问，我们便不难理解诗人作为一名流散者的心路历程了。

从一地向另一地转移是"流散"最基本的特征，在《秘符》这首长诗中，诗人发问的地点不断地发生转移。首先他来到了大海边，并向它发出了疑问：

"波浪欢快地跳着舞蹈，在你的舞台上战争从没有停息过

你创造了鱼，但又创造出鲸鱼来享用它们

你的怀中既囊括着死又包含着美丽的生

但愿我知道你是摇篮还是坟墓

我不知道！"[2]

1　孟昭毅：《旅美派作家流散写作的美学意蕴》，载《东方丛刊》，2006 年第 2 期，第 163 页。

2　穆罕默德·哈姆德：《伊利亚·艾布·马迪——思乡诗人》，贝鲁特：黎巴嫩思想出版社，2003 年，第 261 页。

这里的大海在作者眼中是奥秘的象征，包含着相对立的两个方面，正如世间的一切都是如此，有生就有死，有美就有丑，有好就有坏，有欢乐就有悲伤。就如同诗人在接受西方文化的同时又需要坚守自己的固有文化一样。面对大海，诗人心潮澎湃，思绪万千，想到业已逝去的昨天与尚未到来的、未知的明天他不知何去何从，于是大海与诗人的心海发生了共鸣，诗人呐喊道：

"大海啊！我也是一片海，我的岸也就是你的岸

未知的明天与昨天包围着你，你我都是这其中的一滴水。

不要问我什么是明天，什么是昨天，我……

我不知道！"[1]

爱德华·萨义德作为"流散作家"的一名代表曾这样说："'也如同其他许多人那样，我不只是属于一个世界。我是一个巴勒斯坦的阿拉伯人，同时我也是一个美国人。这赋予我一种奇怪的但也不算怪异的双重视角。此外，我当然也是一个学者。所有这些身份都不是清纯的，每一种身份都对另一种发生影响和作用。'也就是说，这些文化身份无时无刻不在发生冲突，进而达到某种程度的新的交融。这就创造了文化身份的一个个交接点，造就了一个中间状态（median state）——即是流散写作所处的文化身

<hr/>

1 穆罕默德·哈姆德：《伊利亚·艾布·马迪——思乡诗人》，贝鲁特：黎巴嫩
思想出版社，2003 年，第 263 页。

份的'阈限空间'。"[1]艾布·马迪正是这样一位"阈限"作家，一方面他不得不认同他国的民族文化并以此获得生存权来进入其民族的文化主流——这，是他需要面对的明天；另一方面，隐藏在他意识或无意识深处的本国民族文化记忆又在时时刻刻提醒他认同自己本民族的文化——这，又是他需要面对的昨天。这种双重的民族文化身份使得诗人在不断进行身份的调和、认同与探索。

在进入了他国的主流文化后，在新环境的影响下，"流散作家"们往往会在不同于本国的自由、平等的社会环境中引发许多新的思考。生命、生活、时间、死亡、知识、心灵……一切影响着人类精神世界的因素都成为了他们探索的话题。

在《秘符》中，继大海之后，艾布·马迪拜访的地点换为了修道院，因为据说那里有一群人了解生活的真谛与知识的奥秘，他们是生活哲理的宝藏，于是诗人欣然前往，

"我来到修道院里问这里的隐士

是否迷茫中的人们和我一样的愕然

悲伤占据了他们的心头

他们是这场战役的失败者

---

1 李果正：《刍议流散写作中的文化身份》，载《南昌大学学报（人社版）》，2004 年第 3 期，第 105 页；李庶：《后殖民语境下的流散写作》，载《泰山学院学报》，2007 年第 2 期，第 34 页。

而修道院的门上却赫然写着‘我不知道！’”[1]

在诗人看来这些隐士并非传说中懂得生活真谛的哲人，他们也和“我”一样的迷茫，对于宇宙、世界的诸多奥秘他们也无从领悟，但他们却不像我一样试图去解开谜团，而是逃避在了修道院里过起了隐居的生活，他们所采取的这种态度恰恰与诗人一直所持有的乐观、积极的生活态度相违背，所以诗人批判道：

“逃跑的人啊！逃跑本身就是一种耻辱

改造只有针对贫瘠的土地时才会发挥它的功效

你是个罪人，哪个罪人在不生气的时候杀人？

造物主会对此满意并原谅你吗？

我不知道！”[2]

在修道院没有找到想要的结果诗人又一路向前来到了墓园里。思考着生命的逝去，死神的降临，参悟不透生命哲理的他向墓园里的尸骨发出了质疑：

“坟墓啊！请你开口

---

1 穆罕默德·哈姆德：《伊利亚·艾布·马迪——思乡诗人》，贝鲁特：黎巴嫩思想出版社，2003 年，第 265 页。
2 同上书，第 266 页。

尸骨啊！请你告诉我

死亡扼杀了你们的梦想吗？

你们的爱已消逝吗？

你们沉睡了几百年抑或是几百万年吗？

时光在坟墓中流逝吗？

我不知道！”¹

人常常对生充满了渴望，对死亡充满了恐惧，可死神却丝毫不会在意
人的想法而放慢自己前进的步伐：

“死神的安睡使心灵充满了安详

解放不是拘束，开始不是结束

为什么我喜欢睡觉而不喜欢死亡？

为什么死亡的脚步总是那么快？

我不知道！”²

也许谁也无法预测死神何时降临，人最该做的就是珍惜生命与现在的、
眼前的美好。那么人的命运由谁主宰？人又该怎样认识自己的命运呢？墓
园里的尸骨难以应对诗人的这些问题，他们说：

1　穆罕默德·哈姆德：《伊利亚·艾布·马迪——思乡诗人》，贝鲁特：黎巴嫩
　　思想出版社，2003 年，第 268 页。

2　同上。

"朋友啊！不要指望我会撕破这层幔纱

在我死后，我的思想不再身陷囹圄

如果说我尚存人间时没有认识到自己的命运

在我死后我又从何追寻这谜底？

我不知道！"[1]

对于这生与死的哲理，诗人没有得到满意的答复，他只得继续前行。不久，他来到了一处巍峨的宫殿与破败的山洞旁，他希望一直以来他对于贫富间差异的思考能在这两者的对比中找到答案，在他看来金碧辉煌的宫殿与破败的山洞没有本质的区别，它们两者的基本功能相同——都是为人们提供居所、挡风遮雨，但无论金砖玉砌还是茅草盖顶都逃不过时间的冲刷，时光最终会将这贫富的差距抹平。因此，诗人对宫殿说：

"你就是一个例子啊！

在被建造前你充满了多少幻想啊！

你是如何地富有智慧啊而黑夜却掩盖了它

你多么忠厚诚信啊而昆虫却噬咬着你的心灵

你是你自己的建筑师不是吗？

我不知道！"[2]

---

1 穆罕默德·哈姆德：《伊利亚·艾布·马迪——思乡诗人》，贝鲁特：黎巴嫩思想出版社，2003年，第269页。

2 同上书，第270页。

转而云游四方的诗人又想到，宫殿、山洞只是人们传统意义上遮风避雨的地方，因而被他们称为家，而抛开这种传统的束缚大千世界处处为家，但人类所追求的、真正需要的究竟是哪种"家"呢？是这种实体的、让身体得以依靠的家，还是抽象的、让灵魂得以慰藉的心灵之家呢？所以诗人说道：

"无论是在宫殿还是在洞中，我都没有自己的容身之处

我时而充满希望时而畏惧担忧

时而满足现状时而勃然大怒

我的衣服是金色丝绸做的还是粗布麻衣？

为什么我希望赤身裸体？

我不知道！"[1]

在这段关于"家"的思考中，"我都没有自己的容身之处"这句将诗人的"流散"心理刻画得十分到位。诗人为何不在乎住所是宫殿还是山洞，衣服是金色丝绸还是粗布麻衣，他为何反而希望赤身裸体？这是因为身处异国的诗人更在乎的是心灵的庇护和温暖。在异族中努力生存的同时寻求本民族的归属感对于"流散者"来说是更为重要的心愿，在异质文化的影响下寻求本族文化的身份认同是更为艰难的道路。

1　穆罕默德·哈姆德：《伊利亚·艾布·马迪——思乡诗人》，贝鲁特：黎巴嫩思想出版社，2003 年，第 271 页。

"也许思想在展现我的心灵并使之逐渐清晰

它躲避着我并不出现直到它开始发挥作用

就像井中出现的少而易逝的幻影一样

你是如何出现又为何背我而去呢?

我不知道!

"你是否发现它们会忽然闪现

或有时突然消失隐匿起来

也许你认为他们就像笼中之鸟飞走一样

抑或像心灵中的波浪消散一样

我在寻找它而它就在其中

我不知道!" [1]

    这里的"思想"笔者认为可以理解为是固有的本民族文化对诗人的影响。较之于他国异质文化潜移默化的影响来说,传统的影响已在慢慢地减退,但它还是在"发挥作用"也会"忽然闪现"。最后一句"我在寻找它而它就在其中"道出了无论时光怎么变迁,传统的文化依然存在并继续影响着诗人。

"每天我都有不同的事情

每时我都有不同的感受

1　穆罕默德·哈姆德:《伊利亚·艾布·马迪——思乡诗人》,贝鲁特:黎巴嫩
　　思想出版社,2003 年,第272 页。

今天的我还是几天前或几个月前的我吗？

抑或是日落时的我早已不是晨曦微露时的我？

每当我询问我的内心时都听到它回答我说：

我不知道！"[1]

在双重文化作用下成长的诗人对自己有全新的认识，每天他接受着不同的新事物，内心在一点点地发生着新变化，这是所有"流散者"都经历着的共同感受。

对于外表的美与丑，诗人也有自己的想法：

"也许丑在有的人看来是丑，而在其他人看来则是美

它们两个是相对的但对于年岁来说则都是虚幻的

但愿我知道哪一个是忠诚者哪一个是欺骗者

为什么美或丑没有一个标准呢？

我不知道！"[2]

而对于心灵的美与丑，诗人在经历了世事沧桑、人间冷暖后感慨着：

"我发现美德被人遗忘就像缺点被人遗忘一样

---

1 穆罕默德·哈姆德：《伊利亚·艾布·马迪——思乡诗人》，贝鲁特：黎巴嫩思想出版社，2003 年，第 274 页。

2 同上书，第 275 页。

人们期待着太阳升起就像期待着它落下一样

我发现坏就像好一样走了又来

为什么我会认为坏是人类的本质所在呢?

我不知道!"[1]

诗人之所以认为坏是人类的本性是因为诗人敏锐的观察力与作为诗人所特有的敏感度使他深切感受到了他所处时代的社会丑恶面与人心中的恶,这一想法的产生不排除诗人侨居美国后受到西方宗教文化中"人性本恶"的影响。对于美的享受,诗人不知是外界带给他的还是内心生发的,他说:

"当我听到夜莺的歌唱时我感到一种享受

树木刚刚冒出嫩芽

小溪在静静唱着自然之歌

我看到星星在漆黑的夜空中一闪一闪如同火炬

我感受到的这种快乐究竟是来自于它们还是源自于我的内心呢?

我不知道!"[2]

诗人的探寻之路在即将划上句号时,他这样说道:

---

1 穆罕默德·哈姆德:《伊利亚·艾布·马迪——思乡诗人》,贝鲁特:黎巴嫩思想出版社,2003年,第276页。

2 同上书,第278页。

"我不记得过去的生活中发生了些什么

我不知道未来的生活中将会发生些什么

我中有一个自我但我不知道它是什么

什么时候这个自我才能认识到它是我呢？

我不知道！"[1]

"过去的生活"和"未来的生活"共同造就了现在的"我"，"我中有一个自我但我不知道它是什么"是因为诗人在双重文化的作用下仍然在进行着自我身份的认同之路，"什么时候这个自我才能认识到它是我呢？我不知道！"全诗以这样的一个结尾告诉读者诗人这条自我的身份认同之路将不间断地继续走下去。

《秘符》这首诗从表面看来诗人好似一个迷茫的"不可知论"者，诗中他始终在以一个"流散者"的身份进行探寻。从对自己身份的质疑到对自己人生道路的质疑，参悟不透的他辗转各处去寻求心中疑问的答案，他来到大海边就如何看待世间相矛盾的事物展开思考、提出疑问，又来到修道院对那里逃避现实的隐士提出批评，接着又来到墓园陷入了对生与死的深思，找不到答案的他又遇到了巍峨的宫殿与破败的山洞，在这里他思考着人类真正需要的究竟是这物质上的家园还是心灵上的家园——这是"流散者"们最常思考的问题。想到这里诗人不再问他人，而是静静思考，质问自己的内心、自己的思想。诗人这一系列的问题都以"我不知道"而告终，

1　穆罕默德·哈姆德：《伊利亚·艾布·马迪——思乡诗人》，贝鲁特：黎巴嫩思想出版社，2003年，第281页。

而通过他的这一个个疑问我们可以看出诗人是在以他独特的视角和敏锐的观察力俯视着人生、社会、大千世界，他在用他那睿智的头脑深入地思考着，他通过设疑、提示、引导人们去认真地思考人生、思考自己所生活的这个世界中的种种，而他也是在通过这样的一种方式来引发自己的思考，每个人通过他的一个个疑问都可以给出自己心中的答案，而诗人给出的答案是"我不知道"，就像他在诗的最后所写的：

> "我来了我走着但我什么也不知道
>
> 我本身就是一个谜而我的去就像我的来一样也是一个谜
>
> 这个谜谁也无法知晓它的答案，这个毫无疑问
>
> 而我一直以来的借口就是：我不知道。"[1]

"我不知道"其实只是诗人应对世人的一个借口，他思想中对事物辩证的、一分为二的哲学思辨法，对生与死的思考，对贫与富的思索，对自身身份的探索的答案都隐藏在这一个个的"不知道"中，而诗人的最终目的就是借这一个个的不知道来引导读者去思索自己人生的道路、去观察世间百态、去衡量自己看待事物的标准、去形成自己的世界观、人生观、价值观、去解开这一个个自己心中的为什么。这，是作为一个哲学诗人的伟大性所在，他并没有将自己陷在无休止的哲理探索中而是将自己悟到的哲理融进诗句中引导读者去思索、去探寻，这也应该就是《秘符》这首长诗

---

1 穆罕默德·哈姆德：《伊利亚·艾布·马迪——思乡诗人》，贝鲁特：黎巴嫩思想出版社，2003 年，第 281 页。

不朽的原因所在。

三、艾布·马迪哲学思想形成的原因

(一) 客观因素

1. 社会因素

十九世纪末二十世纪初，正是西方资本主义世界对东方各民族进行瓜分并施行殖民主义统治的时期，东方世界由于经济文化发展的落后性而倍受帝国主义列强的凌辱，而此时的东方巨头奥斯曼帝国则继续着它对亚洲的黑暗统治，它对所管辖的国家、地区实行封建、腐败的专制统治。在沙尔姆地区，由于这里复杂的宗教因素和长期以来积累的历史、政治问题使得这里的局势在这种高压下变得更加的紧张。一批有志之士不堪忍受这种政治压迫、宗教歧视和由于这些问题引发的经济贫穷、拮据的状况，抱着寻求自由、追求新生的梦想，纷纷涌向美洲大陆侨居。在那个宽松的环境里他们呼吸到了自由的空气，没有生命上的威胁没有政治上的打压，没有宗教上的束缚……[1]他们突然发现原来在遥远的他乡有这样一片气氛宽松的土地可以让人毫无拘束、自由自在地生活、工作，他们感受到了一种新的生活并很快开始在那里定居、适应、生活、工作。而宽松的社会环境和富裕的物质生活恰好为文学活动的兴起和繁荣奠定了坚实的基础，使得侨居文人们不需顾虑生命、生活的重担，而将自己最大的热忱投入到爱好当中去，他们吸取着西方的阳光雨露使东方的阿拉伯文学种子很快在异乡的土

1　常玲梅：《"旅美派"及其形成原因多视角分析》，载《肇庆学院学报》，2009 年第 1 期，第 31 页。

壤上生根、发芽、开花并结出了奇美的果实。艾布·马迪正是这千百有志青年中的一员。可以说,"流散文学"就是殖民主义所催生出的文学形式,它在客观上为"流散文学"提供了产生的环境和可能,继而使流散文学家们在面对传统和现代时引发哲学的思考。

2. 环境因素

(1) 传统东方文化的影响

艾布·马迪生于黎巴嫩,十一岁移居埃及亚历山大市,由于家庭生活并不是十分富裕,小小年纪的他便在叔父的杂货店里帮忙赚钱。但艾布·马迪人小志不短,受到传统阿拉伯文化深深影响的他酷爱自己的母语——阿拉伯语,在夜里店铺打烊之后他常常自修阿语到深夜。在这期间他阅读了大量阿拉伯历代名家的散文和诗歌,从贾希里叶时期的悬诗到安达卢西亚时期的"彩锦诗"都在他涉猎的范围内。从最初对语言、语法的理解、融汇,到后来对其内容、风格的分析、欣赏,诗人经历了一个理解、领会、欣赏、陶醉的过程。他深深为阿拉伯古代的优秀作品所折服,尤其是那些韵律优美、哲理深刻、言简意赅的诗歌给他留下了深刻的印象。在历代诗作中艾布·马迪最为欣赏的是阿拔斯时期的作品,他更是将布赫图里、麦阿里、艾布·阿塔希叶、穆太奈比等人的诗歌奉为上品,不但刻苦地研读、分析、欣赏,还刻意地模仿他们的风格和内容自己进行创作,对诗歌的酷爱促使他立志成为一名诗人。十九世纪末二十世纪初的埃及处于阿拉伯现代文学发展进程中的关键时期,那里涌现了大量优秀的诗人,巴鲁迪、萨布里、邵基、哈菲兹都是其中杰出的代表,而此时身处埃及的艾布·马迪恰好利用这个优势大量阅读了这些人的诗作并深深为他们所吸引。

阅读、领会、模仿、创作，艾布·马迪开始了自己的诗人创作生涯。在艾布·马迪的早期作品中受阿拉伯古代与现代埃及作品的影响痕迹很重，这与他对它们的喜爱与刻意模仿是分不开的。传统的阿拉伯文化深深吸引着艾布·马迪，他爱自己的民族、自己的文化，他想将这种文化沿袭下去并将其用诗歌的方式展现出来，流淌在诗人血液中的阿拉伯身份属性促使他这样做。

(2) 现代西方文化的熏陶

1912年艾布·马迪赴美经商，在那里他远离了养育自己的祖国来到了一个全新的世界，这个世界它全然不同于东方，这里物质生活富裕，思想活动自由，与处于奥斯曼黑暗统治下的东方相比更容易让人性得以解放。艾布·马迪在这里自由地生活，他思想中传统的因素与这里的自由意识发生了激烈的碰撞，一直以来诗人思想中沉睡着的个性得以苏醒。他不再遵循阿拉伯古人的创作准则，不再受到这些桎梏的羁绊，而是将自己的个性融入到诗歌创作过程中，使诗律、风格、内容、思想都大大地自由化、新颖化，从而抒发自己所要抒发的一切情感，倾吐自己想要倾吐的一切文字，表达自己想要表达的一切感受。在这种动机的驱使下，他形成了自己独特的风格，写出了大量阂丽的诗作。在诗中他以优美的文笔、象征的手法、深远的寓意和哲理性的思索，时而悲愤疾呼、凄婉倾诉，时而执着追求、热情讴歌，时而发出心灵的呻吟、表达深厚的感情，时而又抒情吟咏、浪漫遐想。在他的后期作品中已全然看不到当初稚嫩的文笔、模仿的痕迹，诗人在西方倡导人性解放的思潮中很好地使自己的个性得以解放，在现代西方文化的影响下自由地书写着思想的诗章。

艾布·马迪诗歌特色的形成并非两种文化独立起作用，而机械地将诗人的创作生涯划分为生活在阿拉伯世界的早期和生活在西方世界的后期，而是这两种文化相互融合于一体在诗人体内发生了剧烈的化学反应，诗人将它们很好地领会、吸收并输出为带有自身特质的一种风格，所以我们在诗人的作品中常常可以看到他身处西方却不时深情呼唤着东方的现象出现。他语言的音律性、感情的丰富性、思想的深刻性无不承载着东方文化的秉性，在此躯体上他注入了西方文化自由、活泼、富有变化的灵魂，最终便创作出了具有艾布·马迪哲学思想的诗歌作品。

（二）主观因素

1. 个性使然

艾布·马迪生于黎巴嫩一个风景优美的村庄，自然的美景、淳朴的民风、悠闲的生活造就了他良好的品性。他具有善良的秉性、博爱的胸怀，但更重要的是他具有理性的头脑。理性使得艾布·马迪能够从汪洋恣肆的情感漩涡中不失方向，能够透过世间的一切表象，以敏锐的眼光、独特的视角观察到其背后的本质，能够抛开生活的纷扰，理性、客观地总结生命的哲理。艾布·马迪对生活的意义、生命的价值都进行了深刻的思考，得出了自己独到的见解，发人深思。同时，他跳出自己生存的小天地，在自己的民族、国家被西方殖民主义压迫的大环境下，对本民族的历史、文化传统不断进行着深切的反思，苦苦寻求西方之所以强大、东方之所以落后的原因，试图找出历史不断此消彼长的答案，这一点正是诗人头脑理性、智慧的表现。

2. 自我提升的要求

作为一个受到传统阿拉伯文化熏陶的有志之士，艾布·马迪自幼就有继承本民族优秀文化并使之得以发扬的宏愿，但在尚未侨居他乡前，他的作为都是限定在阿拉伯前人所定下的框架内，他的个性并未得以很好的发挥。侨居美洲后，他发现了一片全新的天地使得他可以跳出他人的限定而极力发挥自己的个性、解放自己的天性，但又不是完全地屈服于西方新文化而抛弃已有的阿拉伯文化。艾布·马迪头脑中一直回荡着一个声音，那就是将早已扎根于自己内心的阿拉伯传统文化与使自己个性得以完全发挥的西方文化完美地结合，让自己的思想和文学都得到进一步的提升，从而切实担负起振兴民族文化、为其注入新活力的重任。所以说，艾布·马迪这种艺术特色的形成与他融合两种不同文化、不断完成自我提升的要求是分不开的。

四、结语

《秘符》是"流散诗人"艾布·马迪的一部经典之作，诗中场景的不断转换、诗人对万物的不停质疑体现着诗人在阿拉伯传统文化和西方先进文化的双重作用下不断对自我身份探索、认同的过程。诗人身上文化的混杂性使他不断地反思自己的属性。作为一名流散者，他迫切地希望找到自己的归属感，而两种文化的差异注定使他的心灵漂泊在对归属的寻求中而不能落脚，于是，诗人的作品中便充满了这种寻求所带来的哲学思考，这也便是《秘符》之所以"秘"的原因所在。

（本文原载于《云南民族大学学报（哲学社会科学版）》2012年第一期。）

纪伯伦在中国的传播现象研究

——译介与研究的反差及其反思

甘丽娟

摘要：黎巴嫩旅美诗人纪伯伦是第一位被译介到中国的阿拉伯作家，其作品在中国的传播首先是以译本的出版与发行为中心，其次是围绕译本进行研究的学者与译者的共同推进，以及以网络文化为中介的媒体宣传。其传播历程自二十世纪二十年代开始至今已有百年，曾出现过三次译介高峰，并取得了巨大成就。但是笔者通过对兼有传播与影响特质的学界研究的梳理和分析，发现纪伯伦作品在中国译介出版的热情与在中国的研究和影响的冷清形成了强烈的反差。为此，本文力图从译本多样化中的不足和纪伯伦传记译介的缺失等方面探究其原因，以期为学界研究工作的深入探寻一条新的路径和方法。

作者简介：甘丽娟，天津师范大学教授

黎巴嫩旅美诗人纪伯伦是第一位被译介到中国的阿拉伯作家，其作品在中国的阿拉伯文学译介中数量仅次于《一千零一夜》。

纪伯伦作品在中国的传播首先是以译本的出版与发行为中心，其次是围绕译本进行研究的学者与译者的共同推进，以及以网络文化为中介的媒体宣传。简要来说，所谓传播，一是指纪伯伦作品在中国翻译或称译介的情况，一是指中国学界对其创作进行评论和研究的情况。

关于纪伯伦作品在中国的译介与研究，目前国内多有学者在文章或著作中涉及。但是，其论述或简单而片面，或论及时间过短而不系统且多带有综述性质，不仅遗漏颇多，而且有些错误至今仍在学界影响不断，甚至有以讹传讹的倾向。如比较典型的一个例子是，中国学界大多都认为中国的第一部纪伯伦全译本是由新月书店1931年出版的冰心译本《先知》，这种观点其实是不正确的。如果仅就《先知》的翻译而言，冰心是将纪伯伦的诗集《先知》译介到中国的第一人。但是，如果说真正意义上的第一部纪伯伦作品全译本，则是由北新书局1929年12月出版的刘廷芳之译作《疯人》。其译者刘廷芳不仅是将纪伯伦作品完整译介到中国的第一人，也是二十世纪二三十年代中国译介纪伯伦作品数量最多的一个译者。

之所以会出现上述的误读现象，主要是由于刘廷芳作为二三十年代中国基督教界的主要领袖，把大多精力都投放在燕京大学的行政事务和中国的基督教活动上，因此在当时中国文坛上的名气不如冰心大；其次是他所翻译的三部诗集《疯人》《先驱者》[1]和《人子耶稣》[2]的译文都是先发表在燕京大学宗教学院最重要刊物《真理与生命》上，三部译著中只有《疯人》是公开出版的。《先驱者》是译者自费出版且印数只有一百册，主要是赠

1　原译名为《先驱者——他的寓言和诗歌》。

2　原译名为《人子耶稣——他的言语与行为——照着当时认识他的人所记载与转述》，现在译为《人子耶稣》，下文统一使用现行译名。

给好友亲朋，其流通范围有限。而《人子耶稣》却从未结集出版过；此外，这三部著作都是纪伯伦创作中宗教感较强且与"圣经文体"形式相近的散文诗集，理解难度较大，所谓曲高必然和者寡，再加上其译作受发行量和发行范围的限制，以及当时中国译坛对外国文学名家名作的译介正处在轰轰烈烈的上升时期，就使得刘廷芳所译介的纪伯伦作品对一般读者或作家而言产生的影响不是很大。客观地说，纪伯伦为中国读者所熟悉，主要还是从现代著名作家冰心译出其代表作《先知》开始。

在下文中，笔者力图全面梳理和考察纪伯伦作品在中国的译介研究等接受的情况，真实呈现纪伯伦作品中国之行的主要脉络，从而进一步探寻中国的译坛及其学术界在翻译研究这位旅居美国的阿拉伯作家作品的过程中，是如何随着不同时期中国国情的变化而呈现出不同的译介与研究特点。

解读纪伯伦的创作，并对其作品进行全面深入的研究，了解其作品的译介史就成为必须和首要的前提，这也是对纪伯伦在中国传播情况展开研究的基础。所以，梳理纪伯伦作品在中国的译介过程，实际上就是展示其作品在中国传播的基本路径。

一、以译者为主体以译本为中心的传播历程

纪伯伦作品在中国的传播历程主要是通过作为传播主体的译者的辛勤耕作和译本的出版发行来进行的，这一历程自二十世纪二十年代开始至今近百年，共分为三个阶段：二十世纪二十至四十年代，二十世纪七十至八十年代，二十世纪八十年代后期至今。

（一）纪伯伦在现代中国的传播

二十世纪二十至四十年代是纪伯伦及其作品在中国译介的初始阶段，也是纪伯伦在现代中国的传播时期，主要译者茅盾、张闻天、沈泽民、赵景深、刘廷芳和冰心等不仅都是活跃于当时文坛的作家与翻译家，而且每人几乎都是身兼数职，如茅盾曾兼任《小说月报》的主编，沈泽民、张闻天是文学家和革命家，刘廷芳、冰心则是教授兼文学翻译家等。他们对纪伯伦作品的译介是出于一种自发的热爱之情，其译作或是发表于当时一些著名的文学刊物如《文学周报》和宗教刊物如《真理与生命》，或是由当时著名的出版社如北新书局、上海书店印行。经过他们的努力，纪伯伦作品在中国逐渐由单篇的零散译介开始转向对整部作品的译介，《疯人》《先驱者》《人子耶稣》和《先知》等都是纪伯伦散文诗创作特点较为显著的作品，基本上能够代表诗人创作后期的主要成就。茅盾是纪伯伦作品在中国译介和引进的先驱者。冰心的译本《先知》则成为中国译介纪伯伦作品的经典文本。刘廷芳是将纪伯伦作品完整译介到中国的第一人，其译本《疯人》开创了中国译介纪伯伦作品的先河。他不仅是对纪伯伦的创作概况了解和介绍最多的一位学者，也是二十世纪二三十年代译介纪伯伦作品数量最多的一个译者。

但是"当三十年代初冰心先生打开纪伯伦译介和研究的大门时，本该有一批人'跟进'。但奇怪的是，自那时起竟出现了长达半个世纪的'空白期'，除了《先知》曾经重印过一两次外，几乎没有任何新译出现！应该说，这是我国外国文学翻译界和研究界的一大失误……"[1]的确，纪伯伦作品在中

---

1 伊宏主编：《纪伯伦散文诗全集·序》，浙江文艺出版社，1993年。

国的译介自《先知》出版后出现了长达十几年的空白时期，这固然与当时译坛对西方文学名家名作的大量译介有关，也与纪伯伦自 1931 年 4 月 10 日病逝后从美国文坛上消失，也没有他的引人注目的文学作品继续出版有关。当然，更重要的是与当时中国连续遭遇的战争灾难有关。

（二）纪伯伦在港台地区的传播

二十世纪七八十年代纪伯伦作品译介主要集中在港台地区，尤以台湾地区的成就突出。

二十世纪五十年代中期中国大陆译坛多是通过俄译本转译纪伯伦早期的阿拉伯语作品。但是随着六十年代初期中国与苏联关系的中断，中国大陆译坛出现了万马齐喑的局面，而同一时期港台地区的纪伯伦作品译介却取得了较为可观的成就。

香港地区对纪伯伦作品的关注开始于五十年代后期丘向山对《先知》的译介，七十年代中期杜渐集中译介了纪伯伦的小说，但这种单人独译的局面没有引起多大的注意与反响。而迟于香港十二年的台湾地区却成就丰硕，成为这个时期中国译介纪伯伦作品的中心。

揭开台湾纪伯伦作品翻译序幕的是 1970 年王季庆《先知》译本的问世。此后，各种纪伯伦作品的中译本不断出现：从《疯人》《人子耶稣》等被翻译出版，到《流浪者》《破翼》等首次在中国译坛的出现，还有第一个中英对照本的《纪伯伦全集》[1]，使台湾的纪伯伦作品译介在短期内出现了这样一个热潮：同一作品不断出自不同译者和不同出版社，且同一个译本不

1　杨姗姗译，台北林白出版社 1973 年。这部只有一卷的英汉对照本，不可能展示纪伯伦创作的全貌，将其称为"全集"有些勉强，称其为"作品集"可能更为妥当。

断再版，如《先知》在三年时间里就出现了四个不同的译本，甚至同一年竟有两个译本同时出现，《流浪者》在两年的时间里先后出现了三个不同的译本，《疯人》的译介也是如此。

尽管七十年代初期台湾的纪伯伦作品译介出现了第一个高潮，但无计划的整理翻译，又不能由一家出版商全盘主理，容易重复且有因袭充数之嫌。但上述局面很快因 1972 年台湾水牛出版社出版郭祖欣翻译的《纪伯伦评传——此人来自黎巴嫩》得到扭转。这是由美国女作家巴巴拉·杨在纪伯伦于 1931 年去世不久写成的一部传记，它在增进人们对纪伯伦生平与创作的了解、推动台湾学者进一步译介纪伯伦作品的热情方面起到了不小的作用。

其后的纪伯伦译介工作开始转向以前译介较少或没有译介的作品，如《先知花园》《沙与泡沫》《大地之神》《泪与笑》《纪伯伦书简》《纪伯伦情书全集》等都开辟了中国首译的先例。尤其值得提及的是，这个时期还改变了此前纪伯伦诗集单部译介的局面，出现了以一人之力独译多部作品的局面。闻璟是二十世纪七十年代上半期台湾地区的纪伯伦作品译介中，成就较为突出且译本也颇有特色的译者。他独自翻译了《先知花园》《沙与泡沫》《大地之神》《泪与笑》等多部散文诗集。

当然，在所有纪伯伦作品的译者中功绩最为卓著者当属岑佳卓。他一人用十年时间独自翻译纪伯伦的几乎所有作品，自费印行字数达百万的中国第一套《吉布兰全集》五卷于 1980 年面世。这既是台湾二十多年来纪伯伦作品译介工作的总结，也是第一次将纪伯伦作品全部结集出版。

如果说，岑佳卓是众多译者中的佼佼者的话，那么《先知》则是台湾译坛的领军译本：在十年的时间里，台湾先后竟有十几个不同的《先知》译本出版。该译本的出版也带动了纪伯伦其他作品的译介和出版。

总体上看，这个时期纪伯伦作品在中国逐渐进入了被全面译介阶段，中国译坛的格局也开始发生变化：逐渐由前一时期的大陆一枝独秀转向香港和台湾地区的全面开花。

（三）纪伯伦在当代中国的传播

二十世纪八十年代之后，台湾的纪伯伦译介工作渐趋降温，直至整个九十年代几乎处于停顿时期[1]，但此时的大陆译坛却随着改革开放的步伐，在整个外国文学译坛的译介热潮中迎来了对阿拉伯文学的关注和对纪伯伦作品的全面译介，在八十年代中期以后进入蓬勃发展并取得显著成绩的时期。译坛开始出现专业的阿拉伯语翻译家。

进入二十世纪九十年代，纪伯伦作品的译介在大陆呈现持续升温的局面。1991 年中国阿拉伯文学研究会在北京举行的第三次阿拉伯文学学术研讨会，以纪伯伦文学艺术创作研究作为中心议题，将如何提升和深入研究纪伯伦的文学创作作为推动纪伯伦作品在中国进一步译介和出版的强大动力，以"纪伯伦散文诗集"为副标题的《先知的使命》和《纪伯伦散文诗全集》等纪伯伦作品选译本纷纷出版问世。

上述译本所选入的虽然都是纪伯伦前期创作的作品，但其具有纪念意义的出版却显示出：专业的阿拉伯文学译者的出现改变了过去由英语文本

1　原因一是纪伯伦作品在上一阶段基本译介完毕，二是与"新著作权法"的颁布实施有关。"新著作权法"使台湾地区的外国文学译介与出版受到了某种程度的限制。

译介纪伯伦作品的单一局面，促使大陆开始大量引进并译介纪伯伦作品的热潮，也为用阿拉伯语和英语共同翻译纪伯伦作品的双语时代到来奠定了基础。

1993 年是纪伯伦诞辰一百一十周年，出版《纪伯伦全集》以作为最好的纪念，成为诸家出版社和众多的读者与研究者的共识，因此，大陆有多家出版社都计划出版纪氏文集。1994 年甘肃人民出版社与河北教育出版社几乎同时推出了两套不同版本《纪伯伦全集》。

第三套《纪伯伦全集》（五卷本）是 2000 年人民文学出版社组织多位英语专家和阿拉伯语学者，经过十多年的艰苦努力和共同劳动而得以面世的，它几乎收集了纪伯伦的全部小说、诗歌、散文和绘画作品（除 1931 年写的《皇帝和牧人的对话》未收入），基本上是按作品出版顺序编排，且都是从原文直接翻译。黎巴嫩驻华大使法里德·萨玛赫为《全集》撰写了序言。《全集》中还配有大量的插图和照片，有助于增加读者对纪伯伦作品的理解。

上述三部《纪伯伦全集》的出版说明纪伯伦作品在中国的传播已经是全面开花，要想译介出新作恐怕还有待于对纪伯伦作品的进一步发掘，但这并没有阻止纪伯伦译介工作的终止，相反的是，对纪伯伦作品的热爱不仅使更多新的译者加入到译介行列中来，而且也激励了阿拉伯语言和文学的教授学者各显神通，花大力气重译、改译、补译纪伯伦的作品，形成了一个竞争的局面。

进入二十一世纪，中国大陆译者对纪伯伦作品的译介热情依然没有降温。2001 年河北教育出版社出版薛庆国翻译的《纪伯伦情书》收录了纪伯伦写给玛丽·哈斯凯尔和梅娅·齐娅黛两位女性的情书共二百〇九封，这是中国大陆单独结集出版的第一部纪伯伦书信集。其后，几乎每年都有新译本问世，尤其是《先知》的译者行列中不仅仅是又增加了几个新手，而且，一人多译也成为新世纪译界中的一种现象。

该时期纪伯伦作品的译介持续升温，除前期译介的纪伯伦作品不断重印和再版外，译介趋势发生了较大的变化，即对纪伯伦作品的译介逐渐由过去的多元向一元方向发展，主要表现在《先知》多个中译本的出现以及以一人之力翻译出版多种纪伯伦作品和《纪伯伦全集》的局面。当然，纪伯伦情书的译介与其他单行本的出版，也是其中较为靓丽的一道风景线。

阿拉伯语言文学专家李唯中举一人之力独自翻译《纪伯伦全集》，成为新世纪纪伯伦作品译介者中的佼佼者，其成就可与台湾地区译者岑佳卓媲美。

在新世纪的纪伯伦作品翻译者的行列中增加了许多新译者，他们与老译者一起共同为纪伯伦在中国的译介和传播做出了贡献。尽管他们的理解不同，翻译风格各异，但可以肯定的是："纪伯伦作品的新老译者，态度都是严肃认真的，译品也是各有千秋的。各种译本都有其存在的理由和价值，是不能也不必互相取代的。其实许多细心的读者，有时极愿看到名家名作的多种译本，因为读到的译本越多，越能接近原作的精神。而不同的译本，体现了不同的翻译主张和理论，对译者们提高翻译水平大有好处。"[1]

1　伊宏主编：《纪伯伦全集》（下），甘肃人民出版社，1994 年，第 482 页。

总之，纪伯伦作品译介热的出现及持续升温首先是与中国译坛和文坛的需求相一致，其次是与近年来市场经济条件下中国文学经典通俗化时代的经典普及，普通读者大众对经典文化的审美心理需求相一致，当然，更与和平诗人纪伯伦在《先知》中对"爱""婚姻""孩子""教授""施与"等内容的论述与商业化时代人们对真理与真情的渴望有关。

二、兼有传播与影响特质的学界研究

纪伯伦在中国的研究是中国学术领域的重要收获，是随着中国译坛对其作品全面译介的完成而不断展开并逐步走向深入的。

研究纪伯伦的学术主体由外国语言文学和中国语言文学两部分人员组成：前者多以纪伯伦作品的译介者为主，他们大多都是在国家科研机构和高等院校从事研究和教学的专家和学者，其中既有阿拉伯语言文学方面的，也有英国语言文学方面的，这正与纪伯伦双语创作的特色相吻合。译本是翻译工作者的最终劳动成果，其本身就凝聚着译者的心血，是一种创造性劳动的结晶，在传播过程中其媒介作用是非常重要的，尤其是在纸质印刷的时代。即使是在多媒体网络文化背景下其作用也不可忽视。而作为翻译主体的译者既是以阅读者的身份参与了对纪伯伦作品的译介和评述，同时又在中国的纪伯伦研究方面起到了开拓者或领军者的作用。后者多是在高等院校从事中国语言文学教学的专家与学者，他们作为译本的接受者和读者则借助翻译文本，采用文本细读等方式，从文化传播与交流的角度解读纪伯伦的文学创作，从理论层面进行深入的分析研究。可以说，学界研究既是纪伯伦在中国传播的继续和深入，也是纪伯伦在中国产生影响的组成部分或者实际证明，总之是介于传播与影响之间的一座桥梁。

目前，中国关于纪伯伦的译介与创作研究已经取得了不少成就，但是缺少系统的梳理与研究。尽管这一研究多集中于资料的收集整理，属于基础性的研究工作，但又是理论性研究工作必不可少的保证。

纪伯伦的作品自二十世纪二十年代被译介到中国后，对作家及其作品的研究首先表现在译介者的译文或译本"前言""译者序"或"译者后记"的文字表述中，这一现象基本贯穿于纪伯伦作品在中国传播的始终；其次是以学术刊物为阵地发表的研究论文，其中也包括在中国知网发布的有关硕博士论文；最后是以出版社为中心出版的有关学术论著。

（一）二十世纪前的研究概况

纪伯伦作品被引介到中国的早期，几乎所有译者都是以见诸报端后记和附白或者是译本序等形式，并以简短文字介绍作者国籍与创作概况，二十世纪六十至八十年代港台地区的纪伯伦作品的研究相对来说则显得较为冷清，除了一些译者在译本的前言和后记中有介绍外，只有林锡嘉在 1975 年公开发表了两篇研究性文章：《纪伯伦及其〈破碎的翅膀〉》和《纪伯伦的精神世界》。1979 年香港地区学者穆川发表《关于纪伯伦的小说，诗与画》。

大陆学者对纪伯伦的研究始于 1983 年，该年度为纪念纪伯伦诞辰一百周年，有六位阿拉伯学者撰文回应。此后每年都有文章见诸报端。从发表角度来看，《阿拉伯世界》《国外文学》以及《文艺报》等高层次的专业报刊成为学者们发表学术见解的主要阵地。伊宏、朱威烈、林丰民、马瑞渝等人在纪伯伦评论和研究中做出了较大的贡献。

（二）二十一世纪初期的研究概况

全球化文学时代的到来，为世界各民族通过文学与文化的交流与沟通找到平等对话的平台，受此影响的中国纪伯伦研究开始打破以往对纪伯伦东方身份的关注和强调以及东西方文学二元格局的对立模式，将目光转向全球化视野中的世界文学研究。二十世纪九十年代中国对纪伯伦文学作品引介过程的基本完成以及前期研究成果的发表，为新世纪的纪伯伦研究奠定了扎实的文本与研究基础。因此进入新世纪后，开始出现系统性的纪伯伦研究成果。

通过梳理可以发现，2000—2016 年的十七年间，共有七部专著出版、约五十多篇在各类刊物上发表的论文，二十篇硕博士论文，与上一时期即二十世纪八九十年代相比，可以说这是纪伯伦研究走向繁荣并逐渐深化的时期。五部专著的作者李琛、郅溥浩不仅成为中国学界纪伯伦研究的引领者，而且其专著多以理论和个案探讨为特点，是迄今为止关于纪伯伦研究中系统深入且具有学术个性的成果，在纪伯伦研究中具有创新性，对读者重新认识和理解纪伯伦也有所助益。

硕博士论文的大量出现，是纪伯伦研究中的一个新亮点。与前一时期只有一篇硕士论文相比，不仅数量上呈现出直线飙升的态势，且研究选题也逐渐向专题化方向拓展。运用新的理论和方法如形象学、传播学、译介学等，进一步开拓了纪伯伦研究的空间，显示出学院派特点的纪伯伦研究具有较强的发展势头，也具有较大的学术潜力。

2017 年公开发表五十余篇论文，作者多是在高校从事外国文学教学和研究的人员，说明有越来越多的人已经关注和研究纪伯伦，文章的选题较前一阶段有所提升和拓展。

从发表文章的层次与级别来看,《中国翻译》《阿拉伯世界》《国外文学》仍然是主要的专业刊物，但大多数文章都是发表在一般师范院校或专科学院的学报上，还有一些刊物似乎与专业无任何关系，其中有近一半的文章以赏析为主，研究程度较弱。

通过以上分析可以看出，中国的纪伯伦研究随着纪伯伦作品在中国全面译介的完成，取得了一些成就并逐渐向深度发展。但就广度来讲，与纪伯伦作品在中国的译介相比，中国的纪伯伦评论和研究不仅有些滞后，甚至稍显冷落。以《先知》的译介与研究为例：译本在六七十年代的台湾地区就有近三十个，大陆自冰心1931年的《先知》译本之后，至今出现的新译本也不下二十个，另外还有香港地区的丘向山译本，不算重译本和复译本，只是初译本加起来至少也有五十个，但是自1990年至今围绕《先知》发表的文章大约有三十多篇，而较有学术含量的文章却寥若晨星。其他以赏析为主的文章多是选取《先知》中的一首或两首散文诗进行鉴赏，难以达到全面或深刻分析。

而围绕《先知》译本出现的九篇研究翻译方面的文章，多是研究冰心与《先知》的关系。虽然冰心之后有更多译者加入到《先知》的译介行列中来，但就目前笔者所掌握的资料,只有一篇是研究钱满素翻译的《先知》的文章。可见，对《先知》的评论和研究相对冷清，与对《先知》译介和出版的热情局面形成鲜明对照，甚至可以说颇为滞后。

三、反差的原因探寻与反思

纪伯伦作品在中国译介出版的热情和数量与纪伯伦在中国的研究和影响的冷清形成了强烈的反差，其现象正如中国著名的阿拉伯文学翻译家和学者仲跻昆所指出的："我国读者热爱纪伯伦。但这种爱多是出自感性的，还缺乏理性的分析、指导；纪伯伦作品出的不少，但对于纪伯伦及其作品的研究者仍是凤毛麟角，远远不够的。纪伯伦是用阿拉伯语与英语双语写作的作家，我们对纪伯伦的研究也应是全面的、多方位的。"

那么，如何更好地理解纪伯伦的作品？如何全面展开对纪伯伦的研究？笔者认为，如果说解读纪伯伦创作的多元文化背景是问题的关键所在，是构成纪伯伦在中国研究与影响的重要内部因素的话，那么，不可否认的外部因素则是纪伯伦作品在中国译介与出版多样化过程中的不足。

纪伯伦作品在中国译介的持续升温并没有完全促成纪伯伦研究与影响的全面展开，究其原因，主要表现在两个方面：一是译本多样化中的不足，二是纪伯伦传记译介的缺失。

（一）译本多样化中的不足

目前纪伯伦的作品基本上被全部译介到中国，他的每部作品几乎都最少不止于五个译本，如《先驱者》《疯人》《人子耶稣》《流浪者》以及《破翼》等。当然，纪伯伦诗集中被翻译最多且出版单行本也最多的是《先知》，除此之外，还有多种多样的《纪伯伦散文诗全集》以及五套《纪伯伦全集》和各种版本的《纪伯伦情书全集》《纪伯伦书简》等。

上述译作中既有从英语转译的，也有从阿拉伯语直译过来的，但是由于译者众多且其所处的语言文化背景与时代不同，译者本身所具有的文化知识与文学修养不同，故对纪伯伦作品的理解与阐释也不同。尤其是作为翻译主体的译者所采用的翻译方法不同，如在处理对人名、地名等的翻译时，有的采用音译，有的采取意译，因而呈现于读者面前的译作，即使是同一部作品在某些内容的翻译上也会呈现出不同的有时甚至是相反的表述。如在人名翻译方面，有的将英国玄学家布朗（1778—1820）错译成意大利的布鲁诺，把德国诗人歌德错译成英国诗人戈蒂耶；把阿拉伯著名的哲学家安萨里（1058—1111）音译为加扎利。再如关于印度教女神，有的译为"时母"，有的则译为"伽利"，而在中国的《东方文学史》或《印度文学史》中一般则写为"迦梨"，她是印度神话中掌管知识的智慧女神，印度古代著名戏剧家迦梨陀娑的名字即是"迦梨女神的奴仆"的意思。上述所举之例只是为了说明，由于译本众多，译法不同，容易让本来就不是很了解文学和文化知识的读者感到无所适从。

译本的多样化固然说明了我国译坛与出版事业的繁荣，但是伴随急功近利的商业化炒作所带来的鱼目混杂，使读者面对良莠不齐的译本，有束手无策之感，经常在网络上看到有读者发问，究竟哪个《先知》译本更好？更适合阅读？更具有参考价值？除《先知》外，《纪伯伦全集》目前虽然已出版过至少不下五套，但纪伯伦的其他作品的译本却很少出版单行本，尤其是《人子耶稣》，自二十世纪三十年代至今，尽管有不少译者翻译过该诗集，但在大陆竟没有出现过一个单行本。大部头多卷本的译作可能为研究提供了较为方便的文本，但对一般读者的阅读来说，却是既不经济也不方便的。

（二）传记译介的薄弱与缺失

中国在 2000 年前共翻译出版过两部有关纪伯伦的传记，一部是台湾在 1972 年出版的郭祖欣自英语翻译的《此人来自黎巴嫩》，一部是大陆在 1986 年出版的程静芬自阿拉伯语翻译的《纪伯伦传记》，这两部传记的作者分别是美国人巴巴拉·杨和阿拉伯人努埃曼。两位作者都曾与纪伯伦的关系非常密切。但是，台湾译介的《纪伯伦传记》只在 1975 年再版过一次，且没有传到大陆，而大陆译介的《纪伯伦传记》只在 1986 年出版且未再版过，仅就其发行数量和时间来看，两个版本在一般市面已很难见到，就影响范围来说，与其后的纪伯伦作品译介与出版状况相比大概是百分之一。

《此人来自黎巴嫩》是纪伯伦的崇拜者和秘书巴巴拉·杨在纪伯伦去世后不久写出的只有四十页的小册子，也是最早译介到中国的第一部纪伯伦传。书中较为生动地描述了纪伯伦生命的最后七年间的思想与创作情况。但是，对于这部传记，努埃曼却颇有微词，他认为"作者在书中塞进了一些无稽之谈，还声称这些东西直接来自纪伯伦之口。如：纪伯伦的父系亲属和母系家庭都是有财、有名、有势和有高度文化的；纪伯伦四岁时就酷爱达·芬奇的作品；密特朗神父派人送给他祖父一封信，他读后勃然大怒，对送信的人说：'请转告他，叙利亚是奥斯曼帝国中最大的省份，黎巴嫩是叙利亚的王冠，布什里是王冠上最美丽的一颗珍珠，纪伯伦家族是布什里最有声望的家族，我便是这个家的支柱。'就这样，纪伯伦尸骨未寒，已成了神乎其神的神话了。"

努埃曼是纪伯伦的挚友，在共事十五年期间，经常一起讨论问题，欣赏切磋彼此的新作，培植了深厚诚笃的兄弟情谊。基于对巴巴拉·杨著作的不满，努埃曼决定"不想按一般写传记的陈规俗套"写一本关于纪伯伦的书，并且要写出"有血有肉、活生生的纪伯伦本人"。因此这部传记的写作与一般的传记不同，它不是采用编年或纪实等一般传记所采用的方法，而是采用文学叙事的手法，由作者进行刻意的安排："这框架的开始和结尾都是'死亡'。我选用这一章主要说明地球上任何人的生命都只是死亡的雾环绕着的疏漏，这疏漏中最美的就是那穿过死亡的迷雾走向最理想的生命的觉醒……"

尽管传记的抒情性描写充分体现了作为作家的努埃曼的文学风采，但是读后令人感觉更像一篇文学作品，也正是由于这个原因，使得该部传记刚刚在黎巴嫩出版时，就引起了不少争论，有人"说我写的纪伯伦不是真实的纪伯伦。……有人则指责我暴露了纪伯伦和生活的秘密，从而玷污了我和纪伯伦之间神圣的友谊。而更荒唐的是，有人认为我的坦率是对纪伯伦文学地位的故意贬低，从而抬高自己，使我居于纪伯伦之上。还有人竟卑俗到不堪一说的地步。胡说什么纪伯伦没在他的遗嘱里给我留下一笔钱，所以我和他反目成仇了"。

该传记出版后，努埃曼将它译成英文发表于纽约，在当时发表的许多篇评论中，有纪伯伦的女友玛丽·哈斯凯尔的一篇，她认为："这部传记是作者生活与纪伯伦生活的结合体，作者向读者介绍自己的知己好友，但毫无谄媚奉承之词。"

尽管上述评论中赞赏居多，但是，由于该传记的写作方法与一般传记不同，它没有采用编年或纪实等一般传记的方法，而是采用文学叙事的手法，因此作为目前译介到中国大陆的唯一一部传记，其文学技巧的运用虽然为读者提供了想象的广阔空间，但并没有为读者或研究者提供更多扎实的背景资料，正如伊宏所指出的："努埃曼本人也承认，在《纪伯伦传记》中，有些地方用了'小说艺术'的方法，即有一定的虚构和想象成分。因此在使用努埃曼《纪伯伦传记》提供的材料时，要格外谨慎，不应将其统统当作信史。"

可见，由于对纪伯伦的生活与创作的介绍过少或过于简单，真实的纪伯伦在某种程度上受到了遮蔽，以至于使一般读者对纪伯伦某些哲理性的诗句感兴趣或对作品的理解只停留在表面，也影响到研究层面在扩展广度和挖掘深度方面的进展。

二十世纪七十至九十年代的黎巴嫩和美国先后出版过至少五部有关纪伯伦的传记，它们分别是"Kahlil Giran：His Life and World"；"The Messiah：Commentaries by Bhagwan Shree Rajneesh on Kahlil Giran's '*The Prophet*'"；"Kahlil Giran：A Prophet in the Making"；"Kahlil Giran：Man and Poet"；"The Life and Times of Kahlil Giran"等，上述传记分别由移居美国的纪伯伦亲属和东西方的著名纪伯伦研究者撰写，其内容丰富、资料翔实，具有极高的学术价值。其中由移居美国的纪伯伦亲属撰写的"Kahlil Giran：His Life and World"由马征翻译为《哈利勒·纪伯伦：他的生活和世界》，中国社会科学出版社 2016 年出版，这是目前译介到中国的第三部纪伯伦传记，也是资料最为详实客观的一部传记。该传记作者的父亲是纪伯伦的堂兄，在迁居波士顿后与纪伯伦一家交往密切。

作者之所以要为纪伯伦写一部新的传记，主要原因是："纪伯伦的公众形象神秘莫测，他对自己的生活背景讳莫如深，并试图粉饰过去，这长期以来阻碍了对纪伯伦的严肃研究。这样，那些传记的作者当然不得不以想象式的谈话，来虚构纪伯伦生活中的主要事件。"为此，他和妻子简自二十世纪七十年代早期开始了对纪伯伦的研究，通过调查、寻访纪伯伦的亲戚，他们得到了很多回忆、故事和资料，同时又在哈佛大学、教堂山的北卡罗来纳大学的图书馆中查阅了纪伯伦与约瑟芬、玛丽·哈斯凯尔等的书信资料，还研究了当时的报纸和杂志，并参考了研究十九世纪波士顿艺术圈的硕士论文等，还有多次出版纪伯伦著作的美国克诺夫出版社提供的纪伯伦写给美国出版商的信件。他们在搜集资料的过程中得到了很多热心人的帮助。应该说，这部纪伯伦传记的撰写是建立在扎实资料的基础之上的，在某种程度上是对"纪伯伦神话"的一种解构，而该传记的翻译和出版，则会给中国读者特别是研究者提供更为具体和真实的纪伯伦创作的背景资料，对进一步了解真实的纪伯伦，更好解读其作品会提供积极的帮助。

正如传记译者所指出的："纪伯伦是二十世纪初期第一代阿拉伯移民的缩影，在某种意义上，他的成长史代表了二十世纪早期阿拉伯移民奋斗的历史。"[1]

但是，上述三部已经译介到中国的纪伯伦传记的作者都是和纪伯伦本人关系密切的人，而由学者撰写的纪伯伦传记尚未翻译过来。纪伯伦的七部传记中还有四部分别是东西方的著名纪伯伦研究者撰写的，其内容丰富、资料翔实，具有极高的学术价值。如美国马里兰大学"哈利勒·纪伯伦"研究项目的负责人苏黑尔·布什雷（Suheil Bushrui）在他所著的《哈

1　《哈利勒·纪伯伦：他的生活和世界》译者序，中国社会科学出版社，2016年。

利勒·纪伯伦：人与诗人》中这样说："关于纪伯伦，最值得注意的是他能调和不同的文化。他十二岁就开始接受西方文化，但却没有放弃自己的价值观。通过一种文化与另一种文化的结合，在各自特定的意义上接受，从各自的力量上延伸，在这个过程中纪伯伦能产生'爱与和谐'的（绝对）真理。"他还认为纪伯伦是"二十世纪早期最具有环境意识的作家之一"。可见，这部纪伯伦传记的作者对纪伯伦阐释的角度又是不同的，因此，尽可能多地把他们的纪伯伦传记译介到中国，相信一定会对中国的纪伯伦研究走向更为深入和宽广的方向提供助力。

另外，鉴于中国学界"学术性"的纪伯伦传记目前仍然是一个空白之现状，因此，加强对新的具有研究性的纪伯伦传记的译介，写出一部有中国特色的研究性纪伯伦传记，已成为纪伯伦译介和研究工作中的迫切需要。

《红高粱》中文化负载词阿译的
生态翻译学解读

修　蕊

摘要：《红高粱家族》阿拉伯语译本为中国文学走进阿拉伯世界做出了卓越贡献，有力地促进了中国文化的"走出去"并推动了中阿民族文化的相互交流。文章以生态翻译学理论为指导，从语言维、文化维及交际维等视角出发，对《红高粱家族》的第一部分《红高粱》中文化负载词的阿拉伯语翻译进行研究，进而分析译者哈赛宁对翻译生态环境的适应与选择路径。研究发现，译者为了保持源语生态环境和译语生态环境之间的平衡，灵活采用多种翻译手段，在多数情况下，"多维"地适应了特定的翻译生态环境。但由于中阿语言和文化差异巨大，译者在部分词汇和表达的理解上出现偏差，也造成了译语生态的损伤。

作者简介：修蕊，浙江外国语学院讲师

《红高粱家族》是中国当代著名作家，2012 年诺贝尔文学奖获得者莫

基金项目：2016 年浙江外国语学院校级科研课题"莫言作品阿拉伯语译本的生态翻译学解读——以《红高粱家族》阿译本为例"（2016Y03）

言的作品,由《红高粱》《高粱酒》《高粱殡》《狗道》《奇死》五部分组成。《红高粱》是《红高粱家族》五部中的第一部。迄今为止已被翻译成二十多种文字,在三十多个国家和地区出版。

2013 年 1 月, 在莫言获得诺贝尔文学奖三个月后, 埃及文化部国家翻译中心即出版发行了由埃及艾因夏姆斯大学哈赛宁·法赫米·侯赛因(Hassanein Fahmy Hussein) 副教授翻译的《红高粱家族》阿拉伯语译本,这也是莫言第一部被翻译成阿拉伯语并正式出版的作品。《红高粱家族》阿拉伯语译本不仅帮助广大的阿拉伯读者了解莫言的文学, 更重要的是让他们了解到中国当代文学的发展现状, 为中国文学走进阿拉伯世界做出了卓越贡献, 有力地促进了中国文化的"走出去"并推动了中阿民族文化的相互交流。本文将以生态翻译学理论为指导,从语言维、文化维及交际维等视角出发, 对《红高粱家族》的第一部分《红高粱》中文化负载词的阿拉伯语翻译进行研究, 进而分析译者哈赛宁对翻译生态环境的适应与选择路径。

生态翻译学(eco-translatology)是"运用生态理性、从生态学视角对翻译进行综观的整体性研究"[1],是由清华大学胡庚申教授首创提出的,其区别于以往的翻译研究路径,是"生态学"和"翻译学"的结合,提出翻译是"译者适应翻译生态环境而对文本进行移植的选择活动"[2]。

生态翻译学的翻译方法为"多维转换",即在"多维度适应与适应性选择的原则之下, 相对地集中于语言维、文化维、交际维的适应性选择转

1　胡庚申:《生态翻译学的研究焦点与理论视角》,载《中国翻译》,2011 年第 2 期。
2　胡庚申:《生态翻译学建构与诠释》, 北京: 商务印书馆, 2013 年。

换"[1]。翻译即是译者为了平衡存在差异的源语生态系统和译语生态系统而进行的多维度的"选择与适应"。

一、《红高粱》中的文化负载词阿译的"三维"转换机制

文化负载词（cultural-loaded words）"是指标志某种文化中特有事物的词、词组和习语。这些词汇反映了特定民族在漫长的历史进程中逐渐积累的、有别于其他民族的、独特的活动方式"[2]。

富有民族性的文学作品往往包含大量的文化负载词汇。在"寻根"和"先锋"主题笼罩下的八十年代文学中，莫言以高密东北乡为背景，高扬生命哲学的大旗，谱写出一部生机勃勃的红高粱家族史诗。因此《红高粱》中有大量反映高密地区人民思维模式、行为方式的文化负载词汇，比如高密方言、民间习语等。也有彰显当时高密当地饮食文化、婚丧习俗等民间文化特色的文化负载词汇，比如抃饼、蟹酱、缠脚、夹袄、蓑衣、花轿、罩头红布等等。这些词汇所表达的事物或行为在阿拉伯文化中难觅踪迹，因此其准确的阿译有助于中国传统民间文化的对外传播，增进阿拉伯地区人民对中国文化的了解。

（一）语言维的适应性选择转换

语言维的适应性选择转换即"译者在翻译过程中对语言形式的适应性选择转换"[3]。中阿两个民族在思维方式上的差异决定了汉语和阿拉伯语在语

1　胡庚申：《生态翻译学建构与诠释》，北京：商务印书馆，2013 年。
2　廖七一：《当代西方翻译理论探索》，南京：译林出版社，2000 年，第 232 页。
3　胡庚申：《生态翻译学的研究焦点与理论视角》。

言表达层面的不同。因此生态翻译学首先要求译者在通晓语言的基础上，在词汇方面对原文和译文进行必要的选择和转换。

《红高粱》大量使用高密方言刻画出了众多栩栩如生、个性迥异的人物角色，体现人物个性的特色词汇的准确翻译对于展现《红高粱》的人物特点和传达人物情感十分重要。在这方面我选取了一些粗俗话的翻译为例，比如下列词汇：

1."畜生"；"兔崽子"；"狗娘养的"；"你娘个蛋"；"操你亲娘"[1]

译文：

" الحيوان" " أيهاالأرنبالجبان" " هولاءالكلاب" ، "عليكاللعنة" ، "اللعنةعلىأمك" [2]

此例中的粗俗化均出自"我爷爷"余占鳌之口，他土匪出身，文化层次低，狂暴刚烈的性格决定了其话语的粗俗。莫言从不将粗话进行文学化的加工，而是非常自然地书写了这些"国骂"，刻画了人物在特定情境中的情绪，彰显了余占鳌粗野爽直的性格。

译者哈赛宁也非常重视粗话的翻译。高密方言属胶东方言区，胶东地区人民常用身边能接触到的低级动物作为骂人的语料，而其也是阿拉伯语粗俗话中常用的意象，比如"驴"الحمار"；"狗"الكلب"；"猪"الخنزير"等。因此在"畜生"、"兔崽子"的翻译中，译者很好地将源语信息移植到了译

1　本文《红高粱》引文均出自莫言：《红高粱家族》，上海：上海文艺出版社，2012 年。

2　本文《红高粱》阿语版引文均出自 مو يان، الذرة الرفيعة الحمراء حسانين فهمي حسين، ة
القاهر :المركز القومي للترجمة،2013: 44 113 130 38 63 40 78 81 57 46 100 85 58

语环境中，将其译成"الحيوان أيها ' ' الجبان الأرنب أيها"，最大程度地保持了源语与译语的"传神"与"达意"的平衡。

而以攻击"母亲"为内容的粗俗话，阿拉伯语中也有同意象的粗俗话，比如"أمك كس"、"أمك نيك بدي"。"أختك أو أمك نيك"。但此类粗俗话在汉语口语及文学作品中出现频率较高，而在阿拉伯语中有句谚语说道"الأمهات أقدام تحت الجنة"，即"天堂在妈妈的脚下"，在阿拉伯文化中对"妈妈"及"姐姐""妹妹"等女性是十分尊重的，以此为意象的粗俗化在口语中甚少出现，文学作品中更不会有类似表达。因此译者在翻译此类词汇时，为了适应译语生态环境的需要，适应性地选择了"诅咒，咒骂"之意的词进行替代，使译文易于被阿方读者所接受。

语言维度的适应性选择转换还包括译者在翻译过程中对原文语言形式的转换，例如：

2."东北乡，人万千，阵势列在墨河边。余司令，阵前站，一举手炮声连环，东洋鬼子魂儿**散**，纷纷落在地平**川**，女中魁首戴凤**莲**，花容月貌巧机**关**，调来铁耙摆连**环**，挡住鬼子不能**前**。"

译文：

" لقد عاش أهل دونغ بيي الكثيرون هنا على ضفاف نهر موا شوى خه. وكان القائد يو الشجاع يتقدمهم في المعارك الكثيرة التي استطاعوا خلالها أن يبددوا جيش العدو الياباني. وكانت البطلة داى فينغ ليان قد وقفت بالمطرقة الحديدية أمام العدو واعترضت طريقه إلى القرية. "

此例为山东快板说唱文字,生动形象地表达了高密人民对抗日英雄"奶奶"戴凤莲的敬仰。山东快板用合辙押韵的艺术语言,结合山东当地的方言,以快速的、节奏分明的"韵诵"方式来叙述故事。此例语言方面句式工整,且"散—川—莲—关—环—前"押 /an/ 韵,节奏感极强,朗朗上口。译者的翻译基本保持了源语与译语在语义方面的平衡;但译语并没有保留原文的句式,也没有呈现原文的语言形式和修辞手法,损失了源语的文风及美学价值。

由上述例子可见,译者在粗俗话和快板的翻译中依归于译语生态环境,基本完成了语言信息的转换,但在快板的文风及语言形式上对原文生态的"损伤"明显,造成了源语生态与译语生态的"失衡"。

（二）文化维的适应性选择转换

文化维的适应性选择转换即"译者在翻译过程中关注双语文化内涵的传递与阐释"。文化因素在翻译中占有重要的地位。生态翻译学视阈下,译者能否适应目的语的特点,既充分体现源语的文化内涵,又能让译文读者充分理解,成为评判翻译好坏的标准之一。

莫言曾说,"故乡的风景变成了我小说中的风景;在故乡时的一些亲身经历变成了小说中的材料;故乡的传说与故事也变成了小说中的素材"[1]。源于家乡的创作就决定了《红高粱》承载了浓浓的乡土文化内涵,小说中有大量的词汇反映了当时中国社会的文化特色,《红高粱》的阿译不仅仅是两种语言的转换,更是中阿传统习俗、风土人情之间的交流。例如:

1　谭五昌:《见证莫言——莫言获诺奖现在进行时》,桂林:漓江出版社,2012年,第 214—215 页。

1."奶奶不到六岁就开始**缠脚**，日日加紧，一根裹脚布，长**一丈**余，外曾祖母用它，**勒断了奶奶的脚骨，把八个脚趾，折断在脚底**，真惨！"

译文：

" كانت جدتي قد بدأت **عملية الضغط على قدميها** حتى لا تصبح كبيرة الحجم، حيث كانت والدتها تستخدم قطعة قماش لتلف بها قدمي صغيرتها، يبلغ طولها ما يزيد على واحد **تشانغ) حوالي ثلاثة أمتار ونصف المتر(**، وكانت تحكم ربطها حول قدمي جدتي **بطريقة كانت تؤلمها كثيراً**! "

此例中，叙述者"我"回忆了"奶奶"的缠脚过程。缠足之风始于宋朝成于明朝，是中国特有的传统陋习，对于不了解中国文化的译语读者来说是很难理解这一行为的，因此译者在进行文化维度的转换翻译时，首先将"缠脚"译为"قدميها على الضغط عملية"，意为"给她的脚加压"，然后在翻译时添加了对此行为的解释"الحجم كبيرة تصبح لا حتى"，意为"从而使她的脚不会变得很大"，这在一定意义上对文化维度中的信息遗漏进行了补充，让读者了解缠脚的目的，从而理解原文内涵。同样译者在尺寸度量词"丈"的翻译中，在依归于源语生态的基础上，使用了"解释"的手段，既保留了源语中的中国元素，又"修补"了译语的翻译生态环境，使之在译语翻译生态环境中"生存"。但在描述裹脚过程"勒断了奶奶的脚骨,把八个脚趾,折断在脚底"的翻译上，译者"删繁就简"，译为"外曾祖母用它勒住奶奶的脚，这过程让她万分痛苦"，虽然损失了原文的部分文化信息，但考虑到译文读者的接受能力，也是未尝不可的。

2."民国元年，曲阜县孔夫子家的'哭丧户'专程前来学习过哭腔。"

译文：

" **في العام الأول بعد تأسيس جمهورية الصين الوطنية**، جاءت إلى هنا جماعة من نائحين من عائلة الفيلسوف الحكيم كونفوشيوس من مدينة تشيو فو لدراسة نغمة النواح"

　　"民国元年"是带有浓厚中国特色的纪年方法，对于不熟悉中国文化的读者来说是难以理解的。因此，译者为了平衡源语生态与译语生态，采取了"解释"的翻译策略，将"民国"解释为"中华民国"，"元年"解释为"第一年"，在保留中国语言文化的特色的同时，使读者很好地理解了源语词汇的内涵意义。同样，在"清明节""مينغ تشيغ عيد"翻译中，译者虽然高度依归于源语生态，但进行了"加注说明"，增加了对其文化内涵的阐释，有效地传达了原文的文化信息，使译文能够适应译语的翻译生态环境。

　　3."老子就是这地盘上的王，吃了十年**抟饼**！"
　　译文：

" أنا ملك لهذه المنطقة، وقد تغذيت طيلة عشرة أعوام على **خبز تشيا**" !

　　"抟饼"是山东的传统面食，"抟"字意为"用两手掐住"，吃饼时要用双手抟住往嘴里塞，因此称之为"抟饼"。而"吃抟饼"除了本意"吃饼"之外，在山东方言中另有"做土匪"的意思。因此本例中"吃十年抟饼"意思为"做土匪十年"，而译者却将其译成"وقد تغذيت طيلة ام عشر أعوام على خبز تشيا"，意为"吃了十年抟饼"，影响了原文中文化信息的传递，给译文读者造成了一定的理解困难。此处翻译可为了传递原文文化内涵选择加"注释"的方法来"修补"译文的翻译生态环境，从而将源语信息移植到译入语中，以向译文读者传达这一当地食物所承载的文化信息和历史渊源。

4."罗汉大爷就用快刀把螃蟹斩成碎块，放到**豆腐磨**里研碎，加盐，装缸，制成**蟹酱**，成年累月地吃。"

译文：

" كان الجد ليو يقوم بتقطيع سرطان البحر إلى قطع صغيرة ويضيف إليها **فول الصويا** والملح، ويضعها في إناء لإعداد **حساء سرطان البحر**، ذلك الحساء الذي كانوا يتلذذون جميعا بشرابه."

译者对此例中的"蟹酱"及其制法在理解上出现了偏差，将工具"豆腐磨"理解成"黄豆"，译成了"فول الصويا"，将"蟹酱"译成"السرطان حساء"，阿拉伯语为"螃蟹汤"之意，很明显，影响了目标读者对中国传统吃食"蟹酱"的理解，译文"损伤"了原文生态。

由上述例子可见，译者在"传统习俗""纪年""节日"等多种文化负载词的翻译中依归于源语生态环境，多使用直译加解释的翻译策略，对文化维度中的信息进行补充，在完成语言信息转换的基础上也成功地传递了其承载的文化内涵，基本达到了"补充、修复、重建一个译文存活成长的翻译生态环境的目的"。但在部分中国饮食的翻译上，译者由于理解偏差，影响了原文文化信息的传递。

（三）交际维的适应性选择转换

交际维的适应性选择转换即"译者在翻译过程中关注双语交际意图的

适应性选择转换"。即在生态翻译学视阈下，译者在翻译时，除关注语言信息的转换和文化内涵的传递之外，还要把选择侧重点放在交际层面上，既尽可能地在译语系统中体现出源语系统里的交际意图，又将原文语言和文化内涵的交际意图传递给读者。

《红高粱》中存在大量的民间习语。习语常来自人民的日常生活或神话传说及宗教等，具有浓厚的民族文化特性，也承载了较大的信息量。习语翻译的准确与否，决定了源语系统里作者通过其传达的交际意图是否能在译文中得到充分体现。例如：

1. "奶奶说：'占鳌，不能让任副官走，**千军易得，一将难求**。'"
译文：

" قالت جدتي :جان آو، يجب أن توقف نائب القائد ولا تدعه يرحل، <u>إنه يتمتع بكفاءة وخبرة يصعب</u>

<u>تعويضها</u> . "

"千军易得，一将难求"是一句前后对仗的复句形式谚语，译者在翻译过程中放弃谚语在源语文化中的句式结构特色，将选择侧重点放在交际的层面上，结合上下文含义，将其译为 "إنه يتمتع بكفاءة وخبرة يصعب تعويضها"，意思是"任副官有才能有经验,很难有人可以替代他"，虽然译文较为平淡，但准确地转换了原文的内容，传达了原文的交际意图，使读者易于理解和接受。

2. "我想，**千里姻缘一线牵**，一生的情愫，都是天凑地合，是毫无挑剔的真理。"

译文：

" أعتقد أن القدر كان قد شاء ورتب لهذا اللقاء"

译者为了方便译文读者对原文的理解，采用了"换例"的方法，将原文中隐含的"命运"对应译成阿拉伯文化中具有同等文化色彩的 "القدر"，整句话译成"命运安排了这次相遇"。这种高度"依归"于译语生态系统的翻译处理，既传递了源语系统的文化信息，又缩减了译文读者对原文的陌生感。

3. "后日一起把鬼子汽车打了，然后你们就<u>鸡走鸡道，狗走狗道，井水不犯河水</u>"。

译文：

" من الآن فصاعدا عليكما مواجهة القوات اليابانية معا، وبعد ذلك سنرى شجاعة كل منكما،

حتى <u>لا يختلط الحابل بالنابل</u>"

此例中，"鸡走鸡道，狗走狗道，井水不犯河水"比喻"各管各的，互不相犯"，译者为了照顾译语读者的阅读习惯，采用"换例"的方法，将其换成阿拉伯语谚语 "<u>لا يختلط الحابل بالنابل</u> "，但此句意为"不让思绪混乱，事情繁杂"，显然两者表达意思并不一样，译者曲解了原文，没有将原文中的交际意图传达到译语系统中，译文生态遭到了破坏。此处可"换例"为阿拉伯语中相对应的谚语表达，例如 "قوب من قائبة بر أت" 或 "واد في وأنا واد في أنتم"，既缩减了读者对原文的陌生感，又准确地传达了原文的交际信息。抑或适应原文的翻译生态环境，保留中国文化特性，将其译为"بعد، وبعد ذلك لا تختلط مياه الآبار بمياه الأنهار، فلا علاقة بيننا",其"整合适应选择度"[1]会更高一些。

由上述例子可见，译者在《红高粱》习语的翻译过程中，为了照顾译文读者的阅读习惯，常采用"换例""解释"等依归于译语生态环境的翻译方法，把选择侧重点放在交际的层面上，而非语言形式的转换，使译文更流畅。但译者在部分习语的理解上出现了偏差，影响了源语交际信息的传递。

二、结语

生态翻译学将多维转换成果作为译评标准之一，认为最佳的翻译应该是"三维转换间整合适应选择度最高的"。汉语和阿拉伯语分属于不同的语系，存在着千差万别，而《红高粱》是一部中国文化气息非常浓厚的作品，这就给其文化负载词的翻译带来了各种各样的困难，译者需要不断地进行适应选择，既要保留原文的文化内涵，又要便于译语读者的理解和接受。

哈赛宁先生在《红高粱》的文化负载词阿译过程中，为了保持源语生态环境和译语生态环境之间的平衡，灵活采用多种翻译手段，在多数情况下，"多维"地适应了特定的翻译生态环境，但由于中阿语言和文化差

1　整合适应选择度，指译者产生译文时，在语言维、文化维、交际维等多维度的"选择性适应"和继而依次、并照顾到其他翻译生态环境因素的"适应性选择"程度的总和。在一般情况下，如果其译品的"选择性适应"和"适应性选择"的程度越高，那么，它的"整合适应选择度"也就越高。参见胡庚申《生态翻译学建构与诠释》，北京：商务印书馆，2013 年，第 19 页。

异巨大，译者在部分词汇和表达的理解上出现偏差，也造成了译语生态的损伤。

哈赛宁先生对《红高粱》的翻译实践表明，在文化负载词的翻译上，要考虑到其独特性，"不仅要考虑语言维，还要考虑交际维，更要考虑文化维的适应转换；同时，还要注意三个维度的有机结合与平衡协调"，从而达到"整合适应选择度"最佳的翻译效果。

图书在版编目 (CIP) 数据

丝路星辉:阿拉伯文学研究会成立 30 周年纪念论文
集 / 蔡伟良等编著 . -- 上海:上海译文出版社,2021.8
　ISBN 978-7-5327-8648-0

　Ⅰ.①丝…　Ⅱ.①蔡…　Ⅲ.①文学研究—阿拉伯半岛
地区—文集　Ⅳ.① I371.06-53

中国版本图书馆 CIP 数据核字(2021)第 128479 号

丝路星辉——阿拉伯文学研究会成立三十周年纪念论文集
蔡伟良　宗笑飞　编著
责任编辑 / 王嘉琳　装帧设计 / 胡枫　刘洲铭

上海译文出版社有限公司出版、发行
网址:www.yiwen.com.cn
201101　上海市闵行区号景路 159 弄 B 座
上海信老印刷厂印刷

开本 890 × 1240　1/32　印张 16　插页 2　字数 283,000
2022 年 2 月第 1 版　2022 年 2 月第 1 次印刷

ISBN 978-7-5327-8648-0/I・5339
定价:88.00 元